MCFL Dist. Ctr. Spanish
Spanish Fiction San Sebastian
Las campanas de Santiago :
31111041265735

C0-AQI-145

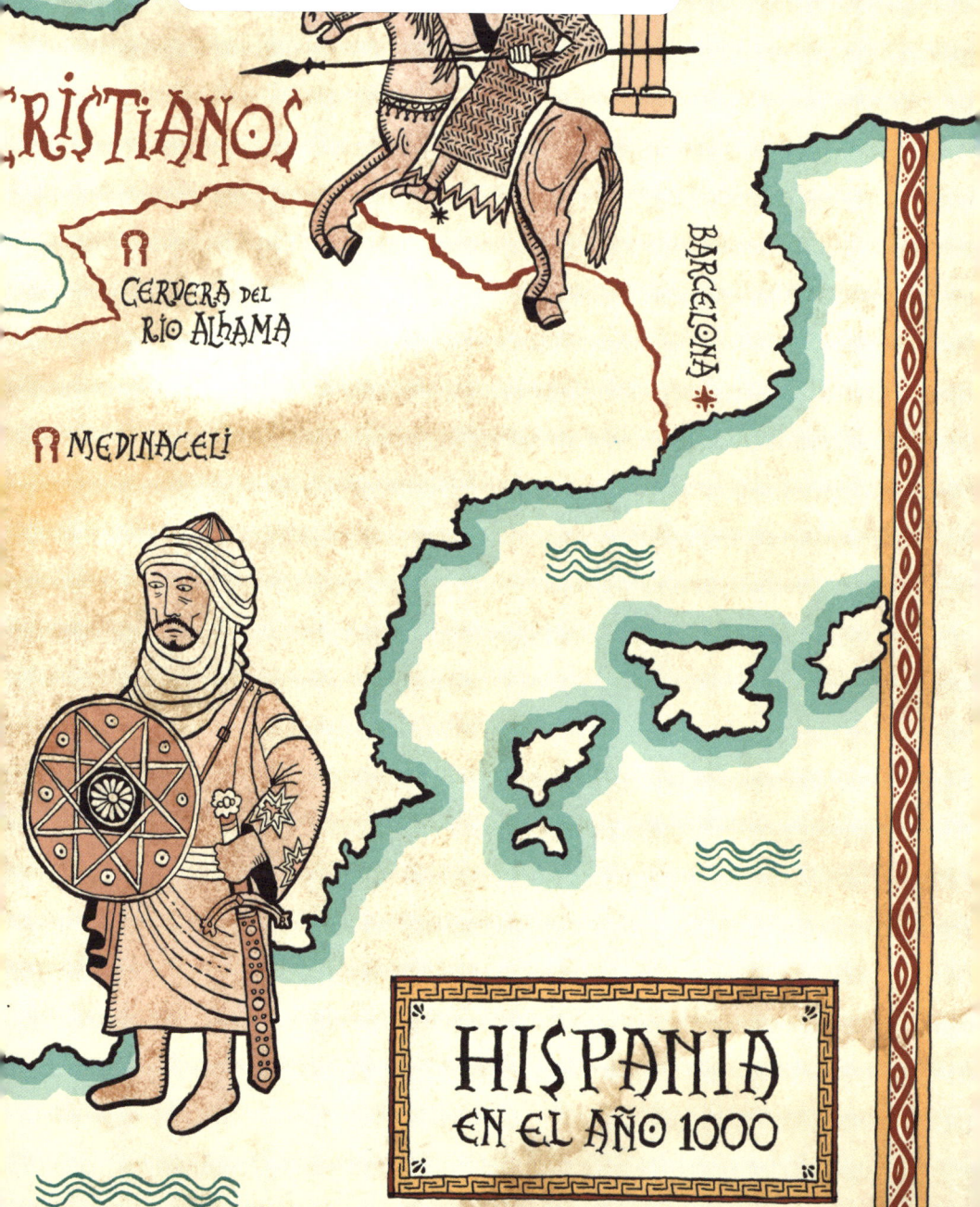

CRISTIANOS

CERVERA DEL
RIO ALHAMA

MEDINACELI

BARCELONA

HISPANIA
EN EL AÑO 1000

# LAS CAMPANAS DE SANTIAGO

# ISABEL
# SAN SEBASTIÁN

# LAS CAMPANAS
# DE SANTIAGO

PLAZA JANÉS

Papel certificado por el Forest Stewardship Council®

MIXTO
Papel procedente de
fuentes responsables
FSC® C117695
www.fsc.org
FSC

Primera edición: septiembre de 2020

© 2020, Isabel San Sebastián
© 2020, Curro Suárez, por las ilustraciones del interior y de las guardas
© 2020, Penguin Random House Grupo Editorial, S. A. U.
Travessera de Gràcia, 47-49. 08021 Barcelona

Penguin Random House Grupo Editorial apoya la protección del *copyright*.
El *copyright* estimula la creatividad, defiende la diversidad en el ámbito de las ideas y el conocimiento,
promueve la libre expresión y favorece una cultura viva. Gracias por comprar una edición autorizada
de este libro y por respetar las leyes del *copyright* al no reproducir, escanear ni distribuir ninguna
parte de esta obra por ningún medio sin permiso. Al hacerlo está respaldando a los autores
y permitiendo que PRHGE continúe publicando libros para todos los lectores.
Diríjase a CEDRO (Centro Español de Derechos Reprográficos, http://www.cedro.org)
si necesita fotocopiar o escanear algún fragmento de esta obra.

Printed in Spain – Impreso en España

ISBN: 978-84-01-02320-0
Depósito legal: B-8.036-2020

Compuesto en M. I. Maquetación, S. L.

Impreso en Rodesa
Villatuerta (Navarra)

L023200

Penguin
Random House
Grupo Editorial

*A Laura y Beatriz, mi alegría*

¡El tiempo ha terminado!

Apocalipsis 10, 5-6

# Nota de la autora

Una antiquísima tradición con sólida base histórica sostiene que, en el año 997, tras arrasar la ciudad de Compostela, el caudillo Almanzor se llevó a Córdoba las campanas de la basílica levantada sobre las reliquias del apóstol Santiago, no en carretas tiradas por animales, sino a hombros de cautivos cristianos. Ese episodio, a medio camino entre la leyenda y la realidad, sirve de base a esta novela, que recrea el momento álgido del dominio musulmán sobre la antigua España romano-visigoda. El período más difícil de la Reconquista, con la frontera entre credos situada en el río Duero.

Los protagonistas de esta historia son ficticios, aunque la mayoría de los personajes con los que se encuentran, así como los acontecimientos que viven y los lugares por donde transitan, forman parte de nuestro pasado, rescatado de las crónicas de la época. En esta ocasión, en aras de facilitar la lectura, he mantenido la denominación actual de las ciudades y demás elementos geográficos, así como el calendario vigente en nuestros días, distinto del empleado en

Al-Ándalus e incluso en muchos lugares del territorio cristiano entonces.

¡Los invito a disfrutar conmigo de este viaje en la máquina del tiempo!

# 1

*Agosto del año 997 de Nuestro Señor*

—¡Ya están aquí, los tenemos encima, tratad de escapar mientras podáis y que Dios se apiade de nosotros!

La alerta del jinete lanzado al galope calle arriba vibró unos instantes en el aire, pesado de humedad, junto al repicar frenético de las campanas. Compostela, la ciudad del santo Apóstol, se preparaba para sufrir el flagelo de Almanzor, cuya crueldad era conocida en toda la Cristiandad hispana hasta el punto de inspirar terror con la mera mención de su nombre.

Eran días tenebrosos. Días de llanto y tribulación llamados a perdurar largo tiempo en la memoria.

Gobernaba a la sazón Bermudo II, educado por los monjes de Santiago y coronado en la grandiosa basílica elevada sobre sus sagradas reliquias, a la que había donado valiosos presentes de plata y oro. Un tesoro codiciado por el caudillo sarraceno, cuya ansia de botín no colmaban veinte interminables años de rapiña en el territorio fiel a la Cruz.

En ese verano aciago, el Reino de León se enfrentaba a una nueva devastación semejante a las anteriores, o acaso peor, toda vez que la hueste musulmana jamás había llegado en sus incursiones hasta el sepulcro del Hijo del Trueno. La ira del Victorioso de Alá alcanzaba cotas nunca vistas, narradas con espanto en los alrededores del templo por supervivientes de la aceifa imbuidos del horror vivido.

Ante el arribo a la ciudad de los primeros prófugos, algunos mandos de la guardia local, confiados en poder resistir tras sus sólidas defensas, se habían apresurado a interrogarlos.

—¿Cuántos combatientes vienen? ¿Cuántos jinetes, cuántos infantes?

—¿Cuántas gotas de agua tiene el océano? ¿Cuántas langostas trae una plaga? —había respondido un fraile joven, herido en el pecho y dado por muerto, con la mirada perdida en la pesadilla vivida—. Son incontables. Millares, decenas de millares. Acaso más. Llegaron en naos hasta Oporto y desde allí avanzaron hacia Galicia para encontrarse con los que venían marchando. Van en perfecta formación, armados hasta los dientes, a pie y a caballo, arrastrando sus catapultas y demás ingenios de guerra. Se los oye llegar antes incluso de divisar la inmensa polvareda que levantan. El estruendo de sus pasos cubre el de los tambores que los preceden y hace temblar el suelo. No hay esperanza. No hay salvación…

Decenas de refugiados contaban la misma historia.

Habían venido huyendo desde Tuy, Coria y Viseu, desde el castillo de San Balayo y el monasterio de San Cosme y San Damián, desde los pequeños cenobios y granjas dispersos por todo el valle de San Benito, saqueados y luego arrasados por esa tropa ávida de sangre. Eran las víctimas de una acometida brutal, iniciada a principios del verano en Córdoba por mar y tierra a la vez, que después de atravesar Portugal había hecho alarde de su poderío cruzando el caudaloso río Miño, para adentrarse por la vía de las rías con una ferocidad despiadada.

Pocos habían logrado escapar a la muerte o la esclavitud en esas comarcas prósperas, densamente pobladas. Ni siquiera quienes habían buscado refugio en la isla de San Simón, asolada con idéntica furia por el ejército agareno, los mercenarios cristianos y las mesnadas de los condes traidores, leoneses y gallegos, aliados del invasor.

Los afortunados acogidos a la hospitalidad de Compostela relataban, entre sollozos, cómo los guerreros del califato violentaban a las doncellas, degollaban a los soldados, levantaban pirámides de cabezas cortadas en los cruces de las calzadas, prendían fuego a poblados, granjas, campos sembrados e iglesias, sin temor alguno de Dios, e iban arrastrando cuerdas de cautivos cada vez más nutridas, cuyos lamentos lastimeros se oían a mucha distancia.

Bajo el empuje de esa hueste invencible e insaciable los atribulados hijos de Eva habían sido acosados, perseguidos hasta el último rincón de la aldea más remota, expoliados, masacrados o reducidos a un cautiverio infinitamente peor que la muerte. Y la máquina infernal proseguía su aterradora campaña, empeñada en redoblar su cosecha de despojos cristianos antes de aniquilar el santuario más sagrado de Hispania.

Por eso en el corazón de Galicia, no lejos de la Mar Océana donde terminaba la Tierra, hombres, mujeres y niños huían en riadas hacia el levante y la protección de los montes astures, pidiendo misericordia al cielo mientras el Azote de Dios avanzaba implacablemente hacia ellos.

\* \* \*

En ese mediodía pesado de estío, Compostela era prácticamente una ciudad fantasma que la guarnición militar, apenas un centenar de hombres, se disponía a evacuar en cuanto los últimos civiles rezagados hubiesen acatado la orden de partir sin más demora.

Los hermanos de San Pedro de Antealtares, dedicados a custodiar las sagradas reliquias, habían abandonado su cenobio unos días atrás, entre la impotencia y la desolación, dada la proximidad de los ismaelitas. El monasterio debería haber estado por tanto desierto, pero conservaba un hilo de vida. Una presencia callada, apenas perceptible en su menudez.

Tiago lanzó una mirada suplicante al viejo monje sentado frente a él en la huerta, sobre un escabel colocado a la sombra de una higuera. Su rostro, surcado de profundas arrugas, esbozaba la media sonrisa bondadosa de siempre. Sus ojos, cegados por las cataratas, se mantenían abiertos, mostrando el azul blanquecino característico de ese mal. Una barba de varios días le cubría las mejillas, a falta de la ayuda indispensable para poder cumplir con el rito cotidiano de afeitarse. Vestía un hábito inusualmente pulcro de lana basta y se apoyaba con las dos manos cruzadas en un tosco bastón clavado en el suelo, como si su espalda ya no tuviese la fuerza necesaria para sostener el peso de sus huesos.

Por su aspecto, pensó el herrero, enternecido y a la vez furioso, debía de rondar la edad de Matusalén y atesorar una templanza semejante a la del patriarca, capaz de hacerle mantener la calma a pesar del terror imperante. En semejantes circunstancias, esa tranquilidad imperturbable se antojaba obstinación, más propia de un chiquillo inconsciente que de un presbítero sabio.

—Os lo suplico, padre Martín —imploró—, venid con Mencía y conmigo. Debemos marcharnos de inmediato. Ya habéis oído al soldado. Esos diablos están muy cerca. Si no nos ponemos en camino ahora mismo, no tendremos escapatoria.

—Ve tú, hijo mío —respondió el anciano con voz serena—, y llévate contigo a tu esposa y a ese novicio que no deja de repicar las campanas —añadió con cierta ironía teñida de amargura—. Dile de mi parte que ya no es necesario su valeroso gesto. Supongo que las gentes de la villa ya se habrán ido, como hicieron anteayer mis hermanos. ¿O fue el lunes? ¿La semana pasada acaso? Tanto da. En cuanto a lo demás... A menos que el santo Apóstol obre un milagro, la iglesia levantada sobre su sepulcro, el monasterio, todo será pasto de las llamas y en ellas arderé yo también. Mi vida entera está aquí y soy demasiado viejo para huir. No llegaría muy lejos.

De pie frente a ese hombre al que llamaba «padre» con el corazón, y no porque luciera tonsura, Tiago maldijo su suerte. Hacía apenas un año había alcanzado el sueño de la libertad, ansiada como el más preciado don desde que despertó en él la conciencia, y ahora el caudillo moro, aliado a la cabezonería del fraile, venía a robarle esa dicha que apenas empezaba a catar.

Nacido siervo, hijo de siervos propiedad de ese monasterio de Antealtares mandado levantar en tiempos del segundo rey llamado Alfonso, Tiago había venido a este mundo con un destino labrado en piedra: servir a sus amos en todo aquello que le ordenaran, obedecer, callar y trabajar hasta reventar, a semejanza de las bestias de labranza. Idéntico porvenir habría aguardado a su esposa, Mencía, de la misma condición, educada por su madre para hilar, tejer, coser, lavar, guisar y realizar otras labores propias de manos femeninas en una comunidad de monjes. Ambos habrían debido seguir al servicio del cenobio hasta morir en él o bien pagar, tras largos años de privaciones, el alto precio de su manumisión, de no haber sido porque el hermano Martín les hizo el más valioso de los regalos con motivo de su boda, a costa de emplearse a fondo con el abad a fin de obtener su beneplácito.

Tiago debía a ese ser bondadoso todo lo que poseía y buena parte de lo que sabía, exceptuando el oficio de herrero, aprendido de su padre antes de que un incendio en la forja se lo arrebatara prematuramente cuando ya era huérfano de madre. A partir de ese momento, el hermano Martín había sido para él padre, madre, maestro y benefactor. Y justo ahora, cuando se disponía a saborear el fruto de su generosidad, el mundo se desmoronaba bajo sus pies con el ataque brutal de ese emisario del infierno.

—¡Haréis que nos maten! —rugió.

—¿Nos? —inquirió el monje sin alterarse, aunque imprimiendo firmeza a su tono—. Te lo repito; coge a tu mujer y a ese novicio y vete. Ya te he dado mi respuesta.

Como si la orden del fraile hubiese sido acatada en virtud de algún extraño encantamiento, las campanas callaron súbitamente, sumiendo al vasto recinto del monasterio en un silencio ominoso.

Ese lugar habitualmente tan lleno de vida, tan rico, tan pródigo en labores así espirituales como mundanas, anticipaba lo que estaba por venir apagando las múltiples voces que solían poblar sus campos y sus dependencias. A pesar de estar el sol en su cénit, no se oían los cánticos de la hora sexta. De los establos vacíos no llegaban mugidos, ni relinchos o graznidos, ni ningún otro sonido animal. Nadie se afanaba en recoger las ciruelas maduras de la huerta, que se pudrían en el suelo, y lo mismo podía decirse del resto de ese microcosmos. Por el claustro y los dormitorios yacían abandonados cestos, prendas de ropa, algún pergamino suelto y otros objetos testigos de la precipitación con la que habían salido los hermanos.

Hasta las últimas luces de la víspera, Tiago había estado forjando puntas de flecha para los arqueros desplegados en las murallas, a costa de fundir todo el hierro acopiado a la desesperada entre viejos aperos de labranza y cacharros de cocina. Ahora el horno de la herrería debía de estar apagándose, consumido el carbón vegetal con que se alimentaba. La guarnición militar de Compostela aceptaba su derrota y se retiraba, no sin antes asegurar la evacuación de la ciudad. ¿Qué hacían todavía allí ese viejo cabezota y él?

*　*　*

El calor apretaba de lo lindo, desatando en su cuerpo ríos de sudor que le corrían por la espalda causándole un cosquilleo agradable. Tiago se llevó una mano a la frente empapada para apartarse el pelo de la cara y, sin pretenderlo, sonrió al recordar que era Mencía quien le cortaba habitualmente el cabello, a gusto de ella, desde que, siendo chiquillos, correteaban por la huerta de los frailes o se sentaban bajo un peral a comer fruta hasta que les dolía la barriga. A ella le complacía que lo llevara largo y él se dejaba hacer, por amor a esa muchacha preciosa cuya risa lo volvía loco y porque su aspecto nunca había sido materia que le preocupara lo más mínimo.

A sus veinticinco años recién cumplidos gozaba de excelente salud y le sobraban las fuerzas. De mediana estatura, piernas pequeñas, pecho ancho, brazos fornidos y manos callosas, mostraba bajo la túnica corta de lino una piel curtida por el duro trabajo junto al fuego, casi siempre a la intemperie. En su rostro, apenas visible bajo la poblada barba, destacaban dos ojos enormes, de un color grisáceo, peculiar, cambiante entre el azul del mar profundo y el negro oscuro del humo que tenían en ese instante.

—Sabéis que no me iré sin vos —espetó a su interlocutor con determinación—. Si persistís en vuestra negativa, habréis de cargar con varias muertes.

El herrero contaba con un último argumento irrebatible. Una razón definitiva, esperaba, para vencer la terquedad de su padre adoptivo. Precisamente se disponía a recurrir a esa carta, cuando su conversación fue interrumpida por el jefe de la guarnición, que venía corriendo, muy azorado, dando gritos desde la distancia.

—¡Al fin os encuentro, por los clavos de Cristo! —exclamó, dirigiéndose a Martín tras esbozar un saludo a Tiago—. Llevo un buen rato buscándoos por todas partes. Menos mal que el campanero me ha dicho que estabais en el monasterio, porque en caso contrario os habríamos dejado atrás. Daba por hecho que ya estaríais lejos, junto a los demás monjes. ¿Cómo se os ocurre quedaros? ¿Habéis perdido el juicio?

—Eso mismo estaba diciéndole yo —remachó el herrero, satisfecho de hallar en ese gigante a un partidario inesperado de su causa.

Con sus más de seis pies de altura y su formidable corpulencia, Golo resultaba inconfundible. Enfundado en una loriga metálica que a juzgar por sus vigorosas zancadas no parecía pesarle, llevaba el yelmo en la mano y portaba al cinto una espada descomunal, que el propio Tiago le había forjado tiempo atrás, a la medida de su envergadura. Cuando estuvo cerca de ellos, el herrero se fijó en su mirada torva, en las verrugas que cubrían buena parte de su rostro de rasgos toscos y en la cicatriz que le demediaba la barbilla, preguntándose si el propio Almanzor, en su ferocidad, no tendría una apariencia semejante a la de ese hombre.

—¿De verdad los tenemos encima, tal como anunciaba el jinete que hemos oído pasar hace un rato? —inquirió con voz teñida de angustia.

—Ese soldado ha exagerado un poco. En realidad los sarracenos se encuentran a una jornada de camino, aunque podrían forzar la marcha. Debéis iros de inmediato, como ha hecho ya todo el mundo.

Desde su humilde asiento, apoyado en su vara de pastor y cada vez más encorvado, Martín se sorprendió a sí mismo tratando de aferrarse a un hilo de esperanza que creía haber perdido y trocando la resignación por ira.

—Pero ¿qué hay de nuestras fortificaciones? —preguntó rabioso—. La muralla que mandó construir el obispo Sisnando para proteger las tres millas que donó a nuestra comunidad el bendito rey Alfonso es sólida. Nos ha mantenido a salvo de los temibles guerreros normandos y hasta ahora ha demostrado ser infranqueable.

—Esa muralla ahuyentó a los hombres del norte —repuso Golo impacientándose—, pero no frenará a los agarenos. Su artillería la derribará como si fuera de mantequilla.

—Antes deberían atravesar la empalizada y el foso que custodian el recinto exterior del monasterio y la ciudad —rebatió sin convicción el anciano.

—Y lo harán —zanjó enérgico el guerrero—. El foso será drenado o rellenado y la empalizada arderá o bien caerá, arrollada por las bestias que trae consigo el caudillo moro. A lo sumo, esos obstáculos lo retrasarán un poco, pero no lo detendrán. Ni Salamanca, ni Zamora, ni siquiera León han podido aguantar en el pasado sus embestidas. Lo sucedido allí hace tres años se repetirá inexorablemente aquí si encuentran la menor resistencia.

Nadie dijo nada, pues tenían bien presente en la memoria el martirio de la capital, donde Almanzor había pasado por las armas no solo a los defensores de la plaza, sino a la hija del conde Rodrigo, doña Elvira, capturada, entregada como premio a la soldadesca y arrojada luego a un pozo mientras aún alentaba. Esa había sido la recompensa de dos bravos nobles gallegos, don Guillén González y su hermano, el citado Rodrigo, por ofrecerse a defender a la desesperada León, junto a un puñado de valientes, después de que la mayoría de sus habitantes, encabezados por el rey Bermudo, se marchara hacia el norte, buscando el amparo de las montañas, llevándose consigo todo objeto de valor que pudiera acarrearse, empezando por las reliquias de sus santos y sus reyes.

—Creedme cuando os digo que el ejército de ese diablo no tiene parangón con nada conocido hasta ahora —remachó el jefe de la guardia—. Y además, tal como nos adelantaron los refugiados llegados a la ciudad hace semanas, en esta ocasión se han unido a él más tropas cristianas que nunca. Yo mismo las he visto. Esos renegados marchan en vanguardia y sirven de guías a sus amos ismaelitas. Dicen que son mesnadas de los hermanos Gonzalo y Rudesino Menéndez, así como del conde Suero Gundemáriz.

—¡Traidores a su Dios y a su Iglesia! —porfió el fraile alzando el tono, con un dolor tan sentido que le quebró la garganta.

—Son las consecuencias de la guerra civil y del miedo —constató Golo sin emoción—. Esos magnates escogieron el bando perdedor cuando nuestro rey Bermudo se enfrentó al difunto Ramiro y fueron castigados por ello con la pérdida de sus posesiones y privilegios. No es de extrañar que ahora se rebelen a su autoridad y se venguen jurando vasallaje a su principal enemigo. A lo que parece, además, el sarraceno les ha prometido no solo respetar sus tierras y a sus gentes, sino mostrarse generoso en el reparto del botín que obtenga en la campaña.

Tiago escuchó atento, más por respeto que por interés, mientras su benefactor contestaba a esa explicación desgranando un relato amargo de enfrentamientos fratricidas entre monarcas y magnates más preocupados por su ambición y su codicia que por la salvaguarda de su fe; divisiones letales para la Cristiandad; soberanos hincados de hinojos ante el poder musulmán, rindiendo pleitesía en Córdoba, dispuestos a pagar onerosos tributos de vasallaje con tal de salvarse a sí mismos comprando fugaces períodos de paz.

—Y lo peor es que no aprendemos… —repetía una y otra vez el anciano, en tono sombrío—. En vano entregaron el rey de Pamplona a su hija y el conde de Castilla a su hermana como esposas o concubinas del caudillo que nos ataca. No hay humillación capaz de apaciguarlo ni sacrificio que colme su sed de sangre. Triste destino el de esas princesas convertidas en piezas inútiles de un siniestro juego político.

—¡Cobardes! —exclamó Tiago, asqueado ante lo que acababa de oír. Las intrigas de los poderosos nunca habían afectado a las gentes como él, nacido siervo y destinado a una vida de arduo trabajo, fuera quien fuese su dueño, pero el honor mancillado de esas doncellas le dolía como al que más. Máxime ahora, cuando tenía motivos sobrados para proteger con redoblado ahínco a la mujer cuya vida le resultaba más valiosa que la suya propia. De ahí que preguntara, indignado—: ¿Y dónde está el Rey? ¿Por qué no ha venido a auxiliarnos?

—Dicen algunos que en Oviedo y otros que más al norte, al amparo del Auseva —contestó Golo con desgana, apremiado por las prisas—. En todo caso, lejos de la capital, donde al parecer solo ha dejado a un puñado de leales. Os repito una vez más que cualquier resistencia es inútil y solo conduciría a la aniquilación. Los sarracenos robarán todo lo que puedan y quemarán lo que no consigan llevarse. No hay más esperanza que la huida. Debéis poneros a salvo si no queréis perecer.

El tiempo se agotaba sin que el monje diera muestras de moverse. Exhausto por el esfuerzo realizado al exaltarse con su perorata, cerró los ojos y se sumió en un sopor parecido al sueño, que terminó de sacar de sus casillas a Tiago.

—¡Padre, por favor, os ruego que me escuchéis!

—¿Todavía estás aquí?

El herrero no habría sabido decir si la frase encerraba una gran inocencia, un sarcasmo impropio de quien la pronunciaba o la pretensión de retarle, pero le llevó a replicar con tristeza:

—Aquí sigo y no he de irme, a pesar de que en casa me espera una mujer encinta. Si persistís en quedaros, sabed que con ella y conmigo condenáis también a nuestro hijo.

# 2

Mencía lanzó una última ojeada teñida de nostalgia al que había sido su hogar: una pobre construcción de adobe y techo de pizarra asomada al camino por el que llegaban los peregrinos, entre la muralla de piedra y la empalizada exterior, justo en el punto en el que esa senda había sido ensanchada y empedrada hasta su desembocadura en la explanada abierta ante la basílica del santo patrón.

Al rebufo de esos visitantes, a menudo gentes ilustres acompañadas de un nutrido séquito, la urbe llevaba décadas creciendo y prosperando a ojos vistas. Antes de vaciarse de golpe ante el ataque del caudillo musulmán, exhibía orgullosa al mundo sus millares de habitantes, atraídos por la riqueza que generaba el santuario. Curtidores, vinateros, posaderos, tejedores, pañeros, cambiadores, cereros, artesanos y comerciantes de toda índole... una abigarrada multitud de hombres y mujeres libres medraba bajo la protección del Apóstol, si bien a ojos de Mencía nadie era comparable a Tiago.

Su esposo poseía manos mágicas, hábiles en la caricia a pesar de su apariencia callosa, pero a la vez capaces de dar vida al metal como ningún otro sabía hacerlo. Por eso, desde su manumisión, acumulaba más encargos de los que podía realizar trabajando incansablemente. Su nombre corría de boca en boca como sinónimo de buen hacer, lo que con seguridad le abriría oportunidades allá donde les llevara el exilio. Eso al menos pensaba ella, sonriendo a la adversidad, mientras anudaba los bordes de un hatillo en el que había dispuesto un par de mudas, sus calzas de lana de invierno, su vestido de novia y alguna ropa de Tiago. En un zurrón colgado a la espalda llevaría pan, queso, tocino, nueces, avellanas y miel. Desde el arranque de su preñez devoraba sin medida, presa de un apetito voraz, agradeciendo a su hombre y al cielo que no le faltara comida. Así había sido siempre y así sería también a partir de entonces. ¿Por qué temer otra cosa?

Antes de cerrar la puerta de la casa con llave, se preguntó si tendría algún sentido ese gesto, toda vez que nadie confiaba en que Almanzor mostrara la menor clemencia. Si todo iba a ser pasto de las llamas ¿para qué molestarse y cargar con el peso de ese hierro recién forjado que nada tendría que abrir si es que por ventura regresaban?

En el establo contiguo al zaguán, justo debajo de la alcoba, rumiaba tranquila Lucero, la vaca que les daba leche y calor en las noches de invierno. Al decirle adiós, no pudo evitar estremecerse recordando lo sucedido esa misma mañana, cuando esa alcoba se había convertido durante un tiempo breve y a la vez infinito en una antesala del paraíso. Allí, sobre un humilde colchón de heno, se habían amado Tiago y ella con un fuego desconocido hasta entonces, nacido de la desesperación y el miedo. Allí habían fundido sus cuerpos sin recato ni pudor, exhibiendo la belleza de su desnudez a plena luz y devorándose mutuamente con fiereza, como para aferrarse al aliento vital del otro, hasta el punto de olvidar al niño que crecía en sus entrañas. Allí, en ese jergón que pronto ardería junto al resto de sus posesiones, ella se había elevado por encima de sí misma hasta alcanzar universos de placer insospechados, compartidos con su hombre en una comunión íntima del alma además de la piel.

Semejante felicidad tardaba en desvanecerse.

Tiago la hacía sentir bien. Le daba seguridad, protección, certezas. Desde que tenía memoria, él había estado ahí, a su lado, cuidándola, queriéndola, velando por ella, colmándola de cariño y de palabras de aliento. Siempre había contado con él y siempre podría hacerlo. Tiago era su fuerza y su inspiración. Su estrella. Tal vez por eso, aunque debería haber estado desolada por dejar atrás su pasado y afrontar un futuro incierto, cerró tras de sí el portón, sin echar la llave, sonriendo a la vida henchida de confianza.

Lucero pasaría a engrosar el botín de los sarracenos. Mencía había propuesto llevársela, siguiendo el ejemplo de la mayoría de sus vecinos, pero su esposo se había cerrado en banda. La vaca no haría sino retrasarlos en su huida y delatar su presencia si es que se veían obligados a esconderse. A ellos el tiempo se les había echado encima ante la negativa del padre Martín a acompañarlos, y ni siquiera ahora era seguro que al final accediera a hacerlo. Precisamente con el propósito de llevar a cabo un último intento de convencerlo se había acercado Tiago al monasterio. Solo quedaba esperar a que volviera, sabiendo sin lugar a dudas que lo haría. Si en alguien confiaba Mencía, era en Tiago. Más que en el mismísimo Dios.

—Una buena vaca como tú encontrará un dueño que la cuide —se despidió del animal, tratando de creerse sus palabras—. Con nosotros, en cambio, no tendrían piedad. Que el Señor te guarde, Lucero.

No hubo lágrimas en su adiós ni excesiva nostalgia por el ayer. Sentía que dejaba atrás una existencia mullida, previsible y segura, pero se afanaba en pensar que el destino les depararía otra mejor. Todo sería para bien mientras estuvieran juntos. El hijo que alentaba en su seno le daba fuerza. Tanta fuerza como apetito y tanto apetito como optimismo.

* * *

Aunque había quedado con Tiago en que el padre Martín y él la recogerían en casa, puesto que pillaba de camino, Mencía decidió acercarse al cenobio por ver de ayudar a su marido en la difícil tarea causante de su insensato retraso. Tal vez ella triunfara con zalamerías, se dijo, allá donde él fracasaba en razón de su carácter hosco.

Embocó decidida la calle de los francos, cuesta abajo, en dirección a la muralla. ¡Qué extraño resultaba caminar por esa vía en solitario, sin el trajín habitual de carros, mulas, caballerías y gentes de a pie yendo y viniendo a sus labores! La ciudad desierta se antojaba el escenario de una pesadilla.

A izquierda y derecha se abrían huertas de frutales a reventar de abundancia, sembrados recién recogidos y algún prado amarillento con la hierba inusualmente crecida, donde se echaba en falta al ganado que debería haber estado allí. Esa bendición del cielo pertenecía en su mayor parte al cenobio, pues Antealtares era un monasterio en extremo rico, el más próspero del Reino a decir de los monjes, merced a las cuantiosas donaciones hechas a lo largo del tiempo por los devotos del Apóstol.

Desde los reyes de Asturias o León hasta el más humilde campesino, sin olvidar a los altos dignatarios de la Iglesia hispana acudidos a postrarse ante sus reliquias o a los próceres venidos en peregrinación desde tierras lejanas, todo el que solicitaba la intercesión del santo agradecía después su favor con un óbolo mayor o menor, a la medida de sus posibilidades. Por eso en Compostela nunca se había pasado hambre. Ni siquiera los siervos. Si existía un jardín del Edén en este mundo, se encontraba justo allí, en el corazón de Galicia.

Sumida en sus pensamientos, la sorprendió de pronto un hedor tal que le provocó un ataque de arcadas y la obligó a detenerse a vomitar hasta las entrañas, entre espasmos, reflujos amargos y lágrimas. Cuando se repuso lo suficiente como para levantar la mirada, vio ante sí, junto a la puerta principal de la ciudad, la causa de esa convulsión: dos despojos humanos colgaban de sendas horcas, pudriéndose al calor del verano, bajo un enjambre de moscas cuyo zumbido resultaba ensordecedor.

La población había sido advertida: cualquier cristiano que aprovechara la aceifa de los sarracenos para darse al pillaje sufriría el correspondiente castigo. Aquellos dos desdichados debían de haber desoído el aviso y allí estaban sus cadáveres, bien a la vista, con la finalidad de disuadir tentaciones. Los pájaros se habían dado un festín, dejando cuencas vacías y sanguinolentas en el lugar de los ojos. Los pies, amarrados por una cuerda, se movían en el aire lentamente, con un bamboleo siniestro.

Mencía reprimió a duras penas otra arcada violenta, se cubrió el rostro con un pañuelo y atravesó la puerta corriendo, deseando olvidar cuanto antes esa visión horrible y sacarse de la nariz un olor que parecía habérsele quedado incrustado. En dirección contraria venían en ese momento cuatro miembros de la guarnición local, de retirada, que le dijeron alguna obscenidad al pasar. Por lo demás, Compostela era una ciudad tan muerta como los ladrones con los que acababa de cruzarse. Solo cabía esperar que pudiese renacer de sus cenizas algún día y acoger de nuevo a sus hijos desterrados, en lugar de corromperse definitivamente en el olvido, a semejanza de esos truhanes.

\* \* \*

A la altura de la iglesia de San Benito del Campo, terminada de construir precisamente el año de su nacimiento, 980 de Nuestro Señor, los vio venir de lejos, Tiago andando a buen paso y Martín sentado en un borrico.

—¡Gracias, san Benito! —exclamó persignándose—. Tú no podías fallarme.

Asomada a la plaza principal, la nueva parroquia daba servicio a la población ajena al cenobio, como refuerzo de la catedral que se había quedado pequeña para atender a tantas almas. Todo esto lo sabía Mencía porque en el monasterio oía hablar a los frailes sin que ellos repararan siquiera en su presencia. Se había criado entre gentes cuyos conocimientos producían en ella una fascinación creciente a medida que iba haciéndose mujer. No había sentido la llamada de la fe para profesar como novicia en un convento, lo que habría conseguido seguro con la ayuda del padre Martín, pero habría dado cualquier cosa por aprender todo el saber que atesoraban esos clérigos y poder adentrarse en los misterios carentes de secretos para ellos.

—¡Sácate esos pájaros de la cabeza! —solía regañarla su madre cuando ella se atrevía a expresar tales fantasías en voz alta—. Aprende a bordar como Dios manda y podrás ganarte el pan.

Y Mencía había aprendido. A bordar y también a hilar el lino como pocas. Además, tenía a Tiago a su lado. Y la libertad. Pedir más a la Providencia habría sido escupir al cielo.

Su madre y su padre habían partido hacia el norte varios días atrás, en la primera oleada de prófugos, junto a la mayoría de los hermanos y sus posesiones más valiosas: buena parte del tesoro perteneciente al Apóstol, el resto de los siervos y por último las caballerías, ganado, aves de corral y reservas de grano. Ella en cambio se había quedado en esa villa que ahora le parecía hostil, amenazadora, como si la recorriera por primera vez.

Pasada la iglesia, a mano izquierda, se alzaba majestuosa una de las cuatro torres de la muralla, desde la cual el pregonero solía lanzar sus avisos aprovechando los días de mercado semanal, cuando los compostelanos se congregaban alrededor de los puestos y afluían a la ciudad campesinos de toda la comarca.

Mencía guardaba un recuerdo vívido de su último pregón, ordenando la evacuación ante la matanza que se avecinaba. La noticia había caído como un jarro de agua helada, hasta el punto de sembrar el desconcierto, pues no cabía concebir que el santo Apóstol desamparara a las gentes que velaban por su sepulcro. ¿Cómo iban a atreverse los mahometanos a provocar la ira de Cristo atacando la última morada de su discípulo predilecto? Y este, el Hijo del Trueno, quien después de ser decapitado seguía asiendo su cabeza entre las manos antes de rendirla al verdugo, ¿qué represalias no tomaría contra quien osara profanar sus reliquias?

Los vecinos de Compostela solo habían conocido paz. Ellos, sus abuelos y los padres de sus abuelos. Paz y prosperidad bajo el manto protector de Santiago. Galicia entera vivía desde hacía más de un siglo alejada de la guerra contra el infiel, a resguardo de las fortificaciones levantadas con ingente esfuerzo por los reyes de Asturias y León en las riberas del Duero. Sabían que en otros lugares el Victorioso de Alá hacía estragos. Habían dado refugio a un buen número de clérigos milagrosamente escapados de las feroces incursiones realizadas por ese demonio en el Reino de Pamplona o Aragón, en Castilla y en tierras del soberano leonés, cada vez más cerca y cada verano, con puntualidad aterradora. Conocían relatos capaces de helar la sangre, pero se creían a salvo de sufrir algo parecido, hasta que el pregonero los sacó de su engaño.

El ejército de Almanzor avanzaba implacablemente hacia ellos por la antigua vía romana que venía de Iria Flavia, destruyéndolo todo a su paso. Era preciso escapar.

—Así lo hace saber y manda el ilustrísimo cabildo en el día de hoy —había proclamado el hombre con voz inusualmente trémula, subrayando sus palabras con un redoble de tambor semejante al estertor de un agonizante.

*　*　*

El sol empezaba ya a declinar cuando al fin Mencía pudo abrazarse a Tiago, entre exclamaciones de alegría.

—Pero ¿dónde te habías metido, esposo? —saludó jovial—. Ya empezaba a preocuparme.

—Es culpa mía, hija —terció Martín—. Me ha costado un poco decidirme a acompañaros y he retrasado vuestra marcha.

—El padre Martín se ha ofrecido a bautizar al niño cuando nazca —dijo Tiago a guisa de explicación, dejando para otro momento el detalle de lo sucedido en el monasterio.

Ese ruego era el arma secreta a la que había recurrido para vencer la obstinación del clérigo, después de anunciarle el estado de buena esperanza de su mujer. Ante la insistencia de su pupilo, el monje se había rendido, incapaz de negar semejante petición al muchacho a quien él mismo había unido poco antes en santo matrimonio.

—¿Ya estáis entonces al tanto de la feliz noticia? —repuso ella, dirigiéndose al fraile con una sonrisa a medio camino entre el orgullo y el pudor que el anciano, ciego, no pudo apreciar—. Pues bendecidnos, por favor. Sois el primero en saberlo.

Mencía se acercó al borrico, tomó suavemente la mano derecha del clérigo entre las suyas y la guio hasta su vientre, para que pudiera trazar el signo de la cruz justo allá donde crecía, abrigada, esa criatura tan pequeña y sin embargo tan fuerte a la hora de infundir ánimo a sus padres. Martín bendijo a ese niño cuidando de no rozar la túnica holgada con la que se cubría la mujer, y pronunció unas palabras en latín que únicamente él comprendió. Pedían a Dios salud para el bebé y para su madre y les deseaban a ambos una vida dichosa bajo la protección del Apóstol.

Sin más dilación, reanudaron la marcha por la empinada cuesta empedrada, hacia arriba, dejando a sus espaldas el cenobio, la plaza, la torre fortificada donde Golo impartía las últimas órdenes a los soldados encargados de quemar todo aquello que pudiera servir de algo a la hueste agarena, y un laberinto de callejuelas estrechas, polvorientas, pobladas de casas vacías.

—Seguiremos el antiguo camino de la costa, hacia el Navia y más allá, a levante, donde las murallas que Dios dispuso en torno al Auseva siempre han ofrecido protección a los cristianos —propuso el clérigo, con la voz impregnada de tristeza—. Por esa ruta han llegado miles de peregrinos a Santiago, lo que significa que ha de haber posadas, hospitales y monasterios que nos den cobijo. Nuestros hermanos brindarán hospitalidad a tres pobres fugitivos.

—Cuanto más al norte, mejor —convino Tiago, que en ese momento tenía la mirada azul, iluminada por la esperanza—. Iremos hacia el mar y, una vez allí, ya veremos. Lo importante es alejarse de aquí lo antes posible.

\* \* \*

—¡Oh, verdadero y digno santísimo Apóstol...! —sonó de pronto la voz de Martín, recitando el conocido himno a Santiago escrito por un monje liebanés—. ¡Cabeza refulgente y áurea de Hispania, defensor poderoso y patrono nuestro, apiádate de nosotros en esta hora trágica!

El anciano desgranaba su letanía con una cadencia desgarradora, acompañando las palabras de sollozos.

—¡Sé con nosotros piadoso, sé pastor amable de esta grey puesta a tu custodia, líbranos de los infiernos!

Rompía el corazón oírle rezar de ese modo, invocando al santo a cuyo servicio había dedicado su vida entera. No parecía dirigirse a un ser celestial, lejano en su pedestal de mármol, sino al amigo cuyo socorro suplicaba con profunda fe, esperando verlo aparecer aureolado de gloria, empuñando una espada flamígera y montado en un corcel brioso, dispuesto a derrotar, él solo, a esa tropa impía y feroz que venía a destruir su santuario.

Bajo el caudillaje de Santiago, los soldados al mando del añorado rey Ramiro II habían derrotado media centuria atrás a la hueste del tercer Abd al-Rahmán en la batalla de Simancas, brindando al Reino una victoria impagable en su denodada lucha contra los ismaelitas del sur. En agradecimiento por su divino auxilio, el soberano había hecho voto solemne de entregar al santo una parte de todo el botín que se conquistara al moro a partir de entonces, no solo en el tiempo de su vida, sino mientras durara la empresa de recuperar y reconstruir el antiguo reino visigodo.

Santiago era el mejor guerrero de la Cruz, el más audaz de los capitanes, un faro de luz y confianza en esa pugna a última sangre que libraban sarracenos y cristianos en tierras de la vieja Hispania.

Hasta su ciudad, Compostela, llegaban peregrinos de todo el orbe portando riqueza y sabiduría. Su flujo incesante había afianzado un camino que unía sólidamente Galicia, y con ella el conjunto del Reino, al imperio franco, Bizancio y el resto de la Cristiandad. Una senda que transitaban clérigos, penitentes y también, en número creciente, caballeros dispuestos a unir sus fuerzas a las de los condes locales que peleaban en la frontera. Esa era su grandeza y ese había sido el motivo de su condena.

A humillar la inmensa esperanza que la fe jacobea suscitaba entre todos los cristianos del mundo venía el Azote de Dios, al frente de una tropa como jamás se había visto. Y a saquear su tesoro. Y a subyugar a las gentes que no hubieran hallado refugio en los montes. Siguiendo su costumbre, pasaría a cuchillo a los hombres que cayesen en sus manos y se llevaría a las mujeres y a los niños a fin de venderlos como esclavos.

# 3

Nadie que pudiera contarlo había visto el rostro del caudillo moro, aunque circulaban toda clase de rumores sobre su lengua de serpiente o sus ojos semejantes a los del lobo. Otros, por el contrario, aseguraban que se trataba de un ser deforme, jorobado, retorcido, condenado por el Altísimo a cargar con ese estigma reflejo de su maldad.

Quien más quien menos, todo el mundo en Compostela había oído hablar de la historia de esa joroba. Contaba cómo un Almanzor a la sazón mucho más joven se había enfrentado al padre de su esposa, general jefe de las tropas califales asentadas en Medinaceli, en una disputa descarnada por hacerse con el poder en Al-Ándalus. En el transcurso de la misma, acontecida en un banquete ofrecido por el caíd de Atienza, el viejo soldado, borracho, había llamado «traidor» a su yerno, acusándolo de reclutar tropas en Berbería no para luchar contra los cristianos, sino con el fin de apartarlo a él de sus hombres y ocupar su lugar al frente de los ejércitos. No contento con ello, le había afeado que yaciera con una mujer vascona y lo había tildado de «jorobado maldito».

Ese «jorobado maldito» provocaba invariablemente entusiastas salvas de aplausos en el público congregado para escuchar al narrador de turno, quien aprovechaba la pausa para animar a los presentes a adquirir alguno de sus productos. Porque el relato no había hecho más que empezar. Los comerciantes judíos que llegaban a la ciudad del santo trayendo noticias frescas del sur se hacían lenguas de esas habladurías sabrosas, recreándose en los detalles más escabrosos. Así aunaban negocio y placer después de un viaje tan penoso.

—Almanzor —proseguía el hábil vendedor— trató de apaciguar la ira de su padre político ofreciéndose a condonarle la deuda que aún tenía pendiente por la dote de su hija, lo cual no hizo sino acrecentar la furia del viejo. Encendido por la rabia y el vino, este se abalanzó sobre su yerno espada en mano, directo al corazón, y solo la rápida intervención del anfitrión impidió que acabara con su vida. Herido de gravedad en el pecho, el agredido logró escapar a duras penas, saltando por una ventana…

En este punto los aplausos se tornaban exclamaciones de decepción e incluso había quien silbaba al relator, como si fuese el responsable de ese desenlace indeseado.

—Esperad, que lo mejor está por venir —decía este entonces, tranquilizando a su audiencia—. Ved estas maravillas que os traigo mientras yo os desvelo lo que aconteció después.

»Socorrido por sus hombres, Almanzor montó a caballo y se dirigió precisamente a Medinaceli, la plaza gobernada por su suegro, que gozaba de la mejor guarnición militar después de Córdoba. En vano protestaron sus leales esta decisión, alegando que iban directos a la boca del lobo. El caudillo llegó malherido en lo más oscuro de la noche, ordenó al mayordomo de Galib prepararle una estancia e hizo llamar al galeno. A la mañana siguiente, mientras el veterano general dormía la borrachera en Atienza, el esposo de su hija, suficientemente recuperado, ordenó el saqueo de su ciudad, previa eliminación de cualquiera que opusiera resistencia. Al mediodía presidía el reparto del botín y se proclamaba soberano del lugar.

Llegado ese momento álgido, una nueva tanda de abucheos evidenciaba que si bien en el territorio de Al-Ándalus la astucia demostrada por el célebre caudillo era objeto de redoblada admiración, entre los cristianos sucedía todo lo contrario. Almanzor era sinónimo de perfidia y lo único que ansiaban oír sus víctimas era que había sido vencido o, cuando menos, humillado. De modo que el comerciante avezado, cuyo objetivo era mantener la atención del público, imprimía un giro a su relato y cargaba las tintas sobre la crueldad de la que era capaz ese demonio.

—Enterado de lo sucedido, Galib degolló con sus propias manos al caíd que le había impedido rematar a su enemigo, después de lo cual huyó al norte y buscó refugio entre los vascones, convirtiéndose en su aliado. Almanzor, a su vez, preparó al ejército para librar la batalla definitiva contra ese anciano ya derrotado, al que envidiaba en lo más hondo de su corazón por su largo historial de victorias militares y por el amor que le tenían sus tropas.

»Al parecer, el choque tuvo lugar en tierras de Castilla y en el fragor del combate nadie vio morir al general. Su cuerpo apareció al pie de una roca, intacto. Un conde cristiano le cortó la mano en la que portaba el sello familiar y se la envió a su yerno, como ofrenda de paz, a fin de concertar una tregua. Este exigió la cabeza y la obtuvo. De regreso en Córdoba, el despojo fue exhibido a la entrada del alcázar durante largos meses, para que todo el que cruzara ese umbral supiese de su poder absoluto.

\* \* \*

—¡Misericordia, patrono nuestro, misericordia! ¡Bríndanos tu auxilio, Santiago, señor de Hispania!

Mientras Almanzor proseguía su avance implacable hacia Compostela, Martín no había dejado de invocar el auxilio del Apóstol, en tono cada vez más lastimero. Su plegaria se repitió, incesante, durante todo el camino, hasta que la pequeña comitiva formada por Tiago, Mencía y él mismo alcanzó la sólida empalizada que constituía la segunda defensa de la ciudad, ya avanzada la tarde.

Allí permanecía de guardia un retén de hombres, muy nerviosos, custodiando la puerta abierta en la valla así como el puente de troncos tendido sobre el foso adyacente, que se encontraba inundado. Protegían la evacuación hasta su culminación y trataban de poner orden entre los rezagados que se arremolinaban en la embocadura de esa estrecha pasarela, abriéndose paso a empujones a fin de sortear el tapón.

Algunos ofrecían monedas a los soldados, a gritos, intentando adelantarse a quienes habían llegado antes. Otros enarbolaban a sus bebés a guisa de estandarte, buscando inspirar compasión. Los más recurrían a la fuerza bruta y eran repelidos a palos por los guardianes, lo cual, lejos de desanimarlos, no hacía sino redoblar el ímpetu de sus embestidas.

Tiago se colocó delante, para servir de escudo a su esposa y al fraile, decidido a pasar como fuera. Le sorprendió el gentío acumulado en ese embudo, pues estaba convencido de que ellos habrían sido los últimos en partir. A tenor de la escena que se desarrollaba ante sus ojos, resultaba evidente que muchas personas habían confiado en un milagro, haciendo oídos sordos a las órdenes del cabildo y a la más elemental prudencia, hasta que la alerta de los soldados enviados a espiar los movimientos de la hueste agarena había desatado el pánico.

—No te separes de mí y estate tranquila —dijo con serenidad a Mencía—. Lo lograremos.

—Claro que sí —convino ella, agarrándose con fuerza a su mano—. Solo es cuestión de paciencia.

Detrás de ellos, otra pareja algo mayor intercambiaba atroces augurios en una siniestra escalada por ver cuál de los dos evocaba imágenes más aterradoras. La mujer tiraba de dos chiquillos flacos, descalzos, que lloraban desconsolados con la cara llena de mocos. El hombre empujaba una carretilla donde yacía una anciana encogida, medio muerta, sobre un montón de paja y una manta. Seguramente se trataría de una madre o una abuela enferma, pensó Mencía, a quien no habían querido dejar atrás. Componían un cuadro conmovedor, aunque su conversación resultaba irritante por lo morboso de los detalles y el modo en que parecían recrearse desgranándolos.

—Dicen que Almanzor estuvo días y días acometiendo Barcelona con sus almajaneques, hasta que, destruidas las murallas, la ciudad se rindió —decía él en ese instante.

—Y lo que arrojaban esas máquinas del infierno no eran solo piedras —remachó ella, complaciéndose en desvelar ese secreto atroz— sino cabezas cortadas cristianas. Se lo oí contar a un mendigo que lo vio con sus propios ojos. Cabezas de soldados muertos en la batalla campal librada antes del asalto. A razón de mil al día, aseguraba ese desgraciado.

—¡Dios nos asista!

Mencía apretó la mano de su esposo instintivamente, luchando por no ceder al miedo. Este notó su angustia y volvió a tranquilizarla.

—No temas, mujer. Son exageraciones. La gente habla sin saber.

—Ojalá lo fueran —terció Martín, que se había bajado del asno y parecía carecer de fuerzas para enfrentarse a todo ese caos—. La ferocidad de Almanzor no conoce límites. Lo que habéis oído es la verdad descarnada. Barcelona ardió hasta los cimientos, al igual que otras muchas urbes conquistadas por ese hijo del infierno, mientras él acrecentaba su botín de oro y cautivos.

—Eso no ocurrirá aquí, padre —repuso Tiago tratando de dar convicción a sus palabras—. Compostela no ofrecerá resistencia y será respetada. ¿Qué ganaría él destruyéndola?

—Poder para infundir terror en nuestros corazones, gloria entre los suyos, sumisión de los condes cristianos, venganza… Él sabe lo que significa Compostela para nosotros. Por eso ha venido. He rezado para que las olas destrozaran su flota en el océano, como sucedió en tiempos del Rey Magno, cuando el emir Abd al-Rahmán envió a su ejército a invadir nuestras costas, pero Dios no ha escuchado mi plegaria. He suplicado en vano un prodigio semejante al que desveló la presencia de sus sagrados restos en el bosque donde hoy se alza su ciudad, abocada a la aniquilación. He rezado con fervor a fin de encontrar un motivo para sobrevivir, sin obtener respuesta.

—Pero, padre… —se revolvió Tiago, temeroso de toparse nuevamente con la negativa de la mañana.

—Mi decisión es irrevocable, hijos —le interrumpió el clérigo, con una gravedad que no dejaba lugar a la réplica—. No voy a seguir adelante. Moriré como he vivido, en la ciudad de mi señor Santiago, junto a sus sagradas reliquias. No le abandonaré en esta hora oscura. Id vosotros en la paz de Dios y que Jesús os acompañe. Llegado el momento, encontraréis a un sacerdote que bautice a vuestro hijo. Yo regresaré al monasterio a lomos de este animal que conoce de sobra el camino. Me llevará de vuelta a casa sin dificultad. Tenéis mi bendición.

Tiago y Mencía intercambiaron una mirada cargada de sombríos presagios, sabiéndose atrapados en un cepo sin escapatoria posible. Si volvían sobre sus pasos, se enfrentarían a un peligro inmenso. Si dejaban ir solo al hermano a quien tanto debían, la conciencia les remordería hasta el fin de sus días. No había decisión buena ante semejante dilema.

Entre tanto, la aglomeración parecía haberse dispersado lentamente y el acceso al puente estaba abierto, si bien los guardias urgían a la gente a moverse deprisa.

—¡Cruzad de una vez o haceos a un lado! —los conminó un soldado con rudeza, blandiendo amenazador una gruesa vara de avellano que usaba a modo de garrote.

—¡Respetad a este venerable presbítero, por todos los santos! —contestó Tiago furioso—. ¿No veis que está impedido?

—Si no os apuráis, os aplastarán, y yo no podré evitarlo —arguyó el guardia, lacónico.

—Volvamos —dijo Mencía con resignación.

—¡Ni hablar! Iré yo —repuso el herrero, firme—. Tú cruzarás y me esperarás al otro lado, oculta entre los árboles.

\* \* \*

Se habían apartado un poco, a fin de franquear el paso a otros, aunque sin perder su posición aventajada. Martín protestaba con vehemencia, exigiendo que le dejaran ir al encuentro de su destino, mientras Mencía se aferraba a la mano de su hombre, sintiendo el temor atenazarle la garganta por vez primera desde el comienzo de esa pesadilla.

—No me iré sin ti —protestó.

—Lo harás porque yo te lo mando —ordenó él sin mostrar compasión.

—¡Te digo que no!

—Antes de que acabe la noche habré vuelto —suavizó el tono el herrero con el afán de convencerla—. Lo dejaré en el cenobio y regresaré lo más rápido que pueda. Todavía hay tiempo. Golo dijo que estaban a una jornada de distancia. Yo solo lo conseguiré. Contigo iría más lento.

—¿Me lo juras?

—Te lo juro. Haz lo que te he dicho y todo saldrá bien.

—Tengo miedo —confesó entonces Mencía, casi con vergüenza—. No por mí, sino por nuestro hijo.

—Ni a Ramiro, ni a ti, ni a mí va a ocurrirnos nada malo —la tranquilizó él—. Ten fe. Sé valiente.

Ella sonrió enternecida al ver que su hombre llamaba espontáneamente al niño por el nombre que ambos habían acordado ponerle en honor al gran monarca verdugo de los sarracenos. Era un deseo de Tiago un tanto inusual, dada la costumbre de bautizar a los recién nacidos con el nombre del santo del día, que Mencía había asumido dichosa, tan convencida como su esposo de que daría a luz un niño. Ni por un instante había pensado en parir una hembra. Tiempo habría para las niñas. Su primogénito sería varón y se llamaría Ramiro, como el vencedor de Simancas.

—Toma esta cruz —añadió Tiago, quitándose un crucifijo de hierro que llevaba al cuello, colgado de un cordón de cuero—. Mi padre la forjó para mí y sabes cuánta fe le tengo. Ella os protegerá en mi ausencia.

Mencía cogió la joya que él le tendía, se pasó el cordel por la cabeza a fin de colocarla en su sitio y, al tenerla sobre la piel, sintió cómo el calor de Tiago le inundaba el pecho. Haciendo acopio de valor, besó fugazmente a su marido, se dio la vuelta y embocó el puente, obligándose a no mirar atrás. Mientras caminaba a buen paso, entonando un avemaría con la que aliviar la angustia, le oyó gritar:

—¡Cuídalos bien!

## 4

Llevarían poco más de una milla recorrida cuando percibieron los primeros ecos del fragor que producía el ejército sarraceno en su avance. El aliento de la bestia. Un sonido parecido al de la mar enfurecida batiendo un fondo de piedras, ronco, constante, que fue aumentando de volumen sin perder su tétrica cadencia a medida que Tiago y Martín trataban de forzar la tozudez del borrico para acelerar el paso.

Cada vez estaban más cerca los guerreros, aunque en medio de la oscuridad resultaba imposible saber exactamente a qué distancia. Lo cierto era que se movían. No daban tregua a su presa.

—Ve con tu mujer preñada, hijo —rompió el silencio el anciano—. Te necesita más que yo.

—Os acompañaré hasta la basílica y después regresaré con ella —contestó el herrero en un tono que evidenciaba su enfado—. Ya os advertí esta mañana de que no os abandonaría. Puesto que os habéis empeñado en volver, aquí estamos.

—Ciegos los dos en medio de esta negrura… —apuntó Martín con sarcasmo.

—No me culpéis a mí por ello —replicó Tiago furioso—. Vos sabréis los motivos de vuestro empecinamiento. Yo me estoy comportando como me enseñasteis que debe hacerlo un buen cristiano. «Honrarás a tu padre y a tu madre.» ¿No es eso lo que dice el libro sagrado? De las esposas no pone nada, que yo sepa.

—Estás aquí por tu voluntad —se defendió el clérigo, alzando ligeramente la voz—. Te he repetido hasta la saciedad que te olvidaras de mí. Mis razones no son las tuyas. Mi vida está llegando a su fin, la tuya acaba de empezar. Mi padre siempre ha sido el Apóstol, a cuyos pies he visto postrarse a reyes y condes, delegados pontificios, santos varones, vírgenes, príncipes y princesas francos, armenios, frisios, germanos, griegos, anglos o dacios. No puedo alejarme de su lado. ¿Es que no lo comprendes? Mi lugar está junto a él, mientras el tuyo está con tu esposa y tu hijo, que te necesitan más que yo. Déjame ir y vuelve por donde hemos venido. Todavía estás a tiempo.

¿Debía escuchar ese consejo, coincidente con sus deseos, o atender a esa pulsión interior que le impelía a cumplir con su penoso deber, por doloroso que fuese? Tras una breve vacilación, Tiago se dijo a sí mismo que con la ayuda de Dios podría hacer ambas cosas. Si se daba prisa, lo conseguiría. Tenía tiempo de sobra. Nunca se había oído que una plaza fuese asaltada en plena noche. Mientras no le sorprendiera el alba, todo saldría conforme a sus planes.

Hicieron el resto del trayecto en silencio, rumiando su resquemor. Martín se bamboleaba peligrosamente a lomos del pollino que el herrero llevaba de las riendas, agarrándose a las alforjas con dedos huesudos, retorcidos por la humedad. Tiago a su vez daba grandes zancadas, a riesgo de que se cayera el fraile, impaciente por cumplir con su misión y regresar junto a Mencía. En esa época del año los días duraban mucho más que las noches, lo cual significaba que el tiempo jugaba claramente en su contra.

Cruzaron la puerta por la que habían salido poco antes y siguieron recto calle abajo, por el camino más corto hacia la iglesia del santo, sin ver nada amenazador. Todo parecía tranquilo dentro de la ciudad, si bien el rumor lejano percibido desde la distancia sonaba ahora como si el campamento de Almanzor se hallara a tiro de piedra.

Era preciso mucho valor para seguir adelante avanzando en la dirección de la que provenía el siniestro bullicio, se dijo Martín para sus adentros, emocionado. No pensaba en sí mismo, puesto que él había escogido su destino, sino en el hombre que lo acompañaba haciendo gala de una nobleza de corazón infinitamente mayor que la otorgada por la cuna o por la espada. Un hombre bueno a quien lamentaba de verdad haber arrastrado a semejante situación, aunque fuese sin pretenderlo y por motivos tan sólidos como la llamada del Apóstol a quien había dedicado su vida, que resonaba en su corazón con absoluta nitidez.

El herrero, a su vez, se aferraba a la convicción de que por muchos soldados que hubiese en ese real, se encontrarían todavía al otro lado de la muralla, esperando a que saliera el sol para lanzarse al ataque. Se repetía que, entre sombras, no había nada que temer. Se engañaba.

El portazo sonó de improviso ante sus mismas narices, con tal violencia que asustó al asno, el cual soltó un rebuzno lastimero y desmontó al monje, antes de salir corriendo con ese trotecillo torpe propio de los de su especie. Martín quedó tendido en el suelo, aturdido por el golpe, aunque no profirió ni un lamento. Eso fue lo que les salvó la vida a él y a Tiago, porque en ese momento estaban, sin saberlo, a pocos pasos de una patrulla de exploradores sarracenos cuyos integrantes empezaron a hablar entre sí en su lengua extraña, delatando su presencia además de su ubicación.

A juzgar por las voces, debían de ser cuatro. Habrían entrado en la urbe de avanzadilla, a fin de informar a su caudillo sobre lo que le aguardaba allí, y estarían aprovechando para robar objetos de valor en algunas casas, antes de que el grueso de la tropa les disputara el botín. El burro les había puesto en guardia, incitándolos a desplegarse con el empeño de ir en su busca.

El herrero sintió que una ola gélida de terror le subía por la espalda, le aflojaba las tripas y se le agarraba a la nuca, como una fiera salvaje. A duras penas contuvo intestinos y vejiga, pugnando por dominar ese cuerpo presa del pánico que no parecía suyo. Cuando se agachó para ayudar al fraile a levantarse, notó que las piernas le temblaban tanto que apenas le sostenían. El anciano, en cambio, parecía más sereno, acaso por su costumbre de moverse en la oscuridad. Llevándose el dedo índice de la mano izquierda a los labios para indicar a su pupilo que guardara silencio, murmuró:

—Vamos por donde tú sabes.

Uno y otro conocían el recinto de San Pedro y la ciudad de Compostela como la palma de su mano. Toda su existencia había transcurrido entre esas rúas empinadas, angostas, trazadas al albur de las necesidades sobre un terreno escarpado, sin el orden característico de las antiguas urbes romanas. Esa era su ventaja, la única, sobre los feroces guerreros con los que se habían topado y que ahora les pisaban los talones, lanzándose consignas entre sí en un idioma incomprensible. No constituía una gran baza, pero supieron aprovecharla.

Utilizando callejones escondidos, tan estrechos que resultaba casi imposible distinguirlos en esa tiniebla, llegaron hasta la iglesia desde atrás, evitando la plaza abierta ante su pórtico donde habrían quedado expuestos. Martín tenía la llave de una puerta lateral que había utilizado para salir tras despedirse del Apóstol, una vez cerrado a cal y canto el portón principal, y por ella entraron, jadeantes, en el templo donde aún alumbraba la vela encendida ante el Santísimo.

—Ya estáis donde queríais —dijo resoplando Tiago, que prácticamente había llevado en andas al fraile durante esa frenética huida—. Ahora tengo que irme.

—Antes de marchar, perdóname, hijo —respondió el anciano, conmovido hasta el punto de romper a llorar—. Te lo ruego. Quisiera morir en paz sabiendo que me has perdonado.

A modo de respuesta, el herrero abrazó con fuerza a ese hermano todopoderoso en el monasterio hasta hacía apenas unos días, que se mostraba inesperadamente tan pequeño y vulnerable como para suplicar su perdón. ¿Quién era él para juzgar al hombre que, siendo por derecho su dueño, había preferido comportarse como un padre generoso?

—Ve con Dios —se despidió Martín.

—Que Él os guarde —contestó Tiago, decidido a volver cuanto antes sobre sus pasos.

\* \* \*

La grandiosa basílica construida en tiempos de Alfonso el Magno sobre la iglesia anterior, mucho más modesta, brindaba un refugio efímero ante lo que estaba por venir. En esa hora de calma que precede a la tormenta, sus muros de piedra gris parecían inexpugnables, sus treinta varas de largo por diecisiete y medio de ancho proporcionaban espacio de sobra para resistir con holgura, y el intenso aroma a incienso que impregnaba la atmósfera creaba una sensación de placidez engañosa.

A Tiago le tentaba la idea de sentarse a descansar un rato en uno de los escaños dispuestos para los canónigos, pero no podía darse ese lujo. Era preciso salir de allí de inmediato, abandonar la ciudad y correr hasta donde le esperaba Mencía, so pena de quedarse encerrado en esa jaula de mármoles verdes y pórfidos violetas pulidos cuyo resplandor dejaba boquiabiertos a los peregrinos cuando la luz del sol penetraba a mediodía sus tres naves.

Con suma cautela abrió de nuevo la pequeña puerta lateral orientada al sur, maldiciendo el óxido que hacía rechinar sus goznes de manera escandalosa. Aunque sus ojos se habían acostumbrado a la oscuridad, le resultaba imposible ver nada. Aun así, se echó a la calle con arrojo, encomendándose a la protección de Santiago.

Anduvo unos pasos, divisó a lo lejos el brillo de una antorcha y torció rápidamente a su izquierda, para darse de bruces con uno de los sarracenos que andaban buscándole. Durante un instante los dos se quedaron paralizados por la sorpresa, mirándose con odio en los ojos. Un suspiro. Enseguida el soldado se puso a vociferar en su lengua, a fin de alertar a sus compañeros, a la vez que desenvainaba la espada y se abalanzaba hacia su presa.

Tiago se dio por muerto en ese mismo momento, aunque no estaba en su naturaleza entregarse sin dar batalla. El instinto le hizo esquivar esa primera arremetida con un quiebro, sin sufrir otro daño que un desgarro en la vieja túnica, cuyo paño cedió ante el agarrón de su adversario dejándole con un trozo de tela en la mano.

La suerte le había sonreído en ese lance, pero se hallaba desarmado y solo frente a la patrulla que venía corriendo hacia él. No tenía escapatoria. Hizo lo único que estaba a su alcance y reculó hasta la iglesia, donde Martín, que había oído el jaleo, le esperaba para franquearle la entrada. En cuanto estuvo dentro, el fraile se apresuró a cerrar con dos vueltas de llave. No necesitaba la vista para orientarse en la que consideraba su casa.

—Recupera el aliento, hijo, por ahora estamos a salvo —trató de tranquilizarle.

—¿A salvo? —replicó el herrero sombrío—. Estamos a su merced. Solo es cuestión de tiempo. Si me hubierais escuchado…

¿Qué sería de Mencía?, le asaltó de pronto la pregunta. ¿Habrían llegado hasta ella esos guerreros del infierno que ocultaban su rostro embozándose, acaso porque no fuera humano? Acababa de toparse con uno y había contemplado de cerca la furia que brillaba en sus pupilas. ¿Qué no harían a una mujer indefensa si en mala hora daban con ella?

Los pensamientos de Tiago volaron libres hasta donde no había podido escapar él para reunirse con su esposa y con ese hijo al que ya no conocería y que crecería sin padre. También su miedo. Lleno de angustia, rogó al santo que intercediera ante Dios, ofreciendo su vida por la de ellos en un trueque desesperado.

—Hagan de mí lo que quieran esos infieles, aceptaré gustoso el martirio, pero no permitas que la toquen.

\* \* \*

De cuando en cuando llegaban hasta sus oídos sonidos que ambos reconocían como gritos de terror y agonía. Voces surgidas evidentemente de gargantas cristianas. Por mucho que hubieran intentado convencerse de que la ciudad estaba por completo vacía, resultaba palmario que no era así y que en ella debían de haber quedado personas enfermas, mayores o simplemente confiadas en la protección del divino patrón, que iban sucumbiendo a la degollina perpetrada por esa expedición nocturna enviada a explorar el terreno. Solo cabía rezar por sus almas y confiar en que, llegada su hora, el final fuese rápido.

—Mañana mismo tú y yo compartiremos la mesa de Nuestro Señor Jesucristo —dijo el monje a guisa de consuelo—. Tendrás un lugar luminoso a su diestra.

El herrero asintió sin entusiasmo. No quería ahondar el remordimiento del anciano, por lo que se abstuvo de lanzarle nuevos reproches y se mantuvo callado, yendo de un lado a otro de la iglesia como una fiera enjaulada, mientras Martín permanecía recogido en oración de rodillas, sobre un cojín de terciopelo, ante el altar bajo el cual descansaban los restos mortales de ese discípulo de Jesucristo a quien hablaba como se habla a un hermano mayor o a un buen amigo.

El tiempo discurría con una lentitud desesperante, que no hacía sino acrecentar su congoja.

—¿A qué demonios esperan para entrar? —estalló al cabo de un rato Tiago, incapaz de dominarse.

—Seguramente, a su caudillo —respondió el fraile apelando a la lógica—. No se atreverán a hurtarle el placer de esa primacía, ni siquiera con el propósito de capturarnos. Profanar el templo más sagrado de la Cristiandad hispana no es algo que se haga a la ligera. Es de suponer que Almanzor habrá cursado órdenes estrictas al respecto y dudo que cualquiera de sus hombres ose desobedecerlas. Intenta tranquilizarte, hijo. Tal vez muestren piedad…

—¿Que me tranquilice? —repuso este colérico—. ¿Queréis que me tranquilice y aguarde mansamente al verdugo? Lo que voy a hacer ahora mismo es intentarlo de nuevo. ¡Me voy!

—Solo conseguirás que te prendan o te rebanen el cuello en cuanto asomes por esa puerta.

El anciano tenía razón y Tiago hubo de rendirse a su argumento. Se le pasó por la cabeza salir y acabar con todo, pero lo retuvo el amor de su mujer, el deseo ardiente de reunirse con ella algún día, una esperanza descabellada y sin embargo irrenunciable. ¿Quién sabía lo que le depararía el futuro? ¿Y si, como acababa de apuntar el monje, Almanzor se apiadaba de ellos? Una parte de su cabeza ansiaba creer que tal cosa fuese posible, aunque la otra le advertía que no se hiciese ilusiones vanas. Fuera como fuese, se juró a sí mismo no claudicar ante el desánimo ni ceder a la adversidad. Mientras le quedara un hálito de vida, pondría todo su empeño en cumplir la promesa que le había hecho a Mencía.

—Sé que estás enojado conmigo —interrumpió sus cavilaciones Martín en tono grave, mostrando un pergamino sellado y lacrado que acababa de sacar del bolsillo interior de su hábito—. Tienes motivos sobrados para estarlo. Aun así, debo requerir de nuevo tu ayuda para esconder este documento. Es de vital importancia. Lo había cogido para asegurar su salvaguarda, pero puesto que todo indica que aquí hemos de perecer, debemos impedir que caiga en manos enemigas.

—¿Un documento? —inquirió Tiago con desdén—. ¡A buenas horas!

—Tienes razón, hijo. Debería habérselo entregado a tu esposa rogándole que lo llevara hasta Oviedo o haberlo puesto en manos de los hermanos que marcharon hace días. Pero se me fue de la cabeza. Mi memoria no es la de antes. Cuando quise darme cuenta, era demasiado tarde. Por eso te ruego encarecidamente que me ayudes a ocultarlo. No se me ocurre qué otra cosa hacer.

—¿Os preocupan más unas palabras escritas que vuestra

propia sangre o la mía? —El tono del herrero denotaba incredulidad e indignación a partes iguales.

—Las palabras escritas perduran mucho tiempo después de que hayan muerto quienes las escribieron —explicó el monje, indulgente, pues entendía que una persona como su pupilo, analfabeto al igual que la mayoría, despreciara el valor de aquello que no podía comprender—. Las palabras escritas son las custodias de nuestras vivencias, dan fe de lo sucedido.

—¿Y qué hay en ese escrito tan importante como para que merezca ser recordado cuando nosotros estemos muertos? —insistió el herrero, curioso, aunque a la vez ofendido por el tono condescendiente empleado por su maestro.

—Este pergamino contiene nada menos que la prueba de la donación perpetua que nos hizo el rey Alfonso II a los hermanos de San Pedro tras peregrinar aquí, al lugar santo, alertado de que habían sido halladas las sagradas reliquias del Apóstol por el bienaventurado obispo Teodomiro, cuya sepultura tienes a tu espalda. Después hemos recibido otros legados, por supuesto, pero ese fue el primero y principal. La fuente de nuestra legitimidad. Si ese documento llegara a extraviarse o fuese destruido, Dios no lo quiera, en los años venideros cualquiera podría disputarnos esta propiedad y, con ella, el altísimo honor que representa para nuestra comunidad ese deber de custodia y oración permanente ante estos benditos restos…

—… Así como las riquezas que os brindan las tierras, rentas y regalos de los peregrinos —apostilló Tiago, que no sabía leer pero conocía el alma humana y distaba de ser un necio.

—Te aseguro que eso es lo de menos —se sorprendió el anciano.

—Tal vez esa sea vuestra forma de verlo, aunque dudo que los demás frailes piensen lo mismo —se atrevió a porfiar el herrero—. ¿Lo habéis escrito vos?

Martín sonrió, enternecido, ante esa pregunta formulada sin atisbo de segunda intención. ¿Cómo iba a estar ese muchacho en el secreto de lo acontecido siglo y medio atrás, cuando el entonces soberano de Asturias, apodado el Casto por su indoblegable virtud, viajó desde su corte en Oviedo hasta un bosque próximo a Iria Flavia, testigo de abundantes prodigios que señalaban sin lugar a dudas el emplazamiento del sepulcro donde descansaba el Hijo del Trueno? Muchos condes y no pocos clérigos ignoraban la sucesión providencial de acontecimientos que había convertido Compostela en lo que era en ese año 997 de Nuestro Señor. ¿Qué iba a saber de ellos un hombre nacido siervo?

Con toda la dulzura de la que era capaz, contestó:

—No, hijo. Lo escribió en su día el propio Rey, don Alfonso, de su puño y letra. Claro que, si te interesa, puedo leértelo.

—¡Si estáis ciego!

—Lo he leído tantas veces que no preciso de los ojos para hacerlo. Dice así:

Alfonso rey. Por este mandato de nuestra Serenidad damos y concedemos al bienaventurado Santiago Apóstol y a ti, nuestro padre Teodomiro Obispo, tres millas alrededor del sepulcro que se encuentra en la iglesia del bienaventurado Apóstol Santiago, pues sus restos mortales, su cuerpo Santísimo, aparecieron en nuestro tiempo. Por lo que nos, enterado de tal noticia, hemos venido en compañía de los magnates de nuestro palacio, para adorar y venerar con gran devoción y súplica tan precioso tesoro y lo hemos adorado con mucha emoción y ruegos como Patrono y Señor de toda Hispania y voluntariamente le concedimos el citado regalo de las tres millas. Y en su honor hemos construido una iglesia y hemos juntado la Sede Iriense con el lugar Santo por la salud de nuestra alma y la de nuestros padres, a fin de que toda esta donación quede sometida a ti y a tus sucesores por todos los siglos.

—Mañana a estas horas nada de lo que ahí se dice tendrá valor alguno —constató Tiago con amargura—. Esta iglesia, el monasterio, la escuela, la hospedería, los huertos, la herrería… todo habrá ardido. ¿Qué más os da lo que ponga en esa vieja piel de vaca? Ni siquiera las reliquias del Apóstol seguirán aquí, donde las encontró ese obispo del que habla vuestro pergamino. Los sarracenos las profanarán antes de prenderles fuego. Saben el daño que hacen golpeándonos de ese modo, conocen la fuerza que infunde el santo a nuestros soldados en el campo de batalla y no dejarán escapar la oportunidad de aniquilar su santuario. Necios serían si lo hicieran. Mañana Almanzor habrá vencido, padre.

—El mañana no está escrito, Tiago —le reprendió Martín, negándose a dar por bueno que tal calamidad llegara a producirse—. Y mucho menos está en nuestras manos. Lo que sí depende de nosotros es tratar de salvar esta escritura testamentaria cuyo valor supera con creces el de todos los cálices, cruces, ornamentos y demás tesoros de oro y plata que se llevaron mis hermanos consigo o que enterraron en el jardín, confiando en poder regresar. ¿Me ayudarás?

—Os ayudaré porque me lo pedís y porque de algún modo hemos de matar esta espera.

# 5

Martín ya tenía decidido el lugar donde esconder ese valioso pergamino. Podría haberse limitado a indicárselo al herrero sin mayor explicación, pero prefirió emplear parte del tiempo que les quedaba en compartir con él la historia de ese santuario, su hogar, al que profesaba una devoción infinita. Según sus cálculos, todavía faltaba un rato para la hora de maitines y, como había señalado su pupilo con descarnado pragmatismo, de algún modo debían combatir la ansiedad de esa espera.

La iglesia primitiva, mandada construir por el Rey Casto sobre las sagradas reliquias del santo, era de barro y piedra. Un edificio sencillo, de una sola nave, humilde incluso para el Reino de Asturias, cuyo solar había escogido el Hijo del Trueno como última morada. Aquel era, en efecto, un territorio pobre, castigado por el azote constante de la guerra contra el islam conquistador de la península, pero determinado, en tiempos de ese soberano, a resistir los embates enemigos sin renegar de su fe cristiana ni plegarse a pagar tributos de sumisión al infiel.

Merced al impulso de ese gran monarca y al auxilio del Apóstol, las fronteras habían ido desplazándose hacia el sur a medida que las tropas cristianas reconquistaban terreno del antiguo reino visigodo, la capital se había establecido en León y durante largos años Galicia se había librado de sufrir aceifas. En agradecimiento por tales mercedes, otro Alfonso, dicho el Magno, había convertido esa modesta capilla en una basílica majestuosa de tres naves embellecidas con ricos adornos, cuyo corazón conservaba, eso sí, el mismo emplazamiento de siempre: en el ábside rectangular que coronaba la nave central, apoyada en nueve pilastras con capiteles recuperados de antiguas villas godas y romanas, descansaba el altar mayor, de mármol blanco, exactamente encima de los restos venerados. Y allí, bajo la piedra que los cubría, era donde Martín pretendía ocultar su documento.

—¿Cómo esperáis que movamos esa losa? —inquirió Tiago, en cuanto el monje le comunicó su plan—. Harían falta al menos seis hombres para levantarla.

—Es el lugar más seguro y adecuado —adujo este sin retroceder—. Debemos hallar el modo de hacerlo. Inténtalo al menos, te lo ruego.

—Será mejor encontrar otro escondite —repuso el herrero, hosco. Él no estaba tan familiarizado con el templo como su benefactor, pero lo conocía lo suficiente como para lanzar una rápida ojeada a su alrededor y señalar una pequeña capilla adosada a la pared oriental—. Por ejemplo, allí.

—¿Allí dónde? —inquirió el anciano ciego.

—En esa especie de hornacina situada cerca de la pila bautismal y de la entrada principal.

—¡Ah! Esa es la capilla funeraria donde descansa el bienaventurado obispo Teodomiro del que te hablaba hace un momento —dijo Martín en tono complacido—. Has tenido una excelente idea. Nadie mejor que él para cuidar de este legado. ¡Vamos!

Recorrieron en un santiamén la distancia que los separaba del portón, Martín agarrado del brazo de Tiago, oyendo el eco de sus propias pisadas sobre las baldosas que empedraban el suelo. Antes de acometer el trabajo, el herrero dispuso alrededor de la sepultura unas velas que había prendido previamente en la que lucía sobre el altar, a fin de alumbrarse. Ante sus ojos aparecieron entonces unos signos grabados en la piedra que llamaron su atención. El de la izquierda era una sencilla cruz griega inserta en un círculo. Los de la derecha, en cambio, le resultaban indescifrables.

—¿También sabéis de memoria lo que hay escrito aquí? —preguntó al monje.

—Supongo que te refieres a la inscripción labrada en la lauda. ¿Cómo olvidarla? Reza así: «En esta tumba descansa el siervo de Dios Teodomiro, obispo de la sede iriense que falleció en las decimoterceras calendas de la era 847».

—¿Qué es eso de las calendas?

—Un modo antiguo de medir el tiempo, hijo. Nosotros diríamos que fue en el mes de octubre, por la festividad de Santa Irene.

Recurriendo a todas sus fuerzas, el herrero consiguió mover unas pulgadas la piedra de granito rojizo que cubría el sarcófago. Lo suficiente como para que Martín deslizara en su interior el pergamino con infinito cuidado, encomendando en voz alta su custodia a los huesos del difunto.

—Tal vez os escuche desde el cielo y cumpla vuestro deseo —apuntó Tiago, con sorna, mientras utilizaba la manga de su maltrecha túnica para limpiarse el sudor que le chorreaba por la frente—. Es de suponer que Almanzor se fijará en las reliquias del santo antes que en estas. Si el túmulo resiste a las llamas, es posible que vuestro pergamino sobreviva. Y a juzgar por el grosor de la piedra, yo diría que aguantará. He vuelto a colocar la tapa en su sitio y parece bastante encajada.

—¡Dios lo quiera! —auguró el fraile.

—¿Y qué más da? —replicó el herrero, amargo—. El mundo se acaba, padre. ¿Es que no lo veis? Hace un rato hemos oído las trompetas de los ángeles, las voces, los truenos que anunció san Juan. Pronto nos alcanzarán también el fuego y la sangre. Estaba escrito en el Libro del Apocalipsis que nos leía el sacerdote en la capilla del monasterio.

—En él se dice también que Dios enjugará las lágrimas de los ojos de los justos y ya no habrá más muerte, ni más llanto, ni clamor, ni dolor. Ten fe, hijo mío. Santiago, fortísimo patrón después de Dios, vela por nosotros.

Tiago sintió en el estómago la puñalada del hambre, recordándole que no había comido nada desde la mañana. Su propio cuerpo le hacía ver que seguía vivo y necesitado de alimento, aunque allí dentro no hubiese nada que llevarse a la boca. Vencido por la fatiga, cerró los ojos sin quererlo y se quedó dormido al momento.

\* \* \*

Justo cuando la alborada filtraba su primera luz a través del ventanal abierto en el muro de levante, una suerte de quejido prolongado sonó de pronto muy cerca, al otro lado de la puerta, como si la bestia aterradora mencionada en la profecía de san Juan hubiese cobrado voz. Su aullido lastimero se elevó al cielo, vibrante, entonando una letanía misteriosa cuya última nota quedó suspendida en el aire, largo tiempo, hasta que de la misma garganta volvió a brotar el aterrador sonido, respondido esta vez por un coro atronador de voces masculinas.

Tiago se despertó sobresaltado, perdido. ¿Dónde estaba? ¿Qué era ese estruendo? ¿Acaso había muerto ya y se encontraba en el Purgatorio, rodeado de almas en pena?

—Ese debe de ser su almuédano llamándolos a la oración —dijo Martín, sombrío, persignándose—. ¡Qué blasfemia, Señor Jesús, la plegaria de ese ismaelita impío sonando aquí, ante la casa de nuestro santo Apóstol!

—¿Así rezan los sarracenos? —preguntó su compañero de encierro, santiguándose a su vez y tratando de disimular la angustia que le atenazaba el corazón.

—Yo nunca lo había escuchado —contestó el fraile, sereno—, pero sé por cristianos venidos de Al-Ándalus que sus sacerdotes invocan de ese modo a su falso dios varias veces al día, desde las torres de sus iglesias, y que todo el mundo detiene su quehacer para unirse a la plegaria.

—¿Y cuánto dura esa oración? —insistió Tiago, cada vez más pálido, conteniendo a duras penas el llanto que inundaba sus entrañas por esa mujer a la que había dejado sola ante semejante peligro y esa criatura condenada a nacer huérfana, en el supuesto de que llegara a nacer.

—Lo ignoro, hijo. No creo que tenga importancia.

—La tiene, padre, porque ese es justo el tiempo de vida que nos queda.

Unos instantes después sonaba el primer golpe de ariete en la puerta.

# 6

El edificio entero retumbaba hasta los cimientos con cada embestida de ese artilugio infernal, cuya cadencia perfecta habría vuelto loco a cualquiera: ¡bummm, bummm, bummm…!

Los batientes del grueso portón, reforzados mediante láminas de hierro, aguantaban los impactos sin astillarse, pero la barra que los sujetaba, un tronco de roble macizo, no tardó en empezar a crujir, dando a entender a los refugiados que estaba a punto de quebrarse.

—Ocúltate allá en el fondo, donde no te vean —instó al herrero Martín, quien acababa de entonar sus oraciones de la hora prima con inusitada precipitación, aunque sin saltarse una sílaba.

—¿Para qué? —replicó aquel, en un tono a medio camino entre la resignación y el reproche—. Saben que estoy aquí. Me vieron ayer noche. Además, no pienso quedarme mirando mientras os pasan a cuchillo. Antes tendrán que matarme a mí.

—Yo trataré de detenerlos —insistió el monje—. Confía en mí y en el Apóstol, he estado meditando mientras tú dormías y...

En ese punto acabó la conversación, porque la tranca cedió a la última acometida y se partió en dos, con lo que las puertas se abrieron súbitamente de par en par, chocando con violencia contra los muros laterales e inundando la basílica de tanta luz como terror.

Deslumbrado por la claridad de una mañana soleada de agosto, Tiago alcanzó a ver una figura a caballo traspasar majestuosa el dintel, cual jinete del Apocalipsis preludiando el fin de los tiempos. De modo instintivo reculó hacia las sombras, siguiendo el consejo del fraile, mientras el caballero avanzaba a paso lento por la nave central, erguido sobre su montura y satisfecho, recortando su perfil afilado sobre el atrio de la iglesia iluminado por el sol.

Aquel debía de ser Almanzor, pensó el herrero arrebujado tras una columna, espeluznado y a la vez cautivado por esa visión. ¿Quién más osaría penetrar con esa arrogancia en el santuario de Santiago Apóstol, arriesgándose a desatar su ira? Únicamente el caudillo de los sarracenos podía cometer tamaña afrenta. Ese hombre de porte orgulloso era el Victorioso de Alá, el Azote de Dios, el general de la hueste invencible que asolaba las tierras cristianas desde hacía más de dos décadas.

Montaba un hermoso semental blanco guarnecido con jaeces de cuero bellamente repujado y acero bruñido. Sobre la silla, más plana que las de la caballería cristiana, parecía alto, aunque resultaba imposible saberlo con certeza. En cualquier caso todo en él era poderío, esplendor, magnificencia. Todo estaba calculado para causar estupor, y lo conseguía.

Impresionaban a primera vista sus vestiduras, de un lujo desconocido en Galicia. Su coraza era de oro macizo delicadamente labrado, al igual que el yelmo puntiagudo, semioculto por un turbante blanco que le ceñía la frente hasta la altura de los ojos. Bajo ese pectoral resplandeciente asomaban las mangas de una loriga de plata, compuesta por un sinfín de piezas diminutas engarzadas a la perfección, enfundada sobre una túnica de seda carmesí, bordada también con hilos de oro y rematada por ribetes de brocado como jamás había contemplado Tiago. Le llegaba hasta la pantorrilla y dejaba ver unas botas de piel primorosamente curtida y teñida del mismo color, sobre la cual el zapatero había trazado hermosos dibujos. De su cinto colgaba una espada corta, inserta en una vaina que bien podría haber sido un relicario, a juzgar por la profusión de piedras preciosas que la recubría.

Cabalgaba despacio, con señorío, dejando descansar las manos sobre las piernas mientras las riendas pendían sueltas a ambos lados del cuello esbelto que agitaba, nervioso, su animal.

Tras él marchaba un escuadrón compuesto por una decena de infantes integrantes de su guardia personal, de gran corpulencia y rasgos semejantes a los de los francos que solían visitar Compostela, cuyos uniformes impolutos no desmerecían en vistosidad al de su señor. No había en ellos rastro alguno de la sangre, el sudor, la inmundicia o el barro característicos de una campaña militar. Tampoco desprendían el hedor propio de los soldados. Seguían a su comandante de cerca, fuertemente armados, mirando a izquierda y derecha en prevención de una posible emboscada.

Almanzor, en cambio, mantenía la mirada fija al frente, en actitud hierática, dejando que su caballo marcara con elegancia el ritmo de esa entrada triunfal. No tenía prisa. Conquistada sin necesidad de lucha esa plaza crucial para sus enemigos, que ningún musulmán hasta entonces había logrado alcanzar, saboreaba el éxito paso a paso, gota a gota, como si se tratara de un licor exquisito.

Al llegar al altar, se detuvo frente a Martín, que le esperaba sentado en el suelo, con las manos juntas, rezando.

—¿Quién eres tú, anciano, que no tiemblas ante mí? —inquirió en perfecta lengua romance, con voz de terciopelo y un tono carente de animadversión o amenaza que denotaba más bien curiosidad.

Dos de los guerreros de su guardia se abalanzaron sobre el monje con violencia para obligarle a postrarse ante su caudillo y rendirle pleitesía, como era de rigor no solo para los cautivos, sino para cualquiera que estuviera en su presencia. Uno desenvainó presto su hierro, dispuesto a castigar la ofensa infligida al *hayib*, pero este lo detuvo con un gesto, levantando la mano derecha. Al instante, otro de los guardias acudió a la carrera hasta él y se colocó en posición perruna a la izquierda de su corcel, a fin de que pudiera desmontar con comodidad.

Una vez en tierra, quedaban de manifiesto las imperfecciones propias de su naturaleza humana. Su estatura era notablemente inferior a la de los guardias que lo rodeaban y, a pesar de su opulencia, las vestiduras con que se cubría no conseguían ocultar del todo la deformidad de su espalda. Una pequeña joroba a la altura del hombro derecho, apenas perceptible, que manchaba su porte majestuoso y le obligaba a cojear ligeramente. Ello no obstante, la actitud del caudillo era tan arrogante, su gesto tan arrollador, que resultaba imposible mirarlo sin quedar atrapado por su magnetismo.

* * *

En contra de lo que había imaginado Tiago, Almanzor no se asemejaba en nada a Golo. Ahora que podía contemplarlo de cerca, le sorprendió constatar que el personaje real no respondía en absoluto a la idea que se había hecho de él. No parecía un ser brutal, sino todo lo contrario. Sus modales eran refinados, al igual que su rostro, en el que el color oscuro de la piel contrastaba con el blanco inmaculado del turbante. En sus ojos negros brillaba un fuego ardiente, difícil de descifrar. Su nariz era la de un ave de presa; un halcón o acaso un águila, enmarcada por dos pómulos pronunciados. Los labios desaparecían bajo una barba canosa, recortada en forma de pico. El conjunto evocaba un animal salvaje, ágil, fiero. Una criatura nacida para dominar.

El hombre que avanzaba hacia Martín en ese instante no era un bárbaro guerrero ávido de sangre, se dijo el herrero sin poder apartar de él sus ojos. Se trataba de alguien mucho más peligroso. El mismísimo Lucifer.

El muslim se acercó al clérigo, que permanecía sentado al pie del altar, inmóvil, y volvió a dirigirse a él. Se fijó entonces en que era ciego, lo que redobló su desconcierto.

—¿Quién eres tú y por qué sigues aquí cuando todos los demás han huido? —repitió, endureciendo el tono.

—Yo soy el guardián de este santuario y te lo advierto —respondió el monje, taladrándole con sus pupilas veladas en un arranque de coraje abocado a valerle allí mismo el martirio—: si osas profanar las reliquias del Apóstol, sufrirás su venganza.

De nuevo los soldados acudieron a doblegar con violencia el atrevimiento de ese fraile loco, y por segunda vez los detuvo su general, levantando ligeramente una mano.

Tiago observó que era una mano pequeña, frágil, casi de mujer. No era allí donde residía la fuerza de ese feroz enemigo, sino más bien en el modo en que imponía su voluntad. Algo en su actitud incitaba a la sumisión, a la reverencia. Esa debía de ser la fuente de su poder y brotaba desde dentro, lo cual resultaba doblemente aterrador. ¿Cómo derrotas a un adversario al que ni siquiera puedes ver?

Sin alterar un ápice su semblante de hielo, el conquistador de Compostela siguió interpelando al padre Martín, quien para entonces se había puesto en pie con enorme esfuerzo y se apoyaba en el ara sobre la que tantas veces había celebrado la santa misa.

—De modo que eres el guardián de este templo y osas amenazarme —dijo con ironía—. No te niego el valor. Hace falta mucho para hacer lo que estás haciendo. Pero no parece que ese al que llamas «apóstol» haya brindado mucha ayuda estos últimos tiempos a tus hermanos politeístas. Alá, el único Dios verdadero, alabado sea su santo nombre, nos ha guiado a la victoria batalla tras batalla. Dime, venerable anciano, ¿qué te hace creer que eso vaya a cambiar?

Durante unos instantes interminables la pregunta vibró en el aire de la basílica, denso de humo e incienso. Cuando finalmente el clérigo respondió al desafío, sin arredrarse, su augurio sereno y firme sonó cual martillazo en el yunque.

—El Hijo del Trueno se hará escuchar, tenlo por seguro. Su revancha será terrible. El rey Herodes, su verdugo, pereció entre atroces sufrimientos a los pocos meses de mandarlo decapitar, comido en vida por los gusanos que anidaron en sus entrañas. Oye lo que te digo, caudillo de los sarracenos, pues al igual que él, también tú correrás una suerte atroz si te atreves a profanar sus reliquias. Estás avisado.

—¡Cuentos para viejas! —replicó Almanzor desdeñoso, con un mohín de asco en la boca, mientras se daba la vuelta para volver a montar. Una vez arriba del caballo, ordenó—:

Sacad a este hombre de aquí, pero no le hagáis daño. Después, quemad la iglesia. ¡Y que nadie toque esos huesos! Te hago responsable, Abdalá.

El jefe de la guardia inclinó la espalda ante su señor e inquirió, sin levantar la mirada:

—¿Qué hacemos con las campanas, *hayib*?

No preguntaba a humo de pajas.

A diferencia de la mayoría de sus compañeros, mercenarios de origen cristiano reclutados por su habilidad en el combate y su lealtad incondicional a quien les pagaba la soldada, Abdalá era un musulmán, nacido en Berbería y criado según las enseñanzas del Profeta. Por eso sabía que Mahoma prohibía tajantemente la utilización de esos instrumentos para convocar a los fieles y había establecido que solo el almuédano pudiera llamarlos a la oración. De ahí que, tras la llegada de los ismaelitas a Hispania, los campanarios de multitud de templos hubieran quedado desiertos o condenados a albergar tristes remedos de madera incapaces de proyectar su sonido más allá de unas pocas varas. La voz del Dios uno y trino no podía en modo alguno llegar más lejos que la de Alá. La cuestión de las campanas, por tanto, distaba de ser baladí.

El general detuvo a su montura y se tomó unos instantes para reflexionar, acariciándose suavemente la barba con los dedos pulgar e índice de la mano derecha. Lo habitual era fundir esas piezas para aprovechar el metal, o bien hacerlas añicos. Aquella era, sin embargo, una ocasión especial. No se trataba de unas campanas cualesquiera, sino de las que servían al mismísimo Santiago Apóstol, campeón de la hueste cristiana. Era perentorio silenciar su tañido a perpetuidad y hacerlo, además, de una manera que nunca olvidaran los reyezuelos rebeldes a la autoridad de Al-Ándalus.

Al cabo de un buen rato, una sonrisa triunfal en su rostro aguileño indicó que había encontrado la respuesta perfecta.

—Descolgadlas para que sean llevadas a Córdoba. Haremos con ellas lámparas dignas de alumbrar el esplendor sin igual de la nueva mezquita aljama. Y que se haga lo mismo con las puertas. Servirán de adorno a su techumbre.

\* \* \*

Tiago había asistido a esa última escena desconcertado, sin comprender una palabra, dado que el caudillo y su hombre hablaban en lengua árabe. A esas alturas, empero, no se hacía ilusiones. Aunque todavía no lo hubiesen descubierto, era cuestión de tiempo que lo hicieran. Y aun así, se resistía a abandonar su escondite.

Permaneció paralizado detrás de una gruesa columna, incapaz de moverse, hasta que vio cómo dos de los guardias cogían al padre Martín por los codos y trataban de arrastrarlo hacia la salida. En ese momento, el anciano cobró un vigor casi milagroso, se zafó de sus captores y se arrojó al suelo, con los brazos en cruz, en un gesto de resistencia desesperada encaminado a morir junto a su amado apóstol Santiago.

—¡Ampárame en esta oscuridad! —gimió dirigiéndose al santo—. ¡Acógeme en tu seno!

La reacción de los soldados no se hizo esperar. Aunque tenían órdenes estrictas de no dañar al prisionero, lo levantaron a la fuerza tirándole de las muñecas con una violencia suficiente para descoyuntarlo, entre imprecaciones proferidas a gritos y sollozos del monje. Aquello fue la gota que colmó el vaso del herrero. Impulsado por la rabia acumulada desde la víspera, salió de su escondite y corrió hasta donde estaba siendo maltratado el anciano, decidido a servirle de escudo.

—¡Soltadlo, cobardes! —espetó a los sorprendidos guardias—. Es un pobre ciego. ¿Qué daño puede hacer? ¡Prendedme a mí en su lugar!

No le dieron la oportunidad de decir más. De inmediato fue inmovilizado a golpes y obligado a ponerse de rodillas ante Abdalá, quien en ese preciso instante impartía instrucciones a sus soldados para dar cumplimiento a lo que acababa de mandar el general Abu Amir.

—Este es el tipo a quien vimos ayer noche —informó uno de los eslavos a su capitán, esta vez en un romance ligeramente distinto del que se hablaba en Galicia—. El que se escapó cuando ya lo teníamos y entró aquí con la ayuda del viejo.

—¡Es mi discípulo! —salió en defensa de su protegido el fraile—. Mis ojos y mis piernas. Si he de seguir viviendo, le necesito.

—Muy mayor parece para ser un simple aprendiz de clérigo —comentó Abdalá con desgana—. ¿Eso eres, perro cristiano? ¿No sabes hacer otra cosa?

Herido en su orgullo, dolorido, furioso, harto de luchar contra su propio miedo, Tiago estalló:

—Soy herrero. El mejor que hayas conocido. Mi padre forjó las campanas que lleváis días oyendo sonar, por mucho que odiéis su repicar, y yo le ayudé gustoso a hacerlo. Ahora córtame el cuello con ese cuchillo de matarife que llevas al cinto. —Escupió ostensiblemente al suelo—. Sabré morir como un hombre.

—Voy a hacer algo mucho mejor contigo, que seguro te complacerá —respondió el sarraceno, enigmático, antes de ordenar a quienes lo mantenían sujeto—: Llevadlo con los demás, pero no le perdáis de vista. Lo quiero vivo.

\* \* \*

Compostela era pasto del pillaje. Bandas de soldados recorrían sus calles en tropel, dejados a su albedrío, derribando puertas, revolviendo arcones, violentando recintos sagrados, sembrando muerte y desolación a su paso, devorados por la fiebre que acompaña a la rapiña. La parte del león de ese botín iría a parar al tesoro del califato o al bolsillo de Almanzor, pero lo demás sería suyo. Merecía la pena rebuscar a conciencia, aun sabiendo que las joyas de la basílica, gemas, ornamentos, cortinajes de seda y demás objetos preciosos acumulados en ella quedarían fuera de su alcance, encomendados a la custodia de oficiales de confianza. En la ciudad había riqueza suficiente para todos.

Desde la explanada donde había sido confinado, atado de pies y manos, junto a un puñado de cautivos, Tiago miraba a su alrededor con ojos desorbitados por la incredulidad y el horror. Su corazón había confiado hasta el último momento en que el santo obraría un milagro; que no consentiría tamaña afrenta a las gentes y la urbe que vivían para honrarle. Ahora, consumada la tragedia, solo cabía esperar una oportunidad para escapar. En cuanto se presentara la ocasión, lo haría.

En lo peor de esa zozobra, se juró a sí mismo por la memoria de sus padres difuntos que nadie volvería a convertirle en siervo. Antes se dejaría morir.

Tal vez no tardara mucho en llegar ese momento. El hambre lanzaba mordiscos dolorosos a sus tripas y a ella se unía ahora la sed. No había comido ni bebido otra cosa que algunos sorbos de agua bendita desde la víspera, mientras el calor empezaba a apretar. Además, esa última frase pronunciada por Abdalá no dejaba de martillear su mente. «Voy a hacer algo mucho mejor contigo, que seguro te complacerá.» ¿Qué clase de destino cruel le tendría reservado ese ismaelita? ¿Hasta dónde alcanzaría su crueldad?

Allí había quien estaba mucho peor que él, desde luego. A juzgar por su vestimenta, tres de sus compañeros de infortunio eran miembros de la guardia cristiana capturados antes de poder consumar la retirada. Uno parecía entero, pero los otros dos presentaban heridas feas.

—¿Qué ha sido de vuestro capitán? —preguntó al que tenía más cerca.

—Lo cogieron conmigo saliendo de la torre —repuso este con voz débil—. Al caer la noche. Ni siquiera los oímos llegar.

Golo fue conducido junto a los demás prisioneros poco después, a rastras, con signos evidentes de haber sido interrogado, probablemente para sonsacarle el escondite de las piezas de oro y plata enterradas, o bien información militar referida al ejército del rey Bermudo. Su cara estaba deformada por los golpes, el ojo izquierdo inflamado hasta el punto de no poder abrirlo, un labio partido y cortes abundantes que evidenciaban la fiereza con la que se había resistido a sus captores. Conservaba, eso sí, el vigor suficiente para proclamar su ira a gritos.

—¡Os mataré, hijos de mil putas sarnosas, soltadme si tenéis cojones, venid de uno en uno, mujerzuelas!

Tiago no pudo reprimir una sonrisa de admiración observando cómo cada improperio era respondido con un empellón, que el gigante aguantaba a pie firme, sin arrugarse un ápice. Cuando vio al herrero, le espetó:

—Os lo dije, botarates. Os advertí que os largarais; no me escuchasteis y mira cómo estamos ahora, camino del mercado de esclavos. Supongo que el fraile ya estará muerto. A su edad y ciego no les serviría de nada.

En realidad, el fraile se encontraba a no demasiada distancia, en la huerta del cenobio, sentado en el mismo escabel donde lo había encontrado Tiago la víspera y vigilado por dos miembros de la guardia de Almanzor cuya misión era protegerlo mientras durara el saqueo.

Siguiendo las órdenes de su caudillo, esos hombres se habían ofrecido a escoltarlo hasta algún lugar seguro, alejado de la ciudad, lo que él había rechazado con firmeza. Deseaba permanecer en ese jardín frondoso y hasta allí lo habían acompañado, ayudándolo a instalarse en su lugar favorito.

A la sombra de un ciruelo, Martín rezaba por su monasterio y sus hermanos desahuciados. Por la escuela que no acogería a más estudiantes venidos de todos los rincones del orbe. Por Tiago, Mencía y el hijo que llevaba en su seno, a quien él había alejado de su padre. Por el Reino y la Cristiandad toda, víctima de un flagelo como jamás había conocido. Por la basílica, hogar del santo, cuya voz de trueno y bronce no volvería a sonar, acaso hasta el fin de los tiempos.

En la hora amarga de la despedida, Martín suplicaba el perdón de Dios aferrándose al consuelo de haber podido salvar, al menos, las reliquias del bendito Apóstol. Tal vez esa humilde obra le valiera un lugar en el cielo.

## 7

Mencía esperó sin moverse hasta que empezó a arder Compostela. Toda la noche y buena parte de la mañana. Al principio, midiendo el tiempo en credos y avemarías, como solía hacer cuando horneaba un bizcocho o ponía a hervir un pescado. Después, mordiéndose las uñas mientras hablaba bajito con ese niño aún por nacer que era su única compañía.

—Tu padre vendrá a buscarnos, ya lo verás. Prometió que lo haría y lo hará. Se habrá entretenido más de la cuenta con el hermano Martín, el que iba a ser tu padrino, que está el pobre muy mayor y nos ha estropeado los planes, pero no tardará en aparecer. Él cuidará de nosotros, no hay de qué preocuparse.

Fue de las últimas en cruzar la pasarela tendida sobre el foso y enseguida se acogió al abrigo del bosque, cuidando de alejarse lo suficiente del camino como para no resultar visible desde allí. Una mujer sola corría toda clase de peligros, no solo a manos de los sarracenos, sino de cualquier desaprensivo que la apeteciera y viera la ocasión de aprovecharse. Buscó por ello un lugar resguardado y apoyó la espalda en un confortable tronco de haya cubierto de musgo. Allí se dispuso a esperar pacientemente, dando frecuentes bocados al pan que llevaba en el zurrón e incluso dejándose vencer por el sueño con alguna cabezada que otra entre mordisco y mordisco.

Mientras la proximidad del ejército invasor se dejó sentir únicamente en forma de rumor lejano, conservó la tranquilidad. Poco antes del amanecer, no obstante, el murmullo se tornó estruendo al ponerse en marcha la fiera. Entonces ella abandonó su madriguera y se acercó cautelosa hasta el sendero, escrutando el horizonte en busca de su esposo. Estaba convencida de que en cualquier momento vería dibujarse en la neblina la figura sólida, un tanto torpe, de Tiago, corriendo a su encuentro, aunque solo vio los perfiles familiares de los árboles.

Perdió la cuenta de las avemarías rezadas, se asomó a la calzada con creciente descaro, cada vez más nerviosa, comió sin apetito, se mordió las uñas hasta hacerse sangre, pero su hombre no daba señales de vida y en ella la angustia iba ganando terreno a la calma.

—Vendrá —se repetía a sí misma, fingiendo dirigirse al niño—. Él siempre cumple su palabra. La próxima vez que miremos estará aquí mismo. ¿Qué te apuestas? Un último credo y el Apóstol nos lo habrá traído de vuelta.

Así vio levantarse al sol, lentamente, en un cielo que fue pasando del violeta al rosa y de este al azul desteñido... mientras Tiago seguía sin aparecer.

Bien entrada la mañana, olió el humo. Se hallaba de nuevo a resguardo de la espesura, paseando de aquí para allá, torturada por la incertidumbre y el miedo a que su confianza ciega se viese en esta ocasión defraudada. Apenas percibió el tufo inconfundible que causa el fuego, dirigió la vista a poniente y, por encima de las copas de los árboles, divisó la humareda. Una columna inmensa, espesa, que ascendía desde su ciudad, ensanchándose a medida que ganaba altura.

En un principio la estupefacción la dejó muda. Apenas un instante. Luego profirió un grito de espanto, salió corriendo al descubierto, ignorando cualquier vestigio de prudencia, y lo que vio la dejó helada: un océano de llamas color sangre inundaba el que había sido su hogar, convertido en un gigantesco brasero. Lenguas incandescentes brotaban de los tejados, entre el crepitar de la madera y el estruendo de los edificios al derrumbarse, devorados por el incendio. Así era exactamente como se había imaginado el infierno.

—Señor Jesús —musitó, hincándose de rodillas—. No permitas que él esté allí ahora. No le dejes morir así.

Su primer impulso fue desandar el camino en su busca, por si se encontrara herido, necesitado de ayuda y tan abandonado a su suerte como lo estaban ella y su hijo. Llegó incluso a dar unos pasos en dirección a la ciudad, aunque la visión que se abría ante ella la hizo desistir muy pronto de ese propósito. Era de todo punto imposible sobrevivir a semejante devastación. Si Tiago aún estaba en este mundo, habría sido capturado. De lo contrario, nada le habría impedido acudir al lado de su mujer y su hijo.

—Amor mío —musitó llorando—, seguiremos esperándote hasta el fin de los tiempos. Dios sabe que lo haremos. Pero ahora debo cumplir tu mandato y cuidar de Ramiro. Debo seguir adelante por él, aunque me parta el corazón hacerlo. Te quiero. Te queremos. Regresa pronto a nuestro lado, te lo suplico…

Haciendo de tripas corazón, se resignó a continuar con el plan previsto y dirigirse hacia el noreste, en busca de la protección del Auseva.

* * *

Había oído hablar a menudo de esa montaña mítica donde los cristianos siempre habían encontrado refugio frente a las embestidas de los sarracenos, sin terminar de distinguir entre lo real y lo imaginario. ¿Existía en verdad ese lugar? Su nombre se mencionaba con reverencia, como si se tratara de un santuario semejante al que custodiaba las reliquias del Apóstol. Ella en cambio se lo representaba más bien en forma de castillo gigantesco, rodeado de altos muros y guardado por una legión de ángeles. Un fortín celestial.

Si aquel enclave respondía a su fama y podía brindarle la seguridad que anhelaba, si no era un cuento inventado para entretener a los niños, aún hacía falta encontrarlo. ¿Dónde estaba exactamente ese Auseva? ¿Cómo se llegaba hasta él? Dondequiera que se hallara, ese debía ser su destino.

Distribuyó lo mejor que pudo el peso del hatillo y el zurrón con los que cargaba, más liviano a medida que daba cuenta de las provisiones, e inició, cabizbaja, el calvario al que se enfrentaba.

La pena y las lágrimas derramadas le afeaban un rostro que, sin ser hermoso, sí resultaba atractivo por su derroche de sensualidad. Una cara redondeada, de mejillas plenas, generalmente encendidas, en las que cada sonrisa abría dos hoyuelos preciosos. Una nariz chata, apenas mayor que un garbanzo. Unos ojos muy abiertos, color avellana, enmarcados por gruesas pestañas castaño oscuro, al igual que la melena, siempre recogida desde que era una mujer casada pero que le permitía coquetear, en los días de fiesta, trenzándosela con gracia alrededor de la cabeza. Y, rematando el conjunto, una boca de labios carnosos, prometedores, coronada por un lunar que invitaba a ser besado.

Mencía no tenía hechuras ni modales señoriales. Tampoco los deseaba. No miraba con envidia a las damas elegantes. Ella se enorgullecía de ser una real hembra, tal como le susurraba Tiago al oído, en pleno éxtasis, cuando ambos se dejaban llevar por la pasión. Su cuerpo era macizo, de carnes prietas, caderas anchas, pechos exuberantes, vientre generoso, más abultado de lo normal por la preñez, y brazos y piernas fuertes. Una luchadora nata.

En cuanto se puso en camino, buscó una vara recta con la que ayudarse a andar y ese apoyo le dio, sobre todo, la confianza que necesitaba para seguir adelante. Nunca la había asustado el trabajo, se repetía a sí misma en el empeño de convencerse, mientras avanzaba a buen paso. ¿Por qué iba a derrumbarse ahora? No pensaba dejarse amilanar, por muy cuesta arriba que se le pusieran las cosas. De ningún modo. Era el momento de recurrir a ese carácter indómito que le había valido, en el pasado, más de una pelea con su hombre.

Al pensar en Tiago, llevó instintivamente su mano a la cruz que le había dado en su despedida; la palpó sobre la tela de la túnica para cerciorarse de que seguía en su sitio, sobre su pecho, impregnada del calor de su esposo, y esa joya le infundió valor.

—¡Cuídalos bien!

Esas habían sido sus últimas palabras. Le pedía que cuidara de esa tosca cruz de hierro, única herencia de un padre nacido esclavo y muerto prematuramente sin abandonar la condición servil, a quien él profesaba un amor inmenso proyectado después con idéntica veneración en el hermano Martín. Y, por supuesto, la animaba a cuidar del hijo de ambos, llamado a nacer con el año nuevo, si ella había hecho bien los cálculos.

—Allá donde estés, estate tranquilo —dijo en voz alta con tono firme, como si él pudiera oírla—. Los cuidaré por los dos. Tú piensa solo en regresar. Te estaremos esperando.

\* \* \*

El sendero serpenteaba en medio del bosque tupido, mostrando las huellas de quienes habían pasado días atrás por allí en su huida desde Compostela, las granjas y aldeas circundantes. Un rastro desolador de enseres abandonados a medida que el cansancio o la premura por alejarse del peligro obligaban a forzar la marcha aligerando el equipaje. Cestos con ropa de cama, un par de colchones enrollados, cacharros de cocina, una silla de mimbre… Objetos valiosos en cualquier otra circunstancia, que aquellos desdichados prófugos habrían intentado conservar, a costa de cargar con ellos, hasta que pesó más en su ánimo la necesidad de salvar la vida. Testigos mudos de una tragedia cuyo desenlace era imprevisible.

¿Hasta dónde llegaría la hueste de Almanzor? ¿Cuándo quedaría saciado su voraz apetito de conquista? Nadie lo sabía. Ni siquiera el Rey.

Lo único que podían hacer los cristianos era escapar de sus garras. Marchar lo más deprisa posible en dirección a esa muralla levantada por Dios para sus hijos allá en la cordillera del norte, sin detenerse a mirar atrás. Marchar sin descanso, a costa de agotar la resistencia de los más débiles, como atestiguaba una tumba excavada a toda prisa al borde mismo del sendero, cuya lápida era una tosca cruz fabricada juntando dos ramas.

Mencía se detuvo a rezar una oración por el alma del difunto, diciéndose que, probablemente, sería alguna de las muchas personas en fuga a quienes ella conocía desde siempre.

A medida que el sol fue completando su recorrido hacia el mar, el paisaje se abrió en una sucesión de valles y colinas suaves, cuajados de pastos aunque huérfanos de ganado tanto como de gentes. Dondequiera que hubieran ido, los habitantes de esa comarca se habían llevado consigo a sus animales, que constituían su posesión más valiosa. La vista resultaba tan bella como desoladora, ya que no había a quién preguntar ni modo alguno de orientarse.

Mencía nunca había ido tan lejos. Su existencia siempre transcurrió entre el monasterio, su casa y, ocasionalmente, algún campo cercano en el que pastorear a las vacas o bien recoger berzas, nabos u otras verduras y frutas de las muchas que cultivaban los siervos del cenobio. La idea de viajar a lugares remotos a fin de conocer mundo la había rondado a menudo, revestida, eso sí, de emoción, de aventura placentera. No en esas condiciones terribles, angustiada por la incertidumbre y la soledad. ¿Cómo era eso que también solía decirle su madre, en referencia a lo que llamaba sus «pájaros en la cabeza»?

—Ten cuidado con lo que deseas, no vaya a ser que lo consigas…

¡Cuánta razón tenía! ¡Cuánta sabiduría encerraba esa advertencia a la que nunca había encontrado el sentido!

Anduvo a buen ritmo durante toda la jornada, con algunas paradas para descansar y comer, pues ni siquiera esa inquietud mermaba el hambre que la consumía desde que había quedado encinta. Dio buena cuenta del queso y casi todo el pan, bebió agua de los arroyos que encontró y, al oscurecer, se preparó para pasar otra noche al raso, arrebujada en su capa, pues la temperatura descendía notablemente en cuanto

se ocultaba el sol. Salió del camino en dirección a una pequeña arboleda situada a su izquierda, donde al menos se guare-
cería del raso, y justo entonces vio la casa, situada en una
hondonada.

La esperanza de hallar posada entre buenos cristianos le
infundió nuevos bríos, por lo que en un abrir y cerrar de ojos
estaba llamando a la puerta de una humilde edificación de
madera y adobe, con techumbre de paja. No hubo respuesta.
Volvió a llamar, sin resultado. Probó entonces a empujar el
tosco portón con cierto temor, y este para su sorpresa se
abrió, mostrando un interior oscuro, impregnado de olor a
humo y excrementos de animal.

En el centro de la única estancia, una lumbre rodeada por
un círculo de piedras haría las veces de cocina, supuso Mencía, cuando la olla que colgaba justo encima, de una cadena
sujeta a una viga, tuviera algo que calentar. No era el caso.
Allí tan solo había ceniza fría y mugre agarrada al puchero.

Arrimado a una de las paredes, vio un viejo jergón cubierto
de paja seca a guisa de colchón. En la de enfrente, un pequeño estante mostraba algunos tarros de barro tosco y diferentes tamaños, así como una escudilla, un vaso y una cuchara
de palo. Una mesa de madera sin desbastar, con su correspondiente taburete de tres patas, completaban el mobiliario,
dispuesto sobre el suelo de tierra batida. La pobreza de la
choza y su contenido eran tales que no debía de ser una vivienda habitual, sino más bien un abrigo ocasional de algún
pastor de la zona. Claro que a ella se le antojó un palacio.

Rebuscando en los botes, encontró restos de manteca de
cerdo y miel. La manteca estaba rancia, a pesar de lo cual se
la comió toda, untándola en lo que quedaba de la hogaza. La
miel, por el contrario, le supo a gloria. Rebanó con los dedos
los bordes del recipiente y luego se los chupeteó, golosa, has-

ta apurar la última gota de ese néctar pegajoso. Saciado su apetito y a cubierto, se tumbó en el camastro, agotada. El sueño la derrotó en cuanto cerró los ojos.

A la mañana siguiente, tras el reparador descanso, el futuro se presentaba algo más alentador, a pesar de que la lluvia golpeaba con fuerza la paja de la techumbre. El cielo lloraba por Compostela, pensó Mencía, asomando la nariz a través de una rendija abierta en la puerta, y lo hacía con desconsuelo.

Mientras aguardaba a que escampase un poco, desayunando las nueces y avellanas que constituían ya sus últimas provisiones, se puso a evaluar su situación, tratando de mostrarse optimista. ¡Ardua tarea!

Tiago le había ordenado que lo esperara, pero su espera se había revelado inútil. Ahora debía pensar en el hijo que crecía en su vientre y darle un hogar seguro hasta que su padre lograra regresar junto a ellos desde donde estuviera, ya fuera escondido o cautivo. No albergaba duda alguna respecto de esa cuestión. Su hombre volvería antes o después. Eso era indiscutible. Entre tanto, su principal obligación era velar por ese niño. Debía continuar avanzando hacia la costa, sin desfallecer.

—Eres una mujer fuerte en una tierra de mujeres fuertes —proclamó en voz alta, sintiendo la imperiosa necesidad de hablar, aunque fuese consigo misma—. Encontrarás el modo de salir adelante, cueste lo que cueste.

# 8

A la mañana siguiente, tras el aguacero, el sendero se había convertido en un auténtico barrizal donde se hundían los pies hasta quedar prácticamente atrapados, como si estuviera compuesto de pez en lugar de lodo. Mencía agradeció calzar buenas sandalias de cuero y no de esparto, porque la suela de estas se habría empapado al cabo de pocos pasos, dificultando todavía más un avance ya de por sí penoso. ¿No decían los frailes del monasterio que el camino seguido por los peregrinos hasta el sepulcro de su señor Santiago era una verdadera calzada? Si alguna vez estuvo empedrada esa vía, cualquier vestigio de pavimento había desaparecido tiempo atrás.

Para empeorar aún más las cosas, no dejaba de llover y el chaparrón había borrado no solo las huellas seguidas la víspera, sino en algunos tramos incluso el camino en sí. De ahí que cada encrucijada se convirtiera en un dilema. ¿A la izquierda, de frente, o hacia la derecha? La mayoría de las veces la propia anchura de la senda brindaba la respuesta correcta, pero un par de desvíos la pusieron en un aprieto que resolvió encomendándose al azar, a riesgo de equivocarse. ¿Cuál de aquellos ríos de barro era el que unía su ciudad con el reino de los francos? Bajo esa cortina de agua, resultaba imposible orientarse.

El ánimo que la acompañaba al despertar se había desvanecido por completo. Calada hasta los huesos, hambrienta, cansada, helada de frío, la invadía una honda tristeza y un temor creciente, no tanto por ella misma cuanto por ese hijo al que parecía incapaz de cuidar, a pesar del compromiso asumido con Tiago.

El bosque que la amparaba la víspera, acompañando su soledad con el canto de los pájaros y el siseo del viento peinando las copas de los árboles, se había convertido en un laberinto hostil, oscuro, amenazador. Todo a su alrededor conspiraba para acrecentar su angustia.

—¡A la paz de Dios! —dijo de pronto una voz ronca a su espalda.

El susto fue tan grande que la hizo pararse de golpe y llevarse las manos al corazón, lanzado a un galope desbocado, tratando de recuperar el resuello perdido tras el sobresalto.

—No temas, mujer, que no voy a hacerte daño —añadió en tono burlón el extraño surgido de la nada, acercándosele con paso firme.

Era un hombre de baja estatura, rechoncho, cuyo rasgo más sobresaliente era la suciedad que tiznaba de negro su rostro, sus uñas, semejantes a garras de fiera, e incluso su cabeza calva, cubierta de costras seguramente provocadas por la sarna, se dijo Mencía, tratando de disimular el miedo y el asco que la invadían. Llevaba una túnica corta, tan inmunda como su propia piel, con una manta enrollada colgada de un hombro, al bies. Del otro pendía un zurrón del que sobresalían algunas herramientas y, en los pies, abarcas de cuero sin curtir. Sonreía de un modo extraño, como si le faltara alguna luz, exhibiendo una boca desdentada, a tono con la fealdad general.

—¿Qué haces por aquí sola? —inquirió, mostrando una amabilidad que ella quiso creer sincera—. No es seguro para nadie y menos para una dama.

—Me dirijo al norte por el camino de los francos, huyendo de los sarracenos que han quemado Compostela —respondió ella sin vacilar, armándose de valor a fin de ocultar su temor y hacer pasar por verdadera la mentira que añadió—. Mi marido viene justo detrás, con una vaca remolona que ayer se puso de parto. Me alcanzará antes del anochecer. Yo me he adelantado por ver de reunirme con mis padres, que nos llevan alguna ventaja.

—¿El camino de los francos, dices? —repuso él, frunciendo las cejas en un gesto de sorpresa a la vez que se rascaba las ronchas de la cabeza—. Creo que te has confundido en algún cruce. Por aquí vas mal.

Mencía sintió que el suelo se hundía bajo sus pies. Solo le faltaba eso; estar en medio de ninguna parte, sin saber a dónde ir y junto a un tipo como aquel, con aspecto de salteador. Apelando a toda su fortaleza, preguntó:

—¿Queda muy lejos el desvío? Si me doy prisa, aún podré llegar con luz y encontrarme con mi esposo.

—Bajo esta lluvia, lo dudo —negó él sin dejar de rascarse—. Pero hagamos una cosa. Te acompañaré hasta allí y así no os perderéis tu marido y tú. A mí tanto me da ir en una dirección o en otra. Total, todo el mundo parece haberse marchado y el negocio está parado.

—¿Cuál es tu oficio? —inquirió ella, no porque le interesara sino a fin de ganar tiempo para pensar si aceptaba la proposición o la rechazaba con alguna excusa.

—Depende. —Sonrió de nuevo el extraño, mostrando el agujero oscuro que se abría detrás de sus labios—. Leña, carbón vegetal, de cuando en cuando ayudo a un arriero amigo... Lo que va saliendo. Suelo andar por estos pagos en busca de trabajo. Por cierto, me llamo Aureliano, ¿y tú?

—Mencía —contestó ella, tranquilizada por la explicación y confiada en la cordialidad que seguía manifestando él—. ¿En verdad no te importa acompañarme?

—Te lo acabo de decir.

—En tal caso, agradezco de corazón tu oferta. ¿Vamos?

Anduvieron un rato en silencio, volviendo sobre los pasos que con tanta dificultad había dado ella durante la mañana, por un suelo igual de encharcado. En un momento dado, Aureliano sacó del morral un trozo de pan negro, lo partió por la mitad y le ofreció uno de los pedazos, sin pronunciar palabra. Ella aceptó, venciendo la repugnancia, porque se moría de hambre.

—Hará una semana o diez días me crucé con los monjes de San Pedro, que iban corriendo hacia el norte, igual que tú, aunque ellos no andaban errados —comentó él con la boca llena—. Eran una multitud entre hermanos, sirvientes y animales.

—¿Sabrías decirme por dónde fueron? —le interrogó al punto Mencía, recuperada la esperanza de dar al menos con su familia y hallar consuelo en su madre.

—Por donde vamos a ir tú y yo —respondió el carbonero, lacónico.

Algo casi imperceptible había cambiado en su modo de hablarle. Mencía no habría sabido explicar exactamente qué, pero donde antes detectaba amabilidad ahora percibía rastros de concupiscencia. Ella sabía cuándo un hombre la miraba con ojos libidinosos. ¿Qué mujer no se percata de una mirada así, capaz de encender su deseo cuando quien mira es el ser amado pero turbia e intimidante si el que la desnuda con la vista solo le produce asco?

Notó cómo el miedo le revolvía el estómago y a punto estuvo de vomitar. ¿Cómo había podido ser tan estúpida? Fiarse de un desconocido, seguirle sin más, dando por buena su palabra, ponerse en sus manos, indefensa, en medio de esa tierra despoblada... Claro que, si hubiese querido atacarla, podría haberlo hecho allí mismo, sin necesidad de engaños. ¿Qué era lo que pretendía?

Aureliano iba deprisa, abriendo la marcha, mientras la tarde se tornaba cada vez más sombría, a medida que se acercaba el ocaso.

—¿Y tu marido? —inquirió al cabo de un rato, sin mostrar emoción alguna—. ¿Estás segura de que te sigue o habrá cogido el camino bueno?

—Estará al caer —afirmó ella tajante, tragándose la congoja en el empeño de mantener a cualquier precio un embuste que acaso fuese la causa por la cual él no se atrevía a tocarla—. Esa vaca es un estorbo, y más aún recién parida, pero no quería abandonarla. Da buena leche. En todo caso, no tardará. Seguro que ya estamos cerca.

—Pues mientras llega o no llega, vamos a buscar un sitio para dormir —zanjó él—, porque de noche es peligroso andar por aquí. No sería la primera vez que me doy de bruces con los lobos.

—Sigamos un rato más —rogó Mencía, confiando en que, mientras estuvieran en movimiento, no correría peligro—. Hasta que oscurezca del todo.

—Si quieres que te muestre por dónde fueron los monjes y vienen los peregrinos, tendrás que esperar a mañana. Si no, ve tú sola. Yo voy a encender una hoguera y me quedo aquí. Estoy cansado.

El carbonero buscó unas cuantas ramas mojadas y, haciendo gala de habilidad y paciencia, logró prender una fogata humeante usando el pedernal y la yesca que llevaba en el zurrón.

Mencía entre tanto rezaba, encomendándose a la Virgen María, sabiéndose a merced de ese hombre a quien ya imaginaba forzándola o haciéndole cosas peores. Se había alejado de él y del fuego, a pesar del frío que tenía, acurrucándose en el tronco hueco de un castaño. Cuando el hombre le ofreció otro pedazo de pan, lanzándole una nueva sonrisa que a ella se le antojó torva, lo rechazó alegando que el agotamiento le había quitado el apetito.

—Mañana será otro día —dijo seca, a modo de buenas noches, envuelta en su capa y resignada a que en cualquier momento él se abalanzara sobre ella.

Con los ojos cerrados e inmóvil, aunque bien despierta, lo oyó comer ruidosamente, beber de un pellejo lleno de sidra que Mencía había rehusado catar, y canturrear alegre. Se preparó para lo peor, convenciéndose de que se dejaría hacer sin oponer resistencia a fin de salvar su vida y la de su hijo, a costa de perder la virtud. Todo acabaría rápido y nadie tendría por qué enterarse jamás. Acaso él la retuviera durante algún tiempo, pero nada ganaría con matarla y, tarde o temprano, se encontrarían con alguien a quien pedir auxilio...

Las ideas bullían en su mente sin lógica ni orden alguno, alternando los más sombríos presagios con un optimismo opuesto, carente del menor fundamento. Entonces sucedió algo absolutamente imprevisto. Lo último que habría esperado: lo oyó ponerse a roncar, como si de la garganta le salieran truenos. La sorpresa fue tan grande que al principio no dio crédito a sus oídos. Permaneció muy quieta, escuchando, hasta cerciorarse de que, en efecto, se había quedado profundamente dormido. Era su oportunidad de escapar y no la desaprovechó.

De puntillas, cual felino, evitando el menor ruido, abrazada a su hatillo en la oscuridad con el fin de evitar cualquier choque delator, se alejó poco a poco del improvisado campamento, hasta regresar al sendero por el que habían venido. Solo a partir de ese momento se puso a correr, como alma que lleva el diablo. Corrió mientras conservó el aliento, perdiendo la noción del tiempo. Luego se detuvo a tomar aire y con este retornaron también los pensamientos alocados.

¿Y si él se despertaba y la seguía? ¿Y si le había mentido al decirle que iba por el camino equivocado, con el único propósito de alejarla de su marido y atraerla hacia una trampa? ¿Y si, por el contrario, actuaba honradamente al advertirla de su error?

Los actos de Aureliano hablaban a su favor, pero su mirada resultaba inconfundible. Mencía sabía que, antes o después, ese apetito carnal se traduciría en hechos. De modo que abandonó la senda para adentrarse en el bosque y anduvo toda la noche entre árboles, sin rumbo fijo. Cuando el sol asomó a levante, en un cielo al fin limpio de nubes, ignoraba por completo su propio paradero.

—Tiago, mi vida —susurró entre lágrimas, exhausta y desesperanzada—. ¿Por qué lo escogiste a él? ¿Qué vamos a hacer sin ti?

Por primera vez desde el comienzo de esa pesadilla, empezó a rondarle el temor de haberlo perdido para siempre.

# 9

El herrero apretó los dientes, sintiendo con implacable precisión cómo la corteza áspera iba desgarrándole la piel del hombro a cada paso.

¿Cuánto dolor puede soportar un hombre? ¿Cuánta rabia, cuánto odio, cuánta sensación de culpa antes de perder la cordura? Esas preguntas lo torturaban con mayor crueldad aún que el destino al que lo había condenado Abdalá, a pesar de no ser este precisamente misericordioso. Nunca olvidaría ese momento. Con el rostro cubierto por el turbante y la indiferencia del matarife acostumbrado a sacrificar reses, el jefe de la guardia de Almanzor había dictado sentencia.

—Puesto que tanto alardeas de haber forjado esas campanas, no vamos a privarte de ellas. Tendrás el honor de llevarlas hasta Córdoba.

En ese mismo instante él había recobrado la esperanza. Las palabras del sarraceno querían decir que conservaría la vida, al menos hasta llegar a la capital de Al-Ándalus, e incluso tendría encomendada la grata tarea de asegurar el transporte de esas valiosas piezas. Malo era que las rapiñaran, pero mucho peor habría sido que las destruyeran. Y por encima de esas consideraciones, lo más alentador del anuncio era que durante el trayecto se le presentarían numerosas ocasiones de escapar, que no desaprovecharía. Teniendo en cuenta las circunstancias, se dijo, podía sentirse afortunado.

Su primer día de cautiverio lo pasó sentado en la explanada abierta frente a la basílica del santo, encadenado de pies y manos, viendo cómo los sarracenos saqueaban a conciencia la ciudad mientras algunos de los prisioneros más fuertes descolgaban las dos campanas ayudándose de sogas accionadas mediante poleas. Una vez en el suelo, su tamaño resultaba impresionante. Cada una de ellas medía aproximadamente lo que una persona alta y debía de pesar una barbaridad, a juzgar por los esfuerzos ímprobos que hacían los hombres obligados a moverlas.

Esa misma noche fueron construidas por los ingenieros de la hueste invasora unas plataformas armadas con troncos atados entre sí y atravesados por gruesas ramas de castaño verdes, sólidas y resistentes, capaces de aguantar la carga que sustentarían los esclavos forzados a llevarlas sobre sus espaldas. Al verlas, Tiago comprendió en toda su crudeza el significado real del «honor» que le había otorgado Abdalá, y el alivio experimentado la víspera se tornó frustración e ira por haberse dejado engañar con tanta facilidad.

Ahí comenzó su agonía.

En cuanto terminó el rezo del amanecer, empezaron los gritos, los golpes, la brutalidad y el horror de los supliciados ante la contemplación de lo que les esperaba: de aquellas enormes parihuelas dispuestas junto a las campanas sobresalían ocho brazos, cuatro a cada lado, distantes unos tres pasos entre sí. Antes de darse cuenta, los cautivos fueron distribuidos en función de su envergadura, los más fuertes delante, los más débiles detrás, sin librarlos de unos grilletes que apenas les permitían andar. Ni las protestas ni las súplicas les valieron la menor clemencia.

Recurriendo de nuevo a las poleas, las campanas fueron depositadas sobre esos armatostes, recubiertas de mantas y amarradas con cuerdas hasta quedar perfectamente sujetas. Entonces, el capitán encargado de dirigir la comitiva, a quien los suyos llamaban *amir al tehibayh*, dio la orden con voz potente, primero en árabe, después en lengua romance:

—¡En marcha!

Fueron necesarios abundantes latigazos para lograr que los desgraciados convertidos en bestias lograran ponerse en pie bajo el peso abrumador de esos fardos. Finalmente lo consiguieron, tras varias aparatosas caídas, y se inició para ellos un calvario que a más de uno le hizo desear fervientemente estar muerto.

Para mayor ensañamiento en el castigo, a Tiago le correspondió el primer puesto de la fila; el más duro, compartido con Golo, que le superaba notablemente en altura. Como consecuencia del desequilibrio, la plataforma se inclinaba hacia el lado del herrero, incrementando el peso soportado hasta niveles inhumanos. Cada pequeña zancada exigía de él un vigor extremo, que notaba disminuir deprisa a medida que avanzaban. Cada milla recorrida constituía una prueba feroz para su capacidad de resistencia. Cada movimiento, un suplicio.

Cuando se les permitió hacer una primera parada con el fin de beber y recobrar fuerzas, estando ya el sol alto en su recorrido, su cuerpo era una pura llaga desde el cuello hasta los tobillos. La palabra «dolor» se le quedaba pequeña para describir el tormento a que lo sometían la fricción de las cadenas, el roce de la madera, los azotes de los guardianes y las frecuentes caídas. Claro que su mente ya apenas podía pensar en poner nombre a las cosas. Solo había lugar en ella para una idea obsesiva: huir y regresar junto a Mencía.

✻ ✻ ✻

En un principio tomaron la antigua calzada romana por la que había llegado Almanzor desde el oeste y se dirigieron al castro de Santa Susana, donde los sarracenos habían establecido su campamento principal, después de arrasar Iria Flavia, incluida la iglesia consagrada allí al santo Apóstol. En cuanto dejaron atrás Compostela, los cautivos supieron que corría igual destino, ya que el olor del humo y el calor de la inmensa hoguera les hicieron saber enseguida que su hermosa ciudad era pasto de las llamas.

Tiago no se dio la vuelta; no quiso ser testigo de esa catástrofe, aunque lloró en silencio por el que había sido su hogar. Algunos a sus espaldas gemían, invocando a gritos a Santiago e implorando su intercesión. Golo, enardecido, no paraba de jurar:

—¡Hijos de Satanás, malnacidos, me las pagaréis todas juntas, ya cambiarán las tornas!

Así siguió hasta la noche, a pesar de los incontables azotes que le valieron esos insultos

La impresionante columna integrada por soldados y prisioneros semejaba una serpiente feroz, nacida con el propósito de arrastrarse por el mundo dejando un poso de aniquilación a su paso.

Abría la formación la caballería pesada, reconociendo el terreno y protegiendo al conjunto de posibles emboscadas. A los flancos se situaban los jinetes ligeros, cuyos animales menudos eran más vulnerables aunque también mucho más ágiles que los de sus oponentes cristianos, rápidos e implacables en su capacidad de causar estragos.

Una vez consumada la conquista de Compostela, algunas de esas unidades se habían separado del grueso de la hueste con el propósito de saquear las aldeas y granjas vecinas, sin por ello desguarnecer al centro, donde cabalgaba el *hayib*, rodeado de su guardia personal.

La infantería marchaba detrás, junto a los ingenios de artillería, y en retaguardia los esclavos, tragando polvo, vigilados por guerreros de origen bereber, recientemente llegados de África respondiendo a la llamada de Almanzor, a quien tributaban una lealtad inquebrantable. Acostumbrados a luchar en el terreno áspero de las montañas del Atlas, superaban de largo en brutalidad a sus compañeros andalusíes o árabes. Ataviados con sencillas túnicas de lana, iban desprovistos de armadura o loriga, ocultos tras sus turbantes y pertrechados de lanzas largas, espadas enfundadas en vainas de colores vivos y en algunos casos látigos, que empleaban sin contemplaciones.

El ejército sarraceno recompuesto por el general Abu Amir era una máquina de precisión perfectamente engrasada, integrada por cerca de setenta mil hombres. El Victorioso de Alá se enorgullecía de haber conseguido esa transformación y honraba con creces su fama. ¡Vaya si lo hacía!

Esa devastadora aceifa emprendida contra el Reino de León pretendía sembrar el terror, y terror era exactamente lo que había provocado. Bastaba ver el modo en que se habían inclinado ante él al principio los infelices habitantes de las comarcas atacadas, ofreciéndole víveres y fruslerías en un intento patético e inútil de aplacar su ira. Él tenía una misión que cumplir y la llevó a cabo, como había hecho otras muchas veces a lo largo de los años. Que los campesinos pidieran cuentas a su rey por la insolencia demostrada al rehusar ponerse de rodillas ante él, ya que era el responsable de lo que les había pasado. Cualquier conato de rebelión debía ser cortado de inmediato. ¿Existía acaso otra manera de imponer su dominio a esos salvajes?

El caudillo estaba satisfecho y daba gracias a Alá por haberle bendecido con una nueva victoria. Durante un cierto tiempo, en el pasado, algunos régulos cristianos se habían atrevido a desacatar con éxito la autoridad de los califas de Al-Ándalus, infligiéndoles humillantes derrotas. Claro que tal desafuero había ocurrido antes de que él, Almanzor, asumiera las riendas del poder en Córdoba. Bajo su mandato no habría nuevos fracasos ni se tolerarían desafíos. La próxima vez que un monarca cristiano osara negarse a pagar los tributos concertados a cambio de paz, como había hecho Bermudo unos meses atrás, sufriría idénticas consecuencias.

Esos bárbaros politeístas norteños no merecían clemencia. Debían apurar hasta el fondo la copa amarga de la deshonra. Por eso había destruido su santuario más venerado y se llevaba como trofeos las puertas de ese templo impío y las campanas utilizadas para llamar a la oración, en un acto de desobediencia impúdica al mandamiento del Profeta. Los huesos de ese a quien llamaban Santiago, no obstante, eran materia distinta. Él, Abu Amir Muhammad ben Abi Amir al-Ma'afiri, era un ser civilizado, respetuoso con todas las religiones del Libro. Profanar esas reliquias, atribuidas a un hombre de Dios, habría constituido una irreverencia gratuita.

No podía imaginar Almanzor que con su decisión había salvado al guerrero más temible de los llamados a combatir al frente de la hueste cristiana en los siglos por venir.

\* \* \*

Alcanzaron finalmente el campamento a la caída de la tarde, bajo un cielo plomizo que amenazaba tormenta. Las distintas unidades se dispersaron por el vasto terreno a fin de ocupar los emplazamientos señalados por sus oficiales, mientras los cautivos eran conducidos al lugar reservado para ellos. Y al ver lo que había allí, a Tiago se le heló la sangre.

En un cercado similar a los utilizados para encerrar al ganado se hacinaban millares de personas, en medio de un hedor insoportable. Esa multitud harapienta constituía el grueso del botín acumulado por los ismaelitas durante la campaña iniciada a principios del verano. Hombres, mujeres y niños destinados a los mercados de carne humana, cuya venta llenaría de oro las arcas del califato además de engordar los bolsillos de Almanzor, dejando algunas monedas también en los de cada uno de sus soldados.

El calor sumado a la escasez de espacio y de alimento convertían la convivencia en un infierno de disputas, donde los más débiles llevaban siempre las de perder. La falta de letrinas cubría el suelo de excrementos, pese a lo cual sobre ese lecho inmundo estaban obligados a dormir los componentes de tan triste grey, a excepción de quienes lograban un sitio un poco mejor recurriendo a su superioridad física. De ahí que, cuando la lluvia empezó a caer en forma de gruesos goterones, fuese recibida con general alborozo.

Esa noche Tiago se tumbó al lado de Golo, cuyo cuerpo presentaba heridas parecidas a las suyas, además de las producidas por la paliza recibida en el momento de ser capturado y a lo largo de todo el día. El capitán de los guardias compostelanos fue el primero en hablar, cuidando esta vez de hacerlo en voz baja para evitar ser oído por algún espía dispuesto a traicionar a uno de los suyos a cambio de un mendrugo de pan.

—No sé qué pensarás tú, pero yo voy a largarme de aquí. Debería haberlo hecho antes de que me cogieran, si lo sabría yo… En fin; más vale tarde que nunca. A la primera oportunidad, me escapo.

—¿Qué quieres que piense? —repuso Tiago, haciendo acopio de las pocas fuerzas que conservaba a fin de mantenerse despierto—. Me voy contigo. Aunque quisiera aguantar, no podría. Y desde luego no quiero. Pero no creo que sea tan sencillo huir. Nunca nos pierden de vista. Debemos trazar un plan, hallar el modo de burlarlos.

—¿Qué sugieres, herrero? —El tono era un tanto despectivo.

—Ya se nos ocurrirá algo —respondió el joven en un susurro, notando cómo el cansancio iba cerrándole los ojos.

—¿Cuento contigo entonces? —inquirió el gigante, mucho más entero—. Aunque seas un simple artesano y no sepas empuñar la espada, pareces resuelto. Y desde luego no eres un alfeñique ni tampoco creo que un chivato. ¿Estás conmigo?

—¡A muerte!

—Dame entonces la mano y sellemos un pacto de hermanos. Viviremos libres o moriremos en el intento.

Con sus últimos resquicios de conciencia, Tiago estrechó esa mano y de inmediato sucumbió al sueño.

\* \* \*

Le despertó el almuédano llamando a voz en cuello a la oración, bajo un chaparrón que teñía de gris oscuro el nuevo día.

Tras un frugal desayuno a base de alubias a medio cocer mezcladas con garbanzos igual de duros, dio comienzo otra jornada agotadora bajo el peso abrumador de una carga que parecía haber aumentado de tamaño. Como única merced a los porteadores, sus verdugos les permitieron invertir sus posiciones a un lado y otro de la plataforma, a fin de cambiar el hombro sobre el cual descansaba ese peso.

—¡En marcha! —ordenó con renovado brío el *amir al tehibayh*. Y la desdichada comitiva reanudó su caminar, arrastrando los pies aherrojados.

Esperanzado por la conversación mantenida la noche anterior con su compañero, Tiago se impuso la tarea de observar atentamente a su alrededor, en busca de cualquier resquicio en la vigilancia de sus guardianes. Así se dio cuenta de que entre esa legión de cautivos apenas había mujeres jóvenes, y las pocas que vio llevaban hijos de corta edad a cuestas.

—¿Dónde habrán ido a parar las doncellas? —preguntó a Golo, presuponiéndole un mayor conocimiento de las costumbres sarracenas.

—Probablemente a los barcos fondeados en la costa cercana —contestó el otro con desgana, visiblemente quebrantado por el suplicio sufrido la víspera—. Ahora que la aceifa toca a su fin, zarparán hacia algún puerto próximo a Córdoba transportando a esas mujeres junto a las máquinas de guerra, la mayoría de los pertrechos y una parte sustancial de la tropa que ya no necesitan.

Esa respuesta explicaba el misterio. Era cosa sabida que el precio de las vírgenes del norte, en particular de las rubias de ojos claros, alcanzaba cifras altísimas en los mercados de esclavos, por ser muy del gusto de los hombres musulmanes. No pocos califas habían escogido como favoritas a cautivas poseedoras de esos rasgos, convertidas después en madres de sus sucesores. Se trataba por tanto de mercancía valiosa, que había de ser tratada con especial cuidado. Los demás, hombres, niños y mujeres de mayor edad, llegarían andando hasta su punto de destino, a costa de reventar.

***

Separado el grueso del ejército de los que regresarían en las mismas naves que los habían traído, ese inmenso ciempiés humano cambió de rumbo para dirigirse al este, adentrándose en las tierras del rey Bermudo. Allí engrosarían su botín con nuevos cautivos, causarían más devastación en los cultivos y agravarían de ese modo el hambre que sobrevendría en invierno. Someter a los cristianos rebeldes no era tarea sencilla, dado su empecinamiento, aunque distaba de resultar imposible. El secreto radicaba en aplicar con astucia una política firme de castigos y premios, que el caudillo amirí había llegado a dominar.

Almanzor era tan generoso en la recompensa como implacable en la venganza, de la que solo se habían librado, hasta entonces, los condes cristianos que seguían acompañándole en calidad de aliados, guiándole a través de montes y valles angostos. Infames traidores, se decía a sí mismo Tiago, escupiendo su rabia al lodo, mientras pugnaba por no resbalar y arrastrar en su caída al resto de los supliciados que cargaban con las campanas.

Desde que habían hablado, Golo demostraba una actitud más amable y trataba de ayudarle, a pesar de su evidente quebranto físico, agachándose ligeramente con el fin de equilibrar la carga que soportaba cada uno de ellos. Ambos intercambiaban frecuentes miradas de complicidad y comentarios animosos, aunque ninguno veía nada que pudiera ser de alguna ayuda.

Así fueron pasando los días, idénticos unos a otros, sin que el plan pretendido por Tiago lograra materializarse. Nunca les quitaban los grilletes, cuyo roce laceraba la piel hasta dejarla en carne viva. Tampoco se relajaba jamás la supervisión a la que eran sometidos especialmente ellos, por ser los condenados a portar las campanas, símbolo supremo de la derrota cristiana. Su pretensión de escapar chocaba contra la muralla infranqueable levantada por sus captores, mientras sus fuerzas y su voluntad disminuían a ojos vistas.

Durante las horas de oscuridad y los ataques permanecían estabulados, cual ganado, custodiados por esos bereberes de mirada fiera. El resto del tiempo dormían, malcomían y sobre todo marchaban, mascando dolor mezclado con hojas de hierbabuena cuando tenían la suerte de conseguir un ramito.

* * *

—No puedo más —anunció una noche Golo, que ya no parecía el mismo hombre—. He estado raspando un eslabón de mi cadena con una piedra dura, tal como me enseñaste, y está a punto de romperse. En cuanto se parta, me voy.

—Dijiste que lo haríamos juntos —protestó el herrero—. ¡Lo juraste!

—¿Y a qué quieres que esperemos? —repuso el otro, colérico—. ¿A ser rematados cualquier día, como le ocurrió ayer al que iba detrás de mí? ¿No habíamos acordado ser libres o morir en el intento?

—El hierro de mis grilletes sigue sin ceder —arguyó Tiago en tono de súplica—. Además, el tal Abdalá me tiene especial inquina. Cuando no es él quien acude a comprobar en persona que cumplo su condena, manda a alguno de sus hombres. No me quita ojo.

—Nos iremos mientras duerman. Sabes que últimamente han relajado la vigilancia. Y es ahora o nunca. Todavía estamos en territorio de León, donde podemos encontrar quien nos acoja. En cuanto crucemos la marca de Al-Ándalus, estaremos perdidos. Tú haz lo que quieras. Yo me voy.

—Espera al menos a que logre desgastar mis cadenas lo suficiente —rogó el herrero—. Un par de días a lo sumo. Entonces me iré contigo. Tienes mi palabra.

—Dos días —concedió Golo—. Ni uno más.

A la mañana siguiente, su compañero de fuga había desaparecido. Los guardias repartieron latigazos a mansalva para averiguar si alguien le había visto salir del recinto, sin obtener otra respuesta que negativas y lamentos. Nadie sabía nada y menos que nadie Tiago, quien se sentía profundamente defraudado por esa traición inesperada. ¿Por qué le había mentido su amigo prometiéndole ese margen de tiempo, cuando ya debía de saber que no pensaba respetarlo? Un hombre sin palabra era un hombre sin honor, fuese libre o cautivo. ¿Cómo podía haberse deshonrado de aquel modo infamante nada menos que el capitán de la guardia compostelana, hogar del santo patrón?

Su primera reacción fue desear ardientemente que el felón fracasara en su propósito y pagara caro su engaño. No querría cargar con él, más debilitado y por tanto más lento, y en lugar de decírselo con franqueza a la cara, había preferido abandonarlo sin más, largándose como un cobarde aprovechando la oscuridad. ¡Al infierno con ese embustero!

Superado el arrebato, no obstante, se alegró de que al menos uno de los dos hubiera conseguido consumar el plan urdido por ambos. ¿Qué habría hecho él en el lugar del otro? ¿No habría aprovechado la menor oportunidad para escapar de ese infierno y regresar a los brazos de su esposa, aunque fuese a costa de un compañero? Seguramente sí, aunque sin esconder su elección tras una sucia mentira. Lo importante, en todo caso, era que si Golo había logrado huir, él también lo conseguiría.

Bastaba ver, además, la rabia que provocaba ese insólito hecho en los sarracenos, para experimentar la satisfacción que nace de la revancha. A su manera egoísta, el gigante cristiano había vengado a todos los desdichados con quienes compartía infortunio. Y aunque solo fuera por eso, merecía ser celebrada su fuga.

Sumido en esa tormenta de pensamientos contradictorios, Tiago rechazó entablar conversación con el hombre designado para sustituir al que faltaba. Ni siquiera lo miró a la cara. Anduvo algo más encorvado que de costumbre, aplastado por el peso del armatoste que llevaba a cuestas, aferrándose a la idea de que era posible escapar a ese destino atroz.

«Si él ha podido —se repetía—, también podré yo.»

Más o menos a media jornada de marcha lo sacó de su ensimismamiento un alarido lastimero, capaz de romper el alma. Venía de algún punto situado a su izquierda y había llamado la atención de todo el rebaño que le precedía, a juzgar por la multitud de cabezas vueltas ligeramente hacia arriba, en esa dirección.

Tiago notó que se hacía de pronto un silencio ominoso a su alrededor, tan solo roto por esa especie de gemido animal, al tiempo que muchos de los cautivos se santiguaban. Miró a su vez con enorme esfuerzo, estirando el cuello dolorido por encima de la plataforma, y no pudo reprimir una exclamación horrorizada.

—¡Señor Jesús, ten piedad!

Al borde del camino, clavado en una cruz plantada a bastante altura, estaba el hombre cuya suerte envidiaba hacía apenas unos instantes. El que lo había traicionado dejándose llevar por las prisas.

Para su desgracia, seguía vivo.

Golo tenía los brazos atados al madero transversal a la altura de los codos y las manos aseguradas con clavos por las muñecas, ceñidas aún por los grilletes que el verdugo había dejado intactos tras cortar de un hachazo la cadena que los unía. Cada pie, igualmente aherrojado, descansaba en una cuña, atravesado desde el empeine hasta el poste que los sujetaba. Los cuervos intentaban picotearle los ojos, aunque todavía era capaz de ahuyentarlos recurriendo a los aullidos que se oían desde lejos.

Los sonidos de su agonía resultaban desgarradores. Solo cabía rezar para que se asfixiara con su propia sangre antes de que esos bichos perdieran el miedo a sus voces.

Era evidente que los jinetes enviados a darle caza no habían tardado en descubrirlo e infligirle de inmediato el más severo de los castigos. El hecho de crucificarlo en ese lugar, por donde poco después pasaría el resto de los prisioneros, tampoco encerraba el menor misterio. Se trataba de disuadir futuros intentos mediante ese escarmiento atroz.

Al pasar lentamente a su lado, Tiago creyó percibir que el supliciado lo miraba con intensidad, intentando decirle algo. ¿Le estaría pidiendo perdón? ¿Le alentaría a seguir luchando? ¿Trataría de advertirle para que renunciara a imitar su locura? ¿Se estaría despidiendo? Desde abajo resultaba imposible comprender las palabras del moribundo, aunque sus labios le dedicaron algo parecido a una sonrisa.

Golo abrazaba a la muerte. Antes del anochecer sería libre.

Las escasas fuerzas que aún conservaba Tiago se vinieron abajo de golpe, como si un ser invisible hubiese barrido de un manotazo a los otros siete porteadores que sostenían con él la campana. Su esperanza se desvaneció en un pozo de desilusión y la envidia que le había asaltado esa mañana, al descubrir que su compañero ya no estaba, volvió a mostrar su feo rostro.

Por terrible que fuera ese modo de morir, significaba llegar al final de un calvario cuya única salida era esa. Dejarse ir. Acabar de una vez por todas con el dolor y las humillaciones. ¿Qué otra alternativa le quedaba?

¡Vivir!, se dijo a sí mismo, rechazando con toda su alma esa tentación cobarde. Vivir para conocer un nuevo día, una oportunidad inesperada. Vivir para volver junto a ella.

Vivir.

## 10

El salvador de Mencía se llamaba Benjamín. La había encontrado en un claro del bosque, aterida de frío y hambrienta, cuando andaba recogiendo frutos de los avellanos salvajes. Lo primero que le dijo ella, esgrimiendo un palo a modo de espada, fue:

—¡Atrás, no te atrevas a tocarme o te arrepentirás!

Y él se puso a reír con ganas.

—Vamos, hija, suelta esa garrota, que ni tú quieres darme con ella ni yo hacerte a ti ningún mal.

Benjamín tenía edad suficiente para ser su padre y estaba impregnado de bonhomía. Hablaba despacio, con una voz ronca en los confines de la cual habitaba una profunda paz. Sus ademanes eran igualmente tranquilos, acaso porque su oficio de pastor le había obligado a pasar interminables horas al raso, vigilando a su rebaño, sin otra cosa que hacer que contemplar las nubes del cielo, confeccionar algún juguete para sus hijos con un trozo de madera y un cuchillo o tocar una de las múltiples flautas que también se había fabricado él mismo. Todo en él era sosiego. Sus ojos miraban de frente, directos a los de Mencía, a pesar de lo cual ella tardó en confiar.

—¡No te acerques a mí! ¡No me toques!

—Como quieras, hija —replicó él risueño desde donde se encontraba, levantando las manos en señal de rendición—. Pero si has de secar esa ropa empapada y tomarte un buen cuenco de sopa caliente, tendrás que acercarte tú a mí y seguirme hasta mi cabaña.

Mencía sopesó sus opciones unos instantes, antes de aceptar o rechazar la propuesta. Aquel hombre parecía ser buena persona, pero lo mismo había pensado equivocadamente de Aureliano. O tal vez no. Nunca lo sabría con certeza. En todo caso, su situación era desesperada y nada se le antojaba peor que permanecer allí sola, perdida en esa espesura, sin alimento que llevarse a la boca. Además, en ese momento él terminó de convencerla mencionando a su zagal.

—Yo tengo que regresar sin tardanza, porque mi chico me espera para que le ayude a recoger las ovejas. Tú verás si me acompañas.

Y ella venció sus recelos, sin por ello bajar la guardia.

Benjamín conocía aquellos bosques mejor aún que los pájaros o los jabalíes. Se orientaba entre los árboles con facilidad, y no tardó en conducir a su invitada hasta un terreno elevado y cubierto de hierba, que generaciones de pastores habían roturado con paciencia a lo largo de varios siglos. En lontananza se veía el humo de una chimenea, y Mencía empezó a salivar ante la perspectiva de la sopa ofrecida.

Durante el trayecto ella fue detrás, callada, vigilante, mientras él le daba conversación para que se olvidara del miedo.

—Yo hago el número doce de los hermanos, aunque solo vivieron cuatro, de los cuales quedo yo. Por eso me llamo Benjamín. A mi madre le gustaban las historias de la Biblia que contaba el cura en la aldea, y en especial esa, la de Benjamín, hijo de un tal Jacob. Yo de eso no sé nada. Me pilla muy lejos la iglesia. Mi difunta esposa se empeñaba en ir en los días de fiesta grande, pero desde que falta ella he perdido la costumbre...

Mencía oía esa cháchara sin prestar atención, centrada en sus propias preocupaciones.

—... Pronto hará seis años que nos dejó, ¿sabes? Se la llevó con él al cielo el último de nuestros hijos. De los dos que nos vivieron, uno se enroló en la mesnada del Rey, Dios los guarde a ambos muchos años, y el otro está aquí, conmigo y con los animales. Se llama Pelayo...

El pastor iba a continuar desgranando los pormenores de su familia, cuando Mencía lo interrumpió, formulando una pregunta a bocajarro que no guardaba relación alguna con lo que él estaba contando.

—¿Queda muy lejos de aquí el camino de los francos?

Sorprendido, Benjamín tardó en reaccionar y lo hizo con otra pregunta.

—¿El de los peregrinos?

—Ese mismo —confirmó ella en tono abrupto.

—Te lo has dejado a levante, a día y medio o dos de marcha —le informó el pastor, tras un breve cálculo mental—. ¿Es allí donde quieres ir?

—Tal vez —repuso ella, cauta.

—Pues no te lo recomiendo —advirtió él, frunciendo el ceño—. Dicen que los sarracenos andan por allí saqueando todo lo que pillan. ¿Sabías que prendieron fuego a Compostela?

Mencía asintió, tragándose a duras penas el llanto que le brotaba al evocar ese recuerdo. Con un hilo de voz, confesó:

—De allí vengo huyendo yo, embarazada de una criatura.

Benjamín se paró en seco y sintió el impulso de abrazarla a fin de ofrecerle consuelo, aunque la mirada horrorizada de ella lo detuvo. A saber lo que habría padecido esa mujer para estar tan asustada... No era la primera fugitiva con la que se topaba en esos tiempos de guerra, aunque sí la única que iba sola y, según acababa de revelarle, preñada. Dio por hecho que su marido habría muerto y se propuso ayudarla en todo lo que pudiera, tal como habría hecho Marta, la esposa a la que tanto añoraba.

—Aquí estarás segura, no temas —le dijo con dulzura—. Los guerreros de Almanzor deben de andar por tierras de Lugo, o tal vez algo más al sur, acopiando botín en su camino de regreso a Córdoba. Lo peor ya ha pasado.

✲ ✲ ✲

El hogar de Benjamín no era muy distinto a la choza abandonada en la que Mencía había pasado su primera noche de soledad, aunque sí algo mayor, mucho más limpio y bien provisto de alimentos. El invierno traería la escasez acostumbrada, pero ahora, a finales de verano, en la pequeña huerta quedaba verdura abundante y el peral plantado junto a la casa estaba cuajado de fruta. Además, en honor a Mencía, Benjamín sacrificó un cordero cuya carne tierna, asada lentamente a la brasa, les supo a todos a gloria.

Pelayo, un mocete cuyas mejillas empezaban a cubrirse de pelusa, recibió a la mujer con timidez, ruborizándose cada vez que ella le dirigía la palabra. Su piel lucía llena de pecas, su cabello rizado era del color de las zanahorias y sus ojos, a diferencia de los de su padre, rehuían la mirada por pura vergüenza. Se notaba que no estaba habituado a tratar con personas del bello sexo y se retorcía los dedos en su presencia, buscando el menor pretexto para ausentarse. Aun así, o acaso por eso, a ella le gustó ese muchacho. Incluso le sonrió en un par de ocasiones, provocando un enrojecimiento inmediato e intenso de su rostro. Al final de la cena, tras limpiarse un churretón de grasa de la barbilla con el dorso de la mano, le aconsejó, maternal:

—¡Tú no vayas a hacerte soldado, eh! Estás mejor aquí, con toda esta abundancia. La guerra es algo muy feo, muy sucio… ¡Ni se te ocurra seguir a tu hermano!

Cuando llegó la hora de acostarse, Mencía se hizo un ovillo en el rincón opuesto al que ocupaba el catre. Deseaba ardientemente que el instinto no la indujera a equivocarse otra vez; que Benjamín y Pelayo fuesen los buenos cristianos que aparentaban ser, sin dobleces engañosas. Aun así, no pensaba confiarse. Cuanto más alerta estuviera, menos posibilidades tendría de verse de nuevo en un aprieto. De ahí que se hubiese mostrado todo el tiempo bastante huraña y poco habladora, esquivando las preguntas de sus anfitriones con evasivas.

Al verla tan cohibida, el pastor volvió a soltar una risotada de las suyas y, poniéndose en pie con agilidad, agarró a su hijo por el brazo.

—Vámonos, Pelayo —le ordenó en un tono que no dejaba lugar a la réplica—. Hoy dormimos con las ovejas.

Sin decir más, salieron a cielo abierto, cerrando tras de sí la puerta, para alivio del zagal, que no sabía dónde esconderse de su propia confusión.

Mencía se preguntó si ese comportamiento tan aparentemente considerado encerraría alguna clase de truco oculto y, por si acaso, atrancó la puerta lo mejor que pudo, empujando la mesa hasta colocarla delante. Solo entonces se tumbó sobre el colchón de paja fresca, al calor de la lumbre todavía encendida. Antes de darse cuenta, estaba profundamente dormida.

La despertaron ya bien entrado el día las voces de Benjamín, que en vano trataba de abrir zarandeando el portón desde fuera.

—¡Mencía, muchacha! ¿Estás bien?

—¡Ya voy! —contestó ella, azorada y arrepentida de la conducta ingrata con la que había pagado la hospitalidad recibida—. Debí de mover algo sin querer ayer noche, pero ahora mismo lo quito.

Uno y otra sabían que aquella excusa resultaba increíble, aunque salvó la situación porque ambos pusieron su mejor voluntad en darla por buena. Al cabo de un buen desayuno a base de leche de oveja, queso y fruta fresca, aderezado de sonrisas, Mencía se abrió al fin en canal, derramando los pormenores de su historia junto a un llanto abundante que fluyó hasta vaciar las esclusas de su angustia. Les mostró las heridas que laceraban su corazón, les habló del hermano Martín, de Tiago, de su encuentro frustrado, del atroz destino al que lo creía condenado…

—Aunque él volverá a su hijo y a mí —repetía con insistencia, tratando desesperadamente de convencerse a sí misma—. Estoy segura de que nos encontrará. Nunca me ha fallado y tampoco en esta ocasión va a hacerlo. Solo hace falta que yo consiga llegar al camino de los francos y, desde allí, al Auseva, donde dicen que los cristianos siempre han hallado refugio frente a los sarracenos.

—Ya te dije ayer que el camino de los peregrinos no es seguro en este momento —repuso Benjamín, profundamente conmovido, a la vez que deseoso de ayudarla—. Deberías esperar aquí a que concluya la aceifa y solo entonces reanudar tu viaje. No será mucho tiempo. El otoño se nos echa encima.

—Para entonces será tarde —rebatió ella, hipando, con la voz quebrada aunque firme—. ¿No te das cuenta? Tiago tiene que conseguir alcanzarnos cuanto antes. En caso contrario, ¿cómo dará conmigo y con el hijo que llevo en las entrañas? Él irá a buscarnos a las montañas del norte; al Auseva. Allá fue donde me dijo que me dirigiera, siguiendo el consejo del sabio padre Martín, y allí es donde debo acudir.

—¿Estás decidida? —inquirió el pastor, notando en el tono de ella una determinación invencible—. Te repito que estarías mucho mejor aquí con nosotros. Lo que pretendes hacer es una locura. Nunca se ha visto que una mujer viaje sola, y menos en estos tiempos.

—Estoy decidida. Él nos encontrará. Me lo prometió. Y jamás ha incumplido una promesa.

—En tal caso —concedió Benjamín, que no había oído hablar de ese lugar llamado Auseva, aunque sí de las montañas—, dirígete hacia el mar en línea recta desde aquí y luego ve hacia levante siguiendo la línea de la costa. Los caminos son peores, pero están libres de sarracenos. Eso sí, tendrás que estar alerta ante los bandidos, porque abundan. Santo cielo, muchacha, ¿de verdad quieres cometer ese disparate? ¿No te bastó lo que nos has narrado sobre el carbonero?

—No tengo opción —concluyó ella, tranquilizada tras ese desahogo más necesario aún que el alimento—. No puedo abandonarle.

—¿Aceptarás al menos nuestra hospitalidad un par de días, a fin de reponer fuerzas? —propuso el pastor, rendido a la valentía de esa mujer indoblegable—. Pelayo estará feliz de enseñarte todo lo que sabe de las estrellas, para ayudarte a orientarte en la noche.

El aludido volvió a enrojecer como si le hubiesen prendido una lumbre tras las mejillas, pero asintió mostrando una dentadura intacta.

*   *   *

Mencía había dicho a Benjamín que confiaba ciegamente en Tiago, aunque en lo más hondo de su corazón empezaba a albergar dudas. Al principio habría apostado su vida a que él haría honor a su palabra y regresaría a su lado. Ahora notaba cómo esa fe iba resquebrajándose lentamente, dando paso a una tormenta de emociones contradictorias que alternaban tristeza, congoja, añoranza, dolor, enfado y hasta ira, en el espacio de pocas horas. Tan pronto se sentía segura de ir a conseguir su propósito como inundada por la más amarga desesperanza. Y siempre, absolutamente siempre, sola, a pesar de los esfuerzos de Benjamín y Pelayo por tratarla como a una hija y una hermana.

En general eximía a su esposo de cualquier responsabilidad, diciéndose que estaría cautivo, sufriendo un infierno de penalidades y buscando con denuedo el modo de huir. La idea de que hubiese muerto le resultaba demasiado intolerable para planteársela siquiera, pero lo que sí afloraba a su mente en momentos de especial oscuridad era el reproche. Le reprochaba haberla dejado desasistida en ese puente, en pleno ataque enemigo, a merced de mil peligros. Le reprochaba no haber cumplido su promesa de regresar antes del alba. Le reprochaba haber puesto al padre Martín por delante de ella misma y de su hijo. Le reprochaba haberla defraudado. Esos reproches iban calando en su ánimo como el agua de un caño en la tierra, hasta trocar su amor en inquina. Y al instante se odiaba a sí misma por ceder a esa mezquindad, por dudar del hombre que siempre la había amado y cuidado con devoción, por anteponer sus temores o su debilidad a su obligación de mantenerse firme en la adversidad y esmerarse en satisfacer esa última petición suya:

—¡Cuídalos bien!

¡Y pensar que en un momento de rabia incluso se había llevado la mano a la cruz que colgaba de su cuello, con el propósito de arrancársela y arrojar con ella lejos el recuerdo de ese hombre traidor que la había abandonado! Había sido una intención fugaz, cuya mancha permanecía, empero, impregnando su conciencia de una culpa tan amarga como estéril.

—Esa cruz será tuya un día, hijo —dijo en voz baja a la criatura que llevaba en su seno—. Esperemos que para entonces tu padre esté con nosotros, que sea él mismo quien te la dé. Entre tanto, yo cuidaré de ella y de ti, con la ayuda de Dios.

✳ ✳ ✳

Los dos días previstos se convirtieron en cuatro, por el empeño de Benjamín en no dejar marchar a Mencía sin antes enseñarle unos conocimientos básicos para sobrevivir al viaje que se disponía a emprender.

—¿Sabes encontrar el norte y el sur en el cielo de la noche o en el bosque durante el día? —le preguntó, una vez conocidos sus propósitos.

—Nunca me hizo falta —respondió ella, impaciente por partir—. Conozco, o debería decir conocía, las calles de Compostela y los campos del monasterio, en los cuales transcurría mi vida. Con eso me bastaba. Pero aprendo rápido.

Dicho y hecho. Benjamín se entregó a la tarea de desvelar a su pupila todos los secretos ocultos entre los árboles: la forma de identificar los puntos cardinales en el musgo adherido a los troncos por su cara septentrional, siempre algo más fría y húmeda; el modo de encontrar nidos bajos de los cuales robar huevos; la técnica precisa de la colocación de trampas con las que cazar animalillos, y demás información indispensable para la supervivencia. El mapa celeste fue cosa de Pelayo, quien sentía auténtica fascinación por las constelaciones, a menudo sin conocer siquiera sus nombres.

—Esa que tiene forma de carro es de las primeras en aparecer y te ayudará a dar con la estrella que señala el norte. Ella es la única que permanece quieta durante toda la noche, mientras las demás van girando, moviéndose de levante a poniente a través de la oscuridad. Está justo debajo de la rueda trasera izquierda. ¿La ves? —E indicaba con su dedo el lugar donde brillaba el astro—. Si fijas en tu memoria su posición y la sigues, no perderás el rumbo. Ella no engaña.

Así una y otra vez, hasta cerciorarse de que la alumna daba con el lucero nada más levantar la vista.

—Allí está el mar, Mencía —remachó su padre la lección la víspera de la partida, entristecido por la despedida—. Alcánzalo y sigue la línea de costa en dirección opuesta a la del sol. Al menor signo de peligro, ocúltate de inmediato. No te fíes de nadie.

—Eso mismo pensaba de vosotros —respondió ella, sorprendida por la advertencia— y ya ves lo equivocada que estaba. Nunca podré agradecer suficientemente todas vuestras atenciones. El mismísimo Apóstol debió de poneros en mi camino en compensación por privarme de mi marido.

—Tal vez —repuso el pastor, reflexivo, considerando detenidamente esa posibilidad—. ¿Quién sabe? La Providencia tiene su propio modo de hacer las cosas. Pero créeme cuando te digo que hay gente mala en el mundo, muchacha. También la hay buena, desde luego, aunque esa no abunda. Tú, por si acaso, desconfía.

—Así lo haré, descuida. Seré cauta. Y jamás os olvidaré ni a Pelayo ni a ti. ¡Quiera Dios que volvamos a encontrarnos en circunstancias más felices!

Esa noche la pasó Mencía en blanco, dando vueltas a las muchas incertidumbres a las que se enfrentaba. Un viaje sin destino fijo, hacia un lugar cuya existencia misma, pensaba ella, acaso fuese una quimera urdida por los clérigos para dar ánimos a los cristianos en ese tiempo de pesadumbre. Un hijo que crecía en su interior alejado de su padre, sin más protección que la que ella fuera capaz de brindarle. Un esposo cautivo por el que nadie pagaría un rescate.

Los nobles, los dignatarios de la Iglesia y no digamos los reyes eran liberados por los sarracenos antes o después, previa entrega de grandes cantidades de oro y plata por parte de sus familias. Ellos conservaban la esperanza mientras les quedaba aliento. Tenían algo a lo que aferrarse. La vida o la libertad de un simple herrero, en cambio, no valían absolutamente nada. Si Tiago no hallaba el modo de escapar, nadie acudiría en su auxilio. No habría una segunda manumisión para él. Moriría en manos de sus captores o sería vendido como esclavo para acabar en un pozo todavía más negro.

Esos sombríos pensamientos cabalgaban desbocados por su cabeza, mientras Mencía luchaba con todas sus fuerzas para desterrarlos y así poder coger el sueño. Lejos de dejarse vencer, regresaban al asalto, atormentándola con funestos presagios. En un mundo asolado por esa aceifa de un alcance desconocido hasta entonces, se decía, el despiadado Almanzor bien podría haber aniquilado con su hueste al ejército del rey Bermudo, proclamándose dueño y señor de todos los confines del Reino. ¿Qué sería de ella en ese caso? ¿Dónde encontraría refugio?

La idea de permanecer al abrigo de esa choza perdida en un monte alejado de todo, al cuidado de esas buenas gentes, resultaba muy atractiva, aunque la rechazó apelando al coraje, así como al deseo ardiente de reencontrarse con su hombre, volver a sentir sus labios cálidos, fundirse con él en una sola carne, ceder a la pasión desbordada que los conducía juntos al goce supremo, sentirse colmada y a salvo en sus brazos. ¿Cómo podría hallarla Tiago para hacer realidad esos sueños si ella cedía a la tentación de quedarse? No. Debía renunciar a esa comodidad, vencer el miedo y atenerse al plan trazado. Si quería volver a ver a Tiago, su obligación era marchar y dirigirse hacia el Auseva, dondequiera que estuviese esa montaña sagrada.

* * *

Fue un adiós rápido, a fin de no dar tiempo a las lágrimas que pugnaban por brotar. Ya se lo habían dicho prácticamente todo, por lo que bastaron los ojos para renovar los votos de amistad anudados durante la breve estancia. Benjamín entregó a Mencía un zurrón repleto de provisiones, así como un pellejo lleno de agua fresca que ella se colgó a la espalda. Pelayo le regaló su caramillo, tallado en madera de castaño, para que la acompañara en su soledad.

—Es muy fácil de tocar —dijo animoso—. Yo aprendí solo siendo niño.

Mencía retuvo a duras penas el llanto, conmovida hasta los tuétanos por tantas muestras de cariño.

—Gracias una y mil veces —musitó—. De corazón.

—No se merecen —contestó el pastor, con su habitual sonrisa franca—. La hospitalidad es la supervivencia del humilde, ya lo descubrirás. Además, cuanto más damos, más tenemos. ¿Verdad, Pelayo? Ya lo decía mi madre: «Manos que no dais, ¿qué esperáis?».

# 11

Con la ayuda del Apóstol y de las enseñanzas recibidas, Mencía avistó la mar al atardecer del octavo día. La visión la dejó sin habla.

Recortándose contra los mil verdes de un litoral retorcido, que el hacha de Dios había golpeado furiosa, esa inmensidad azulada se fundía con el cielo en un único horizonte inabarcable cuya hermosura iba mucho más allá de las palabras. Así, desde la distancia y la altura, ese océano de placidez semejaba un inmenso colchón mullido donde acostarse a reposar las pesadas fatigas de la vida. Una invitación al olvido de toda preocupación, de toda pena, hasta del hambre, compañera inseparable de ese largo caminar cuyo destino parecía estar, al fin, a la vuelta de un recodo.

«El mar —dijo para sus adentros, admirada y agotada a partes iguales—. Ya hemos llegado. ¿Y ahora qué? ¿Cuál es el siguiente paso? ¿Dónde hallaremos refugio?»

Siguiendo el consejo de Benjamín, Mencía había evitado todo contacto con otros seres humanos, temerosa de lo que pudiera encontrarse. Únicamente una noche había pedido posada en una pequeña aldea, donde solo quedaban viejos, mujeres y niños para trabajar la tierra. A los hombres se los había llevado la guerra, nadie sabía muy bien a qué batalla o hasta cuándo.

—¿Llegó aquí la aceifa? —había preguntado ella, en cierto modo animada ante la posibilidad de dar finalmente con Tiago.

—No —le respondieron esas gentes acostumbradas a padecer sin quejarse—. Llegaron los hombres del conde de recluta, en busca de manos capaces de sostener una lanza. Según nos dijeron, el Rey necesitaba soldados porque estaba preparando un ataque contra la retaguardia del caudillo moro, que ya iba de regreso a sus dominios. Pagaban en plata, de modo que muchos marcharon con ellos, pensando en regresar en invierno.

Más muerte, más sangre, más viudas, más huérfanos, más lejanía de Tiago, si es que se hallaba cautivo entre las cuerdas de esclavos que arrastraban los sarracenos consigo.

Sentada sobre una roca plana al borde del acantilado, Mencía vio incendiarse el firmamento a medida que el sol avanzaba hacia su lecho marino, tiñendo la luz de una gama infinita de rojos, naranjas y violetas, que desapareció súbitamente, convertida en pura tiniebla, en cuanto el astro terminó de hundirse detrás del último cabo. Entonces se levantó con pereza, palpándose de manera instintiva el vientre que empezaba a pesarle. Era hora de encontrar un lugar abrigado en el que pasar otra noche al raso, buscando algo de alivio en la idea de que, allá donde estuviera, Tiago contemplaría las mismas estrellas y pensaría en ella.

Aparte de esos pequeños engaños de la mente, la certeza de esa vida que crecía en ella constituía su mayor consuelo.

Su única compañía. Todo lo demás era soledad y abandono. Abandono y soledad que parecían oscurecerse, además, con el paso de los días y la constatación de que su familia se antojaba definitivamente perdida y su esposo no regresaría junto a ella. De que acaso estuviese muerto, por mucho que su corazón le dijera lo contrario.

Había perdido la cuenta de las plegarias elevadas al cielo suplicando por él, por ellos, por el anhelado reencuentro. De las promesas formuladas a Jesús, y a su madre, la Santa Virgen, si le devolvían al padre de su hijo. No había recibido más respuesta que el silencio.

Estaba sola, completamente sola en ese confín del mundo asomado al abismo azul. Sola con su temor, su angustia, su decepción, su esperanza cada vez más tenue de que todo volviera a colocarse en su sitio, su rencor incipiente hacia el hombre que la visitaba en sueños con promesas de amor y caricias abocadas a desvanecerse en cuanto abría los ojos. Sola con esa criatura desesperadamente necesitada de protección.

Por si su tormento no fuera suficiente, esa noche empezó a llover. El tiempo se había mostrado clemente hasta entonces, aunque una vez rota la tregua el aguacero se desató con furia, procedente del mismo lugar donde había ido el sol a acostarse. El amanecer trajo de allí un viento helado, cargado de nubes negras, cuyo rugido feroz la obligó a buscar cobijo tras unas peñas durante buena parte de la mañana. Una vez perdida la esperanza de que amainara, se lanzó a caminar doblada en un ángulo imposible, a fin de mitigar la embestida de esas ráfagas y poder avanzar lentamente en dirección a levante, donde esperaba encontrar una mano amiga.

Luchando con todas sus fuerzas contra el agotamiento, anduvo dos jornadas más por sendas embarradas que discurrían en paralelo a la costa, con el mar siempre a su izquierda.

Cuando llegó a la desembocadura de un gran río, se vio obligada a remontar su cauce en busca de un puente por el que cruzar o un barquero dispuesto a llevarla a la otra orilla sin otra remuneración que su gratitud, dado que carecía de dinero con el que pagarle. De nuevo suplicó al cielo un poco de auxilio para superar el trance y en esta ocasión, al fin, fueron escuchados sus ruegos.

Junto a la ribera, esperando el regreso de la barcaza que iba y venía llevando a los escasos pasajeros que se atrevían a viajar en ese tiempo de tribulación, Mencía vio una carreta cargada de heno. La conducían dos mujeres de edad indefinida, vestidas con sayos de paño basto y cubiertas por velos que les ocultaban el rostro. Dos monjas, a juzgar por su aspecto, cuya aparición providencial equivalía a dos ángeles caídos directamente del cielo.

—La paz sea con vosotras, hermanas. —Se dirigió a ellas con una gran sonrisa henchida de confianza—. Me llamo Mencía, vengo huyendo desde Compostela, con un hijo creciendo en mi vientre. Preciso encarecidamente ayuda.

Su aspecto desaliñado y sus profundas ojeras daban fe del difícil trance en el que se hallaba, pero la calidad de su ropa, tanto como su actitud, denotaban que no era una mendiga al uso en busca de limosna, sino una cristiana en apuros.

Las monjas la miraron con interés, estudiándola de arriba abajo. Al poco, uno de los velos se levantó y tras él aparecieron dos ojos del color del mar, cargados de curiosidad. Casaban bien con su dueña, que tendría la edad de Mencía, mejillas bruñidas por el trabajo al aire libre, manos de campesina y una voz cantarina que le contestó:

—¿De Compostela has dicho? ¡Sube aquí con nosotras, hermana! Tienes que contárnoslo todo...

*\* \* \**

El monasterio de Santa María de Coaña se acurrucaba tras una tapia de elevada altura rodeada a su vez de laureles crecidos, a guisa de empalizada, en cuya cara este se abría un doble portón de roble. Estaba construido a los pies de un enorme castro levantado en tiempos antiguos, cuyas piedras de pizarra oscura habían sido reutilizadas para edificar esas defensas, así como la sencilla capilla y las distintas dependencias que albergaban a las religiosas: un dormitorio común, junto al cual se hallaban el refectorio y la pequeña sala capitular, sede de las reuniones; una cocina exenta, situada al otro lado del patio, cerca de la cuadra, el gallinero y las pocilgas; y por último un huerto frondoso, bañado por un arroyo que corría de sur a norte, proporcionando pescado y cangrejos con los que cumplir los días de vigilia.

A Mencía, acostumbrada a la opulencia de San Pedro de Antealtares, aquel humilde cenobio le pareció una granja grande antes que un monasterio. Para su sorpresa, además, descubrió que las hermanas atendían a sus propias necesidades, dada la inexistencia de siervos que trabajasen por ellas. Eran pocas, exactamente catorce en ese otoño del año 997 de Nuestro Señor, pero suplían con buen humor su relativa pobreza.

—La hermana Aldonza y yo veníamos precisamente de segar hierba cuando te hemos encontrado —le informó Brunilde, su ángel de ojos claros, respondiendo a su extrañeza ante el hecho de que dos monjas anduvieran subidas a una carreta—. Hay que empezar a guardar con vistas al invierno, que este año se adelanta.

—¿No tenéis criados que hagan esas tareas? —inquirió incrédula—. Ni siquiera yo solía rebajarme a realizar esa faena en el cenobio, a pesar de haber nacido sierva y cumplir con mis labores. Había gentes de condición más baja encargadas de acopiar la paja.

—Alguna de las hermanas de mayor edad recuerda haberlos conocido, pero hace mucho de aquello —respondió la joven religiosa, ansiosa por avivar la conversación—. Yo no llegué a disfrutar ese lujo, aunque tampoco me importa. El monasterio no percibe rentas desde que las guerras civiles nos privaron de la mayor parte del patrimonio que donó el rey don Alfonso el Casto a nuestra fundadora, Alana de Coaña. Es lo que ves y poco más. No pertenecemos a ninguna orden ni obedecemos más regla que la establecida por ella. Aquí estamos apartadas del mundo, olvidadas de todos y por el momento a salvo de apetencias peligrosas. Mientras menos poseamos, menos envidia despertaremos. Es lo que siempre dice la superiora.

—Y tiene razón —concedió Mencía, empapándose de la calma que transmitía el lugar—. Quiera Dios libraros del suplicio terrible sufrido por la ciudad del Apóstol.

Nada más instalar a su nueva huésped en una sencilla edificación adosada a la iglesia y provista de dos celdas dispuestas para albergar peregrinos, las hermanas la llevaron a la cocina, donde le sirvieron un cuenco de sopa que Mencía devoró en un santiamén, olvidando dar gracias a Dios por esa comida. Sor Aldonza, que se había despojado del velo y mostraba una cara severa, la miró con manifiesta desaprobación, mientras ella sorbía ruidosamente el caldo, dejando al descubierto el origen humilde que acababa de revelar.

—Os pido perdón —se disculpó, avergonzada, notando la censura de la monja—. Venía muerta de hambre y he olvidado los modales.

Brunilde, apiadada y divertida, acudió al punto a su rescate.

—Voy a avisar a la madre superiora. Estará deseando escuchar tu historia y contarte la nuestra, íntimamente ligada al lugar de donde vienes —dijo, misteriosa—. Sor Aldonza te acompañará a la sala común, donde todas oiremos las nuevas que traes.

Cuando salieron, un sol templado bañaba con su luz el espacio abierto que separaba la cocina del edificio principal, repleto en ese momento de gallinas, patos y ocas que se disputaban entre graznidos y cacareos furiosos el grano que esparcía a puñados la hermana cocinera, protegida por un largo delantal. En el establo, otra sor sentada en un taburete de tres patas ordeñaba a una vaca, hablándole con cariño como si pudiera entenderla.

El resto de la congregación debía de estar ya reunida en la habitación común, pues las noticias corrían deprisa en ese pequeño universo y la presencia de una refugiada revestía suficiente importancia como para desplazar cualquier otra novedad. Los ecos de la aceifa de Almanzor habían llegado hasta ellas, por supuesto, aunque de manera difusa, a través de relatos indirectos. Ahora podrían saber al fin, de primera mano, cuánto había de cierto en los horrores que, se decía, había dejado a su paso el caudillo sarraceno.

En la sala capitular olía a cera y a limpio. El suelo de tierra batida estaba barrido con esmero y las paredes parecían haber sido encaladas la víspera. Mencía se paró un momento a tomar aire, antes de afrontar esa prueba, y se topó con la mirada escrutadora de la abadesa, que la esperaba, un tanto rígida, desde su posición privilegiada.

La madre Trígida era una mujer madura, alta, corpulenta, de barbilla orgullosa, frente serena, ojos limpios, porte digno, que no altanero, y voz firme. Ceñía su cabeza y su rostro una toca larga de lino blanco, que bajaba hasta el pecho cubriéndole por completo el cuello y el cabello. Su modo de hablar, sus ademanes, la autoridad que emanaba de ella de forma espontánea denotaban una alta cuna, así como una predisposición natural para ejercer el cargo al que había sido elevada por votación de sus hermanas. Presidía la reunión desde un escaño colocado al fondo de la amplia estancia, rodeada por las demás, sentadas formando una U sobre el banco corrido de fábrica adosado al muro.

Venciendo la incomodidad de saberse una intrusa en esa intimidad reservada a las componentes de la congregación, Mencía desgranó su historia desde el comienzo, sin omitir detalle, y respondió lo mejor que pudo a las preguntas que le formularon.

—Entonces es verdad —se dolió la superiora, con sentimiento, al oír la descripción del incendio que su huésped había contemplado, aterrada, desde su escondite en el bosque—. Compostela ha sido destruida. Las reliquias del Apóstol, profanadas por ese guerrero al que llaman el Azote de Dios.

—Eso no puedo asegurároslo —repuso Mencía—. El hermano Martín se empeñó en regresar precisamente con el propósito de impedirlo, afirmando tener una idea para salvaguardar las santas reliquias. Tal vez lo consiguiera y todo este dolor no sea en vano. —Se echó a llorar, evocando la imagen de Tiago alejándose de ella en compañía del viejo monje en dirección a la muerte o el cautiverio.

—Quiera el Señor que así haya sido —replicó la superiora, santiguándose despacio—. En caso contrario, la Cristiandad habría perdido a su mayor valedor en la terrible contienda que nos aflige.

—¿Olvidáis el vaticinio, madre Trígida? —se oyó decir entonces a una monja increíblemente vieja que se escondía, encorvada, bajo un grueso manto de color marrón—. Lo que nos ha contado esta forastera era cosa sabida. Nadie debería sorprenderse. Nos lo anunció hace casi dos centurias la reverenda fundadora en uno de los manuscritos que atesora esta santa casa.

Un clamor de murmullos asustados recorrió la sala. Las catorce hermanas de Santa María conocían a grandes rasgos el origen de su comunidad y habían oído hablar de esos libros, conservados como un valioso tesoro en un lugar de honor habilitado en la capilla, pero pocas habían tenido el privilegio de leerlos. Al oír que uno de ellos contenía una profecía referida nada menos que a la aniquilación de Compostela, el miedo se extendió como una mancha de aceite.

—¡Silencio! —ordenó la abadesa en tono enérgico—. Nuestra querida hermana Fronilde no se ha expresado con mucha fortuna.

—Solo he dicho la verdad —protestó esta, ofendida—. ¿O acaso no pronostica el diario la destrucción de la piedra?

Mencía, picada por la curiosidad a la vez que asustada, se atrevió a inquirir, dirigiéndose a la superiora:

—¿Es cierto lo que dice esta anciana? Y si es así, como ella dice, ¿augura algo más ese manuscrito? ¿Algo que pueda ayudarme a encontrar a mi marido?

Un coro de voces inquietas se alzó en apoyo a su demanda, suplicando a la madre Trígida que aclarase el misterio de ese augurio. Ante la insistencia de los ruegos y su innegable fundamento, ella terminó por ceder, no sin antes exigir a las presentes una promesa solemne.

—¿Hacéis voto aquí y ahora de guardar en absoluto secreto lo que voy a revelaros?

Una por una juraron, empeñando nada menos que la salvación de sus almas, tras lo cual la abadesa dejó que fluyera la historia del misterioso legado al que se había referido Fronilde.

—Compostela, de donde viene huyendo esta pobre muchacha, nació, como sabéis, alrededor del sepulcro de nuestro bendito patrón, Santiago Apóstol, aparecido por la gracia de Dios en tiempos del Rey Casto. Él fue el primer peregrino que acudió a postrarse a sus pies y quien mandó levantar un templo sobre sus sagradas reliquias, así como un cenobio al que otorgó el privilegio de custodiarlas.

Nada de todo aquello constituía una novedad, por lo que las hermanas empezaron a mirarse unas a otras con gestos de interrogación, sin atreverse, empero, a interrumpir el relato.

—El viaje de don Alfonso desde su palacio de Oviedo hasta el lugar santo —prosiguió la abadesa— se produjo en vida de nuestra fundadora, la madre Alana, a la sazón muy cercana al monarca. Su difunto esposo le había servido en calidad de fideles y ella misma formaba parte de su corte, aunque para entonces ya estaba gestionando la fundación de este monasterio, en el que había decidido retirarse del mundo.

—¡El manuscrito, madre! —se oyó graznar a la vieja monja, con la desvergüenza que trae consigo la edad—. Id a buscarlo y leed lo que está escrito. No me dejéis por mentirosa.

—Sosegaos, hermana —la regañó la superiora—, o me veré obligada a ordenar que os acompañen a vuestro lecho a fin de que podáis descansar.

La sala volvió a sumirse en un silencio propicio a la confidencia, y la narradora regresó al punto en el que había sido interrumpida.

—Las crónicas del Rey Magno nada recogen de esa primera peregrinación protagonizada por su predecesor homónimo en el trono de Asturias, pero nosotras sabemos exactamente cómo se produjo, quién participó en ella y, sobre todo, lo que vieron esos peregrinos cuando llegaron al sepulcro señalado por un campo de estrellas. Lo sabemos porque la fundadora redactó un itinerario detallado de ese viaje, que trajo consigo a su regreso a esta casa y que permanece aquí, a salvo de la destrucción, gracias a que nadie más que nosotras sabe de su existencia.

—¿Qué mal podría causar ese libro? —inquirió la hermana Brunilde, aprovechando la pausa marcada por la abadesa—. ¿No debería la Cristiandad entera compartir los pormenores de ese gran milagro que incluso a nosotras nos está prohibido conocer?

—Eres muy joven —respondió la aludida, con un deje de amargura—, y no comprendes el peligro que encierra la fruta prohibida del saber. ¿Por qué crees que fueron expulsados Adán y Eva del paraíso? Ese manuscrito no fue concebido para salir a la luz y contiene pensamientos íntimos que deben permanecer ocultos. Además, la información que recoge podría chocar con ambiciones mundanas, ajenas al servicio de Dios y a la memoria del Apóstol. No traicionaré la voluntad de la madre Alana dando su obra en pasto a la curiosidad malsana o, peor aún, a la tergiversación interesada. Ella misma redactó su diario en el más absoluto secreto, y en ese secreto seguirá mientras yo viva y dirija esta comunidad.

—Leednos al menos algún fragmento —insistió Brunilde con vehemencia—. Hemos dado nuestra palabra de no revelar lo que oigamos y, al fin y al cabo, también nosotras seguimos el ejemplo de la madre Alana, así como su estricta regla.

—Está bien —concedió Trígida, convencida por el argumento—. Complaceré vuestra demanda y después cada cual regresará a sus quehaceres, sin más demora. ¡Hermana Aldonza! —La buscó con la mirada—. Traed por favor el manuscrito de la fundadora, con cuidado de no dañarlo.

—¿Cuál de ellos, reverencia?

—El itinerario de la peregrinación a Compostela, por supuesto.

La espera fue corta, aunque a Mencía se le hizo eterna. Ella no sabía leer ni tenía mayor interés en el libro del que se había hablado en el capítulo, salvo por lo referente a ese augurio que acaso le sirviese de ayuda. Si había de ser sincera consigo misma, en realidad, en ese momento se daba por satisfecha con la hospitalidad de esas monjas. Solo pedía poder permanecer en la paz de ese convento, ganándose el pan con su trabajo hasta que Tiago lograra encontrarla, tal como había prometido.

Aldonza regresó, obediente, al cabo de un rato, trayendo consigo una bandeja de plata sobre la cual reposaba un códice de tamaño mediano, primorosamente envuelto en un paño de brocado rojo. Se la ofreció a la abadesa inclinando la cabeza, como si estuviese presentando un cáliz de vino consagrado. Esta tomó el libro en sus manos, lo desenvolvió, dejando al descubierto una tapa de cuero blando, oscurecido por el tiempo, pasó con infinito mimo unas páginas escritas en caligrafía pulcra, apretada, acompañada aquí y allá de algún dibujo de trazo torpe, y no tardó en encontrar el pasaje que tenía escogido de antemano.

—Os leeré lo que recogió nuestra amada madre Alana sobre la llegada del soberano al bosque donde el obispo Teodomiro, alertado por el anacoreta Pelayo, acababa de encontrar los restos del santo Apóstol. Escuchad con atención:

Don Alfonso tomó la luz e inició un caminar lento hacia el interior de esa boca oscura, guardiana de un secreto silenciado durante siglos. Las plegarias lo acompañaron elevando un poco más el tono, mientras el ruido del aguacero ahogaba el sonido de las voces.

En el preciso momento en que el Rey se agachaba para atravesar el quicio de la puerta tras el cual se hallaba el sepulcro, un pavoroso trueno estalló en la oscuridad haciendo temblar el suelo.

Era la respuesta de Dios a nuestras súplicas.

¿Qué otra cosa podía ser?

Ni siquiera el escéptico Sisberto se habría atrevido a negar que semejante señal resultaba inconfundible. Yo misma me rendí a la evidencia de un augurio inapelable. Si faltaba alguna prueba para acabar de convencerme, ese rugido ensordecedor desterró la última duda. El morador de esa cámara no podía ser otro que el apóstol Hijo del Trueno…*

—¡Seguid, por favor! —rogaron varias hermanas—. Debió de ser tan emocionante… Y vos, Mencía, habéis estado allí. ¿Cómo es ese sepulcro? ¿Sobrecoge su poder? ¿Emana de él una luz divina?

—Cuando yo lo vi por última vez —repuso ella sin mayor entusiasmo, defraudada por lo que acababa de oír—, estaba tapado por una gruesa lápida colocada justo bajo el altar mayor y no desprendía luz alguna, aunque la iglesia siempre estaba iluminada por un sinfín de lámparas y velas de cera de abeja que apenas desprendían humo.

—El propio don Alfonso mandó que volviera a cubrirse el catafalco en cuanto contempló los sagrados restos —explicó la superiora a guisa de justificación, sin precisar cómo estaba al tanto de ese detalle seguramente contenido en el libro—. Únicamente él, Teodomiro y nuestra fundadora tuvieron la gracia de verlos con sus propios ojos. Pero decidnos, Mencía, vos que venís de allí. ¿Cómo es la basílica le-

* Fragmento de *La peregrina*, pp. 467-468 (Plaza & Janés, 2018).

vantada sobre esas sagradas reliquias? ¿Es tan bella como se dice?

—Más bien deberíais preguntar cómo era, toda vez que los sarracenos le prendieron fuego, dando en pasto a las llamas sus mármoles de colores, sus columnas, sus doce altares, sus cálices, sus custodias y las pinturas que iluminaban sus muros...

—... Tal como estaba anunciado —repitió de nuevo Fronilde, antes de apremiar a Trígida—: ¿Desvelaréis de una vez el final de ese manuscrito, o acaso os da miedo hacerlo? Vos sabéis que nada íntimo hay en esas palabras, escuchadas por la madre Alana de labios del Rey. Solo hablan de dolor, de fe y también de esperanza...

Con gesto resignado, abatida por el peso de un conocimiento que habría deseado ignorar, la superiora cerró los ojos y empezó a salmodiar un pasaje que no necesitaba leer pues lo llevaba incrustado en la memoria:

Sufriremos nuevas aceifas, volverá a correr la sangre, pero ya no lucharemos solos. Él estará a nuestro lado en el combate. Será nuestro santo patrón. La luz que alumbre esta tierra de Asturias, faro de la Cristiandad acorralada.

Tú, Santiago, has querido descansar en esta tierra y desde el cielo velas por nosotros. Yo he mandado levantar una capilla en tu honor. Una basílica modesta, como el Reino que el Salvador encomendó a mi custodia, sobre cuyos cimientos, empero, se alzará otra mayor. Y luego otra, y otra más. Los que vengan detrás de mí la engrandecerán y embellecerán hasta convertirla en fiel reflejo de tu gloria, pues has regresado a nosotros cual cabeza refulgente de Hispania y defensor poderoso.

Nuestros enemigos destruirán la piedra, se llevarán las campanas, apilarán cabezas cortadas a guisa de sanguinarios trofeos y arrastrarán largas cuerdas de esclavos al otro lado de las montañas que Dios nos dio por murallas. Nos acometerán con fiereza en el empeño de doblegarnos, aunque nunca vacilará nuestra fe ni someteremos la cabeza a su yugo.*

* * *

Mencía no tardó en hacerse con la simpatía de las hermanas, trabajando duro en aquello que se le mandaba a fin de ganarse el sustento cotidiano: limpiar la cochiquera o la cuadra, lavar en el agua helada del arroyo, abrasarse los dedos hilando lino basto, coser, amasar, ordeñar, recoger bellotas o castañas... Nada le parecía excesivo y en todo cumplía a satisfacción, sin poner una mala cara a pesar de estar cada día más torpe por el peso creciente de su barriga preñada.

Bien entrado el otoño, seguía ocupando una de las celdas reservadas a los peregrinos, mientras la otra permanecía vacía desde hacía meses. ¿Quién iba a ponerse en camino hacia un lugar arrasado por la furia de Almanzor? Desde su llegada al monasterio, nadie más había llamado a las puertas. El mundo parecía sumido en un mal sueño que mantenía a los supervivientes paralizados de terror, afanados en conservar lo poco que habían podido salvar de la quema. Ella anhelaba desesperadamente ver aparecer en cualquier momento a Tiago, cruzando el umbral en su busca, pero la espera se eternizaba y él seguía desaparecido.

Brunilde la visitaba a menudo antes del alba, burlando la vigilancia de la hermana encargada de mantener la disciplina. Juntas comentaban trivialidades y compartían anhelos, aunque

---

* Fragmento de *La peregrina*, pp. 495-496 (Plaza & Janés, 2018).

sobre todo hablaban de ese manuscrito fascinante en el que se pronosticaba lo que ocurriría casi dos siglos después.

—Doy fe de la fiereza con que nos acometieron —decía esa noche Mencía, doliéndose de su soledad, sin llegar a sospechar que ese esposo al que tanto añoraba cumplía el terrible suplicio de cargar con las campanas robadas para privar de voz al Apóstol.

—También dejó escrito la madre Alana que Santiago «regresó a nosotros cual cabeza refulgente de Hispania y defensor poderoso» —trató de consolarla su amiga, con la mano colocada sobre su abultado vientre en espera de un movimiento del bebé que crecía dentro—. Debes conservar la fe por él, por ti y por esta criatura que no tardará en nacer. Ya da patadas con brío, el muy tunante.

—Será un niño —se alegró su madre, uniendo su mano a la de la monja—, fuerte como su padre.

—¿Lo llamarás Tiago en su honor?

—Él quería darle un nombre regio. Siempre creyó que sería un varón y desde el primer día pensó en Ramiro.

—Ramiro es sin duda nombre de rey sabio y prudente —convino Brunilde—. Ojalá que tu hijo atesore esas virtudes.

El recuerdo trajo consigo tristeza, añoranza, desesperanza y también reproche. Tiago parecía definitivamente perdido en un pasado cada vez más nebuloso, arrastrando con él los sueños que ambos habían construido juntos. Tantas veces habían proyectado su vida en común, la libertad que alcanzarían, Dios mediante, pagando su manumisión, la forja que abriría él, los hijos que tendría ella, el hogar que irían ampliando...

Nada de eso tenía sentido ahora, cuando el fruto de su amor estaba a punto de nacer. Ella ya no era sierva, pero tampoco era libre y se enfrentaba al desafío de criar a su hijo sola.

Su marido, el cielo sabía la clase de existencia atroz que arrastraría desde su separación. Únicamente ese niño tenía derecho a esperar un futuro luminoso. Él nacería sin cadenas y podría vivir la vida que les había sido arrebatada a sus padres. Él les haría justicia, si es que el Apóstol no escuchaba su plegaria y le devolvía a su hombre.

Todo eso confesó esa noche Mencía a Brunilde, quien la escuchó conmovida, acariciando de cuando en cuando su melena castaña con el propósito de darle ánimos. Viendo su desconsuelo, más profundo de lo habitual, se le ocurrió una idea.

—No te muevas de aquí —exclamó, dando un brinco de la cama en la que estaba sentada para dirigirse a la puerta—. Voy a correr el riesgo de que me tengan una larga temporada encerrada o incluso me expulsen de aquí, pero creo que valdrá la pena. Vas a conocer de cerca a la mujer que fundó este cenobio y verás cómo tus males no te parecen tan graves. Dios aprieta pero no ahoga, Mencía. Confía en Él.

Tras un rato de espera angustiosa, la monja de mirada azul regresó a la celda llevando consigo un libro disimulado entre los pliegues del sayo. Era algo mayor que el mostrado tiempo atrás por la superiora y presentaba los mismos signos apretados, trazados en tinta negra con caligrafía que, a simple vista, parecía algo más temblorosa y salpicada de borrones.

—Este es el otro manuscrito de la madre Alana —anunció Brunilde en tono pícaro—. Acabo de robarlo de la iglesia, aunque espero que nadie note su ausencia hasta que lo devuelva a su sitio. Todas sabemos dónde esconde la madre Trígida la llave del arcón donde están guardados, pero a ninguna se le ocurriría tocarlo sin su permiso.

—¿Te has vuelto loca? —la regañó Mencía—. Llévatelo ahora mismo, antes de que nos descubran. Solo me faltaría que nos echaran de aquí con una mano delante y otra detrás…

—Tranquila, eso no va a ocurrir —la calmó la hermana, segura de sí misma—. Ya he dejado la llave donde estaba y lo mismo haré con el libro en caso de necesidad. Ahora quien lo necesita eres tú, y por eso voy a leértelo, ya que tú no puedes hacerlo sin mi ayuda. Verás cómo te infunde valor. Es el relato de toda una vida. Lo escribió la fundadora ya mayor, una vez aquí, y aquí ha permanecido a buen recaudo, junto al itinerario de su viaje a Compostela. Se supone que no deberíamos ceder a la curiosidad y mostrar interés por ellos, pero ya viste que más de una conoce su contenido. Si por mí fuera, mandaría que los pregonaran por todas las villas del Reino.

A la luz tenue de un candil, antes del toque de maitines, la joven monja inició la lectura, prestando su voz juvenil, su entusiasmo y su emoción a una dama llamada Alana cuya peripecia comenzaba así:

Llegaron al castro una tarde de vientos preñados de lluvia, en el tiempo de la fruta dulce que dobla las ramas de los manzanos. Eran ocho hombres armados a lomos de monturas asturconas, que traían consigo un carro tirado por mulas. La niebla les permitió acercarse prácticamente hasta las puertas antes de que el vigía de la torre sur pudiera dar la voz de alarma, pero en cuanto lo hizo un gentío de chiquillos se arremolinó junto a la muralla, para observar de cerca a esos caballeros grises cuya visita se repetía, inexorable, año tras año. Todos sabíamos que estaban cerca. Lo habían anunciado las hogueras encendidas en lo alto de las cumbres situadas a occidente, con el fin de urgirnos, en un lenguaje que solo nosotros descifraríamos, a que escondiéramos de sus garras las mayores reservas posibles. Les aguardábamos con temor resignado, como se espera la galerna cuando el cielo tiñe de negro las aguas del mar del norte.

Ha pasado tanto tiempo desde entonces... Hoy no puedo recordar lo que las monjas que me atienden guisaron ayer a mediodía, pero soy capaz de recrear en mi recuerdo cada detalle de la aventura que comenzó aquel atardecer brumoso de hace setenta y tres años en una aldea perdida de Asturias. ¿Por qué habrá querido Dios todopoderoso que en mi vida, que ya se apaga, llegara a ver lo que he visto? He sido cautiva en tierra de moros y perseguida en mi propia casa. He sobrevivido a innumerables peligros. Ante mis ojos han muerto tantos hombres que sus rostros se mezclan en mis pesadillas, unas veces maldiciendo y otras llamando a sus madres. He parido hijos para verlos marchar. He conocido el goce y también el desamor, como una puñalada cruel. He servido a un rey grande entre los grandes. He ayudado a construir un reino. No estaré aquí cuando mis nietos y sus nietos culminen la reconquista de la tierra cristiana que les fue arrebatada a mis antepasados, pero creo que descansaré en paz. Hice lo que debía, me esforcé cuanto pude y ni un solo día perdí la esperanza.*

\* \* \*

Noche tras noche prosiguió la aventura clandestina de acompañar a Alana de Coaña en sus aventuras, alternando el temor a ser descubiertas con el afán de averiguar el desenlace de sus correrías. Noche tras noche Mencía se sintió inspirada por el ejemplo de esa mujer valiente, hasta el punto de prometerse a sí misma seguir sus pasos, sobrevivir a los peligros que pusiera en su camino la vida y volver a ver a su esposo, tal como la fundadora había logrado reencontrarse con su marido, Índaro. A semejanza de Alana, se dijo, también Tiago regresaría de

* Fragmento de *La visigoda*, pp. 9-10 (Debolsillo, 2020).

su cautiverio en Córdoba. Y haciendo gala del mismo coraje, tampoco ella perdería un solo día la esperanza.

Claro que proponérselo resultaba más fácil que conseguirlo.

El otoño dio paso al invierno y con él llegaron las nieves, sin noticias del hombre que seguía visitándola en sueños para desvanecerse al llegar el alba. La natividad del Señor fue celebrada en el convento con austeridad, pues la alegría del nacimiento de Jesús quedaba opacada por la miseria que había dejado en el Reino la devastadora razia de Almanzor. Brunilde seguía siendo una amiga leal en la que apoyarse, y fue la primera en saber que el niño llamaba a la puerta.

Mencía había visto nacer a más de una criatura, por lo que no se asustó demasiado cuando rompió aguas de golpe, una mañana, al agacharse para hacer la cama. La contracción llegó de inmediato, como un puñal clavado en el bajo vientre que pronto se transformó en sierra ensañada también con la espalda.

Aprovechando la primera tregua de ese dolor lacerante, corrió en busca de su amiga antes de que otra embestida la obligara a detenerse a respirar hondo a fin de resistir el suplicio. Sabía lo que le esperaba y lo que debía hacer, pero un miedo sordo, ancestral, a que algo saliera mal le atenazaba las entrañas con más virulencia aún de la que empleaba su hijo en salir. El temor iba en aumento a velocidad vertiginosa.

—Es la hora —acertó a decir con voz trémula, una vez que encontró a su amiga—. Ya viene y lo hace con fuerza. No sé si voy a aguantar.

—Claro que aguantarás —respondió Brunilde, risueña, tratando de quitar hierro al tormento que evidenciaba el rostro de Mencía, deformado por su padecer—. Las mujeres han dado a luz desde que el mundo es mundo.

—Prométeme que lo cuidarás si a mí me pasara algo —suplicó la parturienta, sintiendo cómo otra cuchillada la desgarraba por dentro—. ¡Prométemelo!

—Te lo prometo, tranquila —accedió la monja, cogiéndola del brazo para acompañarla de vuelta a su cela—. Túmbate y no te preocupes. Voy a llamar a la hermana boticaria y entre las dos te asistiremos. También lo harán la madre Alana y el Apóstol desde el cielo.

En la soledad de ese cuarto monacal, donde sus gemidos atronaban el vacío sin que nada ni nadie mitigara su padecer, Mencía se hincó de rodillas, a costa de un supremo esfuerzo para ponerse a rezar. Entre oleadas de dolor creciente rogó a Dios por ese hijo al que amaba ya más que a sí misma, aunque pareciese que iba a costarle la vida, y con idéntica fe pidió por el hombre perdido en un ayer lejano cuyo recuerdo empezaba a tornarse borroso.

## 12

Tiago siempre había amado el sonido de esas campanas y hasta las campanas mismas. Se recordaba a sí mismo, de chico, ayudando a su padre a forjarlas siguiendo un proceso de elaboración que entonces le parecía magia. Más tarde supo la verdad y no fue menor su aprecio: cada una de esas piezas había costado una fortuna, gustosamente pagada a mayor gloria del santo. Ahora todo ese trabajo, ese oro, esa pericia, esa paciencia derrochados en honor del bendito Apóstol no hacían sino acrecentar la fama y el botín de Almanzor.

\* \* \*

Las campanas orgullo de Compostela y sus gentes habían sido fundidas en bronce de la mejor calidad con el propósito de equiparar su tañido a la voz del Hijo del Trueno: siete partes y media de mineral de hierro, dos y media de estaño traído en barco desde las islas Británicas, una pizca de plata y la temperatura exacta en el horno de piedra, a fin de completar la receta de un metal rojizo, sólido, compacto y hermoso a la vista, dotado de una sonoridad potente y cristalina a la vez.

A poco que cerrara los ojos, Tiago se veía en el patio de la herrería, cuando apenas levantaba tres palmos del suelo, observando maravillado cómo su progenitor recortaba con esmero la plantilla de madera que utilizaría a continuación para dar forma al molde. Cómo iba ahormando ese molde, al que llamaba «camisa», a base de sobreponer capas cilíndricas de barro mezclado con cáñamo alrededor de un eje y trabajarlas después con la ayuda de la plantilla hasta conseguir un modelo exacto de la pieza deseada. O mejor dicho, varios, porque el proceso era complejo.

La primera réplica debía ser hueca y resistente, ya que en su interior se quemaría madera cuyo calor permitiría llevar a cabo la parte más importante de la operación: recubrir ese molde de una segunda capa de brea mezclada con sebo, perfectamente lisa y homogénea, que, una vez revestida de una tercera camisa de barro y sometida a altas temperaturas, se derretiría por completo, creando un espacio vacío perfecto para verter en él bronce fundido y así forjar la campana.

Esa tarea laboriosa y al mismo tiempo fascinante había tenido lugar muchos años atrás. En premio por la habilidad demostrada en el manejo de las distintas herramientas, Tiago había recibido permiso de los frailes para fabricar una copia diminuta del instrumento, empleando el mismo metal. Un juguete extraordinariamente valioso, que había constituido durante buena parte de su vida su posesión más preciada. Ahora hasta la palabra «campana» le resultaba insoportable.

Treinta interminables jornadas llevaba cargando con una de ellas desde la salida del sol hasta el ocaso, sintiendo cómo su peso aumentaba a cada paso, recibiendo golpes e injurias por parte de sus verdugos, viendo caer a sus compañeros reventados de fatiga y maldiciendo la hora en la que alguien había tenido la idea de glorificar a Santiago a través de esos armatostes.

Para entonces, el caudillo sarraceno había colmado con creces su sed de sangre y de rapiña.

\* \* \*

Después de asolar Compostela, la hueste ismaelita devastó las tierras de Galicia y del Bierzo, con la determinación implacable de liquidar cualquier vestigio de rebelión y obligar al rey Bermudo a hincarse de hinojos ante Almanzor aceptando el humillante vasallaje que había osado quebrantar.

Durante días y días sus guerreros saquearon, incendiaron, arrasaron cultivos, demolieron monasterios, castillos, aldeas e iglesias, no sin antes llevarse todo lo que había de valor en su interior. Mataron o capturaron a cuantos cristianos tuvieron la desdicha de cruzarse en su camino. En una única y brutal campaña, destruyeron prácticamente por completo la tenaz labor de repoblación llevada a cabo en esa región desde tiempos de Ordoño I e incluso antes.

Los llanos sembrados de cereal, los huertos de frutales, los montes roturados palmo a palmo para abrir pastos al ganado, los bosques donde habían cazado los soberanos de Asturias desde tiempos inmemoriales pagarían tributo al conquistador o volverían a quedar yermos. Tal era la voluntad del *hayib*, convertida de inmediato en ley.

No en vano acompañaban al Victorioso de Alá en esa aceifa sus dos hijos, Abd al-Malik al-Muzaffar y Abd al-Rahmán, conocido entre los norteños como Sanchuelo, a quienes era preciso enseñar no solo el alto valor militar del terror, sino la eficacia de los estragos causados al enemigo. De ahí que terror y estragos fueran infligidos a conciencia, sin dejar un resquicio a la piedad.

Únicamente se salvaron de la quema los dominios de los condes traidores a su monarca y a la Cristiandad, a quienes los cautivos contemplaban con tanto odio como desprecio. Cada vez que algún jinete cristiano se acercaba a la retaguardia donde marchaba, arrastrando los pies, la tropa patética de prisioneros conducidos a los mercados de esclavos, era recibido con salivazos aderezados de los peores insultos. La aversión hacia esos renegados, fuesen mesnadas vendidas al enemigo o mercenarios a sueldo de los muslimes, superaba de largo la que profesaban a los bereberes encargados de custodiarlos, porque pese a rezar al mismo dios medraban y se enriquecían a costa de su sufrimiento.

Dada la furia empleada en la razia, así como su amplio alcance, la cuerda de esclavos cristianos no dejaba de aumentar. Y ello a pesar de las muchas bajas causadas en sus filas por esa marcha infernal impuesta a golpe de látigo bajo el sol abrasador o la lluvia helada, con poca agua y menos comida. Un recorrido salpicado de angostos precipicios, barrizales, campos sembrados de piedras o zarzales cubiertos de espinos, por donde se los obligaba a caminar, sin rezagarse, aunque la mayoría careciese de zapatos y muchos hubieran perdido la voluntad de seguir adelante. Tanto era así que no pocos se dejaban morir para librarse de ese calvario y a otros sencillamente los derrotaba la muerte. Pero por cada despojo humano abandonado a los carroñeros se incorporaba nueva carne fresca procedente de la última depredación.

Al acercarse al río Duero, frontera natural entre el Reino de León y Al-Ándalus, las almas abocadas a sufrir el infierno en vida eran más de cuatro mil.

De los ocho porteadores que habían salido de Compostela llevando a cuestas la plataforma en cuya primera fila se hallaba encadenado Tiago, únicamente dos sobrevivían a esas alturas del viaje. Todos los demás habían sucumbido a la tortura y varias posiciones habían conocido a más de una bestia de carga, sustituida por otra en cuanto el agotamiento convertía al infeliz en inservible. Llegado ese momento se le desataba del yugo al que estaba uncido y era conducido a rastras al rebaño de los prisioneros, donde en general apenas sobrevivía unas horas o, a lo sumo, unos días.

En algunas ocasiones abrían la columna de cautivos los condenados a llevar a cuestas las campanas, al paso necesariamente lento impuesto por ese lastre. En otras, siguiendo el capricho de los guardianes, lo hacían los carros tirados por mulas donde viajaban las puertas bellamente labradas de la basílica de Santiago, destinadas a reforzar el techo de la mezquita que Almanzor estaba ampliando en Córdoba. Detrás iba una multitud doliente de hombres, mujeres y niños, en procesión pesarosa hacia un futuro de penalidades.

Desde la fuga y posterior crucifixión de Golo, el herrero se mostraba intratable. Rehusaba tejer lazos de amistad con cualquiera de los demás supliciados, encerrado en una soledad empecinada y un silencio hermético de los que solo salía cuando alguien intentaba robarle su comida o sus botas, desgastadas aunque todavía útiles. Entonces sus juramentos podían oírse a distancia. Se defendía con fiereza de esos ataques, más recurrentes a medida que aumentaba la desesperación, hasta el punto de ser temido y admirado a partes iguales por sus compañeros de infortunio.

El jefe de la guardia del *hayib*, Abdalá, seguía vigilándolo de cerca, comprobando casi a diario que permaneciera en su puesto. La resistencia aparentemente inquebrantable de ese hombre encendía su curiosidad, además de constituir un desafío que solo toleraba con el fin de descubrir hasta dónde sería capaz de llegar.

—¿Disfrutas del privilegio que te concedí, herrero? —le preguntaba en cada ocasión, empleando un tono sarcástico destinado a sacarle de quicio.

—Ya ves que sí —respondía invariablemente Tiago, decidido a no darle esa satisfacción.

—¿Siguen siendo de tu gusto las campanas que transportas a Córdoba? —se ensañaba el bereber.

—Lo son —mentía sin remordimiento su víctima, porque el odio que le inspiraba esa carga aborrecida palidecía ante su infinita inquina hacia quien ansiaba escucharle decir lo contrario.

En cuanto el guardia embozado regresaba a trote ligero al lado de su señor, en el centro de la formación, él volvía a los pensamientos donde hallaba refugio y vigor. Evocaba el rostro sonriente de Mencía, sus labios de fruta dulce, sus pechos turgentes, su vientre cálido, hospitalario, que mostraría ya la redondez propia de su estado, sus ojos comprensivos, sus manos acariciadoras, sus nalgas prietas, como hogazas de pan recién horneado, enmarcadas por unas caderas cuya visión lo volvía loco.

Imaginaba a su mujer con toda la intensidad de la que era capaz, y merced a ese ejercicio, ensayado una y otra vez hasta alcanzar la maestría, lograba ignorar el peso abrumador de la parihuela que llevaba a hombros, el dolor de las llagas abiertas por todo su cuerpo, la extenuación, el hambre, la sed, la tentación de dejarse ir y acabar con el sufrimiento.

—Ríe mejor quien ríe último —mascullaba en alguna ocasión, si se había despertado optimista—. Un día vendrás a humillarme, hijo de gusano y ramera, pero no me encontrarás. Me habré escapado de aquí y estaré en los brazos de una hembra que ni en sueños imaginarías.

* * *

Aquella mañana la columna marchaba deprisa, al ritmo marcado por los condes cristianos deseosos de llegar cuanto antes a Lamego, donde recibirían el pago correspondiente a su traición antes de regresar a sus respectivos feudos. El cuero de los látigos producía chasquidos siniestros al estrellarse contra la piel pegada a los huesos de los obligados a correr y arrancarles aullidos lastimeros.

También los verdugos tenían prisa por volver a casa.

La criatura de pesadilla formada por un ejército como jamás se había visto, recrecido en la cola por su abultada cosecha humana, se extendía a lo largo de varias millas, incluso después de que las máquinas de guerra y parte de la intendencia hubiesen sido embarcadas con rumbo a Alcácer do Sal, en territorio andalusí.

Satisfacer las necesidades del *hayib* Almanzor y su séquito personal, acostumbrados a una vida de lujo, requería un dispositivo de dos mil mulas destinadas a transportar sus enseres. Y aquello era solo el principio.

Aparte de jinetes e infantes sin cuento, integraban ese monstruoso cortejo cientos de carros repletos de botín, tiendas de campaña, armaduras, espadas, puñales, lanzas, flechas, escudos o adargas de repuesto, vestimenta y ropa de abrigo; otros tantos llenos de cadenas, cepos, yunques y demás utensilios de herrería, hornos de campaña o cacharros de cocina; innumerables acémilas cargadas con muelas de harina, lámparas y vituallas varias, empezando por abundante vino, y en retaguardia los cautivos, fuertemente custodiados, seguidos de cerca por el tropel de prostitutas que acompañaba a los soldados.

El ejército del Azote de Dios había pasado por allí en su camino de ida y dejado en esa tierra la devastación acostumbrada: torres derruidas, granjas incendiadas, árboles talados, campos baldíos.

De todos los lugares aciagos para aspirar a una vida tranquila que permitiera construir un hogar donde criar hijos y prosperar, la frontera era sin duda el peor. Por eso permanecía prácticamente desierta, a excepción de las plazas defensivas levantadas por uno y otro bando en sus respectivos avances, destruidas después de cada incursión y vueltas a repoblar, con enorme coraje, por señores, infanzones, gentes de a pie o siervos de la gleba ansiosos por ganar fama, fortuna, títulos o libertad defendiendo el Reino con las armas.

La formación recorría prácticamente a la carrera ese paisaje yermado, sin nada que contemplar más que alguna ruina ennegrecida, cuando, junto a las paredes derruidas de una granja, Tiago vio aparecer de pronto un enorme mastín de color pardusco que se puso a ladrar, furioso, a un jinete de los desplegados en los flancos. Aunque estaba flaco hasta el punto de mostrar claramente las costillas, sus dientes semejaban cuchillos afilados y sus fauces habrían triturado sin dificultad a quien se hubiese puesto a su alcance. Lejos de arredrarse o ignorar al perro, el guerrero desenvainó su espada curva y lo decapitó de un solo tajo, sin desmontar. Después detuvo a su caballo, se agachó para limpiar el filo pasándolo por el pelaje del cadáver, evidenció su desprecio escupiendo sobre esa bestia, inmunda a sus ojos, y guardó el acero en su vaina, antes de continuar como si nada hubiese ocurrido.

Nadie pareció fijarse en el incidente. ¿Qué suponía un perro más o menos en medio de esa desolación? Tiago, en cambio, contempló su despojo con admiración y a punto estuvo de entonar una plegaria por ese hermoso animal, caído mientras hacía oír su voz con la cabeza bien alta. Al pasar a su lado, incluso se sorprendió a sí mismo sintiendo envidia de la valentía que a él le faltaba para hacer lo propio.

* * *

Al igual que el resto de los prisioneros, el herrero profesaba una aversión especial a los mercenarios cristianos al servicio de los sarracenos, a quienes estos llamaban «eslavos» independientemente de cuál fuese su origen geográfico. Los había de todos los reinos hispanos, francos y hasta normandos, aunque los más apreciados por Almanzor eran los primeros, a quienes recompensaba con generosidad a cambio de su lealtad y probada pericia militar.

Esos soldados vestían a la usanza de sus respectivos lugares de procedencia y resultaban fácilmente distinguibles de sus compañeros de armas musulmanes. No solían mostrar piedad hacia sus hermanos de fe reducidos a esclavitud, lo que hacía que, además de animadversión, inspirasen tanto temor como los ismaelitas. Pese a ello, Tiago trató de mantenerse entero cuando una noche de niebla espesa, mientras devoraba su pan en el cercado donde habían sido aposentados los cautivos, se le acercó uno de esos guerreros, lo cogió del brazo con violencia y lo arrastró a un lugar oscuro, alejado de los demás.

Era un hombre alto, barbudo, cuyos ojos penetrantes estaban coronados por unas cejas tan pobladas y juntas que parecían una sola. Llevaba puesta una loriga larga, por encima de la cual se había echado una capa de lana azul, sujeta sobre el hombro izquierdo con una fíbula de plata, porque el tiempo había enfriado y la humedad se metía en los huesos. Calzaba botas altas, de buena calidad. Al cinto portaba una espada de jinete enfundada en una vaina carente de adornos. Algo en él imponía respeto. Estaba acostumbrado a ejercer la autoridad.

Cuando estuvieron a salvo de oídos curiosos lo soltó, y Tiago percibió un cierto cambio en su actitud. No habría sabido explicar exactamente cuál, pero difería de lo habitual en esa clase de esclavos.

—¿Eres tú el herrero al que llaman Tiago? —inquirió, en lengua romance, empleando un tono neutro en el que resultaba difícil identificar un estado de ánimo concreto.

—Yo soy —respondió el cautivo, poniendo todo su empeño en disimular a su vez la tormenta de emociones que azotaba su cabeza.

—¿Es cierto, como he oído decir, que vienes desde Compostela llevando una de las campanas a cuestas? ¿En verdad te respetan más que a nadie los demás cautivos, hasta el punto de atribuirte alguna clase de protección divina y haberte convertido en leyenda?

—Lo primero es así. Lo segundo no, que yo sepa —repuso el interrogado, a la defensiva.

—Entonces me he equivocado de persona —masculló el mercenario, evidenciando una decepción que llevó a Tiago a preguntar, con prudencia:

—¿Y si os dijera otra cosa?

—Si fueras el herrero legendario del que he oído tanto, podría hablarte de algo que se está fraguando y requiere de tu ayuda. Algo que seguramente sería de tu interés y el de los demás prisioneros. Algo que no admite demora. Claro que, antes de hacerlo, tendría que estar seguro de poder confiar en ti.

Una luz casi olvidada de esperanza se encendió en el corazón de Tiago al oír esas palabras.

Puesto que no le había hecho daño ni tampoco instado a traicionar a nadie, ese guerrero no podía referirse a otra cosa que alguna clase de conspiración para cuya consumación se precisaba el respaldo de los cautivos. Y si se trataba de eso, él sería el primero en apoyarla. Antes de comprometerse en firme, no obstante, quiso cerciorarse.

—Podría confiar en mí cualquiera que pretendiera vengar las penalidades sufridas por cuantos comparten conmigo este calvario. Si tal es vuestra intención, os escucho. En caso contrario, os habríais equivocado de hombre, tal como acabáis de afirmar.

—Voy a corresponder a tu franqueza con la misma moneda —anunció el caballero sin nombre, introduciendo por vez primera un toque de humildad en la voz—. Para mí ha llegado la hora de salvar la honra, o cuando menos el alma, que he debido de condenar al infierno participando en el saqueo de Compostela y la basílica del santo Apóstol, cual Judas vendiendo al Señor a cambio de treinta monedas.

Tiago se quedó perplejo ante esa confesión, pues nunca había percibido el menor rastro de remordimiento ni en los eslavos integrados en los destacamentos musulmanes ni tampoco en las filas de los magnates cristianos aliados de Almanzor. Hasta donde él había podido ver, eran idénticos a los sarracenos tanto en el asalto como en la rapiña y el reparto de lo conseguido. Su indiferencia ante los prisioneros destinados a la esclavitud no difería en nada de la de los adoradores de Alá. ¿Cuál era pues la auténtica intención de ese soldado a sueldo aparecido por sorpresa en un redil al que jamás se había acercado antes? Estaba calibrando la respuesta a esa pregunta cuando su visitante le espetó, amenazador:

—Te lo advierto: si me traicionas, te arrepentirás. No soy el único implicado en lo que me dispongo a revelarte y si me delatas, otro ocupará mi lugar y se encargará de que lo pagues caro.

—Id al grano, señor, y no añadáis el insulto a la tortura —exclamó el herrero, lleno de ira, despojándose de la túnica hecha jirones que le tapaba la espalda para descubrir las huellas sangrientas dejadas en ella por la plataforma que cargaba desde Compostela y los incontables golpes recibidos—. Yo no me he vendido a los sarracenos como habéis hecho vos. Me cogieron en la iglesia del Apóstol, junto a un monje santo que seguramente esté muerto. Yo no he llegado hasta aquí por mi voluntad. Si queréis algo de mí, decidlo de una vez. Si no, dejadme comer en paz.

La oscuridad en la que estaba sumido el campamento ocultó el color carmesí que tiñó en ese instante las mejillas del mercenario, en parte por vergüenza pero sobre todo por la cólera que había desatado esa afrenta. Instintivamente echó mano a la espada, decidido a castigar la osadía de ese esclavo deslenguado, aunque se contuvo a tiempo. Lo necesitaba para conducir a buen puerto los planes que llevaba tiempo urdiendo y, además, en cierto modo sabía que no le faltaba razón. Tras respirar hondo a fin de calmarse, le reveló:

—Un número considerable de leoneses nos hemos conjurado con el propósito de atacar la retaguardia sarracena apenas crucemos el Duero y se retiren las mesnadas de los condes cristianos. Ellos estarán en su territorio y habrán bajado la guardia. Nosotros aprovecharemos esa debilidad para infligirles un golpe que no esperan e intentaremos arrebatarles el botín, con el auxilio de tropas procedentes de los reinos de León y Navarra que no andan lejos. Cuando llegue el momento, sería de vital importancia que promovieras un tumulto entre los prisioneros, os hicierais con todas las armas que podáis arrebatar a vuestros guardianes y combatierais a nuestro lado.

De nuevo la ilusión prendió en el alma de Tiago ante la posibilidad de luchar, si bien hubo de rendirse a la evidencia y reconocer:

—Entre nosotros hay muy pocos guerreros. La mayoría son campesinos, artesanos como yo, siervos o ancianos, por no mencionar a las mujeres y los niños. Además, todos estamos al límite de nuestras fuerzas. Aunque lograra convencer a algunos, lo que no puedo prometeros, no serían de mucha ayuda.

—Bastará con que sirváis de distracción —repuso el mercenario—. La batalla correrá de nuestra cuenta. Tú ve preparando el terreno entre quienes consideres merecedores de estar en el secreto y espera mi señal. Será pronto, muy pronto.

Aquella noche el herrero soñó que clavaba a Abdalá un cuchillo estrecho y afilado, de los empleados por san Martín en la matanza del cerdo. La sangre del jefe de la guardia formaba un charco gigantesco en el suelo, le chorreaba por las manos y le salpicaba el rostro, metiéndosele en los ojos y en la boca como si manara de una fuente. Cuando despertó, aún tenía en el paladar el sabor característico de ese líquido viscoso, unido a una determinación irrenunciable. Si había de vivir, no sería en la condición de esclavo. Ese mismo día empezaría a cumplir el encargo recibido, aunque se arriesgara a terminar como Golo.

# 13

Avistaron la ciudad de Lamego, situada a orillas del gran río, el último día del mes de septiembre. Aunque había sido devastada por el caudillo ismaelita en campañas anteriores, hasta convertirse en un amasijo de ruinas, hubo grandes muestras de júbilo en la columna, pues allí recibirían la recompensa prometida los soldados aportados por los nobles que luchaban contra su legítimo rey, antes de darse la vuelta y regresar a sus casas.

Para entonces, Tiago había tanteado a unos cuantos hombres, los más capaces de entablar combate, con reacciones que iban desde la aceptación entusiasta hasta el rechazo frontal.

—¿Qué estarías dispuesto a hacer para librarte del yugo? —los abordaba.

—Cualquier cosa.

Esa era la respuesta de la mayoría, incitada por la desesperación unida al afán de revancha. Tres de los porteadores que le acompañaban en la plataforma estaban en el secreto, aguardando un gesto para librarse del fardo y cargar contra sus guardianes, aunque estando encadenados llevaran todas las de perder. Ansiaban vender cara la piel. Solo habían sugerido que el ataque se produjese de noche, a fin de darles la oportunidad de arrastrar consigo al infierno a unos cuantos de sus verdugos.

Frente a esa determinación luchadora, el miedo a la muerte o al dolor, el miedo a un sufrimiento aún mayor que el soportado, el miedo a lo desconocido, el miedo a la rebeldía, el miedo a secas, el miedo al miedo, se dejaba notar en no pocos espíritus quebrados por el látigo o pusilánimes desde la cuna.

—No sé en qué andarás metido —le había contestado esa misma mañana otro de los condenados a cargar con la campana, situado inmediatamente detrás de él—, ni tampoco quiero saberlo. Sea lo que sea, no cuentes conmigo.

El herrero nunca antes se había parado a pensar en una cuestión tan ajena a su vida cotidiana, a su mujer, su oficio, su pan o su hogar, pero ahora se daba cuenta de que el miedo movía el mundo. Algo que, se repetía para sus adentros, había comprendido muy bien ese hijo de Satanás conocido como Almanzor, quien demostraba a diario su maestría en el arte de infundir terror.

«A mí no me doblegarás —se juramentó consigo mismo, después de hacerlo con varios de sus compañeros—. Cuando llegue el momento, daré un paso al frente. Viviré libre o moriré combatiendo.»

\* \* \*

El campamento fue instalado en una amplia explanada cubierta de hierba fresca, bajo la luz grisácea de un atardecer desapacible que pregonaba la llegada del otoño.

Desde el recinto vallado de los esclavos resultaba imposible ver lo que acontecía en el real, donde el Victorioso de Alá despedía a sus aliados, aunque las noticias no tardaron en llegar. Las trajeron cautivas que regresaron de allí bien entrada la noche, después de haber servido vino y manjares a los participantes en el banquete. Algunas, además, habían sido obligadas a satisfacer la lujuria de quienes preferían holgar con ellas, devoradas por la roña y los piojos, antes que pagar a las prostitutas dedicadas a vender placer.

Esas mujeres mancilladas, escarnecidas, tratadas como ganado, violadas a voluntad, eran compadecidas por muchos y envidiadas por otros tantos, dado que recibían raciones de comida mejores que las del resto y a menudo viajaban en carro en lugar de caminar. No eran bellas, ni jóvenes, ni mucho menos doncellas, pues estas habían sido embarcadas tiempo atrás hacia los harenes de Al-Ándalus, pero servían al propósito de colmar los bajos instintos de los vencedores y habían aceptado, resignadas, su destino. ¿Qué remedio les quedaba? Ninguno de los desdichados con quienes compartían encierro tenía más alternativa que aguantar lo que Dios tuviese a bien disponer, rezando porque, en Su sabiduría, no llegara a disponer más de lo soportable.

Al calor de una hoguera prendida con alguna leña salvada de la recogida para los guardianes, esa madrugada se formó un corro enorme a su alrededor, pues podían dar un testimonio fidedigno de lo sucedido horas antes a escasa distancia de allí, con el mismísimo Almanzor como protagonista.

—Era como si nunca hubiese salido de su palacio —comenzó a contar la más parlanchina—. Vestía una túnica azul inmaculada, bordada con hilos de plata, que le llegaba hasta los pies, calzados de terciopelo. Ciñéndole la cabeza, esa cabeza de víbora que Dios arrastre pronto al infierno, llevaba un turbante blanco cuajado de piedras preciosas, al igual que sus dedos, adornados con anillos a cuál más ostentoso. Más que manos, parecían relicarios...

—¡No blasfemes, mujer! —la reprendió un joven fraile cuya tonsura apenas se dejaba ver, al haberle crecido el pelo—. Las manos de ese ismaelita son lo opuesto a la custodia de unas sagradas reliquias.

—Ya me entendéis, padre —repuso la mujer sin dejarse amilanar—. Estaba allí sentado, sobre su inmenso cojín de seda, con un hijo a su derecha y otro a su izquierda, ambos igual de enjoyados. Frente a él, en otro cojín casi tan grande colocado encima de una mesita baja, descansaba ese libro suyo, ese al que adoran ellos...

—El Alcorán —precisó el monje, que seguía atento el relato.

—¡Ese! —confirmó la cautiva.

—Dicen que lo copió él mismo de su puño y letra, siendo joven, y que desde entonces va con él en cada algazúa, como una especie de amuleto —se oyó decir a un hombre de espalda encorvada y cabello canoso, con aspecto de viejo soldado.

—Desde luego, todos lo trataban como si en lugar de un objeto fuese una persona principal de la comitiva —terció otra de las mujeres encargadas de servir el ágape, cuyo porte y lenguaje denotaban la educación propia de una dama criada en una familia de cierto linaje—. Vi a más de un magnate moro inclinarse ante él. Y el caudillo sarraceno no le quitaba ojo, ni siquiera cuando empezó a repartir dádivas entre los condes cristianos.

—Querrás decir botín —la corrigió la otra.

—Más riqueza reunida de la que cualquiera de nosotros haya contemplado jamás, os lo aseguro —reiteró la cautiva—. Piezas enormes de seda bordadas con hilos de oro y plata, paños rameados, capas de lana merina de la mejor calidad, pieles de zorro, tapices de brocado antiguo, varios cofres repletos de monedas, copas, candelabros y piedras preciosas, además de un extraño vestido de color grisáceo y textura muy gruesa, que despertó exclamaciones de admiración entre los presentes cuando Almanzor afirmó que estaba confeccionado con piel de cachalote. Los ismaelitas preguntaron qué clase de animal poseía tal pelaje y uno de los magnates gallegos les explicó que se trataba de una criatura del mar, lo que redobló los aplausos.

—¡Felones! —gritaron varios de los reunidos, en referencia a los recompensados con esos valiosos dones.

—¡Así acabe el maldito conde como terminó ese cachalote! —vociferó alguien, secundado de inmediato por un griterío de aprobación.

—Lo más extraño —intervino entonces con voz débil una muchacha recién salida de la niñez, cuyos ojos claros reflejaban la tristeza y desesperanza propias de una moribunda— fue lo que yo presencié antes de lo que estáis contando.

Todas las miradas se clavaron en ella, instándola a continuar sin tardanza, pues había conseguido despertar su curiosidad.

—A mí me mandaron llevar un cántaro de agua a la tienda del caudillo, donde dos esclavas esperaban para ayudarle a desvestirse, cuando todavía llevaba puesta la ropa con la que había cabalgado, así como las botas de montar…

—¿Qué tiene eso de particular? —le espetó la mujer que había hablado en primer lugar, en un tono cargado de inquina por haber sido despojada de su fugaz estrellato.

—Que vi cómo él mismo recogía el polvo que se le había quedado pegado a la loriga y también a las botas y a su propio cabello, ayudándose de una especie de pincel de crin. Luego lo introdujo con mucho cuidado en una cajita de marfil, sin desperdiciar ni una mota. Tal vez tanta maldad lo haya vuelto loco —aventuró.

—O a lo peor practica con él alguna clase de magia diabólica —especuló a su vez el tonsurado, santiguándose a fin de conjurar el peligro.

—También sobre esa costumbre oí correr más de un rumor entre los sarracenos cautivos —intervino de nuevo el soldado que había hablado poco antes.

—¿Y tú cómo lo sabes? —se oyó preguntar a la agraviada, con desdén.

—Porque tengo muchos años —repuso el aludido, levantando la cabeza al tiempo que el tono— y vencí en más de una batalla luchando junto a mi señor, el gran conde García Fernández de Castilla, antes de que su hijo se rebelara contra él, trayendo la deshonra y la desgracia a nuestras tierras. Yo conocí la dicha de humillar a los sarracenos en nombre del único Dios verdadero. Los vi muertos en el lodo o uncidos al yugo de la esclavitud.

—Continúa, por favor —le rogó la joven—. ¿Qué clase de conjuros hace ese demonio con el polvo que guarda en su cofre?

—A más de un ismaelita oí decir que lo conserva a fin de que sea dispersado sobre su cuerpo cuando abandone este mundo.

—Sigo sin comprender —replicó ella.

—Los muslimes entierran a sus muertos sin ataúd, con la cabeza vuelta hacia levante donde se encuentra, según dicen, la cuna de su profeta Mahoma —explicó el veterano.

—¿Y?

—¡Escucha, mujer impaciente y lenguaraz! —ordenó con desdén el hombre—. A ojos de los sarracenos, nosotros somos infieles. Por eso, siguiendo el precepto de ese libro que lleva Almanzor consigo a todas partes, su obligación sagrada es combatirnos sin darnos cuartel. Lo manda su religión y a ese mandamiento ellos lo llaman «yihad» o guerra santa. De acuerdo con su fe, a todo buen guerrero que cumpla con valor en el campo de batalla le espera un cielo repleto de hermosas vírgenes. Eso al menos juraban los guerreros heridos cuando veían de cerca el final, y por eso más de uno se iba de este mundo sonriendo.

—¡Qué sacrilegio! —Volvió a persignarse el fraile.

Tiago había estado hasta ese momento callado, sin prestar demasiada atención a lo que sucedía a su alrededor, mucho más preocupado por la conversación mantenida días atrás con el misterioso caballero leonés que por los detalles de la impúdica fiesta celebrada en honor de unos condes traidores que escupían sobre la Cruz y esclavizaban a sus hermanos movidos por la codicia unida a la cobardía.

Cada poco tiempo escrutaba las sombras, impaciente por descubrir algún signo indicativo del comienzo de la revuelta, sin ver otra cosa que oscuridad ni oír más que las voces de los congregados en torno a esa hoguera. Ello no obstante, la última parte de la historia, relativa al día en que el mundo fuese librado del Azote de Dios, llamó su atención lo suficiente como para preguntar:

—Pero ¿para qué va a servirle a Almanzor esa porquería de polvo que atesora, según ha contado esta criatura? —Señaló a la muchacha—. ¿No satisface el ansia de guerra de su dios la profanación de la basílica del Apóstol, la humillación del rey Bermudo y la devastación de nuestro reino?

—Dicen sus gentes que ese polvo le servirá de prueba cuando comparezca ante su hacedor —contestó el soldado, quien se había hecho a sí mismo idéntica pregunta tiempo

atrás, antes de oír la respuesta en boca de un clérigo mahometano capturado a quien se le había ordenado interrogar—.
Aseguran que ha mandado ser sepultado envuelto en un su-
dario cosido por sus muchas hijas, con ese polvo acumulado
a lo largo de las décadas esparcido sobre sus despojos. Por
eso lo recoge cada día de campaña, sin excepción. Cuando le
llegue la hora, quiere hacerse perdonar los pecados cometidos demostrando a su dios, al que llaman Alá, que nadie puede
igualársele como campeón de la yihad.

✳ ✳ ✳

Transcurrieron dos etapas más de esa interminable caminata,
con exasperante lentitud, sin la menor novedad susceptible
de alumbrar esperanza.

La formación se había reducido, pero el cansancio hacía
mella, los días acortaban a ojos vistas, el ritmo era cada vez
más lento y la distancia recorrida menguaba. No así la confianza de Tiago, quien persistía en su empeño de unir a los con-
jurados dispuestos a luchar cuando llegara el momento.

La tercera noche, estando ya la luna alta, rasgó el silencio
un aullido estremecedor. Le siguieron otros, no menos aterradores, que hubieron de despertar a la multitud de gente
agrupada en esa abigarrada comitiva: soldados, oficiales, prisioneros, cocineros, putas y demás integrantes de la serpiente
humana, incluido el propio Almanzor.

En el redil de los cautivos cundió la alarma a la vez que la
ilusión, en la creencia de que algo grave estaba ocurriendo en
el bando de sus verdugos, lo cual, de por sí, constituía un
motivo de alegría.

Quienes se hallaban en el secreto de la revuelta planeada
se dispusieron al combate, unos procurándose un madero a

guisa de garrote, los más con las manos desnudas, dispuestos a vender cara la piel y al mismo tiempo sorprendidos ante el hecho de que los guardias, lejos de intentar contenerlos, hubiesen dejado el recinto prácticamente sin vigilancia al dirigirse en tropel al lugar donde se concentraba su ejército.

Tiago asumió con naturalidad el mando de su lastimosa tropilla, impartiendo la orden de mantenerse alerta hasta recibir la señal convenida con su visitante nocturno.

—¡Al fin llega nuestra hora! —se exaltó, conteniendo a duras penas el deseo de actuar—. ¡Todos atentos!

Así empezó una larga espera.

Aguardó él y aguardaron los demás, hora tras hora, con los nervios a flor de piel, sin percibir otra cosa que más chillidos, palabras pronunciadas a gritos, incomprensibles desde donde se encontraban, y finalmente, nada. Una nada descorazonadora a la que siguió la rutina habitual de cada amanecer, las voces de sus custodios bereberes proferidas en su lengua tribal, el rancho de garbanzos duros o gachas cocidas con harina rancia y después, más nada. Más espera, esa sí extraordinaria, ya que avanzaba la mañana pero la columna no echaba a andar.

Sería cerca de la hora tercia cuando dos soldados sacaron del grupo al herrero, que permanecía aherrojado de pies y manos desde su salida de Compostela, y lo condujeron en presencia de Abdalá, quien aguardaba en el exterior del cercado, al pie de su orgullosa montura árabe, con su uniforme de jefe de la guardia ajado por la larga campaña aunque resplandeciente en comparación con los andrajos del cautivo.

—¿Sabes tú algo de esto? —inquirió, en un tono entre amenazante y sarcástico que Tiago interpretó como una afirmación o una condena.

Roído por la incertidumbre, respondió sin mentir:

—¿De qué?

—No te hagas el imbécil conmigo que ya nos vamos conociendo, esclavo altivo.

—Ignoro a qué os referís, lo juro —repuso Tiago, con toda la tranquilidad que fue capaz de impostar y el miedo agarrado a las tripas como si una rata se le hubiese metido dentro—. Ayer noche oí los gritos, pero eso es todo lo que sé.

Abdalá lo observó durante un buen rato, sin pronunciar palabra, en busca de algún gesto revelador de que estuviera engañándolo. Él entre tanto rezaba en silencio, concentrándose en esa oración para mantener un gesto impasible en el rostro. Al cabo de una eternidad, el sarraceno escupió al fin el hueso que guardaba escondido.

—Unos cuantos perros cristianos a sueldo de mi señor iban a cometer la locura de alzarse contra él, pero han sido delatados por uno de los suyos. ¡Alá es grande y misericordioso! Los estamos interrogando. Más pronto que tarde averiguaremos la verdad. Toda la verdad. Hablarán, te lo aseguro. Conocemos formas de soltarles la lengua y uno a uno van cayendo bajo las tenazas del verdugo. Si algo has oído, si te han llegado ecos de ese plan o alguien ha pretendido involucrar en él a los cautivos, más te vale decírmelo ahora y tal vez salves el pellejo.

Tiago se mantuvo callado, rogando al Apóstol que ese hombre feroz no hubiese averiguado ya su implicación en el motín y estuviese limitándose a jugar con él como el gato con el ratón. Si lo había hecho, su suerte estaba echada y sería terrible. En caso contrario, seguramente su nombre acabaría siendo pronunciado más pronto que tarde, pero hasta entonces ganaría tiempo. Tiempo para soñar con Mencía y gozarse en su recuerdo. Lo más parecido a la felicidad que le estaba permitido alcanzar en ese infierno.

El suplicio se prolongó un rato más, con semejantes preguntas y parecidas respuestas, hasta que Abdalá se dio por satisfecho y mandó de vuelta a Tiago con los demás prisioneros. Los que conocían la verdad le lanzaron miradas escrutadoras, desesperados por enterarse de lo ocurrido y así saber a qué atenerse, pero él se mantuvo impertérrito, encerrado en su mutismo. Intuía que el sarraceno podía haberle tendido alguna clase de trampa, por lo que no se fiaba de nadie. Ni siquiera de aquellos a quienes él mismo había convencido para ligar su destino al de los mercenarios descubiertos en su conspiración fracasada.

Entre tanto, hasta el sórdido cercado cubierto de excrementos donde los cautivos aguardaban el momento de ponerse en marcha seguían llegando bramidos más propios de bestias heridas que de seres humanos. Abdalá no exageraba un ápice al advertir que el verdugo arrancaría una confesión completa a cualquier desdichado que cayera en sus manos. El número de denuncias, justificadas o no, debía de haberse multiplicado a medida que el sol avanzaba en su recorrido, y en paralelo a los gritos se agigantaba el terror.

\* \* \*

Transcurrió otra jornada entera, seguida de una noche insomne, que Tiago pasó alternando las plegarias con las maldiciones, rabioso por ver destruido ese nuevo resquicio de esperanza y temiendo ser entregado al matarife cuyo trabajo arrancaba esos lamentos.

Cuando no pudo esquivar por más tiempo las exigencias de sus compañeros necesitados de una explicación, se limitó

171

a repetir lo que le había revelado el capitán bereber, sin añadir una palabra de su cosecha. Tampoco hacía falta. Únicamente quedaba aceptar la derrota y confiar en que el mercenario leonés no hubiese sido delatado o, en caso de haber caído, hubiera tenido valor suficiente para resistir la tortura sin hablar.

La luz del nuevo día trajo respuestas terribles.

Los látigos se encargaron de levantar a todo el mundo deprisa a fin de acelerar la partida, sin ni siquiera distribuir previamente el mísero desayuno habitual. Era preciso recuperar el tiempo perdido. Los guardianes se emplearon a fondo en el empeño de conseguirlo, aunque su brutalidad provocó justo el efecto contrario: la plataforma en la que viajaba una de las campanas, idéntica a la que cargaba Tiago, cayó sobre sus porteadores, aplastando a dos de ellos, lo que causó una nueva demora.

Tras el incidente, resuelto por el procedimiento de colocar a otros dos desgraciados en el lugar de los muertos, la cuerda de esclavos inició su patética procesión, uniendo sus huellas de pies descalzos a las dejadas en el barro por las botas de quienes marchaban delante.

Caminaron aproximadamente media milla, azuzados por los azotes, antes de llegar al gigantesco patíbulo donde habían sido ajusticiados los soldados cristianos delatados por un chivato traidor. Tiago trató de contarlos, aunque pronto se rindió a la evidencia de que eran demasiados. Sus cuerpos martirizados yacían expuestos a lo largo del camino, crucificados la mayoría, decapitados otros muchos, o simplemente arrojados a los carroñeros con señales de haber sufrido un final espantoso.

Quienes tenían las manos libres se santiguaron al pasar ante sus restos, mientras el aire se llenaba de plegarias elevadas por la salvación de esas pobres almas y súplicas de misericordia ante un flagelo tan implacable como incapaz de mostrar clemencia.

Habían de ser muy graves los pecados cometidos por la Cristiandad, se decían unos a otros, para que el cielo les impusiera una penitencia semejante. De una infinidad de gargantas se elevó un clamor unánime:

—¡Señor, ten piedad!

Mas Dios permaneció sordo a los ruegos de sus hijos.

Si con ese bárbaro castigo Almanzor había pretendido infundir pavor en el conjunto de sus mercenarios, su éxito saltaba a la vista. A tenor del espectáculo que ofrecía ese bosque de supliciados, cualquier eslavo por cuya mente hubiese pasado, siquiera de rondón, la idea de rebelarse, la habría desterrado de inmediato y para siempre.

Una vez más, el caudillo amirí demostraba su feroz genialidad en el dominio de sus enemigos. Una vez más, mezclaba a la perfección la más brutal crueldad con una generosidad ilimitada a fin de enfrentar a los cristianos entre sí: a los leales a su persona, valiosos regalos; a los dudosos, alicientes para la traición; a los fieles al Rey o a su fe, terror.

El flagelo de Dios poseía la astucia del zorro, el veneno de la víbora y la brutalidad del oso, revestidos cuando la ocasión lo requería de un manto confeccionado con piel del más suave armiño. ¿Cómo derrotar a un adversario semejante?

Al final de esa Vía Dolorosa encharcada en sangre, Tiago vio la cabeza del leonés ensartada en una lanza. La reconoció por las peculiares cejas que habían llamado su atención la noche de su encuentro. Estaba ligeramente ladeada, con el rostro tumefacto y la boca abierta, aunque era evidente que no había hablado. Por mucho que lo hubieran golpeado, tal como atestiguaban sus facciones deformadas, ese hombre había muerto con honor, sin revelar la identidad de sus cómplices. En caso contrario, pensó el herrero, su propio cadáver yacería allí, quién sabía junto a cuántos más.

¿Qué habría hecho él sometido a las tenazas del verdugo? ¿Habría sucumbido al dolor o resistido con coraje?

—Gracias, soldado sin nombre, por evitarme el trance de averiguarlo —dijo en voz baja, profundamente conmovido—. Así viviera cien años, no llegaría a pagártelo.

* * *

Arrancada de raíz la semilla de la rebelión, el monstruoso ciempiés prosiguió su lento avance hacia Córdoba, donde Almanzor sería objeto de un recibimiento multitudinario. Sus generales ya preparaban los detalles del monumental desfile que coronaría ese nuevo triunfo frente a los infieles, mientras los cautivos aceptaban mansamente su sino, pues aquel a quien los suyos llamaban el Victorioso había demostrado ser de verdad invencible.

La vega del Duero antaño próspera, rebosante de trigo y de cebada, se abría ante ellos yerma, estéril, sin otra siembra que las ruinas provocadas por la guerra interminable librada contra el invasor sarraceno por los empecinados cristianos del norte.

Un viento helado, procedente de la sierra que habían dejado a sus espaldas superando obstáculos inimaginables, soplaba a rachas furiosas y añadía frío al dolor, como si quisiera acrecentar el sufrimiento de los vencidos. Claro que, en comparación con lo que habían pasado en la montaña, transitar por aquella llanura se antojaba casi un paseo. Más de uno agradecía al Señor la ausencia de cuestas en ese pedregal cubierto de hierba rala, grisácea, salpicada aquí y allá por bosquecillos de chopos crecidos en los humedales, que otoñaban, mutando del verde al ocre, en espera de desnudarse para sobrevivir al invierno.

Entonces llegó la plaga y empezaron a morir sarracenos.

# 14

Al principio nadie dio demasiada importancia a la diarrea, a pesar de que afectó a un gran número de guerreros de forma sorprendentemente coincidente. Incluso fueron objeto de chanzas quienes se apartaban a todo correr de la formación para aliviarse allí mismo, en la cuneta, a la vista de todos, con gestos de dolor impropios de hombres curtidos. Las heces líquidas, verdosas, que expulsaban entre gemidos, dejaban en su ropa manchas malolientes que les valían renovadas mofas por parte de sus compañeros.

Avergonzados por esas burlas, tanto más inevitables cuanto que cada sorbo de agua o cucharada de comida agravaba su estado, los señalados pensaron que las provisiones habrían empezado a pudrirse, cosa habitual al final de una campaña. Veteranos de otras aceifas los escarnecían entre risas, tildándolos de «damiselas cagonas», pero pronto las bromas cesaron, sustituidas por la angustia, cuando la disentería empezó a matar a los infectados.

Tan grave llegó a ser la situación que el caudillo moro se vio obligado a mandar detener la marcha.

Esa peste era mucho peor que un simple empacho. Los galenos que acompañaban al ejército, en su mayoría judíos, la conocían desde antiguo. Por eso no tardaron en advertir de su peligrosidad, aconsejando a los oficiales que separaran a los sanos de los enfermos y se aseguraran de mantener lo más limpio posible el lugar donde había sido acantonada la tropa. Aun así, auguraron, la mortandad sería altísima.

En las filas de los esclavos los estragos fueron aún mayores, pese a lo cual el morbo asesino fue recibido con alborozo e interpretado por todos como una manifestación elocuente de la cólera del Creador. El Altísimo devolvía el golpe a los sarracenos, enviándoles ese mal asqueroso que los consumía despacio, entre vómitos, heces hediondas y horribles calambres.

De todas las muertes posibles, esa era sin duda la peor. Mucho más lenta y cruel aún que la infligida por el verdugo a los mercenarios insurrectos. Perecer en medio de esa suciedad, vaciándose de la propia inmundicia sin fuerza suficiente para levantarse a defecar, después de haber sufrido el tormento de una sed insaciable, era un justo castigo por profanar el sepulcro del Apóstol. Aunque ellos mismos, los cautivos, hubieran de pagar el precio de caer del mismo modo, rendían el alma felices, pues se libraban de las cadenas y confiaban en alcanzar pronto la gloria del paraíso, mientras sus enemigos bajaban a un infierno imaginado en forma de pozo negro.

El Dios de la Venganza acudía al fin en su auxilio.

\* \* \*

Tiago aprovechó la pausa para descansar, encomendándose a la voluntad del Señor. A esas alturas de su calvario, el agotamiento prevalecía sobre cualquier otra sensación. Había perdido la capacidad de pensar en el mañana. Su horizonte no alcanzaba más allá de la noche o, llegada esta, el nuevo día. Estaba en los huesos, abúlico, desesperanzado, repleto de costras purulentas en las zonas donde el madero astillado que se echaba cada mañana a la espalda iba horadando la carne después de comerse la piel, hastiado hasta el punto de aguardar indiferente a la muerte.

Recordaba constantemente a Mencía, aunque cada vez le costaba más evocar con exactitud sus facciones, lo que constituía un tormento añadido a la añoranza. Se alegraba como el que más del flagelo divino caído sobre la hueste ismaelita, pero, a diferencia de otros, no creía que fuera a cambiar nada sustancial. La última decepción había laminado su capacidad de soñar con revanchas. Por eso yacía tumbado en el suelo, sitiado por un barrizal de excrementos, basura y vómitos, esperando el reparto del rancho o la visita de la parca.

Quien apareció en cambio por allí una mañana fue Abdalá, embozado como era su costumbre y exhalando un intenso aroma a perfume almizclado. Debía de haber introducido bajo la tela del turbante un paño impregnado en alguna clase de esencia, a fin de combatir el hedor imperante o tal vez protegerse de los miasmas que inundaban el aire. El contraste entre ese olor dulzón y la pestilencia acre que desprendían los cadáveres insepultos, esparcidos aquí y allá en ese magma de corrupción, provocó una fuerte arcada a Tiago, quien acabó vomitando.

—¿También tú te has contagiado? —inquirió con frialdad el bereber.

—Es posible —respondió el cautivo indiferente—. Eso os complacería, ¿no es cierto?

—¡Todo lo contrario! —repuso el jefe de la guardia, manteniéndose a una distancia prudente por si el prisionero sufría nuevas convulsiones susceptibles de salpicarle de bilis—. Creo haber demostrado con creces mi preocupación por ti. No te oculto que me tienes sorprendido y aun admirado, lo reconozco. Jamás pensé que llegarías hasta aquí. Pero ya que lo has hecho, no querría perderme el espectáculo de tu entrada en la capital, portando a hombros la joya del cuantioso botín conquistado por el Victorioso de Alá. Ese momento compensará el resto de tu miserable existencia, herrero. Valdrá la pena, ya lo verás.

Tiago acusó la lanzada clavada con saña. Desde algún lugar profundo de su espíritu vencido brotó un chorro de rabia fresca, un último resquicio de dignidad que le llevó a devolverla del único modo que se le ocurrió, sabiendo que, probablemente, su lengua haría rodar su cabeza.

—¿Y cómo está vuestro señor Almanzor? —preguntó con impostado interés—. ¿También él se caga vivo, como he oído decir que les pasa a muchos de sus soldados?

Abdalá desenvainó su alfanje y se abalanzó contra él, entre imprecaciones proferidas en su lengua nativa. Lo agarró por la pechera de la túnica para propinarle el golpe final, pero en el último instante se detuvo, tembloroso de excitación, sudando a mares. Haciendo un esfuerzo visible por controlarse, musitó:

—No te librarás tan fácilmente, perro orgulloso. Yo me encargaré de domar ese orgullo. Ya puedes provocarme todo lo que quieras, que no te haré el regalo de una muerte rápida. Por el mismísimo Profeta te juro que llevarás tu carga hasta Córdoba.

Después arrebató su látigo a uno de los guardianes y se cebó con él en Tiago hasta quedar satisfecho.

\* \* \*

La parada no duró mucho, pues el *hayib* decretó que se habilitaran los medios necesarios para transportar en carro a los enfermos más graves y se forzara a los convalecientes a realizar un último esfuerzo, pese a que algunos no se tenían en pie. La columna echó a andar con dificultad, lastrada por esa rémora, a un paso más lento del impuesto normalmente a latigazos. Lo que nadie se esperaba, ni por asomo, era que apenas un día después los cristianos atacaran.

En contra de lo habitual, el asalto se produjo al atardecer. La hueste del norte sorprendió a los sarracenos desprevenidos, cruzando un pequeño valle. Con el fin de aprovechar el efecto sorpresa, bajó en tropel desde las colinas, aullando, precedida por la caballería pesada, que cargó con furia contra la retaguardia de Almanzor. Los infantes se lanzaron tras ellos cual saetas vivientes, enarbolando sus aceros y profiriendo gritos de guerra coreados con entusiasmo entre el rebaño de esclavos.

—¡Muerte a los sarracenos!

¡Ahora hacía su aparición el auxilio prometido por el mercenario torturado cuyos ojos se habían cerrado antes de verlo llegar!

—¡Todos a una con ellos! —incitó Tiago, rescatado de su letargo por ese ataque, a su pequeño ejército.

Los guardias que custodiaban a los cautivos fueron los primeros en sufrir la embestida de la vanguardia leonesa. Libres de vigilancia, bastantes prisioneros se unieron a los atacantes secundando sus alaridos, aunque encadenados como estaban poco más podían hacer que rematar a algún enemigo herido. Aun así, quienes consiguieron una espada se cebaron en sus verdugos, e incluso algunas mujeres desahogaron la furia largo tiempo reprimida machacando a pedradas las cabezas de varios caídos.

Tiago se paró en seco, decidido a no desaprovechar la ocasión. Una vez lanzada la consigna de ayudar a los asaltantes, instó a los otros porteadores a dejar la plataforma en el suelo y tratar de soltar las ligaduras que los mantenían atados a ella, aunque ninguno lo consiguió hasta que uno de sus compañeros se hizo con el cuchillo de un bereber abatido y cortó las cuerdas. Su proeza cosechó al instante una ruidosa salva de vítores.

Para entonces la batalla estaba en pleno fragor.

Superada la sorpresa inicial, centenares de jinetes ligeros muslimes plantaban cara a los cristianos, a quienes superaban en número en una proporción arrolladora. Por si su abultado número no bastara, cada uno de ellos llevaba dos espadas, una corta y otra más larga, además de jabalinas y arcos que solían emplear en campo abierto. Algunos sumaban a esas armas pesadas mazas de hierro, o bien hachas de doble filo capaces de decapitar a un hombre de un solo tajo. Junto a ellos luchaba una legión de soldados de a pie, muchos de ellos bereberes, cuya fiereza era comparable a la pericia de los eslavos, hispanos en su mayoría, letalmente eficaces en el combate contra sus hermanos de fe.

Desde donde se encontraba, Tiago no alcanzaba a ver lo que sucedía a escasa distancia, aunque pronto hubo de aceptar la idea de que la ofensiva estaba abocada al fracaso. No se precisaba una gran experiencia militar para constatar que el coraje de los cristianos sería insuficiente para compensar su evidente inferioridad numérica, una vez frustrado el plan inicial de involucrar en la lucha a parte del propio ejército agareno, así como a los cautivos que pudieran sumarse a la algarada. Por mucho que ellos cumplieran su parte, resultaría imposible doblegar a los muslimes.

De no haber sido desmantelada la conspiración, pensó el herrero frustrado, el cambio de bando de esos soldados, unido a la maniobra de distracción protagonizada por los prisioneros, habría dado una oportunidad a la fuerza enviada tardíamente por los reyes de León y Pamplona. Tal como se habían producido los hechos, la acometida derivó pronto en escabechina de los valerosos caballeros leoneses, asturianos, gallegos y navarros, obligados a replegarse bien entrada ya la noche junto a cuantos infantes lograron ponerse a salvo con ellos.

Claro que, antes de retirarse o sucumbir a los jinetes de la media luna, presentaron fiera resistencia.

—¡Por Santiago y por la Santa Cruz, adelante, caballeros! —enardecían a los combatientes las voces de sus capitanes, apenas audibles en el estruendo causado por la lucha feroz cuerpo a cuerpo.

—¡Muerte a los sarracenos! —repetían los guerreros cual letanía.

Desde el centro de la formación, protegido por un muro impenetrable de guardias, Almanzor asistía al lance con una mezcla de incomprensión y desprecio, preguntándose el porqué de un ataque tan desesperado como inútil. Era frecuente que, en las postrimerías de una aceifa, los bárbaros régulos norteños emboscaran a su retaguardia aprovechando su conocimiento del terreno. Causaban alguna baja, en ocasiones recuperaban una mísera porción del botín, y se daban por satisfechos. Pero enfrentarse a él en su territorio, Al-Ándalus, con tan escasos recursos, constituía un acto suicida. ¿Acaso no aprenderían nunca esos asnos a someterse y pagar tributo?

—No mostréis piedad —ordenó fríamente a sus hombres. Y la orden fue cumplida a rajatabla.

A costa de un alto precio en vidas, los musulmanes rechazaron la acometida con la eficiencia que acreditaba su fama, empleando la caballería como un gigantesco trillo pasado una y otra vez sobre los soldados norteños hasta terminar de aplastarlos. La mayoría cayó combatiendo, no sin antes causar estragos en la formación enemiga. Otros vieron llegar la noche magullados y cargados de grilletes, envidiando a menudo la suerte de quienes habían terminado de sufrir.

Entre tanto, aprovechando el fugaz tiempo de libertad que les había brindado ese choque, no pocos despojos humanos destinados al mercado de esclavos se jugaron el todo por el todo corriendo hacia las colinas a pesar de los hierros que entorpecían sus movimientos. Iban dando traspiés, avanzando penosamente cuesta arriba, hasta que los alcanzaba una flecha y se desplomaban, convertidos en tristes guiñapos.

Tiago los vio lanzarse a una muerte segura y estuvo tentado de seguir sus pasos. Recordó haberse jurado a sí mismo alcanzar la libertad o morir en el intento. En el último momento, no obstante, la loca esperanza de reencontrarse un día con Mencía lo mantuvo clavado en su sitio, contemplando impotente cómo los arqueros del general sarraceno ensayaban la puntería con ellos.

Uno a uno, esos desgraciados fueron derribados implacablemente. Su sangre se mezcló en la tierra con la de los cristianos acudidos a brindarles auxilio y la de los ismaelitas abatidos al hacerles frente, en un mismo amasijo de cadáveres llamados a servir de regio festín a los buitres.

\* \* \*

Varias semanas después, un caballero exhausto, cubierto de lodo de la cabeza a los pies, pedía ser recibido por Su Majestad, el rey Bermudo, en el sobrio salón del trono de su palacio leonés. Portaba en el dedo índice el sello de su casa, una de las más nobles del Reino, por lo que el soberano no le hizo esperar.

Envuelto en un grueso manto de lana forrado de piel, acurrucado junto al fuego encendido en la inmensa chimenea, el monarca parecía infinitamente viejo. El dolor del fracaso mordía sus huesos con más crueldad que el frío y la humedad de ese otoño avanzado, aunque el tono de su voz adquirió tintes esperanzados al inquirir:

—¿Qué nuevas me traes del sur, Ordoño? Ruego a Dios que sean buenas…

—Ay, mi señor —repuso el conde, rodilla en tierra, visiblemente abrumado por lo que se disponía a revelar—. Ojalá fuera así. Sabe el cielo que lo intentamos. Cientos de bravos soldados dieron sus vidas en el combate, mas su sacrificio fue estéril. La información que nos habían transmitido los espías resultó ser rotundamente falsa. No obtuvimos ayuda alguna por parte de los eslavos a sueldo del caudillo moro. Nadie se pasó a nuestras filas. En cuanto a los cautivos, los pocos que osaron alzarse aprovechando nuestra embestida fueron exterminados. Caímos en una trampa mortal.

El rey palideció visiblemente, como si estuviera a punto de sufrir un desmayo. Sus manos se agitaron nerviosas sobre su regazo. Pugnando por controlar las emociones que lo inundaban, repuso incrédulo:

—Pero ¿no los había diezmado una plaga?

—Lo desconozco, majestad. Lo único que puedo atestiguar es que la hueste que nos hizo frente era absolutamente imparable. Más que una batalla, fue una masacre.

# 15

Tiago estaba sentado en el barro, odiándose a sí mismo por no haberse atrevido a honrar su palabra. Se lamía las heridas reabiertas del alma, sintiéndose el peor de los bellacos, cuando llamó su atención la escandalera formada por un prisionero a quien llevaban en volandas dos sarracenos gigantescos, cuyo color negro azabache provocaba un terror añadido al que causaban, de por sí, su tamaño y su ferocidad.

El cautivo, aherrojado de pies y manos, pataleaba, tiraba mordiscos, trataba de propinar cabezazos, se revolvía cual tigre, profiriendo horribles maldiciones contra sus captores, mientras estos se limitaban a intentar sujetarlo. En contra de su costumbre, no recurrían al látigo o a los puños para castigar a su presa. Lo trataban casi con mimo. Tras ellos caminaba muy erguido un oficial agareno, que mostraba las huellas de la reciente contienda en el rostro y el uniforme, ambos ensangrentados.

—Aquí aprenderás a refrenar esa altivez tuya, cristiano —dictó sentencia, tras ordenar a sus hombres que ataran al prisionero a la plataforma portadora de una de las campanas, junto a la cual descansaba el herrero sujeto por sólidas cuerdas—. Así aceptarás, quieras o no, el peso abrumador de la derrota. Estáis vencidos, infieles. Cuanto antes os sometáis a la voluntad de Alá y aceptéis el pacto de amistad que os ofrece generosamente mi señor, antes acabará vuestro sufrimiento.

—¡Jamás! —porfió el encadenado, escupiéndole a la cara—. ¿Me oyes? ¡Jamás me inclinaré ante vuestro falso profeta ni aceptaré ser vasallo de tu califa! Mi soberano es el rey de León y mi Dios, el único Dios verdadero, padre de Jesucristo, muerto en la Cruz por nosotros.

Para estupefacción de Tiago, aquellas palabras cayeron en saco roto. No merecieron más respuesta que el desdén de los sarracenos, sordos a unas ofensas cuya gravedad habría valido la muerte a golpes a cualquier cristiano carente de alguna protección especial.

¿Quién era ese caballero que osaba hablar de aquel modo?

Indiferentes a tamaña provocación, los guardianes que lo custodiaban lo ataron al armatoste frente por frente con el herrero, quien se le quedó mirando lleno de curiosidad. Su buen estado físico indicaba que había sido capturado en el ataque de la víspera, sin sufrir daños de consideración. Estaba entero. Todo lo entero que puede estar un hombre uncido a un yugo.

—Me llamo Rodrigo de Astorga —se presentó él mismo, ante la mirada interrogante de su vecino—. Había acudido en vuestro socorro, al frente de la mesnada del conde Froilaz, pero ya ves cómo he terminado. Amarrado a este madero como un perro. ¡Malditos hijos de Satanás! —añadió, tirando violentamente de sus ligaduras en un intento inútil por soltarse.

Sin esperar respuesta, el recién llegado dijo ser hermano del magnate en cuestión, cuyo nombre nada significaba para

Tiago, aunque explicaba el cuidado con el que lo trataban los guardias. Siendo un personaje de tan elevada alcurnia, los muslimes esperarían cobrar un cuantioso rescate por él, para lo cual necesitarían conservarlo sano y salvo. ¿Por qué lo condenaban entonces a compartir su terrible carga?

El propio infanzón se encargó de explicárselo, sin necesidad de ser preguntado. Le contó cómo, en el fragor de la pelea, se había abierto camino hasta el corazón de la formación agarena, en busca del mismísimo Almanzor, clamando a gritos venganza por la devastación que este había provocado en sus tierras. Añadió que, tras ser reducido no por uno ni por dos, sino por cuatro enemigos, había jurado arrancar el corazón a ese demonio.

—Y a fe que habría cumplido mi amenaza, aunque fuese lo último que hiciera, si esos malditos cobardes no me hubiesen desarmado antes de arrastrarme hasta aquí, apostando a ver quién de entre ellos acierta cuánto tiempo resisto el castigo antes de pedir clemencia. ¡Que esperen sentados! —exclamó, alzando la barbilla en un gesto de altivez característico de la nobleza—. No han de verme sometido. Antes pereceré que suplicar a esos malnacidos.

Tiago se dijo para sus adentros que aquellos alardes durarían lo que tardara en desgarrársele la piel de los hombros y dolerle como si llevara adherido a la espalda un hierro candente, convencido de que nadie aguantaría semejante padecer pudiendo evitarlo.

Se equivocaba.

Entre tanto, Rodrigo continuó con su relato, contándole que llevaba largos años guerreando al lado de su hermano, con el empeño de librarse de la humillante y costosa tutela impuesta por el califato a los cristianos de la península. Primero había combatido bajo el pendón del conde de Castilla,

García Fernández, traicionado por su propio hijo y muerto, no sin antes librar una devastadora contienda civil contra su propio vástago, y después en el ejército del rey de León. Con tristeza narró cómo su ciudad, Astorga, había sido arrasada por el caudillo ismaelita en sucesivas aceifas desatadas a lo largo de dos décadas, al igual que Zamora, León, Coyanza, Sahagún y otras muchas plazas fortificadas por los habitantes del antiguo reino nacido en Covadonga casi tres siglos atrás.

—Ese general es bueno —admitió a regañadientes—. El mejor que han tenido los musulmanes jamás. Y cuenta además con la ayuda inestimable de nuestro soberano, Bermudo, tan débil como inepto, que ni siquiera puede fiarse de sus propios vasallos, proclives a la felonía. Dos veces ya ha saqueado ese diablo la urbe en la que nací y en ambas ocasiones la he visto arder, inerme, sin poder hacer otra cosa que retirarme a esperar una oportunidad para la revancha. Dos veces ha demolido el castillo de mi familia y otras tantas lo hemos vuelto a levantar, piedra a piedra. Pero juro que no habrá una tercera. Si no muero bajo este trasto, lo mataré con mis propias manos.

* * *

El aspecto fibroso de Rodrigo de Astorga cuadraba a la perfección con su historia. Era de elevada estatura, edad similar a la del propio Almanzor y manos nudosas, de acero, acostumbradas a empuñar la espada. Su cabello y su barba debían de haber sido rubios, como los de tantos magnates de ascendencia goda, aunque el tiempo los había teñido de un color gris semejante al de la ceniza. Los ojos azules claros parecían haber adoptado permanentemente el gesto de fruncirse con el fin de avizorar el horizonte, lo que surcaba su frente y sus pómulos de incontables arrugas. Su túnica de paño fino, al igual que el cuero de su cinturón y sus botas, hablaba de un caballero cristiano de buena cuna, criado en esa tierra de frontera donde los varones, a la fuerza ahorcan, aprendían a combatir en cuanto se destetaban.

Aun así, Tiago permaneció callado, fiel a la desconfianza que le había mantenido vivo hasta entonces. No terminaba de creer que el condenado a soportar con él, en primera fila, el grueso de su penosa carga, hubiese salido indemne de la escena acaecida ante sus ojos poco antes, y temía ser víctima de alguna clase de celada.

¿Y si en realidad no era quien decía ser? ¿Y si bajo ese cuidado disfraz se escondía un eslavo enviado allí por Abdalá con el objetivo de soltarle la lengua? Mejor dejarle hablar, sin revelar nada comprometedor, al menos hasta cerciorarse de que el recién llegado no mentía.

—A juzgar por tu aspecto —continuó el caballero, en tono amistoso—, deduzco que debes de llevar mucho tiempo cargando a cuestas esa campana.

—Desde que partimos de Compostela —confirmó Tiago con cierto orgullo.

—¡Santo Dios! —exclamó el de Astorga—. A fe que posees la fuerza de un toro. ¿Cuánto tiempo hace de eso? ¿Treinta, cuarenta días? Y aún te mantienes en pie… Resulta tan admirable como esperanzador, lo confieso. Desde ahora te anuncio que no pienso quedarme atrás ni dar a nuestros verdugos la satisfacción que esperan de mí. ¿Cuál es tu nombre, hermano? Me gustaría saber a quién tengo el honor de conocer.

—Mi nombre es Tiago —contestó el interpelado, halagado por los elogios recibidos de tan insigne compañero—. Tiago el herrero. Así me han llamado siempre. Y, en efecto, si he llevado bien la cuenta, pronto cumpliré cuarenta días de calvario. Los mismos que Jesucristo anduvo por el desierto.

—Acaso sea una señal del cielo —aventuró Rodrigo convencido—. Tal vez Nuestro Señor te tenga reservado un destino especial, una misión que requiera de tu increíble resistencia y tu no menos probado valor en esta época de tribulación que nos aflige.

Tiago percibió de nuevo el suave cosquilleo que producían esas lisonjas derramadas en sus oídos, aunque se obligó a mantener alta la guardia. Aquel hombre presentaba todas las características propias de un infanzón de frontera, era cierto, pero el enemigo se mostraba hábil en el arte del engaño. De ahí que extremara la cautela en su respuesta.

—Nunca fui soldado ni nada parecido, señor. No creo que el Altísimo se molestara en trazar planes para un simple artesano de la forja, como yo, nacido siervo de un monasterio. Eso era yo hasta que me capturaron; un humilde herrero en la ciudad del Apóstol, sin más ambición que ganarme el pan y regresar cada noche junto a mi esposa.

Esas palabras causaron un hondo impacto en su interlocutor, quien se apresuró a inquirir, con una mezcla de incredulidad y pesar:

—Entonces ¿es verdad que Almanzor ha devastado Compostela y destruido el sepulcro del santo? Se lo oí decir a mi hermano el conde antes de partir, pero me negué a creerlo.

—Vuestro hermano no mentía —confirmó Tiago—. Compostela ya no existe. La vi arder con mis propios ojos, al igual que os sucedió a vos en Astorga.

Rodrigo cerró los suyos, acaso para tratar de contener las lágrimas causadas por esa revelación. Si Santiago abandonaba la lucha, si permitía que su sepulcro fuera profanado impunemente, si dejaba de tender su manto protector sobre la Cristiandad hispana, ¿dónde hallarían fortaleza los soldados de la Cruz enfrentados a un ejército sarraceno infinitamente superior al suyo? ¿A quién se encomendarían antes de entablar batalla contra semejante adversario?

* * *

Los dos prisioneros permanecieron un buen rato callados, mirándose el uno al otro sin saber bien qué decirse. A su alrededor, el campamento semejaba una barriada del infierno a la luz lechosa de la luna llena, en una noche fría, salpicada de lamentos. Los heridos gemían, doliéndose de sus heridas, atendidos por mujeres piadosas que únicamente disponían de sus manos para intentar calmar su dolor con caricias. Algunos cautivos recientes maldecían a voces su suerte. Otros rezaban. La mayoría dormía, vencida por el cansancio y la pérdida de la esperanza.

Al cabo de un tiempo, el infanzón rompió el hielo, necesitado de conversación para tratar de calmar su ira.

—Corre el rumor de que Almanzor decidió atacar el hogar de nuestro patrón, que ningún musulmán había hollado jamás, con el propósito de vengar la conspiración urdida poco antes contra él por la cristiana Aurora, antigua cautiva vascona favorita del difunto califa Al-Hakam y madre del actual, Hixam. Un pelele en manos de su canciller, según dicen.

—¿Y qué culpa tenía el Apóstol de lo que hubiera hecho esa mujer? —inquirió Tiago, medio adormilado—. ¿Qué culpa tenían el padre Martín, mi protector, sus hermanos del cenobio de San Pedro o los miles de desgraciados que se llevó el caudillo por delante en su razia?

—Ningún cristiano del norte tuvo culpa alguna ni participó en esa conjura —repuso el de Astorga—. Hasta donde alcanzan mis conocimientos, se trató de un asunto interno; una de las muchas intrigas que enfrentan a nuestros enemigos entre sí y nos conceden una fugaz tregua de cuando en cuando.

—¡Ojalá se pelearan más y nos acometieran menos!

—¡Ojalá! —convino Rodrigo—. Para nuestra desgracia, empero, el dominio de Almanzor es hoy por hoy absoluto en toda Al-Ándalus. Descubierta y desarticulada la trama que pretendía restituir al califa omeya el poder usurpado por su desleal servidor, nadie se atreve a mover un dedo para discutir su posición. Su propio hijo mediano, Abd Allah, se levantó contra él hará unos diez años y hubo de refugiarse en los territorios de mi señor, el conde García Fernández, para escapar a la ira de su padre. Este nos derrotó en batalla campal y devastó Castilla sin descanso, hasta que el conde sucumbió a sus presiones y accedió a entregárselo.

—¿También a él mandó crucificarlo después de pasar por las manos del verdugo? —preguntó Tiago, con cierto sarcasmo, evocando el aterrador castigo infligido a los rebeldes eslavos.

—No —contestó su nuevo compañero, impertérrito—, aunque el muchacho no llegó vivo a la tienda de su progenitor. Tanta era la impaciencia de Almanzor por verlo muerto, que mandó a uno de sus asesinos apuñalarlo a traición cuando iba de camino al reencuentro.

Tiago y cuantos alcanzaron a oír tal revelación se estremecieron ante esas palabras. Si su dueño, el flagelo de Alá, abanderado de los agarenos, era capaz de hacer algo así a la sangre de su propia sangre, ¿qué suplicios no infligiría a la Cristiandad acorralada?

# 16

Antes de rayar el alba fueron enviados a los campos cercanos varios grupos de esclavos provistos de palas, con la misión de cavar sepulturas para los sarracenos muertos en combate la víspera. Tumbas acordes a los preceptos de su religión, lo suficientemente hondas como para mantener sus restos fuera del alcance de los carroñeros. Cumplidos los correspondientes ritos funerarios, los guerreros muslimes caídos fueron entregados a la tierra, envueltos en sudarios blancos y mirando hacia la ciudad natal de su profeta, Mahoma, situada en una lejana Arabia que Tiago era incapaz de ubicar.

Los cristianos quedaron a la intemperie, tras ser despojados de sus armas, armaduras, joyas y demás objetos de valor, incorporados al cuantioso botín que sería repartido en Córdoba una vez descontado el quinto debido al califa.

Tras la oración de la mañana, rezada como cada día por los musulmanes con la frente pegada al suelo, en actitud de postración ante su dios, se sirvieron a los cautivos los garbanzos rancios de rigor, que Rodrigo se negó a probar. Luego la comitiva se puso en marcha, entre imprecaciones y lágrimas.

Atrás quedaron unos cuantos esclavos destruidos por la disentería, abandonados a un final solitario. También en la hueste ismaelita había todavía enfermos, aunque ellos sí recibían cuidados de los galenos, las más de las veces inútiles. La peste se mostraba tan sorda a las súplicas elevadas al Altísimo como a las plegarias que invocaban el nombre de Alá.

\* \* \*

En contra de lo que había supuesto el herrero, su nuevo compañero hizo gala de una gran fortaleza a la hora de echarse a la espalda el grueso tronco de sostén que compartían en lados opuestos de la plataforma, sin proferir una queja. Lo levantó a la primera, a la voz de «¡arriba con ella!» y, una vez en camino, acompasó su paso al de los demás con desconcertante facilidad, como si llevara haciéndolo el mismo tiempo que Tiago, quien hubo de rendirse a la evidencia de que el caballero de Astorga tenía la firme intención de honrar su juramento.

Aquel hombre iba a depararle más de una sorpresa.

La presencia de tan ilustre personaje como uno más de los condenados a cargar con la campana resultó ser una bendición para todos ellos, porque los azotes disminuyeron de manera significativa mientras la comida mejoraba a ojos vistas en cantidad y calidad.

El noble castellano recibía puntualmente pan, queso, huevos, fruta e incluso en raras ocasiones carne, que solía compartir, en especial con su vecino más cercano. Cada mañana, al llevarle el alimento, los guardias le preguntaban si deseaba ser conducido de vuelta junto al resto de los prisioneros notables, beneficiarios de un trato privilegiado en razón de su alto valor, y cada mañana él rechazaba el ofrecimiento, fiel a su promesa de no agachar la cabeza.

Poco a poco, con el correr de los días y las penalidades sufridas, fue creciendo la confianza entre el infanzón y el antiguo siervo, hermanados por un cautiverio atroz, capaz de salvar la infinita distancia que separaba sus respectivos orígenes. Poco a poco nació algo parecido a la amistad. Poco a poco se abrieron el uno al otro hasta el punto de confesarse anhelos y temores íntimos, aunque esto último fue, de lejos, lo que más costó.

Al principio, además de ganar peso y recuperar fuerzas gracias a la generosidad de ese hombre de honor, Tiago encontró en él un nuevo maestro cuyos conocimientos le abrieron los ojos a un mundo que hasta entonces le era totalmente ajeno.

Si el padre Martín le había regalado la libertad y brindado la oportunidad de ejercer un oficio digno, el caballero astorgano le enseñó todo lo que sabía sobre las intrigas de los poderosos, así en los reinos cristianos como en el califato de Al-Ándalus. Lecciones de estrategia militar, política, diplomacia, engaño, heroísmo o vileza, que no cambiaban en nada la dureza de unas jornadas interminables, bajo el peso abrumador del armatoste al que estaban uncidos, pero al menos distraían la monotonía de ese lento avance hacia la capital de sus verdugos, donde cada cual se enfrentaría cara a cara con su destino.

—No creas que Almanzor destruyó Compostela al azar —decía esa tarde el leonés, bajo una lluvia fina, persistente, que acrecentaba la nostalgia de Tiago por su Galicia natal, donde deseaba ardientemente reencontrarse con Mencía—. Llevaba mucho tiempo preparando ese ataque, sabedor del inmenso daño que nos causaría con él.

—Buen botín consiguió en la ciudad, os lo aseguro —aseveró el herrero—. Cargaron carros enteros con todo lo que rapiñaron en las iglesias y los monasterios.

—Más que el oro o los tapices, buscaban dañar nuestra moral —corrigió Rodrigo—. No digo que hicieran ascos a esa riqueza, ojo. Pero su principal empeño era devastar el lugar donde descansa nuestro santo patrón, con el vano empeño de hacernos creer en la superioridad de su dios. Por eso su caudillo planificó a conciencia las aceifas de los años anteriores y fue destruyendo todas las defensas que se interponían entre sus guerreros y Santiago: Zamora, León, Astorga, mi amada Astorga, la llave que abría sus puertas, convertida en efímera capital del Reino para acabar siendo arrasada en un abrir y cerrar de ojos, a pesar de los muchos valientes que cayeron defendiéndola. Solo Asturias se resistió a las brutales ofensivas agarenas, guardada por su formidable red de castillos.

—No digo que su falso dios sea más fuerte que el Dios verdadero —aventuró prudentemente el herrero, consciente de su ignorancia—, pero desde luego su hueste sí supera con creces a la nuestra. A la vista está. Nadie vino a socorrernos ante el avance de su ejército y todos los que no huyeron a tiempo están muertos o encadenados, como vos mismo y yo. ¿Dónde estaba nuestro rey? ¿Dónde nuestros soldados? Yo no sé lo que sabéis vos, pero vi lo que vi. Compostela quedó totalmente desamparada. Nos dejaron vendidos.

—Llevas razón, Tiago. No lo niego —convino el viejo infanzón, con vergüenza—. Bermudo es un soberano pusilánime, apocado e inconsistente, que tan pronto nos llama a combatir y expulsa de sus dominios a los condes traidores a la Cristiandad, echándolos en brazos de Almanzor, como retrocede ante las amenazas del moro. Hará cuatro o cinco años entregó al caudillo sarraceno a su propia hija, Teresa, en un intento patético de apaciguarlo, sin conseguir otra cosa que humillarla y humillarse él.

—¿Acaso la rechazó el *hayib*? —adujo el joven herrero con lógica.

—No. La tomó por esposa, lo que no impidió que siguiera acometiéndonos a placer. Y no fue el único soberano dispuesto a caer tan bajo. Peor, si cabe, fue el gesto del monarca pamplonés, Sancho Abarca, quien acudió a Córdoba con el fin de rendir pleitesía a Almanzor y se inclinó públicamente ante él, a cambio de un remedo de paz que apenas duró dos años.

—Dos años de paz no son pocos —apuntó Tiago, cuyo punto de vista difería con frecuencia del de su interlocutor, aunque rara vez se atreviera a llevarle la contraria—. Bastan para cultivar, cosechar, hartarse de comer, holgar, ver nacer un hijo, alcanzar la libertad...

—La paz que se obtiene a cambio de tributos infamantes no solo es efímera, amigo mío —rebatió enfadado Rodrigo—, sino que conduce inexorablemente a una guerra mucho más devastadora que la anterior. ¿Acaso no viste lo sucedido en Compostela? ¿No has aprendido nada de cuanto te he enseñado? Créeme cuando te digo que no hay paz posible con quien pretende arrodillarte. O bien derrotamos todos juntos a Almanzor o será él quien acabe de imponernos por completo su dominio.

Lo único de lo que podía dar fe el herrero era lo que había contemplado él mismo en su deambular por los caminos atado a esa cuerda de esclavos. Tras la devastadora aceifa de Almanzor, Bermudo reinaba sobre un territorio arrasado, yermo, poblado de viudas y de huérfanos. Si tal era el precio a pagar por plantar cara a los sarracenos, tal vez fuera mejor someterse, dijera lo que dijese ese hombre empeñado en revivir un pasado muerto. O acaso tuviera razón y fuese él quien se equivocaba. Fuera como fuese, no cambiaría un ápice el sufrimiento de ambos.

\* \* \*

A la semana de marchar junto al caballero de Astorga, hombro con hombro, Tiago había oído narrar tantas veces y con tanto entusiasmo los pormenores de la batalla ganada en Simancas por el rey Ramiro II que tenía la sensación de haber participado en ella. Ese monarca y ese lance simbolizaban, a ojos del magnate castellano, el único espíritu capaz de redimir a la Cristiandad hispana de la opresión a la que estaba sujeta. De ahí que se aferrara a su recuerdo con fruición, de manera obsesiva, como si el hecho de evocarlos fuese a resucitar al Rey a fin de que condujera a su gente a un nuevo triunfo.

Ya en el monasterio de San Pedro le habían llegado ecos de ese enfrenamiento legendario, librado en tiempos de su abuelo a orillas del río Pisuerga, no muy lejos de León. La batalla de Simancas era tan célebre como la de Covadonga, donde la participación milagrosa de la mismísima Virgen María había decantado el lance en favor de los cristianos acaudillados por Pelayo. Por eso precisamente había decidido Tiago poner a su primer hijo el nombre del gran soberano vencedor de los ismaelitas. Claro que se guardó mucho de confesárselo a su compañero. Ni siquiera estaba seguro de que su mujer siguiera viva. ¿Cómo atreverse a confiar en que llegara a nacer un varón y Mencía lo llamara Ramiro? Era mejor no mentarlos en voz alta y distraer las angustias escuchando a su vecino.

Nada podía compararse al modo apasionado en que Rodrigo relataba ese choque feroz, acaecido tiempo antes de que él naciera. Su mentor de la infancia, el hermano Martín, lo contaba con la frialdad del erudito cuyo saber procede de un manuscrito. El noble leonés, en cambio, derrochaba ardor en la descripción.

—Sucedió hace casi sesenta años. Abderramán III se había otorgado a sí mismo el título de califa; esto es, Comendador de los Creyentes y heredero de Mahoma, paso previo a la declaración de Al-Ándalus como territorio independiente del resto de la comunidad islámica. Ninguno de sus predecesores había llegado tan lejos. Ninguno había exhibido tan desmesurada ambición. Tras derrotar sin compasión a cuantos muslimes osaron oponerse a sus pretensiones, se lanzó a la conquista del norte cristiano, para lo cual llamó a su pueblo a la guerra santa y armó un ejército de cien mil soldados, similar al que encabeza hoy Almanzor, lanzándolo a una campaña terrorífica que denominó la del «gran poder».

Llegado a ese punto, siempre marcaba una pausa destinada a crear expectación. Y aunque quienes le escuchaban ya conocían lo que venía a continuación, era tal su vehemencia al desgranar el relato que siempre lograba embelesar a su audiencia, añadiendo algún detalle sabroso al modo en que las fuerzas cristianas habían conseguido alcanzar, finalmente, la victoria, a pesar de su tremenda desventaja.

—En lugar de retroceder y ocultarse en las montañas, Ramiro reunió a todas las mesnadas del Reino y a cuantos quisieron secundar su lucha, incluido su primo García Sánchez, rey de Pamplona. Lucharon juntos, codo con codo, súbditos de distintos señores unidos en torno a un mismo propósito y a una única fe compartida. Aun siendo muy inferiores en número, se hicieron fuertes tras las murallas de Simancas y, no contentos con resistir, salieron una y otra vez a campo abierto, sin dejar de hostigar al enemigo. El nuevo califa no se esperaba tal fiereza. Su arrogancia le había llevado a subestimar el coraje de los leoneses, unidos a los navarros, que terminaron por poner en fuga a la hueste venida para aniquilarlos.

La historia terminaba contando cómo un Abderramán derrotado había tratado de huir hacia levante, remontando el Duero, con el rabo entre las piernas, y cómo su maltrecha tropa había sido hecha trizas por los cristianos en el barranco de Alhándega.

—Allí fueron dispersados los ismaelitas, muertos y despojados —concluía el infanzón, henchido de orgullo—. Regocijáronse los adoradores de Cristo, volvieron a sus casas con cuantioso botín y se enriquecieron con sus despojos Asturias, León, Galicia, Portugal, Castilla, Álava y Pamplona, por la gracia de Dios y del apóstol Santiago, cuya intervención en el combate fue decisiva. En agradecimiento por su ayuda, el soberano donó una bella cruz al monasterio que lleva su nombre en Peñalba. Desde que el príncipe Pelayo derrotara a los sarracenos en el Auseva, nadie había consumado una hazaña semejante.

—¿Es verdad que el cielo se tiñó de negro en pleno día? —inquirió en una ocasión un cautivo que había oído hablar del episodio, sin terminar de creer lo que se decía.

—Eso recogen las crónicas, en efecto. El Altísimo mandó al sol ocultarse estando en lo más alto de su recorrido, a fin de llenar de terror los corazones de los agarenos. De nada le sirvió a Abderramán la cota de malla trenzada con hilos de oro que vestía con el empeño pueril de brillar más que el mismo astro. A punto estuvo de ser hecho prisionero, y tan precipitada fue su fuga que extravió un lujoso Alcorán del que nunca se separaba. Ramiro mandó dividirlo en doce partes y se las entregó a quienes más arrojo habían demostrado en la batalla. Con ello les cambió la suerte, pues el califa los cubrió de riquezas a cambio de recuperar su libro.

※ ※ ※

La admiración con la que el de Astorga hablaba del rey Ramiro el Grande, fallecido plácidamente en su cama después de infligir otra derrota humillante a los ismaelitas en Talavera, era pareja al desprecio que le infundían cuantos gobernantes le habían sucedido en el trono.

A medida que proseguía su marcha infernal hacia el sur esa lastimosa serpiente humana, formada por soldados cada vez más impacientes y esclavos exhaustos, hambrientos, dolientes, el infanzón iba instruyendo a Tiago sobre los cómos y los porqués del estado de postración en que se hallaba sumido el Reino.

Estaba visiblemente más flaco. Su cuerpo se había debilitado hasta el punto de multiplicar las paradas que imponía a los demás y aceptaban con resignación los guardias, pero seguía sin pedir clemencia ni perder un ápice de entusiasmo en el modo de referirse al pasado.

—Ordoño hubo de enfrentarse al intento de su propio hermanastro por arrebatarle el poder, mientras trataba de frenar los pavorosos ataques de los normandos llegados del mar helado. El felón, Sancho, fracasó en su pérfido propósito, entre otras razones porque estaba demasiado grueso para montar a caballo. ¿Dónde se ha visto que un rey no encabece el combate a lomos de su montura? Tuvo que esperar a la muerte del soberano legítimo para alzarse con la corona, después de viajar a Córdoba a mendigar del califa ayuda médica para adelgazar. ¿Os imagináis? ¿Qué clase de rey infundiría temor a sus enemigos recurriendo a tan viles manejos? ¿Quién sentiría respeto por un caudillo semejante?

El caballero castellano desgranaba su historia con dolor. Con rabia. Sus verdugos, a menudo encabezados por el propio Abdalá, lo tentaban cada mañana alternando halagos y amenazas, sin lograr doblegar su férrea determinación.

—A diferencia de ti —le había dicho la víspera el jefe de la guardia, tan irritado por su obstinación como alarmado por su evidente deterioro físico—, el herrero no puede elegir. Su destino es llegar a Córdoba con esa campana a cuestas o morir aplastado por ella. Tú en cambio tienes elección. Solo de ti depende recibir el trato que corresponde a la gente de tu condición. ¿Qué hay bajo este artilugio que lo haga tan atractivo a tus ojos?

—Dignidad —había respondido Rodrigo, irguiéndose altivo ante él—. ¿Sabes lo que significa esa palabra en mi lengua?

Si Tiago había alcanzado fama entre los demás prisioneros, el hermano del conde de Astorga no tardó en convertirse en su héroe. Se hablaba de él en todos los corrillos. Por la noche, hombres y mujeres se acercaban a escucharle hablar, como si de su boca saliera bálsamo para sus oídos. Lo cual redoblaba sus fuerzas para seguir resistiendo.

Parecía que intentaba vengar con su conducta las infamias y miserias relatadas al referirse a los monarcas de cuyos hechos se hacía eco, mostrando el coraje y la gallardía que echaba a faltar en ellos. Porque a partir del momento en que Ramiro II había abandonado este mundo, todo lo ocurrido eran conjuras, intrigas, división, cizaña sembrada por los ismaelitas con extraordinaria eficacia y luchas fratricidas libradas incansablemente entre los cristianos por las migajas sobrantes del festín andalusí.

Ante la debilidad de reyes carentes de fortaleza y de carácter, cada magnate había actuado a su albedrío en busca del propio provecho, a costa de arrastrarse ante el califa de turno y, tras el advenimiento de Almanzor, suplicar el favor del poderoso *hayib*. Así, hincados de hinojos, se habían presentado en los salones cordobeses embajadores enviados por los condes de Barcelona, Salamanca, Saldaña, Monzón, Castilla o el Algarve, además de los representantes del soberano pamplonés.

Al-Hakam II, sucesor de Abderramán, concedía treguas renovables de año en año a cuantos magnates cristianos se avenían a solicitarlas, con la condición de que, vencido el plazo, acudiesen personalmente a suplicarle esa gracia, previo pago de su importe en oro y, sobre todo, en orgullo. Las ciudades cristianas se habían llenado de guarniciones cordobesas o habían sido destruidas. Sus murallas y torres demolidas formaban montañas de escombros. Las banderas de los ismaelitas ocupaban el lugar de los pendones leoneses.

Rodrigo se retorcía de rabia al contarlo, imaginando el regocijo de los musulmanes ante semejante desfile de mendicantes. Tiago en cambio se mostraba más comprensivo, acaso porque, junto a la energía, había recuperado un intenso deseo de vivir, aunque solo fuese para abrazar una vez más a Mencía y morir juntos en ese abrazo. El infanzón, por el contrario, no parecía tener familia. Su única preocupación era el declive imparable del reino al que servía, abocado a sucumbir bajo la bota agarena si el Altísimo no ponía fin cuanto antes a la penitencia que le había impuesto.

—Graves debieron de ser nuestros pecados para que el cielo nos enviara este flagelo llamado Almanzor, peor de cuantos hubo o habrá, a devastar nuestras tierras y despedazarnos con la espada. Jamás sufrió la Cristiandad embestida tan terrible ni estuvo tan cerca de sucumbir a la hueste de la media luna. Si no logramos superar la división que nos debilita y unirnos de nuevo bajo el estandarte de la Santa Cruz, acabaremos todos vasallos, cautivos o difuntos.

* * *

Se acercaba la fiesta de Todos los Santos, bajo un cielo recorrido por veloces nubarrones de tormenta, cuando Tiago confesó a Rodrigo los planes que andaba urdiendo. La intimidad nacida entre ellos había disuelto por completo cualquier sospecha de posible traición, además de cambiar el modo en que se dirigían el uno al otro.

—No llegaré a Córdoba contigo, amigo mío —le dijo una mañana, antes de partir—. Si algo he aprendido de ti, es a no rendirme. Debo intentar regresar, ahora que todavía puedo. Si mañana despiertas y no estoy, perdona que no me despida.

Rodrigo se quedó un instante pensativo, calibrando el alcance de esa revelación mientras escrutaba a su compañero de arriba abajo, esbozando una sonrisa triste. El hombre que planeaba fugarse vestía harapos y andaba descalzo desde hacía tiempo, mostrando en la piel las huellas de su terrible calvario. Sus manos eran una pura llaga. Su rostro chupado, macilento, apenas resultaba visible bajo la espesa barba y el cabello que lo asemejaban a un animal. Tan solo sus ojos, de un gris parecido al del cielo, conservaban un brillo inconfundiblemente humano. La luz de la inteligencia alumbrada por la esperanza.

En tono autoritario, respondió:

—Mira a tu alrededor. ¿Qué ves?

Tiago levantó los ojos del suelo, donde solía mantenerlos fijos a fin de no tropezar, y observó el paisaje circundante.

En verdad era hermoso, por extraño que le resultara. Jamás había contemplado nada igual.

Ese paraje no se parecía en nada a llanuras de Castilla o a las escarpaduras de roca viva y monte abrupto que habían atravesado después, durante varias jornadas. Tampoco a los valles ni a los bosques de su Galicia natal. Había árboles, desde luego, en cantidad ilimitada, aunque muy distintos a los castaños, hayas, robles o abedules que poblaban la memoria de su vida pasada.

Un océano de olivos perfectamente alineados sobre colinas suaves, semejante a las olas del mar en calma, se abría en todas direcciones, hasta donde abarcaba la vista. Aquí y allá algún labriego se afanaba en limpiar de malas hierbas los espacios de tierra rojiza abiertos entre los árboles, sin mostrar demasiado interés por la columna que atravesaba sus campos. A lo lejos, los muros de una alquería recién encalada, encaramada a una ladera, lanzaban destellos fugaces cuando, entre nube y nube, el sol se reflejaba en ellos.

Todo desprendía una sensación de honda placidez que trajo al joven herrero el recuerdo de sus días en el monasterio, junto a Mencía, entregado a un trabajo que tanto amaba y a una mujer cuyo cuerpo constituía el mejor abrigo ante los rigores del invierno o la acometida de la pena.

¿Cuánto tiempo había transcurrido desde ese último beso apresurado en un puente atestado de prófugos? ¿Dos lunas? ¿Tres? Demasiado. Por eso Tiago se disponía a escapar, aunque le costara la vida. Si su compañero no le ayudaba, tendría que hacerlo él solo.

Aferrado a esa decisión firme, contestó con desgana:

—¿Qué he de ver?

—Esto es el corazón de Al-Ándalus —repuso el castellano, imprimiendo a su voz el tono de quien dice una obviedad—. Los ismaelitas llevan trescientos años en posesión de estas tierras. Han impuesto su credo y sus leyes. No llegarías muy lejos.

—Algún cristiano quedará —rebatió Tiago, sin dar su brazo a torcer—. O algún musulmán capaz de apiadarse de un cautivo… Sea como sea, debo intentarlo. No puedo abandonar a mi esposa y al hijo que está en camino. Me necesitan.

—En tal caso, espera a llegar a Córdoba —le aconsejó el noble—. Allí tendrás más oportunidades de encontrar ayuda. Las gentes de por aquí saben hasta qué punto es implacable Almanzor y temen su castigo. Aquí nadie te auxiliaría, hazme caso. Han visto correr mucha sangre.

—Nadie lo diría…

—Ahora no, aunque no siempre fue así. Tiempo ha se alzaron en armas, hartos de abusos, cristianos que permanecían fieles a nuestra fe así como otros, conversos al islam, sometidos a la férrea autoridad de los conquistadores venidos del otro lado del mar. En ambos casos las revueltas fueron aplastadas sin misericordia. Los obligaron a bajar de las montañas donde se habían hecho fuertes y arrasaron sus fortalezas y poblados. Las riberas del gran río que baña su capital se llenaron de cruces. Estos campesinos saben que el precio a pagar por vivir es trabajar hasta deslomarse y cumplir las leyes, sea cual sea el dios al que recen. ¿Acaso no fuiste tú mismo siervo, Tiago?

—Lo fui.

—¿Y habrías acogido en tu casa a un sarraceno huido? ¿Lo harías ahora, si estuvieses en Compostela y los vieras pasar encadenados por delante de tu forja?

El argumento era tan inapelable que sumió al herrero en el silencio. No cabía sino rendirse a la evidencia y seguir adelante, confiando en la misericordia divina, en espera de una ocasión propicia para intentar la fuga.

Tras un buen rato de marcha lenta, al ritmo cansino impuesto por un rebaño agotado, que ya no respondía al látigo, Rodrigo bajó la voz para anunciar, en un susurro:

—Confesión por confesión, te diré que creo haber enfermado.

El herrero lo fulminó con una mirada que aunaba terror y sorpresa a partes iguales. Se disponía a responder, cuando su amigo lo detuvo en seco.

—¡Júrame que me guardarás el secreto!

—Pero los sarracenos tienen buenos galenos —protestó Tiago—, pueden curarte. Debes decírselo ahora mismo.

—Eso me corresponde a mí decidirlo —rebatió el infanzón, solemne—, y decido no decírselo. Si Dios ha dispuesto que sucumba a esta peste, así será. En caso contrario, Él me sanará. No pienso incumplir la promesa que me hice a mí mismo cuando me cogieron. Esa libertad no pueden arrebatármela. Ni a ti tampoco. El honor es lo que nos queda una vez perdido todo lo demás.

—Pero tú tienes una familia que pagará gustosa tu rescate —arguyó el herrero, incapaz de comprender la postura de su compañero—. Regresarás a tu hogar, abrazarás a los tuyos.

—Tal vez no desee que eso ocurra —zanjó Rodrigo, apremiado por un retortijón que le impelía a correr en busca de un lugar apartado donde vaciar las tripas—. Es probable que tampoco mi hermano tenga gran interés en soportar mis reproches a su modo de gobernar el condado. Su política con respecto a Córdoba es más cambiante que la mía... Ya veremos. Tú recuerda lo que has jurado y mantén la boca cerrada.

Aunque Tiago respetó, a su pesar, los deseos del noble, la disentería no tardó en causarle estragos imposibles de ocultar. El mal que había matado a tantos guerreros pletóricos de fuerza se cebó con saña en el caballero cautivo, infligiéndole un tormento constante de vómitos, calentura y deposiciones incontrolables. Él luchó hasta el límite de la resistencia, pero no pudo impedir que los guardias acabaran llevándoselo en volandas hasta un carro habilitado como enfermería de oficiales. Se marchaba tal como había llegado, a rastras, aunque sin fuerzas para oponer la feroz resistencia de entonces. Lo habría hecho, de haber podido, aun sabiendo que lo conducían a un lugar confortable, donde sería tratado por el médico personal del *hayib*, que pondría en juego toda su ciencia con el fin de rescatarlo de las garras de la parca. Vivo, representaba su peso en plata. Muerto, no le servía de nada.

Quienes le vieron partir de ese modo no querían creer a sus ojos. Él, tan poderoso, tan indoblegable, tan firme en su fe y sus convicciones, tan gallardo en el porte y la conducta, vencido por esa dolencia infamante. Roído hasta quedar en los huesos, con la palidez amarillenta de la muerte asomada prematuramente a su rostro.

¿Dónde estaba el Dios de la Justicia? ¿Por qué permanecía sordo a los ruegos de sus hijos más devotos?

Se dijeron adiós con un intercambio de buenos deseos formulados a toda prisa, conteniendo el llanto que ningún hombre digno de serlo habría permitido fluir, por muchas ganas de llorar que tuviera. Tiago intuía en lo más profundo de su ser que no volverían a verse. Si sobrevivían a lo que estaba por venir, cosa harto dudosa, el transcurso natural de la vida alejaría definitivamente lo que el azar había unido durante un breve espacio de tiempo. Con la misma claridad veía, empero, que tampoco se olvidarían. Y esa certeza hacía que la despedida doliera más.

—Déjate curar y saldrás de esta —le animó—. Recuerda todo lo que me has enseñado sobre el rey Ramiro. Tú también debes dar aún muchas batallas. Piensa en quienes no tenemos elección. No escupas al cielo ni reniegues de tu suerte. Aunque solo sea por nosotros... ¡vive!

—Escúchame una última vez —repuso Rodrigo en tono apremiante—. Tú sí que has de vivir para cumplir tu destino. Si has llegado hasta aquí es porque el Altísimo tiene reservada una misión especial para ti. En su momento te será desvelada. Hasta entonces, ten fe y no te rindas. Sobre todo, no te rindas.

—¡Jamás!

¿Cómo podría haber sospechado Tiago el peso que llegaría a tener esa promesa en su conciencia?

\* \* \*

Tres días más tarde, la columna se detuvo en lo alto de una pequeña meseta situada aproximadamente a dos leguas de Córdoba, donde Almanzor deseaba hacer la entrada triunfal que esperaba el pueblo de su *hayib*. Algo único, sin precedentes, superior en pompa y boato a todo lo visto hasta entonces.

No en vano aquella había sido una campaña excepcional. El Victorioso de Alá regresaba tras derrotar a sus enemigos, como era costumbre acendrada en él. Pero a esa humillación militar se añadía la devastación de Compostela, ciudad erigida en honor del santo más venerado por toda la Cristiandad hispana. Un discípulo del profeta Jesús a quien llamaban «hijo de Dios», incurriendo con ello en la más grave de las blasfemias. Tal ofensa al Misericordioso merecía ser respondida con un castigo ejemplar, como el infligido a esos infieles obstinados en rechazar la verdad revelada a Mahoma.

Los húmedos reinos de los rumíes, cuya única utilidad radicaba en proveer de recursos a Al-Ándalus, estaban una vez más destrozados, de rodillas, a merced de los nuevos dueños de Hispania. Tan dichosa circunstancia merecía ser celebrada sin escatimar recursos.

## 17

El cielo se tiñó de azul añil para acompañar en su día de gloria al general Almanzor, auténtico Príncipe de los Creyentes en la sombra. ¿Quién sino él gobernaba el califato? ¿Quién era el cerebro y el brazo armado de un títere de sangre real reducido a la condición de guiñapo recluido en una jaula de oro? Él, Abu Amir Muhammad ben Abi Amir al-Ma'afiri, era quien merecía ser respetado y obedecido. En su honor salía el sol asomando su rostro de fuego por encima de los riscos situados a levante.

Mucho antes de esa hora el campamento bullía de actividad, atareado en concluir a tiempo los preparativos del gran festejo previsto. En el recinto de los cautivos no había nada que celebrar, salvo el hecho de haber llegado al final de esa marcha extenuante en la que tantos desdichados habían perdido la vida. El temor ante lo desconocido se mezclaba con un cierto alivio, resignación, y hasta la esperanza de alcanzar un destino mejor del que dejaban atrás.

Cuando un tropel de guardias bereberes, dirigidos en esa ocasión por oficiales árabes, irrumpió en el cercado, se levantó un murmullo de excitación acompañado de movimientos defensivos que alcanzaron el paroxismo en cuanto se vio que los recién llegados procedían a una selección meticulosa de prisioneros y formaban distintos grupos, juntados a empujones y golpes.

Tiago contempló la escena como la mayoría, en un mar de dudas, preguntándose por qué separaban allí a unos de otros y a dónde los conducirían. Fuera cual fuese el motivo de ese extraño proceso, se dijo, no parecía afectarle a él o al resto de los porteadores de las campanas, porque nadie se acercó a ellos. Aun así, se mantuvo en guardia, observando atentamente cuanto acontecía a su alrededor.

Como primera medida, las mujeres fueron apartadas de los hombres, lo que provocó un vendaval de protestas, llantos, súplicas, abrazos desesperados y violencia empleada sin contemplaciones por los encargados de cumplir la faena consistente en conformar los lotes.

Después llegó el turno de los niños, únicamente los varones, arrastrados a un rincón próximo a la salida a base de látigo, vara e imprecaciones sin cuento. Dado que ni siquiera así lograban los guardias vencer la desesperada resistencia de los pequeños, su jefe agarró a uno de ellos por los pelos y le rebanó limpiamente el cuello. Cumplida la amenaza, los demás se sometieron.

De nuevo el terror demostraba ser un argumento inapelable.

\* \* \*

Lo que no podían imaginar las madres amputadas de sus cachorros era que esas criaturas, sangre de su sangre, irían a parar en su mayoría a alguno de los centros de emasculación repartidos por el territorio musulmán, donde se les extirparían los órganos sexuales con el fin de convertirlos en eunucos.

La más célebre de las escuelas dedicadas a enseñar el oficio se encontraba en la cercana Lucena y proveía de castrados a lo más granado de Córdoba. Su fama era merecida, pues los emasculadores formados en sus aulas lograban que sobrevivieran dos de cada diez pacientes confiados a sus manos; un porcentaje muy superior al de la mayoría de sus rivales.

La operación que se practicaba en esos chicos era sumamente arriesgada, además de terriblemente dolorosa, pero los que salían adelante tenían asegurado un buen futuro. No solo se les abrían las puertas de los harenes donde los potentados mantenían recluidas a sus esposas y concubinas, rodeadas de lujos capaces de compensar el encierro, sino que les era dado aspirar a grandes carreras en la Administración del Estado.

Los eunucos alcanzaban los más altos precios en los mercados de esclavos, precisamente por su relativa escasez. A menor edad, mayor valor, en razón del margen de tiempo que esa juventud brindaba a una esmerada educación. Quienes la culminaban con éxito brillaban en sociedad. Privados de virilidad, y por tanto de descendencia, podía confiarse a su custodia tanto la virtud de las mujeres como la gestión de asuntos susceptibles de generar traiciones. A falta de vástagos a los que legar posición o fortuna, su ambición resultaba más fácilmente controlable. De ahí que desde el califa hasta el último caíd de Córdoba, pasando por generales, mercaderes ricos y magnates de diversa condición, todo aquel que pretendiese ser alguien en la capital de Al-Ándalus dispusiera de su propio equipo de sirvientes carentes de genitales.

Los castrados no eran mal vistos en Córdoba, sino todo lo contrario. Tanto era así que, en medio de la refriega, uno de los oficiales encargados de la selección tratara de calmar a un crío, que no habría cumplido seis años, diciéndole en tono cómplice:

—No llores, mocoso, considérate afortunado. Vas a formar parte de una casta privilegiada. No tendrás que ir a la guerra, como yo, ni deslomarte en el campo, ni trabajar en un taller o acarreando agua desde el río. Te pasarás la vida comiendo, haraganeando e intrigando, rodeado de hembras. ¿Qué más se puede pedir?

Felizmente inconscientes del destino al que se encaminaban, tres centenares de muchachos impúberes fueron amontonados a un lado del cercado, bajo estrecha vigilancia, antes de ser alejados del mismo. Las niñas permanecieron junto a sus madres, temblando de miedo y tristeza por ver partir a unos hermanos que, en el último momento, trataban de mostrar valentía a fin de parecer hombrecitos.

Tiago contempló impotente el pataleo inútil de esos rapaces, oyó su llanto desconsolado y se alegró en lo más hondo de que su hijo se hubiera quedado en Galicia, protegido en el vientre de Mencía. Así lo creía con todas sus fuerzas. Si hubiese perdido esa certeza, se habría quitado la vida.

\* \* \*

Dentro del enorme rebaño de esclavos acarreado desde tierras septentrionales el número de niños era proporcionalmente muy bajo y el de niñas, aún menor. Sobrevivir a las penurias del viaje requería una fortaleza superior a la propia de su corta edad, por mucho que intentaran cuidar de ellos sus padres. En el caso de las chicas, además, las más bonitas, las más rubias, las de facciones más delicadas, las más acordes con el gusto de los conquistadores habían sido embarcadas rumbo a Córdoba en las costas de su tierra natal, junto a las doncellas de mayor belleza.

Unas y otras habrían entrado ya a esas alturas del otoño en algún serrallo, para solaz de sus dueños, o estarían en manos de maestros expertos en enseñarles el arte del canto, el manejo de algún instrumento, la escritura, la poesía, la filosofía o la astronomía. Una vez instruidas, con la correspondiente inversión en tiempo, sustento y ropa adecuada, serían revendidas a precios exorbitantes que engrosarían las ganancias de sus maestros y les brindarían a ellas una vida cómoda, privadas de libertad pero respetadas y aun celebradas si su talento llegaba a salirse de lo corriente.

En cuanto a las demás, las menos agraciadas o las de mayor edad, no tendrían tanta suerte.

Córdoba funcionaba gracias a la multitud de esclavos que satisfacían las innumerables necesidades de una ciudad en constante crecimiento, sin parangón en Europa. Devoraba, cual monstruo insaciable, cargamentos enteros de cautivos traídos en barco desde el norte del continente por mercaderes judíos, además de los apresados en las aceifas que diezmaban cada año, con puntualidad implacable, los reinos cristianos hispanos. Nada colmaba la voracidad de esa megaurbe. Nunca esa mano de obra resultaba suficiente.

Solo Medina al-Zahara, la residencia oficial del califa Hixam, empleaba quince mil siervos en labores domésticas múltiples, que iban desde la jardinería a la cocina, sin olvidar la alimentación de los peces repartidos por diversos estanques con doce mil hogazas de pan diarias. El harén de palacio albergaba a más de seis mil mujeres, la mayoría de las cuales, lejos de disfrutar de sus placeres, desempeñaba penosas tareas de limpieza en las habitaciones, lavandería, baños, talleres de costura y demás dependencias reservadas a las féminas.

Medina al-Zahira, la copia corregida y aumentada manda-da levantar por Almanzor para él y su familia en el extremo opuesto de la capital con el propósito de subrayar su propio esplendor, no le iba a la zaga en derroche.

La edificación de tan espléndidos palacios había costado un tercio de los ingresos totales del Estado durante varios años consecutivos y precisaba de un flujo constante de cauti-vos para mantenerse en funcionamiento, pero nunca hasta en-tonces habían faltado cristianos o paganos reducidos a esa condición. Nadie en la ciudad más próspera que habían cono-cido los tiempos sufría esa carencia. Precisamente para impe-dir que llegara a producirse estaban las razias constantes prac-ticadas en territorio enemigo, además de los suministros procedentes de lugares remotos.

La religión musulmana, al igual que la cristiana, prohibía tajantemente esclavizar a un hermano de fe, por lo cual era preciso buscar la mercancía allende los confines del mundo islámico. Dado que la restricción abarcaba asimismo la trata de ese ganado humano, los dedicados a ella eran casi siempre hebreos, afincados en enclaves tan alejados entre sí como la propia Al-Ándalus o las llanuras heladas del imperio franco, cuyos ríos navegables propiciaban un trasiego constante de mercancías variadas.

Si algo escaseaba en Córdoba, se mandaba traer de otro sitio. Y lo que nunca faltaba eran esclavos aptos para prestar cualquier servicio.

\* \* \*

Desde su puesto de observación, junto a la plataforma so-bre la cual descansaba una de las dos campanas retiradas de la basílica del Apóstol, Tiago trataba de comprender en vano el extraño movimiento de gentes que tenía lugar en el campamento. ¿Cómo habría podido hacerlo si no conocía las claves? Aún le quedaba mucho por ver en ese universo nuevo al que lo había conducido el azar, aliado con el infierno.

El grueso de sus compañeros varones, en su mayoría campesinos y soldados, tampoco estaba allí ya. Los habían sacado del recinto sin miramientos un rato antes, obligándolos a formar una columna distinta de la llamada a participar en el desfile triunfal del caudillo moro. Ellos acabarían en las minas, o desempeñando las labores más duras del campo y la construcción, o tal vez incorporados al ejército sarraceno, si demostraban ser lo bastante diestros en el manejo de las armas y se avenían a prestar juramento de fidelidad. Otros irían directamente al mercado para ser vendidos a tintoreros, curtidores y demás artesanos interesados en adquirir ayuda barata para realizar la tarea más sucia de su oficio, o a compradores procedentes de otras regiones andalusíes. Pero antes, pasarían por Medina al-Zahira a fin de ser recontados. No en vano formaban parte de un botín que era menester distribuir en razón de un quinto para el califato, la cantidad que quisiera atribuirse a sí mismo el *hayib*, y el resto equitativamente entre los participantes en la campaña, cada cual según su rango.

Llegada la hora del rancho matutino, apenas quedaban cautivos a quienes distribuir la bazofia habitual. Ni el herrero ni los demás prisioneros presentes todavía en el campo podían sospechar la causa real de todo lo acontecido desde antes del amanecer, por lo que circulaban los rumores más extravagantes. Los más optimistas aún confiaban en reencontrarse pronto con sus amigos o familiares. Otros habían dejado de esperar nada. Tiago, por su parte, se preguntaba qué habría sido de Rodrigo, de quien no había vuelto a tener noticias, y pensaba de manera obsesiva en Mencía.

Interrumpió su reflexión la llegada de cuatro guardianes, provistos de varios sacos, que levantaron del suelo, a gritos, a los dieciséis porteadores tumbados cerca de él. A base de cuchillo y sierra cortaron las cuerdas que mantenían las campanas sólidamente atadas a sus bases, lo cual les llevó cierto tiempo, dado que las ligaduras se habían endurecido con el agua. Concluida la tarea, uno de ellos ordenó:

—Utilizad vuestros andrajos para sacar brillo a esas cosas. Las quiero ver resplandecer, sin una mota de polvo. Después, poneos la ropa que hay aquí dentro. Por vuestro bien, más os vale estar listos cuando regrese a buscaros.

La desnudez descubrió, en toda su crudeza, los estragos causados por el cautiverio. De aquellos hombres jóvenes, pletóricos de fuerza apenas unas semanas atrás, solo quedaban huesos y piel macilenta. Pese a lo cual, cumplieron con la tarea que se les había encomendado.

Aconsejados por Tiago, quien sabía bien cómo limpiar el metal, utilizaron arena y trapos para pulir lo mejor que pudieron las campanas expuestas a la intemperie desde su salida de Compostela. Aquello no hizo brillar el bronce oxidado, aunque sí mejoró su apariencia. Idéntico efecto causaron en ellos las prendas proporcionadas por sus verdugos, cuya blancura resultaba irreal en ese contexto de dolor y pérdida en el que el mundo, a sus ojos, se teñía inevitablemente de luto.

Todo estaba dispuesto para que diera comienzo el espectáculo.

# 18

Partieron colina abajo, bien entrada la mañana, para dirigirse a la antigua calzada romana que enlazaba Córdoba con Viseu y Braga. Desde allí divisó Tiago por vez primera la urbe de la que tanto había oído hablar, levantada a la vera de un ancho río cuyas aguas parecían bañar los edificios asomados a él. La vista quitaba el aliento incluso desde esa distancia, al superar cualquier cosa que él hubiera contemplado o podido imaginar.

No existían palabras para describir su grandiosidad.

De camino a las murallas que se alzaban, majestuosas, abrazando ese inmenso hormiguero humano, vieron suntuosas mansiones rodeadas de jardines a las que los sarracenos denominaban «almunias». Frente a esas villas, pertenecientes a los magnates de la capital cuyos hijos comandaban las pocas tropas andalusíes encuadradas en un ejército compuesto mayoritariamente por extranjeros, se concentraban pequeños grupos para aplaudir con entusiasmo al *hayib*. Este, sin embargo, rara vez se dignaba desviar hacia ellos la mirada. Esas familias de rancio abolengo árabe no eran de su agrado, como tampoco él suscitaba en ellas la menor simpatía. Le despreciaban tanto como le temían y algo parecido le sucedía a él. Uno y otras se necesitaban, aunque estaban lejos de apreciarse. Por eso el *hayib* mantenía los ojos fijos en el horizonte.

Allá a lo lejos, cerca del Guadalquivir, se encontraba la Mezquita Mayor, destino final del cortejo que presidía. Y junto a esta, la torre más imponente de la capital andalusí, cuya altura estaba terminantemente prohibido rebasar en cualquier edificio civil. El alminar desde el cual el imán llamaba cinco veces al día a la oración de los fieles, coronado por su *yamur*: tres grandes bolas doradas superpuestas de mayor a menor, que relucían bajo el sol de fuego lanzando destellos al aire, cual faro llamado a alumbrar la fe de los verdaderos creyentes.

En esa luz inspirada en la del mismísimo Alá clavaba sus pupilas Almanzor, tejiendo sueños audaces que le mostraban a su primogénito, Abd al-Malik, encumbrado hasta el califato. Acaso él no alcanzara a verlo, pero cada día confiaba más en que la sangre de su sangre llegara a colmar su ambición, apoyado en incondicionales como su leal Abdalá, dispuestos a respaldar con las armas ese cambio de dinastía. A ese empeño pensaba dedicar sus desvelos mientras Alá le diera fuerzas.

Ajeno a esas elucubraciones, aunque no menos influido por el ambiente de euforia reinante, el vecino de Tiago aventuró:

—Tal vez estemos mejor aquí, siendo siervos, que en el Reino como ciudadanos libres. Tanta abundancia debe de bastar para saciar a todo el mundo...

—No te hagas ilusiones, hermano —respondió el herrero, sombrío—. En ningún lugar del orbe atan los perros con longanizas.

\* \* \*

La procesión hizo su entrada solemne por la Puerta de Coria, también llamada Puerta de Gallegos precisamente por dar acceso a quienes venían de allí. Era solo una de las muchas cancelas con que contaba la sólida fortificación de piedra, ladrillo y adobe que protegía a los cordobeses, guardada por torres cuadradas construidas cada cincuenta pasos. Claro que esa, concretamente esa, había visto pasar más cristianos cautivos que ninguna otra.

Un clamor jubiloso de triunfo acogió al *hayib* y su séquito nada más cruzar el umbral.

Abría la comitiva una banda de músicos provistos de trompetas, tambores y timbales, cuyo retumbar cadencioso marcaba el paso de los soldados, además de imprimir solemnidad al desfile.

Tras ellos, a caballo, iba la guardia personal del caudillo, ondeando un bosque de pendones verdes. Sus escudos, yelmos, lorigas y aceros recién lustrados, al igual que los jaeces de sus monturas, relucían al sol del mediodía. Componían un cuadro impresionante que arrancaba gritos de entusiasmo en el abundante público que abarrotaba las calles, atraído por la ocasión de contemplar semejante exhibición sin tener que pagar un dírham.

A cierta distancia de sus bereberes y eslavos, sabiamente contrapesados a fin de que se vigilaran mutuamente por si a alguno se le ocurría urdir una conspiración contra él, cabalgaba Almanzor. Iba solo, ocupando el centro de la calzada, seguido de cerca por sus hijos, para mejor resaltar ante los cordobeses a quién cabía atribuir el mérito de una nueva victoria.

El *hayib* montaba un alazán brioso, que caracoleaba de cuando de cuando, espoleado por su jinete. Este vestía una túnica carmesí bordada con hilos plateados, sobre la cual llevaba puesta su coraza de ceremonia, forjada en oro puro, al igual que el yelmo puntiagudo, abrazado por un turbante níveo cuajado de ricos joyeles. Saludaba a la multitud, congregada para aclamarle, mediante ligeros movimientos de la mano derecha, en cuyos dedos brillaban esmeraldas, rubíes y zafiros multicolores. Su rostro de facciones aguileñas era la viva imagen de la altanería. Mantenía un gesto impertérrito, aparentemente inmune a los halagos, propio de quien se presta, condescendiente, a compartir su gloria con el populacho.

A continuación marchaban Tiago y sus compañeros, cargando a duras penas con las campanas, pues estas, una vez desatadas con el propósito de resaltar su descomunal tamaño, descansaban sobre las plataformas en un equilibrio sumamente inestable. El más leve tropiezo habría provocado una caída desastrosa para sus porteadores, quienes caminaban al ritmo del tambor, concentrados en coordinarse, haciendo oídos sordos a los gritos de esa muchedumbre.

Su calvario era tanto más penoso cuanto que una alfombra de flores arrojadas al paso del general tapizaba el suelo empedrado y lo convertía en hielo terriblemente resbaladizo.

—¡Ya podían meterse sus hierbajos por donde amargan los pepinos! —oyó decir Tiago al que le seguía en la fila, andando con los pies descalzos.

—Calla y no te despistes —le contestó, con autoridad—. Cuanto menos te quejes y más cuidado lleves, mejor nos irá.

—¡Al diablo contigo también! —maldijo el otro—. Así os den por el culo a todos.

\* \* \*

Justo detrás de las campanas robadas al Apóstol iban las puertas de roble bellamente labradas de su basílica compostelana, en un carro abierto que permitía verlas con claridad, en especial desde las ventanas altas de las casas donde se arremolinaba el gentío. Otros vehículos semejantes exhibían telas, pieles y ornamentos de oro y plata arrancados de las iglesias y monasterios devastados durante la aceifa. Cerrando el cortejo marchaba una cuerda de esclavos mínima, en comparación con la original, en la que se echaban a faltar los niños.

Los cautivos aherrojados de pies y manos, sucios, vestidos de harapos, desfilaban humillados, elevando al cielo una oración apenas audible en medio del bullicio.

—Padre nuestro que estás en los cielos…

Mientras recorría esa Vía Dolorosa, llevando a cuestas su propia cruz, Tiago comprendió por qué se había reducido de tal modo la columna llegada desde el Reino de León. Por esas callejuelas tan angostas no habría cabido completa, ni aun prolongando varios días la duración del desfile. Eso explicaba que los sarracenos solo hubieran incluido en él lo más representativo de su ejército: la guardia personal de Almanzor, algunos escuadrones de jinetes pesados, armados con sus imponentes lanzas de más de seis varas; varias unidades de infantes lanceros, ballesteros y arqueros, cuyos vistosos uniformes enardecían a las masas, y por supuesto una pequeña muestra de lo rapiñado, presidida por el principal trofeo conquistado al enemigo.

El resto del inmenso ejército, dedujo, se habría dirigido directamente a sus cuarteles, bordeando las murallas por la parte exterior. En cuanto a los millares de cautivos ausentes, solo Dios podría decir dónde habían ido a parar.

A falta de espacio suficiente en las calles que veían pasar la parada, estrechas y bordeadas por edificios muy juntos, el grueso de los cordobeses se había lanzado desde primera hora de la mañana a conquistar un buen lugar en la explanada de la Gran Aljama, final de ese desfile triunfal, o bien al domicilio de algún conocido situado en un punto estratégico del recorrido. Claro que los cautivos no podían saberlo. Cuando pensaban haber contemplado lo más sorprendente de esa urbe tan hostil como grandiosa, esta los abrumaba con algo mucho más colosal.

Así fueron atravesando barrios, a cuál más populoso y atestado de construcciones apiñadas unas sobre otras, hasta desembocar en una plaza enorme, en forma cuadrada, rodeada de soportales. Su superficie, cubierta de albero pulcramente alisado, semejaba un bosque ordenado de naranjos, palmeras y limoneros, árboles que muchos cristianos no habían visto jamás. Varias fuentes manaban agua en medio de ese verdor, tan distinto y hasta opuesto al resto de la capital. A espaldas del inmenso jardín se alzaba una edificación sobrecogedora, tanto en tamaño como en belleza, cuyo frontal era una sucesión de arcos abiertos tras los cuales se atisbaba otra selva, esta de columnas pétreas, alineadas a la perfección con los troncos plantados afuera.

*  *  *

Tal como había ocurrido al cruzar la Puerta de Coria, en cuanto el *hayib* asomó por la plaza lo acogió un rugido de admiración procedente de la multitud. Una bienvenida a la altura del auténtico Victorioso de Alá. Córdoba se rendía a sus pies, entregada, mientras él avanzaba, despacio, hacia el lugar donde Tiago y los demás esclavos depositarían su ofrenda.

La música, cuyo retumbar estridente había atronado hasta entonces, cesó de golpe. El gentío calló, en señal de respeto, al ver que Almanzor desmontaba y se dirigía andando hacia la entrada principal de la mezquita, donde acababa de aparecer el imán mayor, todo vestido de negro, con una túnica suelta de paño que le llegaba hasta los pies y la cabeza ceñida por un sencillo turbante.

A la orden de sus guardianes, los porteadores se detuvieron y dejaron su carga en tierra, bien a la vista. Cada campana superaba con creces la altura de un hombre y no desmerecía en absoluto la magnificencia del lugar. Las hojas de madera repujada, por su parte, resultaban imponentes una vez puestas en pie. La capital andalusí jamás había contemplado pruebas más contundentes de la mortificación cristiana.

Henchido de orgullo, el *hayib* se dirigió al clérigo en tono altivo:

—He aquí lo que ha quedado del templo más venerado por los infieles del norte. Su osadía ha sido castigada. Te ofrezco estos instrumentos, definitivamente enmudecidos, para que alumbren nuestra Gran Mezquita una vez convertidos en lámparas. Y así mismo te entrego estas puertas, que nada custodian ya, a fin de aprovechar su robustez en el refuerzo del techo bajo el cual invocamos el nombre de Alá, el más Grande.

El imán contempló esas ofrendas con frialdad, hondamente preocupado por el inmenso poder que atesoraba el general en Al-Ándalus tras haber convertido al califa en una triste marioneta. Cada triunfo militar suyo frente a los cristianos era un peldaño más que escalaba hacia la cúspide del mando supremo y un motivo más de inquietud por el futuro del califato. ¿Conseguiría ese usurpador desplazar definitivamente a la familia de los omeyas, descendientes de la tribu Quraysh y por ende del mismísimo Profeta? ¿Lograría consumar el propósito que llevaba tiempo persiguiendo su desmedida ambición?

A pesar de su elevada posición, el máximo exponente del clero cordobés mantenía esos temores en un profundo secreto, por miedo a las terribles represalias que le habría acarreado cualquier muestra de enemistad hacia el *hayib*. Tras la fallida conspiración protagonizada por la madre del monigote Hixam, no quedaba en la capital nadie con arrestos para hacerle frente. De ahí que se refugiara en la ambigüedad, sin caer en la adulación ni tampoco traicionar su pensamiento, invitando al Victorioso de Alá a emprender nuevas aventuras.

—Ahora que has acabado con los lugares santos de la Cristiandad —dijo en tono solemne—, es el momento de que acompañes, triunfante, a todos los musulmanes hasta sus lugares santos en Oriente. Egipto y Qayrawán te aguardan.

Almanzor hizo caso omiso de la propuesta. Tenía otros proyectos en mente, que en modo alguno pasaban por abandonar la ciudad, si no era con el fin de asolar a los infieles del norte. Enfrentado desde siempre a la nobleza de cuna andalusí, se sabía vulnerable a sus intrigas. Y aunque el califa encerrado unos meses atrás en Medina al-Zahira era un muñeco en sus manos, únicamente el éxito de sus ejércitos y el consiguiente botín le garantizaban la paz interior, ligada de manera indisoluble a la conservación del poder.

# 19

El mercado de los esclavos era uno de los más pujantes de la ciudad. Al igual que el dedicado a la compraventa de pescado, estaba situado a la vera del Guadalquivir, río abajo del alcázar, la Gran Aljama y demás edificios principales. La mercancía acumulada en las jaulas expuestas al público desprendía un hedor insoportable para los refinados cordobeses de abolengo, acostumbrados a los baños, la limpieza y los perfumes caros.

Una vez cumplida su misión, Tiago había sido conducido allí junto a sus compañeros. El administrador personal del *hayib* pensaba obtener una suma considerable por ese cautivo excepcional, a quien se voceaba como el hombre que había cargado con una de las campanas expuestas ante la mezquita, desde la lejana Compostela hasta Córdoba. Más de un interesado había pujado ya por él, aunque la cantidad ofrecida no había terminado de satisfacer a su propietario, confiado en conseguir un mejor precio por esa joya.

Pese a la aglomeración de gentío en busca de alguna ganga, aprovechando la llegada de una remesa abundante procedente del norte, empezaba a hacer frío en la jaula donde el herrero languidecía a la espera de conocer su suerte. El mes de octubre había traído las primeras lluvias y estas, unidas a la humedad del río, refrescaban el aire hasta convertir cada ráfaga en un cuchillo afilado.

Tiago veía pasar a los viandantes, rabioso de humillación e impotencia. No eran pocos los que se le quedaban mirando y comentaban entre sí la hazaña llevada a cabo por ese cristiano común y corriente, cuyo aspecto no era ni mucho menos el de un coloso. Él no comprendía una palabra de árabe, pero cuando esos curiosos empleaban la lengua romance, cosa frecuente, le llevaban los demonios hasta el punto de insultarlos a gritos. Al cabo de varias horas, con el fin de no volverse loco, empezó a urdir planes descabellados de fuga, que lo mantuvieron absorto hasta que una voz familiar lo sacó de su ensimismamiento.

—Al fin te encuentro, herrero escurridizo —dijo Abdalá, sonriente, todavía engalanado con el vistoso uniforme que había lucido durante el desfile—. Te perdí de vista en la explanada de la Gran Aljama y desde entonces andaba buscándote.

Tiago sintió brotarle en las entrañas una llamarada de odio que lo calentó de golpe. De haber podido echar mano al cuello del guardia, lo habría estrangulado en el acto, aunque se hubiera ido con él al infierno. Dados los barrotes que los separaban, se limitó a guardar silencio y taladrarlo con la mirada.

—¿Has disfrutado de tu momento de gloria, infiel? —siguió hablando solo el bereber, visiblemente complacido con la situación—. ¿Te ha sorprendido nuestra ciudad? ¡Claro que sí! Todos los rumíes se quedan boquiabiertos ante su esplendor. Y eso que no has tenido ocasión de contemplar más que una ínfima parte. Si vieras la cara que ponen los embajadores de tu rey cuando llegan a Medina al-Zahira y se topan con sus estanques de plata, los mosaicos traídos desde Constantinopla que adornan los salones del *hayib*, sus columnas cuajadas de piedras preciosas, el trono de oro macizo o las alfombras de seda que pisa el hombre ante el cual van a inclinarse...

—¿Qué quieres de mí, Abdalá? —inquirió Tiago, hastiado ante esa enumeración de lujo obsceno—. ¿Qué más quieres?

—Que demuestres si estás a la altura de tu bravuconería.

—No sé qué mal he podido hacerte para merecer tanta atención por tu parte, pero sea lo que sea, me alegro —le desafió—. Ya están las campanas en Córdoba y aquí sigo yo también. Mal que te pese, no he muerto.

Los ojos del oficial, única parte visible de su rostro, brillaron de indignación. Al igual que Almanzor, hablaba un romance casi perfecto, marcado, en su caso, por un acento peculiar que le hacía silbar las eses y se acrecentaba cuando perdía los nervios, como al contestar, airado:

—¡Tu vida es mía, cristiano! ¿Aún no lo has comprendido?

Al cabo de unos instantes, ya más tranquilo, añadió:

—Admito que has resistido mucho más de lo previsible. Eres coriáceo; duro como las plantas que crecen en el Atlas donde nací. Ahora voy a brindarte ocasión de probar si también posees la habilidad de la que presumiste con desvergüenza ante mi señor, en Compostela. Hablar es fácil. Cumplir no lo es tanto. Pero puesto que ofendiste a mi general con esa lengua tuya tan larga, tengo curiosidad por saber si solo eres un fanfarrón o también un mentiroso.

—¿Qué quieres decir?

Aun en contra de su voluntad, ese anuncio ambiguo había encendido una nueva llama de esperanza en el herrero, que se acrecentó al oír la respuesta de Abdalá.

—En aquella iglesia alardeaste de haber contribuido a forjar las campanas que llamaban a vuestra oración blasfema. Pues bien; ese profeta al que llamáis «apóstol» ya no tiene voz ni volverá a tenerla nunca, pero sería una pena desaprovechar el metal con el que están fabricadas esas piezas. ¿No te parece?

—Sigo sin saber qué quieres de mí, Abdalá. Dilo de una vez o déjame reventar en paz.

—Te lo diré, cristiano. Lo que quiero es que conviertas esos cacharros inútiles en lámparas dignas de alumbrar el interior de la Gran Mezquita que mandó ampliar en su día mi señor Abu Amir, el Victorioso de Alá, en prueba de su devoción al único Dios verdadero. Las obras están casi concluidas y hace falta luz que permita admirar la contribución del *hayib* a la suntuosidad del templo. Tú presumiste de haber dado vida a ese bronce. Ahora veremos si eres capaz de transformarlo en algo que valga la pena.

—¿Y si lo hago? —preguntó Tiago, retador.

—La pregunta correcta es qué será de ti si te niegas. Créeme, no te convendría. Ya que has llegado hasta aquí, disfruta de nuestra hospitalidad e intenta darme motivos para dejarte seguir viviendo.

\* \* \*

Escoltado por dos soldados eslavos, Tiago remontó de nuevo el curso del Guadalquivir, caminando por su orilla izquierda, hasta llegar al recinto del alcázar, situado enfrente de la Gran Mezquita.

A ambos lados del río se alzaban lujosas villas en cuyo interior resultaba fácil imaginar la fastuosa opulencia descrita por Abdalá, aunque el herrero se fijó más en las múltiples norias distribuidas por ambas riberas, a las que los sarracenos llamaban «albolafias», y que debían de suministrar agua no solo a esas mansiones y sus frondosos jardines, sino a toda la ciudad. En particular llamó su atención uno de esos molinos, descomunal, armado a escasa distancia de un puente no menos impactante tanto en tamaño como en belleza. Sin pretenderlo, emuló a los dignatarios cristianos de los que le había hablado el jefe de la guardia, al quedarse mirando ese entorno de ensueño con la boca literalmente abierta.

—¡Camina, esclavo! —le apremió uno de sus escoltas—. No tenemos todo el día.

—Deja que el hombre disfrute un poco —rebatió el otro, más comprensivo—. ¿Acaso no hiciste tú lo mismo cuando viste por vez primera Córdoba?

—Yo no vine encadenado —respondió el impaciente, molesto porque su compañero se pusiera de parte del cautivo.

—Razón de más para que te compadezcas de él —se reafirmó el guardia—. Ya tendrá ocasión de acostumbrarse. No va a terminarse el mundo porque nos entretengamos un rato.

La conversación se había producido como si Tiago no estuviera presente, cosa habitual tratándose de un prisionero reducido a esclavitud. Finalizado el breve intercambio de opiniones, se reanudó la marcha y no tardaron en alcanzar su destino: un conjunto de edificios, mezcla de palacio y fortaleza, levantados en esa misma orilla, a escasa distancia del cauce y del extremo norte del puente.

Aunque ni las formas, ni los colores, ni los materiales empleados, ni el propósito con el que había sido construida esa abigarrada mezcla de estancias se parecía en nada al monasterio de San Pedro, ambos compartían un mismo concepto de unidad. Protegidas por un vasto perímetro amurallado, aunaban en un único espacio amplias zonas verdes, que en el caso del cenobio eran huertas y en el del alcázar jardines de recreo, y dependencias dedicadas a múltiples usos: lavandería, horno de pan, aljibes, despensas, caballerizas o habitaciones nobles destinadas al alojamiento de personas principales, sin olvidar, por supuesto, las húmedas chozas habilitadas para los siervos en Compostela, cuya versión andalusí eran lóbregas mazmorras donde se hacinaban los cautivos.

Tiago había conocido las dos y en poco se diferenciaban unas de otras, salvo en el hecho de que aquellas, al menos, recibían la luz del sol, mientras estas quedaban bajo tierra. Por lo demás, en ambas hacía frío, se pasaba hambre, el aire estaba impregnado del hedor característico del sudor mezclado con miedo, estallaban disputas absurdas por un quítame allá esas pajas y se echaba en falta la libertad.

De todas las carencias sufridas, esa última era de largo la más dolorosa.

\* \* \*

A fin de llevar a cabo la transformación de campanas en lámparas, siguiendo exactamente el método aprendido de su padre, el herrero pidió una forja al aire libre, que le construyeron sin tardanza justo detrás de la Gran Aljama, junto a la mayor de las albolafias que proporcionaban un suministro inagotable de agua.

Le sorprendió la perfección del horno, fabricado con piedra y ladrillo introduciendo notables mejoras técnicas respecto de sus instrucciones. Ni que decir tiene que se guardó mucho de comentarlo. Una cosa era que los sarracenos fueran superiores a los cristianos en lo concerniente a la ingeniería y otra muy distinta que él fuera a dejarse humillar. Se había jurado a sí mismo deslumbrarlos con su trabajo y estaba firmemente decidido a lograrlo, por dura que fuese la competencia en la que acababa de entrar.

Pasado el desfile triunfal de Almanzor, la explanada abierta frente a la mezquita había vuelto a la normalidad de los últimos tiempos; esto es, a albergar en buena parte de su superficie una cantera de trabajo donde se afanaban albañiles, yeseros, carpinteros, herreros como el propio Tiago y demás maestros en diversos oficios de construcción, auxiliados por sus respectivos aprendices. Las obras de ampliación del templo estaban muy avanzadas, pero todavía faltaban detalles como la iluminación del interior o la decoración del muro exterior mediante filigranas de estuco, que ocupaban a decenas de obreros desde el amanecer hasta la puesta del sol.

Cada día, antes del alba, partía del alcázar un ejército de cautivos cristianos encargado de desempeñar tareas penosas tales como obtener cal a partir de piedras traídas desde muy lejos, abrasándose los pulmones con el polvo y el humo inherentes al proceso, acarrear arena u otros materiales pesados o bien aplanar y limpiar la superficie de albero que recubría la plaza, hasta ocultar cualquier rastro de los trabajos en curso.

Bajo las arcadas que circundaban ese amplio espacio impartían justicia los cadíes, conocidos en Córdoba como *al husanis*, lo que atraía hasta allí a jurisconsultos, ricos comerciantes metidos en pleitos, administradores del califato y otros personajes destacados de la sociedad capitalina, que demandaban tranquilidad para desempeñar sus funciones o simplemente ir y venir sin ser molestados. Merced a la pericia de los capataces y a la contundencia de los guardias, todo estaba ordenado a la perfección de manera que les permitiera resolver sus asuntos en la más completa armonía, sin por ello retrasar las obras de la Gran Aljama.

Ajeno a ese constante ajetreo, Tiago se sumergió en su labor desde el primer día, determinado a cumplirla a la perfección. Lamentaba profundamente romper esas bellas piezas a las que su progenitor había dado forma, unidad y solidez, pero no tenía alternativa. Si no era él quien llevaba a cabo la transformación, otro con menos escrúpulos se encargaría de hacerla con poca o nula consideración hacia la materia puesta en sus manos. De modo que serró, fundió, hizo él mismo nuevos moldes, añadió metal allá donde era preciso, volvió a fundir, mezcló cobre con estaño y plata, corrigió impurezas, retocó las proporciones, forjó otra vez y pulió, con infinita paciencia, hasta conseguir exactamente aquello que tenía en mente.

Concluida la operación tras varias semanas de trabajo ingente, vieron la luz cuatro recipientes en forma de vasijas redondeadas, dos más grandes y otros dos algo más pequeños, cada uno de los cuales podría contener la cantidad suficiente de saín como para alumbrar de manera ininterrumpida una estancia enorme durante varias semanas.

Le habían contado que del techo de la mezquita colgaban cerca de trescientos lucernarios, a los que se sumaban siete mil cuatrocientas lamparillas, cuatro grandes recipientes de plata e incontables velones de plomo, que consumían cada año más de quinientas arrobas de aceite y casi diez quintales de cera. Si el combustible no era problema, se dijo, tampoco lo serían las nuevas lámparas.

Nadie conocía mejor que él los secretos del bronce con el que estaban forjadas las campanas de Santiago, y esa fue su baza decisiva para obtener una aleación prácticamente igual a la original, que sirvió de ligadura. Mantuvo alguna discusión con el maestro herrero que pusieron a supervisar su trabajo, pero el tiempo acabó demostrando que él tenía razón. Y cuando al fin la obra estuvo acabada, el resultado final le hizo acreedor a grandes elogios por parte de cuantos artesanos participaban en las labores del templo, al margen de credos o procedencias.

\* \* \*

Para entonces estaba bien avanzado el mes de diciembre y hacía frío hasta en la forja, junto al horno o golpeando el yunque. Claro que la temperatura allí resultaba agradable en comparación con la que soportaban los prisioneros de noche, en los sótanos del alcázar, cuyas paredes lloraban de humedad hasta empapar la paja sobre la cual descansaban.

En ese inframundo oscuro una manta de lana constituía un tesoro que pocos escogidos podían permitirse. Un lujo casi tan valioso como un plato de sopa caliente, algún alimento sólido o un pedazo de pan fresco, delicias reservadas a quienes se destacaban en algo o habían conseguido el favor de alguno de sus custodios. La noche en que un guardián le llevó a Tiago tres de esas cuatro cosas: una manta, una hogaza recién salida del horno y un cuenco lleno de algo deliciosamente compacto, el herrero supo que, al fin, su suerte había cambiado.

A la mañana siguiente, antes de partir hacia el tajo, recibió la visita de Abdalá.

—He visto tus lámparas expuestas en el patio de la Gran Aljama —le anunció, con un tono de voz distinto al empleado habitualmente para hablarle, que el herrero creyó identificar como de respeto—. No deshonrarán el lugar.

—Tengo entendido que hoy van a colocarlas en su sitio dentro de la mezquita —respondió con cautela, sabiéndose excluido de este último paso al estar prohibida la entrada en ella de los infieles a la religión musulmana—. El maestro de obras ha dado su visto bueno.

—Vivirás, cristiano —sentenció su visitante, solemne—. Ahora sé que no eres un embustero. Osaste mostrarte altivo ante mi señor, pero al menos decías la verdad. Yo conozco bien lo que es ascender desde lo más bajo, sin familia, ni nombre, ni educación, ni tribu o clan que te avalen, y por eso aprecio el mérito de lo que has hecho, a pesar de ser un esclavo. Vivirás y seguirás trabajando en la aljama, donde, según me han dicho, tu talento es altamente valorado.

Tiago experimentó en ese instante algo parecido a la felicidad. Esas palabras apenas cambiaban su situación, salvo para proporcionarle seguridad en el corto plazo y tal vez algo más de comodidad, pero significaban mucho en términos de orgullo. Y el orgullo era lo único que no podían quitarle. Orgullo ante el trabajo bien hecho y el reconocimiento merecido. Orgullo de pertenecer a una saga de forjadores que, a falta de noble linaje, podía presumir de su buen hacer. Orgullo por no haberse rendido ni suplicado piedad.

El hombre que tanto se había cebado en él, el peor de sus verdugos, estaba ahora allí, ante sus ojos, admitiendo haber errado en su juicio y abriéndole las puertas a seguir desempeñando el oficio que siempre había amado. ¿Qué más podía pedir?

Luchando por ocultar su emoción, respondió un escueto:

—Gracias.

Abdalá no dijo más. Envuelto en su gruesa capa, dio la espalda al prisionero, saludó a los guardianes llevándose la mano primero a la boca, después al turbante, y embocó el oscuro pasadizo por donde había venido.

# 20

Las obras de la mezquita requerían herramientas de precisión muy finas para los oficiales encargados de rematarlas, y Tiago había demostrado su pericia no solo con la forja, sino golpeando el metal caliente sobre el yunque hasta darle la forma deseada. De ahí que, concluida la transformación de las campanas, lo pusieran a fabricar utensilios a la medida de las necesidades que cada maestro se iba encontrando.

A demanda de los canteros y albañiles dio vida a cinceles, puntas, picos especiales, palas diminutas, mazas o martillos de un determinado calibre, sin dejar de proveer las sierras, serruchos, hachas, hachuelas, clavos, pinzas, taladros, brocas y cuchillas de cepilladora que le solicitaban los carpinteros. Aunque su especialidad fue, desde el principio, el instrumental de precisión requerido para llevar a cabo las filigranas de escayola encomendadas a los estucadores que, encaramados a los andamios, embellecían el nuevo muro oriental del templo.

Estos artesanos realizaban auténticas maravillas sobre unas paredes ya de por sí imponentes, en las que una sucesión de arcos encadenados, sujetos por columnas, producía una sensación de movimiento tan irreal como cautivadora. Cada palmo de la superficie exhibía bellísimas combinaciones de formas geométricas compuestas con los colores rojo y blanco, ya fuese mediante ladrillos y piedra dispuestos a la manera de los mosaicos o a base de pintura y estuco manejados con maestría. No había dos dibujos iguales. Todas las arcadas de la parte superior se diferenciaban entre sí, al igual que los grandes arcos sobre los que descansaban, en un alarde arquitectónico sin parangón en nada de lo que Tiago hubiese contemplado jamás.

Para completar tal prodigio, era necesario no dejar un solo hueco sin adornar de florituras, y a consumar la tarea se dedicaba una legión de escayolistas encabezada por un hombre afable llamado Mahmud, quien no tardó en entablar con el herrero cierta relación de amistad basada en el respeto mutuo.

—Necesito que me hagas rápidamente una espátula traslúcida de puro fina, flexible y como de un palmo —solía pedirle, siempre con amabilidad, abriendo la mano para mostrar el tamaño exacto.

—¿Para cuándo?

—¡Para ayer! Y por cierto —añadía, señalando el punto en cuestión—. ¿Ves las granadas que estamos moldeando en esa albanega, bajo el alfiz que terminamos la semana pasada?

—Más o menos...

—Pues fíjate bien, porque has de forjarme unas gubias lo suficientemente menudas y afiladas como para que mis aprendices consigan que se distingan los granos de la fruta desde aquí abajo. Tú verás de qué modo te las arreglas...

Él se las arreglaba, cumplía el encargo a satisfacción y proporcionaba a Mahmud unas minúsculas cuchillas curvas capaces de obrar el milagro.

Hasta ese momento de su existencia Tiago había conocido la dicha, el dolor, la amargura, el gozo, la ira, el odio, la añoranza, el miedo, la pena, el amor o el regocijo. La culpa, en cambio, le era por completo extraña, hasta que empezó a golpearlo mostrando una ferocidad semejante a la peor de esas emociones.

Sucedió poco a poco, sin que apenas se diera cuenta, aunque no tardó en convertirse en una verdadera obsesión.

Cada vez que atisbaba una de sus lámparas a través del muro abierto a la plaza, caía sobre él un temporal de sentimientos encontrados. Por una parte le honraba la certeza de haber consumado una gran tarea, merced a la cual conservaba el pellejo y la esperanza de regresar algún día junto a la mujer amada. Por otra, se odiaba a sí mismo por haber accedido a satisfacer el capricho de Almanzor. Se sentía cómplice de esa humillación y se arrepentía con todas sus fuerzas de haber sucumbido a la vanidad, pues sabía bien que era ella, más incluso que el temor, la responsable de esa traición.

En esos momentos le invadía una rabia tal que ansiaba morirse allí mismo, a ser posible llevándose con él al infierno a alguno de esos sarracenos. Incluso más de una vez pensó en prender fuego a la aljama, aunque hubo de desechar la idea por imposible. No solo le estaba vedado el acceso al templo por su condición de infiel, sino que este gozaba de una vigilancia constante por parte de guardias fuertemente armados. De haber intentado algo, lo habrían hecho pedazos en un abrir y cerrar de ojos.

Así fue transcurriendo lentamente el tiempo, entre retos en apariencia imposibles, logros con regusto a vinagre, frustración y penitencia.

Llegó la natividad de Jesús y Tiago pasó el día solo, alejado de Mencía y de todos sus seres queridos, con el frío metido en los huesos y el alma helada.

Pese a la mejora sustancial que habían experimentado sus condiciones de vida, su alimentación y su alojamiento, aquel fue, con diferencia, el hito más triste de su ya largo cautiverio.

En el monasterio, el 25 de diciembre se consideraba fiesta grande. La mayor del año junto a la festividad del Apóstol. La víspera, los monjes permitían a los siervos acudir a la solemne misa del gallo, aunque fuera confinados en la parte de atrás de la basílica. Desde allí se oían perfectamente los hermosos cánticos con que los hermanos alababan al Niño Dios, lo cual era motivo de júbilo. Además, todo el mundo comía hasta hartarse: capones bien cebados, gansos asados, puré de castañas, pan blanco untado de sabrosa grasa de cerdo fresca y dulces recién horneados hechos de nueces, avellanas y miel.

La Navidad era en Compostela tiempo de fraternidad y alegría por la venida al mundo del Redentor. En Córdoba no significaba nada. Simplemente no existía. Tiago había oído decir que las autoridades de la ciudad toleraban alguna mínima celebración por parte de los cristianos que aún permanecían allí, cumpliendo escrupulosamente las rigurosas leyes islámicas, siempre que fueran discretos y no armaran ruido con sus ceremonias. De ser cierta, tal concesión no afectaba a los prisioneros del alcázar, que vieron discurrir la jornada sin pena ni gloria, trabajando y penando como en cualquier otra fecha.

Esa noche, empero, Tiago concibió en su mente una idea hermosa, que le trajo paz y consuelo. La materializó en el yunque la mañana siguiente, sin temor a las consecuencias.

A escondidas, utilizando las sobras del acero empleado para fabricar herramientas, forjó una cruz más pequeña que su dedo pulgar, estrecha y fina. Una copia exacta, aunque reducida, del crucifijo que había hecho para él su padre y debía de llevar al cuello ahora su mujer, si Dios la había protegido del mal que acechaba por doquiera.

¡Cuánto había rezado Tiago para que ella y su hijo hubieran salido con bien de la aceifa!

De haber sido descubierto por sus guardianes, ese objeto le habría acarreado la muerte. Pero valía la pena correr el riesgo. Mediante un alfiler prácticamente invisible, soldado a la parte posterior de la figura, se lo prendió en el interior de la túnica, a la altura del corazón, para que siempre estuviera en contacto con su piel. Allí podía sentirlo latir al compás de sus propios latidos, calentarse con su calor o compartir el frío de su pecho. Allí, en ese preciso lugar, era donde habitaba Mencía.

# 21

Ramiro heredó de su madre la robustez y de su padre unos ojos bien
abiertos que fueron cambiando del gris oscuro al azul a medida que crecía. Nada más ver la luz, se agarró al pecho de
Mencía con su boquita hambrienta, sin dejar de mirarla, hasta quedar dormido en su regazo. Entonces ella cayó en la
cuenta del milagro que tenía entre los brazos y dio gracias a
Dios por él, mientras apuraba con ganas un generoso cuenco
de caldo de gallina preparado según la receta prescrita a las
recién paridas desde antiguo.

A la semana de su nacimiento lo bautizó, envuelto en
mantillas, el capellán del monasterio, en una ceremonia sencilla que tuvo por protagonistas al niño, a la hermana Brunilde, orgullosa madrina, y a un viejo leñador, antiguo siervo del
cenobio, que aceptó el papel de padrino.

No resultaba del todo extraño que las monjas de Santa
María acogiesen entre sus muros a un bebé, aunque hasta entonces siempre habían sido expósitos que permanecían a su
cuidado durante el breve espacio de tiempo necesario para

encontrarles una familia dispuesta a hacerse cargo de ellos. El caso de Ramiro era distinto, puesto que tenía madre y padre conocidos, aunque de este último no existiera constancia fehaciente.

—Yo sé que está vivo —repetía una y otra vez Mencía a todas las que osaban insinuar que probablemente a esas alturas el niño sería huérfano y ella viuda—. Está vivo y regresará junto a nosotros. Tiago siempre cumple sus promesas.

La mayoría de las religiosas había aceptado con naturalidad este relato, aunque no faltaba alguna arpía convencida de que en realidad esa mujer voluptuosa era una doncella deshonrada, expulsada merecidamente de su hogar por su incapacidad para defender su virtud. Capitaneadas por Aldonza, las defensoras de tal hipótesis se quejaban con regularidad ante la superiora, aduciendo que la presencia entre ellas de esa madre y ese niño perturbaba en extremo la paz de la casa. Frente a ellas, las monjitas más jóvenes, encabezadas por Brunilde, habían constituido una auténtica guardia pretoriana de la pareja y se disputaban la alegría de cambiar los pañales a Ramiro, enseñarle alguna gracia o velar su sueño, mientras su madre trabajaba duramente en las labores más arduas a fin de ganarse el sustento demostrando ser útil a la comunidad.

Así fueron pasando los días oscuros del invierno, entre el agua helada del río al que bajaba Mencía a lavar y el calor de la cocina donde el pequeño la aguardaba en su cuna, entre pucheros y tarros de conservas, al cuidado de la guisandera.

Cayeron las primeras nieves en lo alto de las colinas, tiñendo de blanco las piedras del antiguo castro que alzaba su esqueleto pétreo al oeste de Santa María, cual vigía del valle. Fueron recogidas las castañas, se almacenaron junto a las nueces, envueltas en ramas de helecho, y las gentes se encerraron en sus casas, junto a sus ganados, a esperar la llegada de la ansiada primavera.

Aunque la estación no era propicia a los viajes, Mencía no dejaba de otear el camino cada mañana y cada tarde, persuadida de que en cualquier momento vería llegar a su hombre. Antes de ordeñar o de limpiar el establo, mientras rebuscaba en la huerta un último nabo olvidado o en las interminables horas que dedicaba a hilar, junto a la ventana, venciendo el terrible picor producido por los sabañones, escrutaba en el horizonte en busca de la figura familiar de su marido, sin ver otra cosa que la imagen espectral de esa ciudad fortificada, antaño habitada por el pueblo astur, alzada sobre su pedestal rocoso cual recordatorio de un pasado reacio a morir.

Para Pascua de Resurrección Ramiro ya comía papillas de fruta, además de la leche materna. Tenía el tamaño de un cochinillo cebado, jamás se había puesto enfermo y reía con ganas, dibujando dos hoyuelos en sus rechonchas mejillas, para deleite de las hermanas que suplicaban a Brunilde compartir con ellas sus privilegios de madrina. Seguía firmemente sujeto por la faja que envolvía su cuerpecito a fin de evitar deformaciones, aunque movía los brazos con soltura y era opinión generalizada que apuntaba maneras de chicarrón.

Viéndolo crecer sano y despierto, haciendo las delicias de cuantas personas lo rodeaban, su madre se preguntaba a menudo qué habría pensado Tiago contemplándolo, cómo habría reaccionado a sus demandas constantes de atención, a sus pícaras provocaciones, si se habría sentido tan feliz, tan orgulloso y colmado como se sentía ella misma. Entonces solía acometerla la pena por lo que se estaba perdiendo el padre de esa criatura y lo que esta, su hijo, jamás podría recuperar. Pena y rabia a partes iguales, pues veía cómo el tiempo se les escapaba a los tres sin señal alguna susceptible de hacerle albergar esperanzas.

❊ ❊ ❊

Más o menos por esa fecha pasó por Santa María un peregrino franco, el primero que aparecía desde hacía más de un año, pidiendo hospitalidad para pasar la noche.

El corazón de Mencía dio un vuelco.

—Os lo ruego, madre Trígida, dejadme hablar con él —suplicó a la abadesa—. Prometo no avergonzaros. Solo quiero saber lo que ha visto en Compostela. ¡Por favor, tened piedad!

—De ninguna manera —contestó la superiora autoritaria—. Nuestro huésped es una persona principal; un conde de Aquitania al que en modo alguno podemos importunar con tus preguntas. Además, no regresa de Compostela sino que se dirige hacia allí, por lo que poco o nada podría decirte.

—¡Pero si Compostela ya no existe! —protestó Mencía—. ¿Qué sentido tiene su peregrinación?

—Al parecer, el sepulcro del Apóstol no fue destruido durante la aceifa y el rey Bermudo ha mandado reconstruir la ciudad. Eso es lo que me ha dicho nuestro visitante en la breve entrevista que hemos mantenido. Esta noche, durante la cena, tendremos ocasión de hablar con más profundidad.

—Trasladadle mi angustia, madre, os lo pido de rodillas. —Se hincó de hinojos—. Necesito saber qué ha sido de mi gente, mi esposo, mis parientes, mis vecinos… Si ellos están de vuelta, si la urbe se levanta de nuevo, tal vez también mi hijo y yo podamos dirigirnos allí y recuperar nuestra vida pasada.

—Eso estaría muy bien, Mencía, porque aquí no podéis quedaros —sentenció Trígida, severa.

Las palabras de la abadesa la golpearon con la fuerza de un puñetazo. Ella intuía que su situación no podría prolongarse eternamente, era consciente de la hostilidad que despertaba en algunas de las religiosas, aunque siempre había rehusado afrontar esa realidad, diciéndose que ya lo haría cuando no quedara otro remedio. Al parecer, ese momento había llegado.

—¿Estáis expulsándonos de Coaña? —inquirió con la voz quebrada.

—No. Todavía no, aunque no podré posponer esa decisión mucho más tiempo —repuso la abadesa, suavizando el tono de su voz ante el gesto desconsolado de esa joven madre solitaria que tanto le recordaba a la suya propia, enterrada en lo más profundo de un olvido impuesto, ya que nunca había confesado a nadie el secreto de su origen vergonzante, fruto del amor pecaminoso entre su padre, de alto linaje, casado con otra mujer, y la doncella con la que se había enredado—. Ahora retoma tus quehaceres y déjame a mí al peregrino. Veremos lo que nos cuenta.

El conde pasó de nuevo por Santa María, en su camino de regreso a Aquitania, cuando los ciruelos rebosaban de fruta dulce y en los prados cercanos al monasterio pastaba una abigarrada multitud de vacas, cabras, ovejas y yeguas, acompañadas por sus recién paridos retoños.

Tampoco en esa ocasión le fue permitido a Mencía dirigirse personalmente al ilustre huésped, aunque la superiora hizo de intermediaria entre ellos y se avino a trasladarle de manera confidencial lo que le había relatado el magnate. A saber; que las reliquias del santo patrono estaban felizmente intactas, ya que el fuego había destruido la iglesia pero el mármol del sepulcro, resistente a las llamas, había logrado salvar el preciado tesoro que albergaba. Desde hacía meses, bajo el impulso del Rey, una legión de operarios trabajaba en las obras de restauración del templo, que ya disponía de nueva techumbre.

—Incluso se celebra en él la santa misa, sobre el mismo altar ennegrecido que intentaron destruir los sarracenos —añadió jubilosa, elevando las manos al cielo con las palmas abiertas hacia arriba, en señal de gratitud.

—¿Y el cenobio de San Pedro? —inquirió Mencía con redoblada zozobra—. ¿Han regresado los monjes? ¿Os ha dicho nuestro visitante si por ventura quedaba algo en pie y pudo alojarse en las dependencias reservadas a los peregrinos?

—No es muy hablador nuestro invitado, ni tampoco diría que muy exquisito en lo que atañe a la comodidad, a juzgar por sus modales rudos. Pudo por tanto cobijarse en cualquier lugar o incluso dormir al raso. Lo desconozco.

—Pero algo os habrá comentado sobre lo que vio en la ciudad…

—Poca cosa, te lo repito, más allá de lo referido al Apóstol. Aparte de eso, solo habló de un conde de Astorga, llamado Froilaz, con quien coincidió fugazmente allí. Le impresionó la honda tristeza que arrastraba ese hombre descalzo y cubierto de ceniza de la cabeza a los pies, que había peregrinado desde su castillo con el fin de implorar al santo misericordia para el alma de su hermano, Rodrigo, capturado por los ismaelitas y muerto durante un cautiverio especialmente atroz antes de que pudiera negociarse un rescate.

—¿Se refería el franco a la última razia, a la misma en la que Almanzor arrasó Compostela? —preguntó Mencía, aterrorizada.

—Eso creo, sí. Pero sosiégate. La suerte de ese tal Rodrigo no tiene por qué haber sido la misma que la de tu esposo.

—¿Cómo voy a sosegarme, madre? Si ni siquiera un noble valioso, de alta cuna, ha sobrevivido a la brutalidad de esos agarenos, ¿qué posibilidades de lograrlo habrá tenido un simple herrero?

—Reza por él. No pierdas la fe. Los milagros se producen. La misericordia de Dios es infinita. Y la muerte nos iguala a todos; no hace más ascos al rico que al pobre. Si el corazón te dice que tu hombre está vivo, confía en él.

\* \* \*

Hacía falta mucha fortaleza para vencer el miedo a lo que estaba por venir y Mencía la encontró en su hijo, buscando en él rasgos de Tiago. En su carita redonda brillaban los ojos de su padre, de un azul profundo, en ocasiones en paz, otras encendidos por la cólera. Porque el niño tenía genio, aunque rara vez lloraba. Cuando quería algo, no necesitaba hablar para conseguirlo, pues se hacía entender a la perfección, con la necesaria contundencia. Tampoco su progenitor era muy hablador, pese a lo cual había logrado siempre cuanto se había propuesto. Ambos compartían así mismo el ceño, las manos grandes, el color moreno de la piel y un cabello grueso, recio, que era imposible peinar por sus abundantes remolinos.

A veces le parecía igual, una réplica exacta de Tiago, y otras completamente distinto. Necesitaba con desesperación hallar a su marido en ese niño, carne de la carne de ambos, pero Ramiro se empeñaba en demostrar que su naturaleza era única, distinta a la de ellos dos e independiente en grado sumo. Fuese por lo consentido que había estado desde su nacimiento, rodeado de caprichos y mimos, por su sangre o por mor del azar, lo cierto era que resultaba tan irresistible como ingobernable. Tozudo, tenaz, tranquilo y terriblemente seductor, con esa sonrisa suya capaz de desarmar a cualquiera.

El día de su primer cumpleaños Mencía le colgó al cuello la cruz forjada por su abuelo, a la que cambió el tosco cordón de cuero por una cadenita de plata regalo de su madrina Brunilde.

—Él regresará junto a nosotros —le dijo al chiquillo, sentado en su regazo, que la contemplaba sereno como si comprendiera a la perfección cada palabra—. Vendrá muy pronto a conocerte, pero hasta entonces velará por ti desde la distancia. Cuando era tan pequeño como tú, él llevó esta misma cruz. Ahora es tuya y te protegerá. No temas, corazón, no permitiremos que te ocurra nada malo.

Esa misma tarde, Trígida la llamó a capítulo.

※ ※ ※

Mencía no se engañó respecto del motivo de esa convocatoria. Llevaba meses sabiendo que antes o después se produciría, sin por ello dar respuesta a las preguntas que la atormentaban: ¿dónde iría con un niño tan pequeño? ¿Qué futuro les aguardaría en ese mundo convulso, constantemente amenazado por el feroz enemigo del sur?

Cada mañana se levantaba esperando ver aparecer a su esposo y cada noche se dormía rezando porque así fuera. A menudo el alba la sorprendía llorando de frustración y de rabia, pues veía pasar las estaciones, Ramiro empezaba a caminar e incluso a balbucear algún vocablo a media lengua, y Tiago no daba señales de vida, aunque el corazón le gritara que seguía vivo. De algún modo sabía que lo estaba. ¿Por qué motivo entonces faltaba a la palabra dada? ¿Acaso se había olvidado de su esposa y de su hijo?

Espera y desesperanza se fundían en un mismo llanto, solitario y silencioso, mezclado así mismo con la hiel de la culpa. Culpa, sí, por reprochar a su hombre cautivo que los hubiera abandonado, aun siendo consciente de que lo habían privado de libertad. Culpa por odiarlo tanto como lo amaba. Por compadecerse más de sí misma que del atroz destino al que se enfrentaba él. Por sentirse defraudada en lugar de entristecida. La culpa la acompañaba cual perro fiel en esas noches insomnes, en las que únicamente la respiración de Ramiro, dormido con placidez en su cuna, lograba calmar su congoja.

—Tengo una penosa obligación que cumplir, Mencía. Espero que lo comprendas.

La superiora de Santa María estaba de pie, junto a la ventana, al fondo de la estancia espaciosa que acogía las reuniones de la congregación. La había citado allí para evitar que alguien escuchara su conversación, pues el asunto que iba a plantear dividía a las religiosas en dos bandos enconados que debía pacificar, cortando por lo sano, aunque le desagradara en lo más profundo lo que se disponía a anunciar. Todo en su actitud revelaba incomodidad: el rictus amargo de su rostro, sus labios ligeramente contraídos, los párpados entornados, las manos juntas, crispadas, semejantes a garras huesudas... La madre Trígida era la viva estampa de la desazón, sin perder un ápice de autoridad.

Fuera caía desde hacía días una lluvia fina que había embarrado el patio hasta convertirlo en una trampa pegajosa donde resultaba difícil dar tres pasos sin que el suelo se comiese las madreñas de madera. El monasterio parecía estar envuelto en una inmensa nube cuya gélida humedad impregnaba la ropa y lo teñía todo de gris. Hacía frío en ese invierno de dureza desacostumbrada. Tanto en el exterior desierto como en esa habitación desangelada, a la sazón casi vacía, donde nadie había pensado en prender un triste brasero de leña.

Mencía hizo ademán de arrodillarse ante la abadesa, pero esta la detuvo con un gesto, invitándola a permanecer de pie. Ante su mirada interrogante, prosiguió:

—Tal como te adelanté hace ya meses, tu permanencia en esta casa ha llegado a su fin. Muchas de las hermanas se han quejado ante mí de la perturbación que supone tu presencia y la de tu hijo en nuestro cenobio, y a sus protestas legítimas se suman las peligrosas habladurías que han empezado a correr por la comarca.

—Pero, madre... —trató de argüir la interpelada.

—¡Calla y escucha! —la reprendió la superiora con severidad—. Un convento de vírgenes no puede albergar dentro de sus muros a un chiquillo. ¿Es que no te das cuenta? Somos esposas de Cristo. La gente habla, murmura, se dice que Ramiro es el hijo de una monja, que el pecado ha penetrado en nuestra comunidad y corroe sus cimientos.

—Burdas calumnias...

—... Que debemos frenar de inmediato. Hace algunos años, no muy lejos de aquí, el convento que regía la abadesa Proniflina a pocas leguas de León fue asaltado por el populacho al grito de «¡meretrices del diablo!». Mataron con saña a todas las hermanas, después de ultrajar a muchas de ellas, acusándolas de haber quebrantado su juramento de castidad y engendrado hijos frutos del adulterio. Ignoro si habría algo de verdad o no en esas imputaciones, pero no quiero poner en riesgo la seguridad de mis hijas. Corren malos tiempos y el pueblo busca chivos expiatorios a quienes culpar de sus desgracias. No puedo permitir que nos escojan a nosotras. Ramiro y tú debéis iros, a menos que...

—¿A menos qué? —inquirió Mencía, recobrando de pronto la esperanza.

—Que decidas quedarte entre nosotras, pronunciar tus votos y entregar al niño a una familia dispuesta a criarlo. En tal caso, serías bienvenida y a él le buscaríamos un buen hogar, te lo prometo.

Ese era el precio, claro. Mencía se sintió ridícula por haberse ilusionado pensando otra cosa, creyendo en un milagro cuando la suerte estaba echada. Ante ella se abrían dos caminos: la paz de monasterio a cambio de su hijo o el regreso a la intemperie junto a él. No necesitó pensarlo para responder:

—Os lo agradezco, madre, pero Ramiro es todo lo que tengo en este mundo, lo único que me queda de Tiago, y no voy a renunciar a él.

—En tal caso, no me dejas más salida que expulsaros —repuso Trígida, ocultando su pena bajo un grueso manto de solemnidad—. En aras de mantener en pie la obra levantada con tanto esfuerzo por nuestra fundadora, Alana, me veo forzada a pedirte que os vayáis de aquí cuanto antes.

—¿En pleno invierno? —La pregunta era un lamento de súplica.

La superiora se tomó unos instantes para reflexionar, con la cabeza inclinada hacia el suelo, antes de responder:

—Tienes razón. Arrojaros a la calle en este tiempo inclemente sería faltar a la caridad. Podréis permanecer aquí mientras dure la estación fría. Pero en cuanto empiece a templar, os marcharéis. No habrá más prórrogas. ¿Lo has entendido?

Mencía asintió, mordiéndose los labios a fin de no derrumbarse. Era fuerte, era valiente, era capaz de vencer cualquier adversidad. ¿No era eso lo que siempre le había dicho su hombre? Había llegado la hora de demostrarlo. De un modo u otro, saldrían adelante.

*  *  *

El día de la partida media comunidad lloraba y la otra media celebraba librarse al fin de los intrusos. El jaleo había puesto nervioso a Ramiro, quien correteaba de aquí para allá con andares torpes, sin comprender por qué tanta gente lo apretujaba para comérselo a besos entre parloteos ruidosos.

Con el beneplácito de la abadesa, la hermana cocinera había llenado un zurrón de abundante cecina, queso curado, pan, miel, conservas de frutas dulces o secas y otras provisiones duraderas, que saciarían el apetito de los viajeros durante varias jornadas. Además de esa bolsa, Mencía llevaba un hatillo con algo de ropa suya y del niño, una manta de lana enrollada alrededor del cuello, indispensable en las noches al raso, y un artilugio colgando a la espalda, semejante a una alforja de paño, idéntico a los que usaban las campesinas para segar los campos o trabajar la huerta con sus hijos a cuestas, por miedo a lo que pudiera ocurrirles si los dejaban solos en el suelo.

Más que una mujer, parecía una mula de carga.

Fue Brunilde quien introdujo a su ahijado en ese saco que el niño miraba con recelo, tragándose a duras penas el dolor de verlo marchar hacia lo desconocido. Lo sobornó con una galleta de mantequilla, remedio infalible ante cualquier mal. Y así se pusieron en camino madre e hijo, ella sin mirar atrás, él diciendo adiós feliz, con su manita gordezuela, mientras el sol se elevaba lentamente por el este, justo donde debía de hallarse esa montaña sagrada, llamada Auseva, que siempre brindaba refugio a los cristianos.

—¡Que Dios os guarde! —gritaron al unísono varias hermanas sinceramente apenadas.

—Tanta paz llevéis como descanso dejáis —musitó entre dientes Aldonza, oculta entre las demás, satisfecha al comprobar que su incansable labor de zapa alcanzaba por fin el éxito.

Abrumada por el peso, Mencía echó a andar despacio, cuesta abajo, en dirección a la costa. Al llegar al primer cruce, dudó. ¿Debía girar a poniente y tomar el camino de Galicia, en busca de su familia, o seguir el plan acordado en su día con Tiago y encaminarse hacia el este? Se detuvo, respiró hondo y sonrió al comprobar que el niño se había quedado dormido, con la cabeza apoyada en la manta. La decisión era suya.

De haber dado por muerto a su marido, habría regresado sin dudar a Compostela, donde, con algo de suerte, acaso le quedara algún conocido vivo. Eso habría sido lo lógico, lo razonable. Pero ella no respondía a la lógica, sino a la emoción. Por eso se aferró a la voz interior que la impulsaba a cumplir con lo pactado en su momento y procurar la protección de los montes, donde él acudiría en su busca. Si seguía vivo, y contra toda cordura ella estaba persuadida de que así era, exactamente allí se encontrarían. Ese era por tanto el lugar al que debía dirigir sus pasos.

Recordaba a la perfección los consejos de Benjamín, así como sus enseñanzas, por lo que se orientó sin excesiva dificultad, tratando de no perder de vista el mar, a su izquierda. También se mantuvo alejada de los caminos principales, ocultándose entre los árboles cada vez que avistaba a alguien en la lejanía. Como bien le había inculcado el pastor, toda precaución era poca para una mujer joven y sola, máxime teniendo a su cargo un niño de tan corta edad.

Claro que desde el primer momento Ramiro demostró poseer una fortaleza sorprendente. Aunque pasaba ratos durmiendo en la alforja habilitada como cuna portátil, caminaba largos trechos con sus piernecillas cortas, sin quejarse del cansancio. De cuando en cuando miraba a su madre pidiendo tregua, pero rara vez protestaba y no había derramado una lágrima desde el comienzo del viaje. Mencía le acariciaba la cabeza morena, le daba a mordisquear trozos de pan duro y sobre todo le hablaba, con voz queda.

—Te pareces muchísimo a tu padre, ¿sabes, pequeñajo? Él es recio, igual que tú. Y cabezota. —Reía—. En cuanto consiga liberarse de las cadenas, vendrá junto a nosotros, ya lo verás. Te hará juguetes preciosos con esas manos que Dios le ha dado. Y cuando crezcas, te enseñará el oficio de herrero, que es uno de los mejores. Tú has nacido libre, tal como él soñaba, y forjarás tu propio futuro. Quiera el Señor permitir que lo hagas con su ayuda.

\* \* \*

Al cabo de una semana, las piernas de Mencía y las del propio Ramiro eran las de un eccehomo. A pesar de las gruesas calzas de lana y las abarcas de cuero, estaban surcadas de profundos arañazos causados por los espinos entre los que avanzaban las más de las veces, abriendo brecha a duras penas en los zarzales y ortigales con la ayuda de un palo usado a modo de machete. Allá donde el terreno era más escarpado y abundaban las raíces semejantes a lazos, la madre se agachaba para que el chiquillo se introdujera él mismo en su saco, cosa que aprendió a hacer rápidamente, con la agilidad de un felino. Cuando no podía más, repetía el gesto urgiendo al niño a salir por su propio pie, y reía de buena gana al verle ejecutar la maniobra con idéntica maestría a fin de ganarse un aplauso.

—¡Muy bien, Ramiro! Tal vez no acabes siendo herrero, sino acróbata. ¡A fe que se te da bien dar saltos!

Y el pequeño movía los brazos, emulando el gesto de su madre, entre exclamaciones de júbilo.

Así fueron pasando los días y agotándose los alimentos. Primero se acabó la fruta, después el queso y la cecina, y, cuando solo quedaba pan, Mencía se dijo a sí misma que debería vencer sus recelos y pedir ayuda en alguna de las granjas que había estado evitando a conciencia por miedo a lo que pudiera encontrarse.

Haciendo de tripas corazón, regresó al camino del que se había mantenido alejada la mayor parte del viaje y, al cabo de un par de millas, dio con una vieja cruz de piedra colocada junto a una bifurcación que ascendía, serpenteando, hasta una pequeña iglesia situada en lo alto del promontorio. Había visto más de una cruz semejante a lo largo de su vida y conocía bien su significado. Eran jalones destinados a señalizar el camino de Santiago. Marcas reconocibles por cualquier peregrino que se dirigiera a Compostela.

Mencía interpretó ese hallazgo como el mejor de los augurios y exclamó, feliz:

—Ramiro, vamos en la buena dirección. Esta noche dormiremos bajo techo y mañana será otro día. ¡Alabado sea Dios!

La ermita, pulcramente encalada y techada con adobe de arcilla roja, estaba consagrada a santa Ana, representada junto a su hija, la Virgen María, y el Niño Jesús, en una tosca talla de madera colocada sobre una columna, en un lado del ábside. Alguien debía de ocuparse de mantenerla, porque el interior estaba limpio de polvo o telarañas y la lámpara colocada sobre el altar contenía aceite.

De nuevo Mencía sintió que el Señor escuchaba sus ruegos.

—Santa madre de Nuestra Señora, vela por nosotros —rezó con devoción a los pies de la estatuilla, mientras Ramiro curioseaba entre los bastones y muletas que algunos peregrinos habían apilado en una esquina, a modo de exvotos, para agradecer una curación milagrosa o simplemente dejar constancia de su paso por allí—. Ampara con tu amor de abuela a este hijo mío. No permitas que nada malo le ocurra y trae a su padre de vuelta, por favor.

Tras santiguarse despacio, pronunciando cuidadosamente el nombre del Padre, del Hijo y del Espíritu Santo, encendió la lámpara utilizando la yesca que llevaba en el bolsillo interior de su túnica y dispuso la manta en el suelo, como si fuera un rico mantel.

—¡Ven a cenar, Ramiro! —lo llamó.

Y juntos dieron cuenta del último pedazo de pan, mojado en agua, antes de dormirse, abrazados, al cobijo de esos venerables muros.

* * *

La luz del día siguiente, bañado por un sol radiante, les descubrió la belleza sobrecogedora del paisaje que los rodeaba. Quienes habían levantado esa capilla habían escogido bien el lugar, velando porque santa Ana gozara de la mejor vista. Al norte, las escarpaduras de la costa se recortaban, trazando caprichosos dibujos, sobre el azul del océano infinito. Al sur, un mar de colinas boscosas ondeaba su gama de verdes hasta donde alcanzaba la mirada, bajo un cielo limpio que, a pesar de tantos pesares, invitaba al optimismo.

Sin desayunar, puesto que no había qué llevarse a la boca, se pusieron en marcha rumbo a la costa, canturreando viejas tonadas a fin de matar el hambre. Al principio Ramiro aguantó con valor, tal como era su costumbre, acaso confiado en que antes o después su madre saciaría su apetito. Al ver que no era así, su humor se fue nublando. A medio día rompió a llorar y su enfado fue en aumento, según pasaban las horas, hasta el punto de negarse a seguir, ya fuese por su propio pie o a la espalda de su madre, inmerso en una rabieta como nunca antes había tenido, con pataleta y llantina incluidas.

—¿Qué quieres que haga? —le decía ella, intentando en vano hacerle entrar en razón—. No hemos visto una sola casa en todo del día. No tengo a quién recurrir y también yo tengo hambre. ¿Qué te crees?

Al final, la desesperación llevó al azote y este amansó a la fiera, que accedió a trepar hasta el improvisado morral, donde no tardó en quedarse dormido, agotado por la falta de alimento y la perra.

Con el corazón en un puño, Mencía retomó su camino, atormentada por la incertidumbre, el temor y la culpa, esa sombra ominosa que a menudo caminaba con ella, martirizándola con sordos reproches frente a los cuales no hallaba defensa.

Y así vio caer la noche.

Sin saber cómo, se encontró de repente en una playa de arena blanda, cálida al tacto. El bosque terminaba de manera abrupta allí, a la orilla del Cantábrico, extrañamente tranquilo y silencioso bajo un firmamento cuajado de estrellas.

Ramiro dormía tan profundamente que Mencía temió por su vida. ¿Lo habría golpeado con excesiva fuerza? ¿Habría sucumbido tan pronto el pequeño al hambre o a la fatiga? Aterrada, lo tendió en ese lecho natural y pegó la oreja contra su pecho, hasta cerciorarse de que respiraba. Solo entonces se tumbó a su lado en el mullido suelo y se tapó con la manta, cuidando de cubrir también a su hijo.

La euforia de la mañana se había desvanecido. No quedaba rastro de ilusión ni de optimismo. Solo vacío y un cansancio inmenso, al que se abandonó, exhausta, murmurando el nombre de Tiago para maldecirlo por haberla arrastrado hasta allí.

## 22

L a filigrana recién blanqueada relucía al sol de la mañana cordobesa. Durante el invierno las obras habían estado prácticamente detenidas, porque el frío impedía que fraguara el yeso de manera correcta, pero con la llegada del buen tiempo retomaban su ritmo habitual.

Entre tanto, Tiago había estado forjando herraduras, puntas de flecha o de lanza, espadas y demás elementos necesarios para la campaña militar que en verano asolaría el norte cristiano, además de herramientas de precisión, clavos, remaches y otras muchas piezas menores, imprescindibles en las labores de embellecimiento de la Gran Mezquita. También había reforzado poco a poco la amistad trabada con Mahmud, el estucador, quien no solo se había mostrado respetuoso con él desde el primer día, sino que lo ayudaba en todo aquello que podía y, desde hacía un par de meses, estaba empeñado en convertirle a lo que consideraba la verdadera fe.

De pequeña estatura, cabello y barba blancos, aspecto pulcro y manos callosas, abrasadas por el yeso, Mahmud era un hombre eminentemente bondadoso, elevado a la categoría de amín, o máximo representante del gremio de escayolistas ante el poder civil, en virtud de su probada honradez. Descendiente de una antigua familia de artesanos convertida al islam en los primeros años de la conquista, su sangre era hispana, no árabe, lo que suponía un obstáculo insalvable para aspirar a ocupar algo más que una posición intermedia en la sociedad cordobesa, que tampoco deseaba. Como él mismo decía siempre, se conformaba con «un buen pasar».

Y es que, a pesar de la influencia inherente a su cargo, el amín carecía por completo de ambiciones políticas, lo que constituía una auténtica rareza en esa urbe donde la ambición y la intriga, siempre de la mano, eran el pan nuestro de cada día. Su gran pesar, la única sombra que oscurecía su vida, era la falta de hijos varones a quienes transmitir su nombre y su saber. Tal vez por eso había tomado a Tiago bajo su manto protector, volcando en él todo el cariño y los consejos acumulados a lo largo de los años para ese vástago que nunca había llegado a nacer.

Era ese único amigo, devoto de Alá y sincero en el cumplimiento de sus mandatos, empezando por el de la caridad, quien había revelado a Tiago la razón por la cual sus verdugos lo trataban mejor que a ningún otro cautivo, facilitándole comodidades impensables para los demás.

—Como puedes observar —le había explicado en tono cómplice, al poco de reanudarse las obras tras la pausa invernal—, esta última parte de la aljama, la ampliación mandada construir por Almanzor con ocho nuevas naves añadidas al muro oriental, tiene menos decoración que el resto por falta de artesanos comparables a los que levantaron el edificio original o los que lo crecieron hacia el río en tiempos de Al-Hakam. Ya no hay manos suficientemente hábiles capaces de emular lo que hicieron nuestros mayores. De ahí que yo siga aquí, a pesar de mi avanzada edad, y tú hayas engordado en los calabozos del alcázar. Nunca había visto a nadie moldear el metal como tú.

A Tiago le costaba comprender la admiración que suscitaba su trabajo, dada la extraordinaria calidad de la materia prima que le suministraban, así como del horno en el que fundía el acero a la temperatura adecuada para conseguir el grado preciso de dureza y resistencia. Desde su punto de vista, con semejantes mimbres cualquiera habría producido piezas perfectas. Claro que aquella era una opinión que se cuidaba mucho de compartir. Ni siquiera la había expresado en voz alta hablando con Mahmud, ya que, a pesar de la actitud cordial que este mostraba hacia él, a sus ojos seguía siendo un ismaelita del que no podía terminar de fiarse.

La cautela, unida a su reconocida pericia, eran la garantía de su supervivencia. Y mientras no hallara el modo de escapar de esa prisión para regresar junto a Mencía, le convenía darse importancia rodeándose de misterio, sin admitir por lo más remoto que su único secreto era la pureza del hierro y el carbón empleados en su forja.

Tampoco ese hecho otorgaba a su juicio mérito alguno a los musulmanes, cuya inmensa riqueza bastaba para justificar cualquier logro. Desde su observatorio privilegiado, a escasa distancia de la albolafia, Tiago veía llegar cada día a la ciudad a una multitud de comerciantes cargados con las más variadas mercancías: perlas, libros, piezas de seda, especias, perfumes, drogas o materiales de construcción traídos desde el Lejano Oriente; oro y esclavos negros procedentes de África; metales, pieles y cuero del imperio franco o de los reinos cristianos, donde nadie sabía repujarlo como se hacía en la capital de Al-Ándalus. El vaivén de suministros no cesaba.

Las caravanas se detenían en la torre sur del puente romano, sólidamente fortificada, pagaban en la aduana los correspondientes impuestos, allí llamados «alcabalas», y cruzaban el Guadalquivir hasta alguno de los mercados abiertos en la orilla norte, donde los productos eran rápidamente adquiridos por los cordobeses ávidos de novedades o por minoristas instalados en los zocos urbanos. El flujo era constante, fuera cual fuese la estación del año.

—Córdoba nunca duerme ni logra saciar su apetito —solía comentar Mahmud, cuando el herrero le expresaba su estupefacción ante semejante tráfico—. Hay quien dice que hemos superado el medio millón de habitantes. ¿Te das cuenta de lo que significa esa cifra?

Tiago no se daba cuenta, no. ¿Cómo iba a hacerlo? Tales magnitudes escapaban a su capacidad de comprensión. Además, circunscrito al espacio que mediaba entre su forja y su celda, no se le había permitido volver a recorrer la ciudad, de la que solo conservaba un leve recuerdo. La memoria de lo atisbado el día de aquel humillante desfile triunfal, bajo el armatoste sobre el cual viajaba la campana traída a cuestas desde Compostela.

\* \* \*

Con el botín arrancado a los cristianos, Almanzor había levantado o restaurado incontables mezquitas, además de arreglar el acueducto y alcantarillado heredado de los romanos, imprescindible para suministrar agua a los abundantes baños públicos en los que se solazaban los cordobeses. También había reforzado las murallas exteriores y las que rodeaban cada arrabal en el interior de la ciudad, salpicados todos ellos de árboles, jardines, fuentes y demás elementos decorativos destinados a proporcionar bienestar a los vecinos. El Victorioso hermoseaba la capital llamada a dar testimonio de su grandeza y esta le aclamaba al regreso de cada campaña triunfal, en una simbiosis perfecta reflejo de su dependencia mutua.

—Córdoba cuenta ya con más de doscientas mil casas, según el último censo —presumía esa mañana el estucador, junto a la forja, haciéndose eco de la noticia pregonada en el zoco—. Mil seiscientas mezquitas, ochenta mil cuatrocientas cincuenta y cinco tiendas, no recuerdo el número exacto de bibliotecas, pero eran muchas, hospitales como el que tienes ante tus ojos, aquí, frente a la aljama, baños públicos en todos los barrios... Acéptalo, querido amigo; Córdoba es la capital del mundo civilizado. El progreso reside aquí, ante tus ojos. Es la voluntad de Alá. Harías bien asumiendo que tu dios ha sido derrotado y te conviene aceptar la Verdad del Misericordioso.

—¿Misericordioso, dices? —exclamó Tiago, que había pasado una noche infernal, acosado por las pesadillas—. Si hubieras contemplado lo que yo vi mientras venía hacia aquí no pensarías lo mismo ni emplearías esa palabra, te lo aseguro. Todavía atormentan mi sueño esas imágenes.

—¡No te atrevas a blasfemar, cristiano, o tendré que darte la espalda! —replicó el amín, sorprendido por esa respuesta. Contra su costumbre, elevó a su vez el tono, imprimiéndole tintes de amenaza, a la vez que agitaba el índice de la mano derecha ante el rostro del herrero, en señal de severa advertencia.

—Solo digo que toda esta opulencia obscena se ha levantado sobre océanos de sangre y dolor, Mahmud —reculó el herrero, pasando de la indignación a la tristeza—. Cuerdas de esclavos como yo mismo, oro robado de nuestras iglesias, saqueo, muerte y devastación.

—Así lo ha querido el Más Grande, el Clemente, el Dominador Todopoderoso —sentenció el musulmán, enumerando algunos de los noventa y nueve nombres de Alá—. Su designio no se cuestiona.

—¿Aceptarías tú el designio de mi Dios si los guerreros cristianos irrumpiesen en tu ciudad y pasaran a sus gentes por las armas, antes de prenderle fuego? —protestó de nuevo Tiago, retador.

—Deja entrar en tu alma la paz del Creador Supremo —repuso Mahmud, retomando su letanía, indiferente a los argumentos esgrimidos por el herrero—. Recibe al que abre los corazones, la fe y el conocimiento.

Aquello fue demasiado para el cristiano. Como si la diminuta cruz que llevaba prendida en la túnica se hubiese tornado de pronto incandescente y le quemara la piel, estalló en un grito:

—¿Te quedarías sentado tú, contando edificios o casas de baños, mientras violaban a tus hijas?

La conversación se había convertido en un diálogo de sordos, interrumpido bruscamente por la irrupción de un guardia armado acudido a interesarse por la seguridad del maestro ante la agresividad que manifestaba el cautivo. Cuando se marchó, tranquilizado por el estucador, Tiago le confesó, abrumado por la pena:

—Yo tengo un hijo, ¿sabes? No creo habértelo dicho hasta ahora. Debe de haber cumplido ya su primer año, si no ando errado en los cálculos. Y no lo conozco. No puedo abrazarlo ni protegerlo. Ni siquiera sé si él y su madre están vivos. ¿Qué otra cosa puede albergar mi corazón sino dolor, odio y resentimiento?

Semejante revelación no tenía réplica posible, por lo que Mahmud se limitó a pasarle un brazo por el hombro, a guisa de consuelo, antes de aseverar, en tono sombrío:

—Nosotros somos humildes trabajadores, amigo mío; ni guerreros ni clérigos. Solo está en nuestra mano acatar la ley del Profeta y cumplir sus preceptos, con la certeza de que el Omnisciente, el Justo, dispone lo mejor para nosotros.

—Tu profeta, amigo —corrigió Tiago, frunciendo el ceño más aún de lo acostumbrado—. Tu dios. El mío sigue siendo el Dios cristiano, a pesar de tu insistencia en que me convierta a tu religión. Y, a costa de provocar tu enojo, añadiré que celebro la negativa de mi Rey a rendirse. Mientras vosotros os ablandáis recreándoos en esta vida de lujo, nosotros nos preparamos para la resistencia y la lucha. Las gentes de alta cuna saben que les espera una vida de combate y los pobres, como yo, sueñan con hacer fortuna enrolándose en una mesnada. Veremos quién acaba venciendo —añadió en tono desafiante.

—No me hagas reír, muchacho —respondió el artesano, irritado por la obstinada negativa del herrero—. ¿Resistencia? No te ofendas, pero no creo que tengáis defensa posible ante los ejércitos del *hayib*. ¿Acaso no te basta con lo que has soportado tú mismo? Tu soberano haría bien en ahorraros más sufrimiento aceptando someterse al califa y pagarle los tributos debidos.

—Yo, en cambio, espero que no lo haga. Es más, rezo porque así sea.

—¿Sabes cómo se os llama por aquí, cabezota? —Guiñó un ojo—. Bárbaros comedores de miel. Lo cual no es ni mucho menos un insulto. A ti te gusta hacer gala de tu barbarie, como acabas de demostrar una vez más, y a mí me encantan los dulces de miel y almendras.

Era su modo de zanjar la discusión ofreciendo una tregua, y Tiago la aceptó de mala gana, sin renunciar al placer de la última palabra.

—En cuanto a esos baños de los que tanto alardeas, no creas que son exclusivos de aquí. Nosotros las llamamos «termas», pero vienen a ser lo mismo. Así es que baja esos humos. Bastante tengo con estar cautivo como para tener que aguantar tus fanfarronadas.

* * *

Tras la encendida polémica y el segundo rezo de la mañana, el veterano estucador subió con esfuerzo al andamio, a fin de componer un dibujo especialmente complejo en un trasdós del arco. A sus pies se situó el herrero, atento a prestarle auxilio si acaso resbalaba y pendiente de hacerle llegar la herramienta precisa para perfilar cada detalle.

La minuciosidad con la que trabajaba Mahmud era pareja a la desplegada por todas las generaciones de artesanos que lo habían precedido en el tiempo hasta producir una obra de tan incontestable belleza. Un templo levantado en honor de un dios cruel, tanto más odioso a ojos de Tiago cuanto que nadie en su sano juicio osaría negar su grandiosidad. Por más que le costara reconocerlo, aquella mezquita superaba en hermosura, complejidad, armonía y desde luego en tamaño todo cuanto él hubiera imaginado jamás. Y aunque no pensara darle a su amigo la satisfacción de admitirlo, en lo más hondo de su mente de artista no podía sino admirar el talento de sus constructores.

¡Cuántas veces se había quedado plantado en el patio, ante la fachada principal, respirando el aroma del azahar florecido en los naranjos mientras observaba el modo sutil en que la luz iba atravesando los arcos lentamente, a medida que avanzaba el día, para penetrar en el bosque de columnas multicolores adivinado en el interior! ¡Cuántos golpes se había llevado de los guardias por alejarse de su forja, sin motivo ni pretexto, para atisbar en el corazón de esa joya más de lo permitido a un cristiano!

Absorto en sus reflexiones, Tiago no vio bajar del andamio a Mahmud, quien se le acercó, despacio, cojeando por el esfuerzo. Había captado la fascinación con la que el herrero contemplaba la Gran Aljama y aprovechó para acometerlo una vez más.

—Si aceptaras abrazar nuestra religión, la única verdadera, no solo se te abrirían las puertas del paraíso —le susurró, señalando la monumental arcada—, sino que podrías entrar conmigo en su antesala y recrearte en la belleza que atesora. Alá te ha dado un gran talento, hijo. Empléalo para enaltecer su gloria y canta conmigo sus alabanzas.

—Si aceptara esa oferta que hace el Maligno por tu boca —respondió Tiago, pugnando por convencerse a sí mismo tanto como al hombre que lo tentaba—, estaría condenando mi alma eternamente.

La situación trajo a su memoria una historia que los frailes del monasterio narraban a menudo, acaecida durante los cuarenta días que Jesucristo pasó en el desierto: «Todo esto te daré si, postrado ante mí, me adoras», le había ofrecido el demonio, mostrándole las riquezas del mundo. Pero el Señor no había sucumbido y tampoco pensaba hacerlo él. No se condenaría a las llamas del infierno ni se resignaría a olvidar a la mujer que amaba y al hijo que, en algún lugar, esperaba para conocerlo. Por más que insistiera el maestro, por buena que fuese su intención, chocaría contra el muro inexpugnable de su voluntad.

Mahmud, entre tanto, seguía intentando seducirle, poniendo en ello su mejor empeño.

—Verías los inmensos aljibes excavados bajo el patio, los artesonados de maderas nobles, los capiteles y columnas rescatados de antiguas mansiones, la simetría perfecta de todo el conjunto y, sobre todo, el mihrab; la perla de este joyel. Un alarde de orfebrería realizada con mosaico, regalo del emperador de los romanos.

—¡Déjalo, Mahmud! —cortó en seco el herrero—. No me convencerás con tu palabrería. Mi alma inmortal vale más que todo ese edificio llamado a convertirse en polvo. Como decía mi segundo padre, el hermano Martín, vanidad de vanidades.

—¿Y la libertad? —probó suerte el estucador, para quien lograr la conversión de su amigo no solo era un deber sagrado, sino un reto personal—. ¿No estás harto de ser siervo y después esclavo? ¿No ansías tomar las riendas de tu existencia? Aquí podrías prosperar, todos reconocen tu talento, solo necesitas dar un pequeño paso que otros dieron antes que tú.

—¿A renegar de mi fe le llamas «un pequeño paso»?

—Un paso necesario para convertirte en liberto, hijo. Son muchos los que rodean al califa y sus visires. Antiguos cristianos que abrazaron Al Que Da La Vida y hoy son ciudadanos de relieve, ricos e influyentes, sin dejar de ser buenas personas. Eres un gran herrero y seguro que te recibirían en la comunidad, donde te sería dado crecer y afianzarte. Después, tú y yo podríamos pasear por Córdoba; te mostraría sus más bellos rincones, tal vez conocerías a una mujer…

Tiago dejó de prestar atención, consciente del peligro inherente a esa miel venenosa derramada suavemente en su oído. No era la primera vez que se enfrentaba al dilema de la conversión ni necesitaba que Mahmud se lo recordara. Cada noche, en su mazmorra, daba vueltas y más vueltas a esa posibilidad, y cada noche la rechazaba, si bien en más de una ocasión había sentido vacilar su firmeza. ¿Quién no dudaría? Era humano, un simple herrero nacido siervo sometido a una prueba terrible. ¿Cuántos hombres mejores que él no abjurarían de sus creencias para alcanzar una vida mejor?

* * *

Estaba próximo el final de la jornada cuando se armó un gran revuelo en el arenal abierto frente a la herrería, donde Tiago terminaba de recoger las cosas. Algunos viandantes que regresaban del mercado se habían quejado de la presencia allí de un borracho, tan ebrio como para faltar al respeto a una mujer decente, y lo habían denunciado al almotacén, quien mandó prenderlo de inmediato. Dos guardias lo conducían, dando tumbos, hacia los soportales de la mezquita, con la orden de presentarlo sin tardanza ante el juez.

El cautivo no supo más, pues al poco él mismo fue encerrado en su mazmorra, aunque al día siguiente no desaprovechó la oportunidad para lanzar una pulla a su amigo musulmán, en cuanto lo vio en la obra.

—¿No dice vuestro profeta que beber vino es pecado?

Mahmud se quedó sorprendido ante tan abrupto saludo, aunque contestó, solícito, pensando que acaso el cristiano estuviese buscando razones para abrazar el islam:

—En realidad lo dijo su yerno, Alí, aunque eso no cambia nada. El alcohol está severamente prohibido a los musulmanes. ¿Por qué te interesa ese asunto?

—Porque ayer uno de tus hermanos la armó bien gorda en el zoco que hay junto a mi forja —rio Tiago de buena gana—. Iba como una cuba, gritando obscenidades.

—Habrá recibido su merecido —repuso el estucador con gesto serio—. Ochenta azotes. Ni uno menos. Pues dijo el sucesor de Mahoma: «Quien bebe, se emborracha; quien se emborracha, hace disparates; quien hace disparates, forja mentiras, y quien forja mentiras, debe ser castigado. Creo que deben darse ochenta azotes al que bebe».

—¡Hipócritas! —escupió el herrero con desprecio—. Sabes tan bien como yo que todo el mundo bebe en Córdoba. Hasta los cadíes que luego mandan azotar a los borrachos. Yo mismo veo cómo cruzan el puente carretas y más carretas cargadas de barricas.

—Me estás insultando, joven amigo —se ofendió el maestro—. Yo jamás he probado el vino ni mucho menos me he emborrachado.

—Pues tú te lo has perdido —rio el cristiano—. ¡Lo que yo daría por una buena cogorza! Te lo aseguro, Mahmud. Algo tan bueno como el fruto de la vid no puede ser pecado. Y tampoco el tocino, por cierto. Deliciosa manteca de cerdo derretida sobre una rebanada de pan blanco... ¡Puro manjar de dioses! ¿Qué os han hecho los cerdos para merecer tanta inquina?

## 23

—¡Herrero, espabila! —lo despertó esa mañana un carcelero, propinándole una dolorosa patada en el costado.

—¿Dónde está el fuego? —rezongó Tiago, que apenas había pegado ojo debido al calor pegajoso que hacía en su mazmorra—. ¡Déjame en paz!

—¡Levanta de una vez o te saco la piel a tiras, cristiano! —amenazó el esbirro, cuyo gesto atestiguaba su disposición a hacerlo con la misma delectación con la que acababa de darle otro violento puntapié—. El jefe de la guardia del *hayib* ha mandado a buscarte. No sé qué querrá alguien tan principal de un perro como tú, pero más vale que no le hagas esperar. ¡Arriba, te digo!

Intrigado y dolorido, Tiago se puso en pie, maldiciendo entre dientes a ese sarraceno de látigo fácil al tiempo que se restregaba el costillar golpeado. ¿A qué debería ese dudoso honor? Hacía siglos que no sabía nada de Abdalá y ahora, de repente, este se acordaba de él con mucha prisa, a juzgar por lo temprano de la hora.

Tras vaciar la vejiga en un cubo rebosante de orines y ex-crementos compartido con otros cuatro compañeros de encierro, se enfundó la túnica y las sandalias deprisa, apremiado por su verdugo. Este lo condujo a empellones escaleras arriba, hasta el hermoso patio ajardinado del alcázar donde no lo aguardaba el oficial a quien esperaba ver, sino dos hombres de la guardia ataviados con sus vistosos uniformes.

—¿Eres tú el herrero de Compostela? —inquirió el que parecía ostentar mayor rango.

—Yo soy —respondió Tiago sin entusiasmo.

—Por orden de nuestro amir —informó entonces el soldado, en actitud marcial—, te vamos a conducir a la almunia Al-Amiriya, donde se encuentra la yeguada militar. Pórtate bien y regresarás a tu forja antes del atardecer. Intenta cualquier locura y yo mismo te ajusticiaré. ¿Me has entendido?

—Te he entendido —replicó el cautivo en tono áspero—. Hablo perfectamente tu lengua, aunque no la haya aprendido por propia voluntad. Aun así, no termino de ver para qué demonios quiere Abdalá llevarme allí. Tengo trabajo más que suficiente en la mezquita.

—¡Calla y obedece, esclavo! —zanjó el soldado—. Cuando lleguemos allí sabrás lo que necesites saber.

Fuera aguardaba un carro tirado por dos mulas, donde viajó el herrero, encadenado de pies y manos, hasta el formidable complejo militar donde Almanzor había mandado levantar unas cuadras con capacidad para dos mil yeguas, movido por el empeño de convertir a la caballería andalusí en una fuerza invencible. Dos mil ejemplares seleccionados a conciencia, que se complementaban con otros tantos machos alojados en las caballerizas califales, dispuestas frente al alcázar, no muy lejos de su forja.

Por vez primera desde su llegada a Córdoba Tiago cruzó el puente tantas veces contemplado desde la distancia, en un traqueteo interminable por su superficie empedrada que se detuvo brevemente en la aduana situada al otro lado. Todavía no había demasiado tráfico, aunque los mercados empezaban a despertar, movilizando al gentío necesario para hacer posible su funcionamiento.

Del río ascendía un frescor delicioso, pero fugaz. Se disipó en un abrir y cerrar de ojos en cuanto se adentraron por las ruinas de lo que en otro tiempo debió de ser un populoso arrabal y ahora parecía una escombrera. Tiago había oído hablar de él. Lo llamaban Saqunda y su nombre se mencionaba en voz baja, con infinito temor, pues el recuerdo de lo acontecido allí cien años antes constituía una elocuente advertencia a navegantes incautos.

En tiempos del primer Al-Hakam, los habitantes de esa barriada se habían alzado violentamente contra su emir, hasta el punto de cercarlo en su palacio con grave riesgo para su vida. Recuperado el control de la situación, merced a su guardia de mercenarios, el caudillo los había reprimido sin misericordia, colgándolos de cruces sembradas en los márgenes del Guadalquivir antes de mandar arrasar sus casas. Desde entonces ese pedazo de tierra permanecía desierto, toda vez que se mantenía en vigor la prohibición de edificar viviendas. Nadie había vuelto a protestar o mucho menos discutir la autoridad de un omeya, salvo Almanzor, quien lo hacía de forma sutil, recurriendo a la astucia antes que a la fuerza.

\* \* \*

El carro prosiguió su marcha a paso lento, escoltado por los dos jinetes, hasta superar la zona antaño urbana y adentrarse en la campiña agostada. Únicamente los jardines de las villas que abundaban en aquel paraje conservaban verde su vegetación, gracias al agua de riego canalizada desde el río. Los campos, por el contrario, estaban abrasados. Campos yermos, sin vida, como los que había atravesado el herrero en su calvario desde Galicia, amarrado a una cuerda de esclavos. No así los alrededores de las cuadras del *hayib*, donde un arbolado frondoso, dispuesto a guisa de cortina, daba sombra a los edificios resguardándolos de la solana.

La finca estaba vallada y custodiada por guardias armados. En su interior había una laguna artificial, en torno a la cual se alzaban pequeñas construcciones de madera destinadas a alojar a los animales, a razón de cien en cada una. Allí las yeguas eran atendidas por caballerizos que las alimentaban, entrenaban, cuidaban, adecentaban y mimaban con el mayor de los celos, conscientes de su inmenso valor, mientras una legión de esclavos barría los suelos de arena esparciendo en ellos agua a fin de evitar el polvo. También paraban allí, durante sus primeros meses de vida, los potros destinados a servir a la caballería de Almanzor, cuya merecida reputación se basaba, en gran medida, en la extraordinaria calidad de esas bestias.

Una vez descendido del vehículo sin excesivo miramiento, Tiago fue desatado y le acercaron un cántaro sobre el que se abalanzó, muerto de sed. Solo entonces el oficial le desveló la razón por la que se encontraba allí.

—En la campaña que ahora empieza, el *hayib* quiere llevarse a una de estas yeguas, que nunca ha sido herrada. Es, como ves, una belleza; una purasangre de la que está enamorado. Ya puedes tener cuidado con lo que haces.

—¿Me habéis traído hasta aquí para herrar a un caballo? —inquirió el cautivo incrédulo—. ¿No tenéis herreros en Córdoba?

Esa impertinencia le valió un bofetón, que le partió el labio. Tras limpiarse la sangre con el dorso de la mano, añadió en tono más humilde:

—No dispongo de instrumental. Estoy lejos de mi forja y, además, hace mucho que no me dedico a esto. Creo que os habéis equivocado de persona.

—Nuestro capitán dice que tú eres el mejor y él no se equivoca. Nosotros tampoco. Te proporcionaremos lo que necesites. Pero te lo advierto, cristiano. Cada casco de esta yegua vale mucho más que tu vida. Hazle el más mínimo daño, un simple rasguño en una pata, y será lo último que hagas. Por tu bien, más vale que, una vez calzada, ande mejor que descalza.

Sudando como un poseso por el bochorno y la tensión, el orgulloso herrero que había convertido en lámparas las campanas de Compostela llevó a cabo tan vergonzante faena, bajo la atenta mirada de los hombres de Abdalá. Él, que no había tocado una herradura desde sus días de servidumbre, puso su mejor empeño en cumplir satisfactoriamente una tarea que cualquier aprendiz habría desdeñado. Y se despreció a sí mismo por hacerlo.

De nuevo sintió bullir en su interior el odio, conviviendo en malsana coyunda con el miedo, el orgullo y la tentación de olvidar el pasado con el fin de poder abjurar de sus creencias. De nuevo temió volverse loco. Supo con absoluta certeza que debía tomar una decisión y hacerlo pronto, so pena de perder la cordura, pero siguió aplazando el momento de optar por un camino u otro, a la espera de una señal del cielo o, si Dios tenía a bien permitirlo, una oportunidad para escapar.

Mientras introducía con sumo tiento un clavo en una de las manos de la montura, velando por no lastimarla, se preguntó con qué propósito le habría encomendado Abdalá esa extraña misión. ¿Querría burlarse de él? ¿Sería una humillación más o, por el contrario, un modo de permitirle hacer méritos ante Almanzor?

La última vez que se había encontrado con el bereber le había parecido leer respeto en sus ojos. Pero acaso se hubiera equivocado. ¿Quién leería correctamente los signos en un mundo como aquel, tan distinto al suyo? Lo único que en ese instante veía con claridad era que aquellos caballos disfrutaban de una existencia infinitamente mejor que la de cualquier cautivo.

Otra paradoja más de esa Córdoba opulenta de la que tanto presumía Mahmud.

* * *

Con la ayuda de su único amigo, Tiago había aprendido la lengua árabe y la hablaba con relativa soltura. No es que resultara indispensable, pues en la ciudad casi todo el mundo conocía y empleaba el romance, pero sin duda facilitaba las cosas. Además, el estucador se recreaba instruyendo a su protegido en los tesoros de la cultura andalusí, de la que alardeaba sin recato, fingiendo hallar oídos propicios en Tiago, quien, a su vez, se esforzaba por aparentar un interés inexistente.

Esa tarde los dos se hallaban sentados en la ribera del río, a la sombra de un murete, con los pies sumergidos en el agua a fin de aliviar el agobiante calor. Habían dado cuenta de un almuerzo suculento, consistente en pescado ahumado acompañado de lentejas y verduras frías aliñadas con una deliciosa salsa a base de aceite de oliva, preparado por la esposa de Mahmud en cantidad suficiente para que pudiera invitar a su compañero de tajo. Sobre ellos caía un sol de justicia, capaz de fundir el plomo de los tejados, que no había dado tregua desde primera hora de la mañana.

Así era imposible trabajar. Córdoba entera dormía la siesta, a la espera de la fresca que traería consigo la caída de ese sol abrasador. Ni aunque le hubieran molido a palos se habría acercado el herrero a su forja, so pena de perecer achicharrado. De modo que mataba el tiempo charlando con ese hombre bueno sobre lo divino y lo humano, mientras buscaba el momento propicio para plantear la cuestión que llevaba tiempo rumiando.

—¿Te he hablado ya de la biblioteca de Al-Hakam? —inquirió el escayolista, después de limpiarse los dientes con la ayuda de un bastoncillo.

—Unas veinte o treinta veces, sí —respondió Tiago jocoso—. ¿Cuántos libros contenía, cien, doscientos mil? Por mí, como si fuesen tantos como las estrellas del cielo. Ni sé leer ni lo extraño. Los libros son para los clérigos.

—No deberías presumir de tu ignorancia —le reprendió su amigo—. El saber no ocupa lugar y nos permite crecer, mejorar, acumular conocimientos.

—¿Que no ocupa lugar? —adujo el herrero retador—. ¿Cuántas estancias de su palacio dedicaba tu califa a guardar sus códices?

—¡Mira que eres burro, cristiano! —Rio el amín—. Con razón tenéis entre nosotros la consideración de bárbaros. ¿Te das cuenta de lo que acabas de decir? Los libros ocupan espacio, por supuesto. La sabiduría que contienen, no. Y en cuanto a los clérigos, no son precisamente los mayores defensores de esos tesoros…

—¿A qué te refieres? —repuso Tiago, picado por la curiosidad—. En Compostela tan solo los monjes sabían leer y poseían manuscritos llenos de signos indescifrables y de dibujos casi siempre aterradores. Ellos eran quienes copiaban esos códices y los guardaban con sumo cuidado.

—No sé lo que contendrían esos libros vuestros —rebatió Mahmud, recuperada la seriedad—, pero estoy seguro de que vuestros clérigos se oponen a la ciencia de los antiguos tanto como nuestros alfaquíes. Como si Alá estuviese reñido con la lógica o la astrología.

—¿Por qué lo dices?

—Porque hace algunos años Almanzor mandó quemar todos los tratados que versaban sobre esas disciplinas a fin de congraciarse con los ulemas, aunque afortunadamente salvó los dedicados a la medicina, la poesía o la historia. Si quisieras, yo podría enseñarte a leer, igual que te enseñé nuestra preciosa lengua.

Tiago vio el cielo abierto, y no precisamente por esa última oferta. Aprovechando la imposibilidad de cumplir con la estricta rutina laboral habitual y el ánimo conversador que mostraba ese día el artesano, le lanzó a bocajarro la pregunta que le quemaba en los labios desde hacía una eternidad.

—¿Quién es realmente Almanzor, Mahmud? Dímelo tú, por favor. ¿De dónde ha salido ese demonio? ¿Por qué infunde semejante terror incluso aquí, entre vosotros?

—¡Contén tu lengua, politeísta infiel! —exclamó el muslim, horrorizado, mirando nervioso a su alrededor para cerciorarse de que nadie hubiese oído tamaño desvarío—. ¿Estás loco? ¿Acaso quieres que nos manden prender y yo acabe en una mazmorra peor que la tuya? El *hayib* tiene espías por todas partes.

—Estamos solos, amigo —lo tranquilizó el cautivo—; habla con libertad. Sé que tampoco a ti te gusta ese hombre, que no apruebas el modo en que trata a vuestro legítimo soberano. Lo noté en tu actitud desde el primer día.

—¿Te quieres callar, desgraciado? —reiteró el estucador en tono apremiante—. ¡Harás que nos crucifiquen!

—Sosiégate, vieja gallina —se mofó el herrero—. Los guardias están lejos, a resguardo de esta canícula que hoy ahuyenta hasta a los pájaros. Nadie puede oírte, salvo yo, y nada de lo que digas me hará odiar más a ese general de lo que ya le odio. Cuéntame su historia, te lo suplico.

Y así, debidamente azuzado por las pullas de su interlocutor, Mahmud empezó a contar lo que en Córdoba eran secretos voceados en los mercados.

Narró la meteórica carrera protagonizada por un simple escribano llamado Abu Amir Muhammad, aupado hasta lo más alto del poder por una antigua esclava cristiana prendada de sus encantos. Relató cómo ese muchacho de origen modesto, ni cortesano ni omeya, había llegado a la capital con poco más de veinte años para trabajar en la notaría de su tío y cómo, una década después, manejaba el país a su antojo, merced a la ayuda inestimable recibida de Subh Um Walad, la favorita de Al-Hakam, madre del entonces heredero, Hixam.

—¿Una cautiva cristiana? —se sorprendió Tiago—. Es el mundo al revés. ¿Cómo podría una esclava cambiar el destino del primer general de Al-Ándalus?

—Subh era mucho más que una cautiva, querido. Y digo «era» porque ignoro si sigue viva o ya ha sido ajusticiada. Nadie ha vuelto a verla desde que osó conspirar contra el hombre a quien había encumbrado. Lo que sí puedo asegurarte es que, hasta ese momento, ella mandaba más que cualquier otra persona en palacio, con la única excepción del califa.

\* \* \*

Mientras se rociaban con agua del Guadalquivir a fin de aliviar el bochorno, bebiendo en abundancia de un cántaro que volvían a llenar de inmediato, Mahmud desgranó su relato, soltándose a medida que avanzaba.

—Esa cristiana llegó a Córdoba siendo niña, junto a su hermano gemelo. Formaban parte del tributo pagado por un caudillo del norte y ella acabó en el harén del califa, quien se enamoró de ella en cuanto la conoció. La verdad es que no me extraña. Incluso a una edad avanzada era una real hembra. —Guiñó un ojo con picardía—. La veíamos pasar en su litera conteniendo el aliento. Porque ella, además, no se escondía. Le gustaba mostrar sus encantos, sin por ello traspasar los límites de la virtud.

—Armas de mujer —concluyó el cristiano.

—No las hay más peligrosas —convino su compañero—. Más alta que la mayoría, de cabello dorado y ojos azul turquesa, la belleza de Subh era tan arrolladora como su personalidad indómita. Al-Hakam la amó hasta el punto de ponerle casa propia, a fin de que pudiera entrar y salir a su antojo, pero, no contento con ello, le brindó el máximo honor escogiendo a su hijo como heredero entre las decenas de varones que le habían dado sus esposas y concubinas. Dicen las malas lenguas que, en la intimidad, ella se vestía de hombre para darle mayor placer y él la llamaba Yafar…

—¡Bujarrón! —murmuró el herrero.

—Frena tu lengua o aquí termina esta conversación —respondió Mahmud escandalizado.

—Ya me callo —repuso Tiago, juntando las manos a la altura del pecho en señal de disculpa—. Pero háblame de Almanzor, te lo ruego; él es quien me interesa.

—Ten paciencia, mi joven amigo. —El tono volvía a ser cordial—. No se explica la trayectoria del *hayib* sin tener presente la figura de la *sayyida* Subh, artífice de su fulgurante ascenso.

—O sea que ella se ganó al califa en la cama y lo mismo hizo Almanzor con ella —resumió el cristiano.

—¿Es que no puedes limitarte a escuchar y mostrar algo de respeto? —lo reprendió de nuevo el artesano, irritado y a la vez divertido por la simpleza de su interlocutor—. Y yo que pretendo convertirte a la verdadera fe… Te estoy hablando de una relación profunda, emocional, cuyo alcance desconozco. No he dicho que hubiera nada impuro en ella ni que la vascona no fuese una mujer virtuosa. Pero tú no eres capaz de distinguir la diferencia entre la pasión y el más burdo deseo carnal.

—¿Acaso la hay? —rio Tiago.

—¡Acémila!

Entre chanzas, preguntas y algún silencio impuesto por la aparición de un guardia haciendo su ronda, le llevó un buen rato a Mahmud completar la historia de Abu Amir Muhammad, más tarde conocido como el Victorioso de Alá, cuya suerte había cambiado el día que fue nombrado administrador de los bienes de la favorita Subh.

A partir de ahí, su ascenso era meteórico: Inspector de moneda, caíd de Sevilla y Niebla, intendente de la casa del príncipe heredero, director de la ceca, jefe de la Guardia de Córdoba, encargado de la pagar la soldada de los mercenarios que integraban los ejércitos del general Galib, padre de su primera esposa, a la sazón abanderado de las tropas andalusíes, y finalmente visir, antes de ser proclamado *hayib*.

Tiago recordó haber oído hablar en Compostela del enfrentamiento mortal acecido entre yerno y suegro, que tampoco le suscitaba mayor curiosidad. Él quería conocer el porqué de la inquina feroz que Almanzor alimentaba hacia los reinos cristianos. El origen del empecinamiento que lo llevaba a arrasarlos cada año con despiadada puntualidad, sin mostrar el menor vestigio de clemencia. Lo que estaba relatando Mahmud no despejaba esa incógnita, aunque lo retrataba como un ser extraordinariamente cruel desde la temprana juventud. Cruel, frío y ambicioso hasta límites inconcebibles.

—Su fama de verdugo implacable empezó con la ejecución de un príncipe, nada menos —siguió relatando Mahmud—. Un hermano del califa Al-Hakam, llamado Almugira, que intentó sustituirle a su muerte aduciendo que, según nuestras leyes, su heredero era demasiado joven para tomar el poder.

—¿No era cierto?

—Ya lo creo que sí. El niño apenas contaba diez años de edad, insuficientes para asumir las responsabilidades de un califa. Eso es lo que dice la ley y lo que siempre habían dictaminado los cadíes. Pero para entonces Almanzor ya era la mano derecha de la *sayyida* y esta tenía otros planes. Pretendía gobernar en nombre de su hijo y es exactamente lo que hizo, después de que su...

—... Amante —apuntó el herrero.

—Su administrador, iba a decir —corrigió Mahmud, lanzando una mirada pilla—, colgara al desdichado Almugira de una viga en su propia casa. De nada le valió al pobre arrepentirse y jurar fidelidad a Hixam. Fue ahorcado sobre la marcha, con la humillación añadida de que su muerte quedara registrada como un suicidio, aunque nadie creyera esa patraña.

—¿Y después? —quiso saber el cristiano.

—Después Subh y él tomaron las riendas del gobierno mientras el califa por derecho, el hijo de nuestro añorado Al-

Hakam, languidecía en su jaula de oro de Medina al-Zahara, alejado de la calle, del pueblo, del ejército, de la guerra y del poder. Se rumorea que ni siquiera es él quien preside la oración de los viernes en la Gran Aljama, sino un actor disfrazado con sus suntuosos ropajes, porque su deterioro es tal que apenas puede moverse y le aterroriza dejarse ver en tal estado.

—¿Tamaña afrenta llegó a consentir su madre? —Tiago empezaba a ver con claridad que la brutalidad de Almanzor no estaba reservada a los cristianos, sino que era consustancial a su naturaleza.

—No te precipites en el juicio, mi impetuoso amigo —lo frenó el artesano—. A veces el exceso de cariño o el afán de protección producen consecuencias tan terribles como indeseadas. Y, de hecho, cuando la *sayyida* se dio cuenta de que el *hayib* había anulado por completo la voluntad y capacidad de acción de su hijo, porque pretendía colocar a su propio vástago en el trono, trató de impedirlo tramando una conjura contra él.

—La que acabó con la aceifa contra Compostela —dedujo el herrero, recordando lo que le había contado en su día Rodrigo de Astorga.

—¡Exacto! —concedió el estucador, muy sorprendido—. ¿Cómo lo sabes?

—Tanto da —se zafó Tiago—. Continúa, por favor. Esta es la parte más interesante.

—Todo lo que puedo decirte es fruto de las habladurías que circulan por los zocos —advirtió Mahmud, con la honestidad que le caracterizaba—. Nadie conoce la verdad de lo sucedido, salvo el propio *hayib* y tal vez su hijo Abd al-Malik. Pero, hecha esa reserva, lo cierto es que nadie ha vuelto a saber de la *sayyida* desde que fue desmantelado el complot, hace algo más de tres años. Al parecer, después de romper con su...

—... Amante...

—... Administrador, sustrajo ochenta mil monedas del tesoro real, custodiado en Medina al-Zahara, con la finalidad de pagar al rey de Mauritania para que derrocara con sus guerreros al *hayib* y restableciera en el trono a Hixam, que a la sazón contaba ya veinte o veintiún años. La trama fue descubierta por Abd al-Malik, el cual puso de inmediato en guardia a su padre. Todos los implicados fueron ajusticiados públicamente en la plaza de la mezquita, excepto Subh, a quien con probabilidad se reservó una muerte más discreta.

—Y Hixam —dedujo Tiago.

—Así es. Al califa lo dejó con vida, aunque desde entonces permanece encerrado en Medina al-Zahira, bajo la estrecha vigilancia de Almanzor. Solo cuando el general se marcha a la guerra se le permite regresar de visita a su hogar de al-Zahara, disfrazado de mujer y subido a una mula, como si de un fardo se tratara. Los guardias cortan las calles por donde va a pasar, para impedir que la gente lo vea de esa guisa, pero por muchas precauciones que tomen, la gente ve y luego habla...

El herrero percibió tristeza en el tono con que su compañero había pronunciado esas últimas palabras. Era evidente que su lealtad estaba con el soberano legítimo, por muy incapaz que este hubiese demostrado ser, y no con el hombre a quien percibía como un usurpador y un tirano. Con todo, el terror que infundía la mera mención de su nombre le impedía expresarse con entera libertad, por lo que era preciso extraerle la información gota a gota.

—Entonces ¿es verdad que, como se decía en las filas cristianas, la campaña que sufrió mi tierra fue una venganza contra esa antigua cautiva cristiana? —inquirió entre la indignación y la incredulidad—. ¿Me he convertido yo en esclavo por su culpa?

El estucador le lanzó una mirada cargada de compasión, pues el dios en el que creía Mahmud era en verdad un dios misericordioso. De ahí su enconado empeño en librarle de las cadenas, animándolo a convertirse a la fe de Mahoma. La cuestión planteada de un modo tan crudo, empero, no tenía una respuesta sencilla.

—No puedo decirte ni que sí ni que no, amigo mío. Lo desconozco. Pero dudo que el *hayib* actuara movido únicamente por ese motivo. Antes de que Subh se alzara contra él, ya había encabezado múltiples aceifas contra vuestros reinos. A diferencia de Al-Hakam, quien siempre empleó la diplomacia para tejer alianzas con los reyes cristianos o convencerlos de pagar tributos, Almanzor prefirió desde el principio la fuerza. Su poder se basa en las victorias, que le valen el favor del pueblo. Y ahora las necesita más que nunca, porque es un secreto a voces que pretende entronizar a su hijo y liquidar así la dinastía de los omeyas para implantar la de su propia familia. Empezó por atribuirse a sí mismo el tratamiento reservado a los califas, hace años, y ahora se dispone a dar el salto definitivo encumbrando a Abd al-Malik en el lugar perteneciente a Hixam.

—Te refieres a su primogénito —apostilló Tiago.

—Su primogénito lo traicionó con el valí de Zaragoza y ahora ambos están muertos —precisó el estucador, bajando instintivamente la voz—. Su nombre, Abdalá, fue borrado de los libros y hasta de la memoria de los cordobeses. Abd al-Malik es su segundo vástago, habido con Asma, la hija del general Galib. Es la niña de sus ojos, aunque no parece haber heredado el talento de su padre para la guerra. Lo suyo son más bien las cuentas, las intrigas... Nadie de por aquí lo quiere. No goza, ni de lejos, de la popularidad de su progenitor. Claro que mucho peor cae Sanchuelo.

—El más pequeño —quiso cerciorarse el cristiano, que en más de una ocasión había oído pronunciar ese nombre del modo despectivo descrito por su compañero.

—El último de los reconocidos, habido con su esposa Aurora, hija de un rey de Pamplona. Su verdadero nombre es Abderramán, pero todo el mundo lo conoce por ese apodo, debido a su abuelo. Es un libertino —escupió con desprecio al suelo—, un vicioso que no respeta las leyes del Profeta ni las de los hombres. Un pecador que se arrastra por todos los prostíbulos de la ciudad, bebe vino hasta caer redondo y se mofa de los muecines entonando cánticos blasfemos que llaman a la bebida en lugar de a la oración. Acabará muy mal ese muchacho en cuanto su padre no esté en este mundo para protegerlo, créeme lo que te digo. ¡Muy mal!

—Tal vez profese secretamente la religión cristiana de su madre —aventuró Tiago, compadecido.

Mahmud soltó una carcajada que sonó a falsa, porque no era fruto del humor sino del sarcasmo.

—Si lo conocieras, no hablarías así. Por lo que sé de vosotros, vuestra fe no ampara la violencia, la pendencia constante o el derramamiento gratuito de sangre, que es exactamente a lo que ese muchacho se dedica. Si fuese por él, no quedaría un politeísta en Córdoba. Se ensaña de modo especial con ellos tratando de lograr el favor de los imanes, que siempre lo han menospreciado precisamente por su origen en parte cristiano. Lo mismo hace su padre quemando libros, en un intento desesperado de hacerse perdonar el hecho de haber suplantado al califa. Pero ni uno ni otro consiguen su propósito.

—No he oído que nadie ose hacer un ruido al *hayib* —rebatió esa última afirmación el herrero.

—A él todo el mundo lo teme, incluido yo, no te lo niego. A su pequeño malcriado, lo detestan. Te repito que acabará mal. Si nadie lo remedia pronto, ese muchacho va derechito a la desgracia.

\* \* \*

El sol empezaba a declinar, lentamente, para alivio de las criaturas sometidas a su tortura. La capital despertaba poco a poco de su letargo, dispuesta a retomar una actividad que se prolongaría hasta bien entrada la noche, aprovechando las horas de frescor. Y fue en ese instante, precisamente en ese instante, cuando Mahmud pronunció la frase que cambiaría el destino de Tiago.

—Ya puede Almanzor hartarse de barrer la aljama para hacer méritos ante los ulemas, que no los hará cambiar de opinión. Te lo digo yo.

—¿Cómo has dicho? —exclamó Tiago, movido por un potente resorte interno.

—Que los ulemas no perdonarán a Almanzor su traición al verdadero califa —respondió el estucador, despojado de toda prudencia tras esa larga conversación.

—No, eso no —insistió el herrero—. ¿Qué has dicho antes sobre barrer la mezquita?

Tras un momento de vacilación, Mahmud contestó con naturalidad:

—Bueno, quien dice barrer dice mezclar arena con cal o poner un ladrillo. Al *hayib* le gusta venir de cuando en cuando a la aljama, disfrazado de obrero para no ser reconocido, con el fin de exhibir su fervor religioso contribuyendo con sus propias manos a los trabajos en curso. Yo mismo lo he visto en más de una ocasión. Es su forma de mostrarse humilde y piadoso.

Tiago se quedó de piedra ante esa revelación. Todo lo escuchado hasta entonces se desvaneció de golpe de su pensamiento, ocupado a partir de ese momento por una única idea que tiñó sus ojos oscuros de una luz resplandeciente.

Sin molestarse en disimular la excitación que lo embargaba, inquirió con agresividad:

—¿Qué hace exactamente en esas ocasiones? ¿Cuál es su oficio? ¿Alarife, carpintero, estucador como tú, barrendero cual simple cautivo cristiano? Dime, Mahmud. —Levantó la voz—. ¿Qué es lo que hace Almanzor?

—¿Y a ti qué más te da? —respondió el artesano ofendido por ese tono.

Tiago no abrió la boca, pero su gesto lo dijo todo. La mirada se le afiló hasta convertirse en un cuchillo de hielo, a la vez que sus labios empezaban a temblar de manera casi imperceptible y sus manos se retorcían nerviosas sobre el regazo. Su frente se cubrió de arrugas causadas por el ceño fruncido. De pronto se transformó en otro hombre, como si lo hubiese poseído un espíritu.

Alertado por esa expresión, el estucador empezó a atar cabos, reacio a dar por bueno lo que la lógica le llevaba a deducir de ese cambio. Conocía bien a ese cristiano fogoso, capaz de cualquier desatino, y temía haber ido demasiado lejos en la confianza con que se había dirigido a él. ¿Y si el cautivo utilizaba la información que acababa de proporcionarle para cometer una locura? Adoptando el tono más severo que logró dar a sus palabras, advirtió:

—No estarás pensando... ¡Ni se te ocurra! ¿Me oyes? Desconozco qué clase de idea estará rondando esa cabezota tuya de infiel, pero seguro que no es buena. Abandónala enseguida o ambos tendremos que arrepentirnos. ¡Miedo me das!

Tiago estaba pensando, en efecto. Su mente se había puesto en marcha, impulsada por esa revelación, y en silencio forjaba ya un plan de acción susceptible de dar un sentido a la vida de miseria que arrastraba desde su captura. Al fin se le presentaba la oportunidad de redimir todas sus culpas.

—¿Me oyes? —lo interpeló Mahmud a gritos—. ¡Te estoy hablando! Júrame que no harás nada que yo no haría. ¡Júramelo!

El herrero no respondió. ¿Se atrevería Mahmud a intentar lo que él consideraba desde ese instante un deber ineludible? Seguramente, no. Ni siquiera se le pasaría por la cabeza. Pero él no era un honrado estucador musulmán, sino un esclavo cristiano, capturado junto a otros muchos en una brutal aceifa y condenado a languidecer en una lóbrega mazmorra del alcázar cordobés. Él no veía las cosas del modo en que lo hacía su amigo ni compartía sus ansias. Sus metas eran muy distintas. Él, Tiago de Compostela, pasaría a la historia por librar a la Cristiandad de su peor enemigo. Vengaría las afrentas infligidas al Apóstol. A fe que lo haría.

La decisión estaba tomada.

—Es hora de volver al trabajo —sentenció, con rotundidad, tras dirigir a su compañero una sonrisa que pretendía ser tranquilizadora y se quedó en fría mueca.

Mahmud le dio la espalda, visiblemente enfadado, y rechazó la mano tendida con la que Tiago pretendía ayudarlo a levantarse. La misma que el cristiano se llevó poco después a la diminuta cruz prendida bajo la túnica, fingiendo rascarse, para darse a sí mismo valor y agradecer al Señor haberle mostrado el camino.

\* \* \*

Era viernes, el día dedicado a Alá, equivalente al domingo cristiano. Tiago trataba de mitigar el bochorno permaneciendo muy quieto en su esquina de la celda, apartado de los demás cautivos, con quienes nunca había querido tratos. Durante su extenuante marcha desde Galicia había visto morir a tantos compañeros que rechazaba de plano tejer relaciones de afecto, por miedo a que cualquier nuevo amigo terminara como Rodrigo de Astorga, a quien todavía añoraba con una dolorosa sensación de vacío. Además, ahora estaba muy ocupado urdiendo los detalles del plan que pronto llevaría a efecto, con la ayuda de Dios.

El muecín de la Gran Aljama llamó a la segunda oración de la mañana desde lo alto del alminar, con voz potente cuyo retumbar alumbró una sonrisa irónica en el cristiano. Desde que Mahmud le contara lo del actor disfrazado de califa que suplantaba a Hixam en los rezos de la mezquita, cada vez que ese sonido penetraba en sus oídos evocaba en su imaginación esa figura grotesca, del todo incompatible con la seriedad del momento.

El calor iba apretando a medida que pasaban las horas, en ese mes de junio implacable que convertía Córdoba en un horno. Después de dar vueltas y más vueltas en su cabeza al modo de consumar el asesinato que llevaba incrustado en el pensamiento desde la víspera, el herrero se había quedado traspuesto, asediado por las moscas acudidas al reclamo del balde repleto de excrementos. Estaba tan acostumbrado a ellas que ni siquiera le molestaban. También en su tierra natal abundaban esos insectos. En ese aspecto, se sentía en casa.

Acababa de sucumbir a un sueño más profundo, cuando lo sacó de él la voz familiar de Abdalá, llamándolo extrañamente por su nombre, cosa que nunca había hecho.

—¡Tiago, despierta!

Pensó que estaba soñando, mas al abrir perezoso los ojos constató que era real. El jefe de la guardia se encontraba allí, a su lado, ataviado con la túnica blanca que había vestido para acudir a la mezquita. Se cubría la cabeza con el consabido turbante, que desanudó en parte para liberar la boca a fin de dirigirse a él con comodidad. Antes mandó despejar la celda, ordenando a los guardias que sacaran de allí a los otros cautivos. Cuando estuvieron solos, le dijo:

—He venido a despedirme. Mañana parto hacia Castilla junto al general, para una nueva campaña que traerá gloria y botín a Al-Ándalus.

Tiago se le quedó mirando, callado, sin comprender el motivo de esa inesperada visita y mucho menos su propósito.

—¿Te gustó la yeguada del *hayib*? —continuó Abdalá, con una expresión en la que el herrero no supo distinguir la cordialidad de la burla—. ¿Disfrutaste de la excursión? Debo admitir que herraste bien a la yegua. Mi señor Almanzor no tuvo queja. Tanto es así que tal vez logre convencerle para que secunde un proyecto en el que tú desempeñarías un papel importante.

—¿De qué me estás hablando, Abdalá? —repuso Tiago con desgana—. ¿Qué es lo que se te ha ocurrido ahora? Creí que, con lo de las lámparas, tú y yo habíamos quedado en paz.

—Y en paz estamos, cristiano. Lo que tal vez te proponga, si es que te lo propongo, sería bueno para ti. Para ambos.

—Lo dudo —le salió del alma al cautivo.

—Me decepcionas, herrero. —El tono del oficial acusaba el golpe de esa impertinente respuesta—. Creí haberte demostrado con creces mi aprecio. ¿Acaso no te alimentan mejor que a los demás? ¿No dispones de abrigo en invierno? ¿No se te permite moverte con libertad por los alrededores de tu forja y relacionarte con ese amigo tuyo estucador llamado Mahmud?

Tiago sintió un repentino frío en la espalda, a pesar de que la temperatura era tórrida. Consciente del efecto que habían producido sus palabras, Abdalá prosiguió:

—Estoy al tanto de todo, cristiano. Me informan puntualmente de cualquier movimiento tuyo. No creas ni por un momento que te he olvidado. Cuando regrese de Cervera retomaremos esta conversación. Espero que para entonces hayas calibrado seriamente mi ofrecimiento y estés más dispuesto a escuchar.

Sin más, se dio la vuelta y salió por donde había venido, dejando a Tiago sumido en un océano de incertidumbre. ¿En qué clase de proyecto querría embarcarlo el bereber? Fuera lo que fuese, no debía distraerlo del plan que estaba trazando. Ahora no. No cuando, por fin, había encontrado el modo de dar una utilidad a la mísera existencia que arrastraba.

Y sin embargo...

—¡No! —exclamó en voz alta, aprovechando que aún estaba solo en su calabozo—. Esta vez no.

Apelando a toda la fuerza de su voluntad, se juró a sí mismo no vacilar en su determinación. Borró de su mente el murmullo de esa voz tentadora y se concentró en Mencía y en Ramiro, amenazados de nuevo por una despiadada aceifa. El recuerdo de su mujer y su hijo se le clavó como un puñal en las entrañas, allá donde más dolía, porque a la añoranza de siempre se unía ahora un miedo cerval a lo que pudiera ocurrirles.

¿Hasta dónde llegaría en esta ocasión Almanzor? ¿Estarían ellos a salvo de sus garras?

# 24

Mencía se despertó sobresaltada, tras una noche infernal transcurrida en un inquieto duermevela. De inmediato echó en falta el calor de Ramiro a su lado. Si la hubiera golpeado un rayo, el impacto no habría sido mayor.

El cielo empezaba a clarear a levante, lentamente, ya que el sol permanecía oculto tras las colinas que enmarcaban la playa, sumiéndola en un claroscuro grisáceo donde era difícil distinguir la arena del mar. Hacía un frío intenso, impropio de la primavera, aunque no fue su mordisco lo que provocó que se viera sacudida por un temblor violento, imposible de controlar. Fue el miedo. El pánico que la poseyó al ver que su hijo se había desvanecido en las sombras.

—¡Ramiro! —chilló a voz en cuello, a la vez que se ponía en pie de un salto—. ¿Dónde estás? ¡Ramiro, hijo! ¿Me oyes? ¡Ramiroooooo!

Únicamente el silencio respondió a su desesperada llamada.

Como una loca se puso a correr de un lado a otro, sin rumbo, mientras seguía llamando a su hijo a gritos. Entonces, de pronto, la primera luz del día se lo mostró nítidamente, a una distancia que le pareció insalvable, coqueteando con la muerte a la orilla de ese océano furioso cuyas fauces líquidas pretendían devorarlo.

El niño estaba en la orilla, con los pies casi en el agua, al alcance de cualquier ola traicionera. Tal vez lo hubiera impulsado hasta allí la sed, aunque era más probable que fuese la curiosidad, unida a su espíritu intrépido. Lo cierto era que había llegado caminando por su propio pie a través del arenal, crecido hasta cuadruplicar su tamaño por mor de la marea baja. Lejos de mostrar temor, miraba al mar aparentemente feliz, moviendo sus manitas en señal de saludo.

—¡Ramiro! —volvió a desgañitarse su madre, mientras se lanzaba a la carrera hacia él—. ¡Hijo, ven aquí! ¡Aléjate del agua, es peligrosa! ¡Ven aquí, te digo!

Pero el chiquillo, haciendo honor a la obstinación que lo caracterizaba, permaneció sordo a los requerimientos, con la vista fija en el horizonte azulado donde Mencía acabó distinguiendo una barca que se acercaba deprisa, a golpe de remo, conducida por un hombre de tamaño descomunal con aspecto de normando.

Si el corazón ya le galopaba como consecuencia del susto previo, la visión de esa amenaza hizo que le diera un vuelco.

\* \* \*

Del mar no cabía esperar nada bueno. Todo el mundo lo sabía. Los hombres venidos del norte en grandes naves presididas por criaturas monstruosas habían sembrado de muerte y destrucción las costas de Galicia y Asturias en más de una ocasión, la última siendo Mencía una niña.

¡Cuántas veces le habían hablado sus padres y vecinos de esa incursión, que ella recordaba vagamente como un episodio de terror colectivo sufrido durante días en el interior de Compostela!

Al abrigo de sus muros, todos los vecinos habían rezado día y noche suplicando a Dios que el enemigo pasara de largo o fuese derrotado en campo abierto por las tropas al mando del obispo, como había sucedido unos años atrás merced al valor del prelado Sisnando, muerto heroicamente en combate después de salvar a la ciudad obligando a retroceder a sus atacantes.

Y es que la tierra de Santiago era rica. Tanto que su fama traspasaba los confines del océano. Abundaban en ella cenobios y templos repletos de objetos sagrados cuyo resplandor atraía la codicia de esos guerreros rubios, inmensos en tamaño y maldad, con la misma fuerza irresistible que la miel a las moscas. Varegos, los llamaban algunos, santiguándose al pronunciar la palabra, aunque lo común era decir normandos, como sinónimo de demonios.

Varegos, normandos o «mayus», a decir de los muslimes del sur, eran bárbaros despiadados, gentes sin dios, adoradores del fuego, que atacaban las aldeas, asesinaban a cuantos se interponían en su camino, profanaban iglesias, robaban sus tesoros, mataban a los sacerdotes y violaban a placer, antes de marcharse por donde habían venido. No respetaban ni a los ancianos, ni a las criaturas, ni mucho menos a las mujeres. Colgaban a sus víctimas en las plazas de los burgos o en medio de los campos, por docenas, con el propósito de sembrar el terror en los corazones y lograr la completa sumisión de sus víctimas antes de desenvainar la espada.

Cuando los vigías desplegados en las costas veían llegar sus naves y alertaban de una incursión, los habitantes de los poblados huían despavoridos con sus hijos y sus mayores, los monjes con sus reliquias y a menudo hasta los guerreros llamados a contenerlos. Pero esos diablos no se limitaban a asolar el litoral. Se adentraban hacia el interior por los ríos, o bien a través de los caminos y sendas, en busca de ciudades, pueblos, monasterios o fortalezas que saquear. Utilizando flechas incendiarias prendían fuego a los tejados de paja y, cuando las gentes salían aterrorizadas para escapar de las llamas, demostraban su puntería haciendo blanco en los más débiles entre alaridos de euforia.

A los magnates, fuesen nobles, obispos o abades, los apresaban vivos a fin de obtener por ellos sustanciosos rescates. Prósperas villas del imperio franco se habían prestado a pagarles tributos a cambio de que pasaran de largo, e incluso reyes y emperadores inclinaban la cabeza y los cubrían de oro y plata en el empeño de eludir su furia. Quienes carecían de medios para negociar, en cambio, eran liquidados sin misericordia.

Los normandos eran un flagelo incluso peor que el de los sarracenos, para el que los habitantes del Reino habían debido prepararse desde hacía años. Por eso construían sus aldeas lejos de la mar, en las alturas, al abrigo de la espesura. Y por eso la ciudad del Apóstol disponía de sólidas fortificaciones, destinadas a protegerla de su brutal acometida. Murallas fuertes, que la habían salvado en más de una ocasión de esos depredadores, reducidas ahora a escombros por orden del maldito Almanzor.

\* \* \*

Todas esas escenas sangrientas pasaron por la mente de Mencía en un suspiro, como si estuvieran produciéndose allí mismo, ante sus ojos. Le pareció ver en acción a esos seres de infinita maldad, que se divertían ensartando a bebés en sus espadas o estrellándolos contra el suelo, entre risas, para deleitarse ante la visión de sus cabecitas destrozadas. Y tuvo que enfrentarse al hecho de que Ramiro se encontraba a tiro de piedra de uno de esos demonios, empeñado en alcanzarlo mientras le gritaba, con su voz de trueno, algo incomprensible desde donde estaba ella.

Presa del horror, redobló sus llamamientos, notando cómo las lágrimas le quemaban la garganta.

—¡Ramirooo!

Corría a la desesperada, pensando en huir de allí a tiempo. En rescatar a su hijo y llevárselo lejos, fuera del alcance de ese gigante que ya había varado su barca en la orilla y avanzaba a su vez hacia el niño a grandes zancadas, pugnando por alcanzarlo antes que ella.

Ahora estaba tan cerca que podía ver su rostro barbudo, enmarcado por una larga melena canosa. Sus manos enormes. Su envergadura de coloso, cubierto a medias por una túnica corta que dejaba al descubierto sus piernas velludas, semejantes a columnas, y sus brazos capaces de quebrarle el espinazo con una simple caricia. Si atrapaba a Ramiro, se dijo, presa de una angustia que le cortaba la respiración, lo despedazaría en un abrir y cerrar de ojos. Pese a lo cual el chiquillo, inconsciente del peligro, seguía fascinado por él, hasta el punto de tenderle los brazos al tiempo que lo saludaba con su locuaz media lengua.

—¡Aléjate de él! —le ordenó su madre, sacando fuerzas de flaqueza, en un último y desesperado intento de lograr que se pusiera a salvo.

Pero Ramiro se quedó quieto, con los pies en el agua, sin mostrar temor alguno.

Llegaron hasta él casi a la vez sus dos perseguidores, ella llorando, suplicando piedad, y el marinero resoplando por el esfuerzo realizado para alcanzar a toda prisa la playa. Entonces sucedió algo desconcertante, que solo uno de los tres parecía haber intuido. Lejos de hacerle daño, el hombretón tomó al pequeño en sus brazos y lo llevó en volandas hasta la arena seca, regañándole en tono bronco con un lenguaje peculiar, mezcla de romance y otra habla gutural desconocida para Mencía.

—¿Te quieres ahogar, sardina estúpida? —le increpó, agitando con fuerza su cuerpecillo suspendido en el aire—. ¿Quieres regalarle tu vida al mar?

Ramiro rompió a llorar con estridencia, desconcertado por un trato al que no estaba acostumbrado y que no había previsto. Su carita, hasta entonces sonriente, se crispó en un feo rictus y empezó a patalear violentamente para librarse de la tenaza que lo mantenía preso. No tuvo que esforzarse mucho. El desconocido lo dejó con cuidado en el suelo, interponiéndose entre él y las olas, no sin antes fulminar a Mencía.

—Si no eres capaz de vigilar a tu hijo, conocerás la amargura de perderlo. Un dolor que nunca sana, mujer inútil.

* * *

Si alguien hubiese preguntado a Mencía por qué, después de presenciar esa escena, subió de manera voluntaria a la barca de un personaje cuya mera apariencia le había infundido pavor nada más verlo, no habría sabido responder nada coherente. ¿Desesperación, agotamiento, incapacidad de seguir luchando, hambre, sed, sexto sentido, desistimiento? No existía explicación válida a una conducta carente de lógica. Simplemente se dejó llevar por la inercia, respondiendo a impulsos ajenos a la razón o la prudencia. Siguió su instinto y este no la engañó.

Tras el primer encontronazo, en la orilla que el sol bañaba ya de lleno con su luz dorada, él le ofreció con brusquedad un pellejo de agua, del que previamente había dado de beber al niño. Este permanecía sentado en el sitio donde lo habían dejado, muy quieto, suplicando a su madre con los ojos que acudiera en su auxilio. Ella respondió a esa llamada muda cogiéndolo en brazos, sin saber bien cómo actuar ni qué esperar del forastero.

Para empezar, aceptó el agua alargando el brazo a fin de tomar el odre sin acercarse, porque estaba muerta de sed. Lo hizo con cautela, como un pájaro que acepta comer de la mano, presto a echar a volar. A esas alturas estaba completamente perdida. Si él hubiera querido hacerles daño, se decía a modo de consuelo, le habrían sobrado tiempo y oportunidad. Allí no había nadie a quien pedir ayuda y era evidente que ante semejante coloso ella no habría podido oponer la menor resistencia. ¿A qué clase de juego perverso jugaba entonces con ellos? ¿Qué era lo que pretendía?

El gigante surgido del mar debió de adivinarle el pensamiento, porque volvió a cargar contra ella, adoptando ademanes de oso para redoblar sus reproches.

—Una hembra parecida a ti dejó morir a mi Erik cuando era poco más o menos como tu mocoso. Lo perdió de vista, igual que has hecho tú esta noche, y cuando fue a por él ya era tarde. Los dos se hundieron en el fondo de este océano.

Mencía permaneció callada, en guardia, decidida a vender cara la piel si las cosas se ponían feas. No sabía bien si lo que acababa de escuchar invitaba a prepararse para lo peor o bien a compadecerse de él, pero, en la duda, ni siquiera se atrevía a levantar la cabeza.

—Fue hace mucho tiempo —prosiguió el normando, plantado ante ella y su hijo en una actitud entre protectora e intimidante difícil de descifrar—. Cuando he visto que el crío se metía en el agua, aquello me ha vuelto a la memoria de golpe. ¡La mar no es lugar para mujeres y mucho menos para mamones como este llorón! Ya puedes agradecer a tu dios que yo estuviera aquí cerca. Si llega a ser por ti, ahora estaría sirviendo de pasto a los peces.

O sea que, en realidad, aquel hombre no solo no deseaba mal alguno a Ramiro, sino que su intención había sido salvarlo de un peligro cierto. Descolocada por esa conclusión, Mencía masculló una torpe excusa que él ignoró, sumido en un mutismo impenetrable. Luego, sin mediar palabra, dio un largo sorbo al pellejo de agua, se limpió la boca con el dorso de la mano y eructó sonoramente, antes de mutar la expresión, como si se hubiera despojado de una careta siniestra para colocarse otra cómica, dicharachera y risueña. Con una risotada sonora, exclamó:

—La mar me arrebató un hijo pero me libró de esa arpía. Era holgazana, sucia, chillona y fea. Todo lo contrario que tú.

Esa última frase llevó a Mencía a dar un paso atrás, por instinto, buscando una protección inexistente en el bosque situado a sus espaldas. Él se dio cuenta del movimiento y cambió nuevamente de actitud, abandonando el papel de fiera que parecía interpretar con gusto para dirigirse a ella de un modo más amistoso.

—Tranquila, no voy a comerte, mujer —dijo en tono afable, levantando ambas manos con las palmas abiertas en señal de paz—. Me llamo Audrius y soy pescador. Tu chico y tú no tenéis nada que temer de mí.

Tras un instante de vacilación, Mencía optó por confiar. Fuera por locura o por necesidad, por hartazgo, desesperación o percepción de la nobleza escondida bajo ese caparazón de aspereza, decidió dejar de luchar y se concedió a sí misma la tregua que todo su ser anhelaba. Más serena, respondió:

—Yo soy Mencía y este pequeño travieso que estaba donde no debía es mi hijo, Ramiro. Te damos las gracias por tu ayuda.

—¿Tenéis adonde ir? —inquirió él, hechas las presentaciones, por más que la respuesta saltara a la vista. Y ante el silencio incómodo de ella, añadió—: Mi aldea está aquí cerca. En ella hallaréis cobijo frente a lo que sea que os persigue, porque supongo que de algo estaréis huyendo. ¿Qué haríais aquí los dos solos si no fuese así?

Ella no halló fuerzas para oponerse a la invitación o explicar las razones de su presencia en esa playa perdida. Estaba demasiado cansada para rebatir sus suposiciones, que en el fondo no andaban en absoluto desencaminadas. ¿Acaso no trataba de escapar de su pasado, de los fantasmas que la atenazaban, del miedo a criar ella sola a su hijo, del terror que le inspiraba no volver a ver a Tiago? ¿No había estado huyendo, de un modo u otro, desde el mismo día en que el Azote de Dios había destruido su vida al asolar Compostela?

Seguir a ese desconocido no parecía una mala opción, considerando las alternativas. Por eso estrechó a Ramiro contra su pecho, recogió las pocas pertenencias que habían quedado tiradas en su improvisado campamento de la noche anterior y se acurrucó junto al niño en la popa de la embarcación, rumbo a un destino incierto.

\* \* \*

¿Qué otra cosa podía hacer? ¿Quién se lo habría reprochado, dadas sus circunstancias? Aquella era la primera mano que se le tendía desde su partida de Santa María de Coaña. El primer gesto amistoso con que se topaba en ese universo donde todo parecía hostil, empezando por la soledad.

Su hijo y ella se morían de hambre, carecían de abrigo, precisaban desesperadamente que alguien cuidara de ellos. Alguien con la fuerza necesaria para protegerlos del mal que reinaba en el mundo, en su mundo, desde que el caudillo sarraceno lo había hecho saltar por los aires, separándola del marido a quien llevaba una eternidad esperando en vano. Alguien parecido a ese hombre, fuese pescador o guerrero, como daban a entender sus hechuras.

El extraño no le había dado motivos para temerle. Antes al contrario, a pesar de su fiereza y del desprecio con que se había dirigido a ella en un principio, había hecho gala de una evidente preocupación por su hijo, lo cual era suficiente para mostrarse agradecida y esperanzada. Por añadidura, había aparecido en esa playa solo y desarmado, casi desnudo, a bordo de una embarcación pequeña, en la que apenas había espacio suficiente para ellos tres, además de algunos aparejos de pesca. Una lancha que no se asemejaba en nada a las naves descritas por sus mayores cuando relataban, a media voz, los brutales ataques de los varegos.

Si el tal Audrius era un normando, su situación resultaba ser harto peculiar. ¿Se habría perdido en esa costa? ¿Habría sido desterrado por los suyos? Fuera cual fuese la respuesta a esos interrogantes, no parecía representar una amenaza inmediata para ella y mucho menos para Ramiro.

Al cabo de un rato de silencio tenso, únicamente roto por el chasquido de los remos al penetrar en el agua, el marinero dejó de bogar, sacó un trozo de pescado seco de una bolsa colgada de una argolla oxidada en la amura de babor y lo partió en dos sin dificultad, como quien desgarra una brizna de hierba antes de ofrecer un pedazo a cada uno de sus huéspedes.

—Come, pequeño —ordenó con ternura al niño, ignorando de nuevo a la mujer—. Está bueno.

Ramiro buscó fugazmente con los ojos la aprobación de su madre, antes de lanzarse a devorar esa golosina que resultó ser bastante más dura y salada de lo que habría querido. Aun así, se tragó su porción sin apenas masticar, porque llevaba en ayunas desde la víspera. Acto seguido, aceptó gustoso la de su madre, quien se quitó la suya de la boca con el fin de saciar el apetito del chiquillo. Entonces el hombre cortó con su cuchillo otra ración generosa de tasajo y se lo dio a Mencía, acompañando el alimento de algo parecido a una sonrisa.

—En la lengua de mi padre mi nombre significa «tormenta» —dijo mientras retomaba los remos, levantando la barbilla con altanería—, aunque te repito que no muerdo. No tengas miedo. Nunca he tomado por la fuerza a una mujer y no pienso empezar contigo.

Solo entonces Mencía se atrevió a mirarle directamente a la cara, picada en la curiosidad por esa sorprendente afirmación, formulada con tal desparpajo que sonaba sincera. Fue solo un momento, apenas una ojeada, suficiente, no obstante, para despertar algo profundamente animal en ella. Un deseo que permanecía dormido desde hacía tiempo. Tanto que le costó reconocerlo y ponerle nombre, a pesar de la intensidad con que la acometió.

Venciendo el pudor exigido a una mujer decente, volvió a levantar la vista. Se le quedó mirando unos instantes, embobada, presa de una fortísima corriente de atracción física que le erizó la piel de la nuca y bajó hasta el vientre, dejando a su paso un rastro de fuego cuyo calor le encendió las mejillas hasta convertirlas en brasas ardientes. Él notó ese rubor y lo saludó con una carcajada, henchido de orgullo y de arrogancia. Ella enrojeció todavía más, odiando con toda su alma esa naturaleza traicionera que la avergonzaba, humillándola además de inducirla al pecado. Enterró la cabeza en el cuello de su hijo, anhelando poder hacerse invisible, cerró los ojos hasta que le dolieron y se hizo un ovillo en su rincón, tratando con todas sus fuerzas de evocar la imagen de Tiago, de llamar en su auxilio a su recuerdo. Pero fue en vano.

En ese preciso momento, cuando más lo necesitaba, no era capaz de imaginar el rostro de su esposo y mucho menos de sentir su piel. Sus rasgos se le habían borrado de la mente, dejando un vacío doloroso en el que irrumpía de pronto, sin ser invitada, la figura imponente de ese hombre revestido de un extraño poder.

Mientras él remaba hacia levante, tensando en cada brazada su formidable musculatura, Mencía volvió a observarlo de soslayo, haciéndose la dormida, atrapada por la visión de ese cuerpo perfecto. Y es que, a pesar de doblarle la edad, le parecía un ser extraordinariamente hermoso, semejante a una de las esculturas que adornaban la antigua villa romana en cuyas ruinas había jugado en su infancia. A diferencia de esta, amputada de extremidades, él tenía sobre los hombros una cabeza bien proporcionada, recubierta por una larga melena rubia salpicada de hebras plateadas y ceñida con una cinta en la frente, surcada de arrugas abiertas en paralelo a las cejas. Sus ojos eran de un raro azul cuya intensidad parecía agrandarlos. Su pecho aseguraba cobijo ante cualquier adversidad. Toda su persona emanaba aplomo, seguridad. Su boca... No quiso seguir mirando, aunque habría podido jurar que sabría ser generosa.

Llegada a ese punto, algo en su interior se rindió. Su conciencia aún intentó armar una última línea defensiva apoyándose en la culpa, pero la batalla estaba decidida. Ramiro dormía plácidamente en su regazo, saciado y feliz, como si supiera que a partir de entonces no iba a faltarle sustento. Ella misma experimentaba, por vez primera en mucho tiempo, la paz que nace de saber que puedes descansar en alguien dispuesto a compartir la carga. No se hacía demasiadas ilusiones. Lo más probable era que aquello terminara en decepción más pronto que tarde. Pero mientras durara, abrazaría con todas sus fuerzas esa sensación sumamente placentera, tan olvidada como la que todavía le provocaba un agradable cosquilleo en las entrañas.

A partir de esa aceptación, no hicieron falta palabras. Mucho menos, promesas. Nadie planeó lo que ocurriría en adelante, pero para cuando la barca llegó a la aldea de donde había partido Audrius, tanto él como Mencía sabían que sus vidas no volverían a ser iguales. Eran conscientes de haberse encontrado.

## 25

E l horno, a pleno rendimiento, despedía lenguas de fuego cada vez que el
herrero abría la trampilla para echar en él una paletada de carbón vegetal. A pesar de lo tardío de la hora, en la forja apretaba
el calor. Un bochorno pegajoso, sofocante, cuya intensidad impedía hasta pensar con claridad. Tal vez por eso a Tiago le costaba comprender con exactitud las instrucciones de Mahmud,
quien se había acercado hasta allí para pedirle que le fabricara
un punzón triangular de un largo y ancho muy precisos.

—Te hice uno exactamente igual la semana pasada —rezongó, de un humor de perros a causa de esa canícula—. ¿Lo
has roto?

—Si se hubiera quebrado —precisó el estucador, poniendo el acento en ese «se» impersonal—, la culpa habría sido
tuya por no forjar una pieza lo suficientemente sólida. Pero
no. Lo que pasa es que este que te estoy encargando ha de ser
un poco más estrecho en la punta.

Desde aquella conversación lejana, cortada de manera
abrupta por la inquietante reacción del cristiano a las revela-

ciones de Mahmud sobre Almanzor y su costumbre de acudir de cuando en cuando a la Gran Aljama para desempeñar labores de albañil, la relación que mantenían se había enfriado. En aras de conservarla, aunque fuese bajo mínimos, ninguno de los dos había vuelto a mencionar el asunto. La sospecha, esa ave de mal agüero, planeaba sobre su amistad cubriéndola de sombras oscuras.

Tiago vivía a caballo entre dos obsesiones: escapar para regresar junto a Mencía o bien sorprender al *hayib* en una de esas visitas y acabar con su vida. Esos dos propósitos, a cuál más inalcanzable, le habían quitado la paz, condenándolo a un estado de ánimo permanentemente bronco. No dejaba de pensar que el caudillo sarraceno estaría sembrando de muerte los territorios cristianos, al frente de la aterradora hueste que había partido de Córdoba algunas semanas atrás con el empeño de llevar a cabo una nueva campaña de castigo y rapiña. Lo torturaba la posibilidad de que su mujer y su hijo fuesen víctimas de esa razia, mientras él permanecía uncido al yugo de la esclavitud, incapaz de protegerlos.

La ausencia total de noticias era lo peor, lo que sumía su espíritu en una tiniebla de la que tan solo lograba redimirlo, a ratos, concentrar su pensamiento en el modo de consumar su venganza. De ahí que en los últimos tiempos se hubiese descuidado en su trabajo, rebajando notablemente la calidad de la producción, tal como acababa de reprocharle con sutileza Mahmud. A menudo parecía distraído, cuando en realidad estaba observando con atención los movimientos de los obreros que desempeñaban labores en la mezquita y, en particular, la colocación más habitual de los albañiles. Buscaba el modo de acercarse deprisa hasta allí en el momento preciso. Cuando llegara esa hora, ya se le ocurriría un pretexto para sortear a los guardias.

El escayolista, a su vez, se arrepentía amargamente de haber sembrado en la mente de su amigo una idea tan descabellada e intentaba convencerse de que no se atrevería a ponerla en práctica. Ni siquiera tenía la certeza de que Tiago anduviera urdiendo lo que él se temía, puesto que nada le había confesado. Por si acaso la intuición no le engañaba, empero, había tejido un plan que tal vez lograra hacerle olvidar esas locuras, además de abrirle las puertas a una existencia mucho mejor. Las espadas estaban en alto la víspera del día previsto para echarlo a rodar, mientras trataba de mostrarse paciente con ese cristiano cada vez más refunfuñón.

\* \* \*

Empezaba a caer la noche, concluida la cuarta oración prescrita por el Profeta, cuando pasó ante ellos un alfaquí vestido de negro, más delgado aún que Tiago, con una mirada tan oscura como el turbante que le ceñía la frente. Un ser enjuto, cetrino, de los que pululaban por los alrededores de la Gran Aljama reprendiendo con severidad a cuantos viandantes mostraban signos de haber ingerido vino o simplemente reían en voz demasiado alta. Al ver a Mahmud en animada charla con ese esclavo, se dirigió a él en tono inquisitivo:

—Dime, hermano, ¿eres musulmán o *dhimmi*?

El artesano se puso rígido. No era consciente de haber transgredido norma alguna, pero con esos severos guardianes de la moralidad pública uno nunca sabía a qué atenerse. Con la cabeza gacha y voz trémula, respondió:

—Soy un buen musulmán y también un humilde servidor del califa.

—En tal caso —lo reprendió el clérigo—, es mejor que no te asocies con alguien que profesa una religión diferente a la tuya. No hay inconveniente en que le hagas un favor, si te lo pide y si lo que pide no es pecaminoso. No hay inconveniente si le respondes con palabras amables, a condición de que no lo magnifique, o se coloque en una posición superior a la tuya, o se sienta a gusto en su religión.

La reprimenda no había hecho más que empezar. Tras marcar una pausa destinada a incrementar la inquietud de su víctima, endureció el tono para agregar, apuntando a esta a la cara con el índice huesudo de su mano izquierda:

—Si este hombre o cualquier otro infiel te dice «la paz sea contigo», responderás solo «y contigo», sin añadir nada más. No hay provecho en interesarte por su salud o la de su familia. No te excedas o vayas demasiado lejos. Ni aunque fuera tu vecino habrías de traspasar estos límites. Tratándose de un cautivo, no deberías ni mirarle.

Dicho esto, se dio la vuelta airado, agitando sus vestiduras de un modo que evocó en Tiago la imagen nítida de un cuervo, y se alejó a grandes zancadas por la ribera del río.

—Ya lo has oído —comentó el herrero, agrio—. No deberías ni mirarme. La próxima vez que te sorprendan conmigo, más vale que estés hablándome de algo relativo al trabajo o lo mismo te hacen azotar.

—Ignóralo —repuso Mahmud, tratando de quitar hierro al asunto con una sonrisa forzada—. Algunos clérigos se exceden innecesariamente en el rigor; lo mejor es no hacerles caso. El Profeta nunca prohibió mantener una amistad con un buen *dhimmi* como tú…

—No estoy de humor para bromas —zanjó el esclavo—. Mañana por la mañana tendrás tu punzón. Ahora me pongo con él.

—Te equivocas de enemigo, Tiago —se defendió el amín, sinceramente entristecido—. Sabes que te aprecio y que daría cualquier cosa por verte libre. ¿Cuántas veces te lo he demostrado?

—Déjame tranquilo, Mahmud —lo despachó sin miramientos Tiago, cada vez más furioso—. Tengo trabajo.

—Que la paz sea contigo pues —se despidió el artesano, dando a sus palabras un toque entre irónico y sarcástico—. Mañana vendré a recoger mi punzón y también a traerte un regalo que espero te sorprenda gratamente.

\* \* \*

Cualquier hombre menos herido que él habría recibido alborozado a una mujer como ella, cuando la vio venir caminando con gracia desde el zoco de los perfumes, en compañía de Mahmud. Tiago en cambio se puso en guardia, preguntándose qué sería lo que tramaba su amigo.

El estucador parecía tan feliz de escoltar a la joven que había recuperado la agilidad. Andaba muy erguido, hinchado como un pavo y, a semejanza de ese animal, a pasitos cortos y saltarines. Ella era menuda aunque esbelta, de piel muy blanca en las manos, única parte de su cuerpo donde esta resultaba visible. Su melena larga trenzada resplandecía al sol de la mañana, lanzando destellos cobrizos. Vestía una túnica larga de algodón azul turquesa y se cubría con un velo de gasa finísimo, tras el cual el herrero adivinó unos ojos increíblemente verdes presidiendo el rostro más hermoso que hubiera contemplado jamás. Su reacción instintiva fue tensar los músculos. Algo tan inconcebible en su entorno no podía augurar nada bueno.

—Esta preciosidad a quien he convencido para que viniera a conocerte se llama Hadiya —anunció el amín, ufano, adoptando el papel de maestro de ceremonias—. Hadiya, hija, te presento a Tiago, el cristiano del que hemos estado hablando tu padre y yo últimamente.

El cautivo no supo qué contestar, por lo que se limitó a lanzar una mirada interrogante a su compañero de tajo, alejándose unos pasos de la forja y su sofocante calor al tiempo que se limpiaba el sudor de la frente con un trapo sucio que colgaba de su delantal.

Ya a la vera del Guadalquivir, a la sombra de un cinamomo, Mahmud le relató brevemente la historia de la muchacha en cuestión, mientras ella permanecía callada, algo apartada de ellos, en la actitud recatada exigible a una soltera decente. Aunque no le reveló de forma expresa cuál era su intención, Tiago la comprendió en cuanto le oyó decir que la chica era hija de un muladí vecino suyo, regentador de un modesto negocio de aceite. O sea, de un antiguo cristiano converso al islam, felizmente integrado en la comunidad de los creyentes.

—Cuando yo la conocí —le contó en tono cómplice—, era una chiquilla traviesa, llamada Eulalia, que venía a menudo a mi casa a pedir un puñado de sal para que su madre pudiera amasar el pan o bien un huevo con el que preparar la papilla de su hermano pequeño. Su familia pasaba grandes apuros cada vez que llegaba el recaudador de impuestos a cobrar los doce dírhams correspondientes al pago de la yizia, y en más de una ocasión tuvimos que ayudarlos. Hoy mi hija y otro de sus hermanos están comprometidos —añadió, sonriente—. Vamos a emparentar.

—Yo soy un esclavo exento de pagar tributos aunque siga siendo cristiano —replicó el herrero, sarcástico—. Soy propiedad del *hayib*. ¿Acaso no conoces la ley que rige en Al-Ándalus?

—Si te convirtieras…

—¡Déjalo, Mahmud! —le cortó Tiago de modo grosero—. Ya hemos tenido esta conversación muchas veces.

—¿No te gustaría conversar con ella? —insistió el artesano, tentador—. Ella misma te contaría lo bien que se gana la vida trabajando en el *hammam* de Medina al-Zahara, donde se ha labrado una sólida reputación entre las mujeres del harén real...

En ese punto el estucador animó a Hadiya a que se acercara y se explicara por sí misma, cosa que ella hizo encantada, con una voz cristalina en la que aún resonaban timbres infantiles. Se la veía extrañamente suelta, espontánea, feliz de poder exhibir sus habilidades ante ese desconocido tan apreciado por su tío Mahmud.

Precisamente esa mañana había bajado a la ciudad muy temprano en busca de productos indispensables para su labor estética, tales como alheña, agua de azahar, semilla de lino, hiel de cabra o polvo de antimonio. Otros ingredientes como la cáscara de huevo molida o la pasta de almendras y miel, esenciales en la elaboración de cremas depilatorias o cosméticas, los preparaba ella misma en la cocina de su hogar, con la ayuda de su madre.

Cuando, tras esa introducción, empezó a entrar en el detalle de lo que acontecía en la intimidad del *hammam*, los baños a distintas temperaturas, masajes y demás tratamientos de belleza demandados por sus exigentes clientas, los dos hombres la mandaron parar, uno por pudor de padre y otro ante la reacción que semejante descripción provocaba involuntariamente en su cuerpo.

—¡Calla, por Dios! —saltó Tiago, a punto de perder el control.

—Creo que así es suficiente, querida —remachó Mahmud—. Mi nuevo aprendiz, Yusuf, te acompañará a casa.

Ella fue consciente del efecto que había producido en el herrero y disimuló una sonrisa pícara, sabiéndose poseedora de un gran poder.

\* \* \*

Pese a sus escasos dieciséis años, Hadiya había oído lo suficiente en el *hammam* como para saber que las únicas armas de una mujer en ese mundo eran la capacidad de seducción y la inteligencia, siempre que esta fuese administrada con la habilidad necesaria como para no hacer sombra a la de un varón. Sabía así mismo que el margen de tiempo con que contaría para poner en juego esas armas sería breve, porque su belleza se marchitaría pronto y, sin la ayuda de ese reclamo, de nada le serviría el talento a la hora de encontrar esposo. Y se sabía igualmente carente de otros alicientes susceptibles de permitirle aspirar a un matrimonio digno. Era ahora o nunca.

Su familia, agobiada por las deudas, no estaba en condiciones de pagarle una dote. Los modestos ingresos domésticos ni siquiera eran suficientes para alimentar a sus ocho hermanos, razón por la cual ella se había visto obligada a desempeñar una labor propia de esclavas, que la descartaba a ojos de muchos potenciales aspirantes. Y, por si todo ello no bastara, su reciente conversión al islam despertaba recelos entre la mayoría de sus vecinos, pues se decía, no sin motivos, que se había debido al interés antes que a una convicción sincera.

Todo esto rondaba la cabeza de la muchacha durante la charla mantenida con ese cautivo, que ahora tocaba a su fin. Aunque nadie le hubiera desvelado las verdaderas razones del encuentro ni mucho menos pedido su parecer, ella tenía una idea bastante precisa de lo que se cocía en esa entrevista. Había oído más de una conversación mantenida por su padre con el amín y conocía el empeño de este por convencer al cristiano de abrazar la fe de Alá, tal como habían hecho ellos tiempo atrás. Juntando todos esos ingredientes, la conclusión estaba clara. Ese abuelo a quien profesaba un cariño tan hondo como el que él sentía por ella se había propuesto desempeñar el papel de casamentero.

Mahmud no se cansaba de ponderar la increíble pericia del herrero en el manejo de los metales. Estaba seguro de que, con su ayuda, podría labrarse un futuro prometedor en el gremio, siempre que accediera a dar el paso necesario para alcanzar la libertad y establecerse por su cuenta. Incluso en alguna ocasión se había mencionado abiertamente la posibilidad de un matrimonio, impensable mientras el cautivo persistiera en su negativa a considerar siquiera la conversión. Persuadirle para que lo hiciera era la misión que ella tenía encomendada de manera tácita y no le disgustaba del todo. Ese cristiano no solo poseía potencial para convertirse en un buen partido, sino que debía de ser un hombre apuesto bajo la mugre que lo cubría. Por añadidura, representaba un desafío abierto a su capacidad de seducción. ¿Existía acicate mayor?

Tras besar castamente a su vecino a través del velo y bajar la mirada ante el extraño, marchó, obediente, tras los pasos de Yusuf, moviendo las caderas lo justo para alimentar el deseo que había alumbrado sin perder un ápice de elegancia. Algo en su interior le susurraba que había ganado la primera batalla.

\* \* \*

Tiago escupió su malestar de inmediato.

—¿Se puede saber qué pretendes? ¿Por qué me atormentas? ¿Te crees acaso que soy de piedra?

—Todo lo contrario —repuso el maestro, satisfecho de haber logrado el efecto pretendido—. Si te he presentado a Hadiya es porque podría ser tuya, y me da la sensación de que lo haría de buen grado.

—¿Entregarse a mí, a un esclavo? —inquirió Tiago desconcertado—. Si lo dices en serio, solo tienes que buscar el lugar y el modo de que yo llegue hasta allí burlando la vigilancia. Sabe el cielo cuánto me gustaría poner a prueba su habilidad con los masajes…

—¡Frena tu lengua, cristiano! —se enfadó Mahmud—. Esa chica es como una hija para mí. No te atrevas a ofenderla con pensamientos libidinosos. Una buena musulmana solo se entrega a su marido.

O sea que quien se decía su amigo había avivado un instinto dormido, reprimido desde hacía tanto tiempo a costa de enorme sufrimiento, sin brindarle la menor oportunidad de satisfacerlo. Le había puesto la miel en los labios para luego abocarlo a esa frustración.

Rojo de ira e impotencia, el herrero sintió una oleada de rabia subirle por el pecho hasta la garganta, donde cuajó en un grito casi animal lanzado al cielo de esa tierra hostil en la que todo y todos se conjuraban para acrecentar su infortunio.

Le llevó un buen rato a Mahmud tranquilizarlo, jurándole que su intención, lejos de ser cruel, no era otra que brindarle la oportunidad de rehacer una vida plena junto a una mujer capaz de colmar de dicha a cualquier hombre.

A medida que desgranaba sus argumentos, venciendo el impulso de mandar al infierno a ese politeísta intratable, se decía a sí mismo que ese sería el último intento de cumplir con su deber sagrado de atraerle al redil de la verdadera fe. Si fracasaba, se alejaría de él para siempre. Pero Tiago, una vez superado el estallido de cólera, le daba a entender con su actitud que estaba más cerca que nunca de sucumbir a la tentación. O al menos eso interpretaba él. A sus ojos, en ese momento era un ser desesperadamente necesitado de consuelo, lo que aprovechó para remachar:

—No hay deshonra en aceptar con humildad mi religión. Lo han hecho desde hace siglos cristianas de la más alta cuna, hijas o hermanas de reyes convertidas después en madres de califas. Alá el Misericordioso acoge en su seno con amor a cuantos buscan su luz.

Tiago dejó de prestar atención a esa prédica, de sobra conocida, cuyo contenido se le hacía cada vez más insoportable. Se metió en su caparazón con varias vueltas de cerrojo. Aceptaba que la intención de su amigo fuese la mejor, pero ninguna de sus palabras rebajaba un ápice el odio creciente que albergaba su corazón contra el islam y su primer abanderado, Almanzor, causante de su desgracia. Tampoco le interesaba lo más mínimo la retahíla de nombres que pronunciaba en esos instantes con dificultad Mahmud, quien, empeñado en triunfar, se había provisto de abundante munición con vistas a esa última y definitiva ofensiva.

—Fíjate en Subh Um Walad, a quien vosotros llamabais Aurora. Ahora ha caído en desgracia, pero llegó aquí en calidad de cautiva y durante años nadie la superó en poder. Ni siquiera el *hayib*, quien después se desposó con Urraca, Abda para nosotros, madre de su hijo Abderramán. De hecho, varias generaciones de emires y califas de Al-Ándalus han tenido madres bautizadas en vuestra fe politeísta. Vasconas cuya sangre corre desde antiguo por las venas de los omeyas.

El herrero se mordió la lengua para evitar ofenderle de nuevo pidiéndole que se callara, mientras él hacía gala de erudición genealógica basada en las habladurías que circulaban por zocos y baños.

—Seguro que me olvido de varias, pero me viene a la cabeza Onneca o Durr, que significa «perla», esposa de Abdalá I, hijo a su vez de Ushar. También el primer Príncipe de los Creyentes cordobés, el gran califa Abderramán, a quien alcancé a conocer siendo niño. Había heredado de su madre, Maryam, concubina del emir, una piel clara, unos ojos celestes y un cabello pelirrojo que se hacía teñir con alheña, a fin de oscurecerlo, porque su aspecto era el propio de un rumí y no de un árabe de estirpe regia.

Aquello colmó la paciencia del herrero. Antes de que Mahmud se remontara hasta los tiempos de Adán y Eva o volviera a los cotilleos referidos al *hayib* y su amante traicionera, lo detuvo en seco:

—¿Tú te estás escuchando? Me hablas de esas mujeres como si tuvieran algo que ver conmigo.

—Eran cristianas...

—Y yo soy hombre. Un esclavo carente de valor. Además, te repito por enésima vez que ya estoy casado. Sé que vuestra religión os autoriza a tener cuantas esposas o concubinas podáis mantener —añadió con cierta repugnancia—, pero la mía únicamente nos permite amar a una, que a mí me basta. Nadie sería capaz de igualarla.

Dicho lo cual, se despidió del estucador sin ceremonia, para buscar consuelo a su desazón tratando de recordar alguno de los instantes felices vividos junto a Mencía.

Últimamente había procurado apartarla de sus pensamientos, porque al evocarla la añoranza era tal que temía volverse loco. Prefería planear el magnicidio que se disponía a cometer o bien rumiar su rencor, antes que dejarse invadir por la pena de su ausencia. Pero no siempre lo conseguía. Tanto ella como el hijo a quien no conocería asaltaban con frecuencia su mente, llenándola de nostalgia. Entonces, dependiendo de su estado de ánimo, se refugiaba en la creencia de que habrían encontrado un buen hombre capaz de cuidar de ellos o, por el contrario, contemplaba esa eventualidad con horror, consumido por los celos.

En alguna rara ocasión intentaba imaginarse al niño, persuadido de que sería un varón y se llamaría Ramiro, cumpliendo lo acordado con Mencía nada más saber de su venida al mundo. Puesto que el destino los había separado de esa manera cruel, rogaba al cielo que su madre mantuviera vivo en el corazón del pequeño el recuerdo de su padre cautivo. Que le hablara de su amor por él y le contara cómo y por qué había caído en manos de los sarracenos, sacrificándose para tratar de salvar al hermano a quien tanto debían ambos. Que le enseñara el significado de la palabra «lealtad». Que lo educara en la bondad y la sencillez, tal como le habría gustado hacer a él si las cosas hubieran sido distintas.

Pasaba de la tristeza a la resignación y de esta a la amargura o la ira, sin salir de la desesperanza. Cuanto más lejana veía la posibilidad de escapar, más se odiaba a sí mismo por no haberlo intentado en su momento, durante la marcha infernal desde Compostela, cuando todavía tenía posibilidades de conseguirlo o perecer dignamente en el intento. Ahora el horizonte de su vida se había achicado hasta impedirle la respiración, como si una cuerda invisible le atenazara el gaznate. De un modo u otro debía cortar esa ligadura que lo asfixiaba, y hacerlo pronto.

Puesto a morir, mejor hacerlo de pie, con la cabeza alta.

# 26

Una estrecha lengua de arena clara hacía las veces de puerto a media docena de lanchas varadas. A su espalda, unas cuantas chozas de adobe, algunas techadas de paja y otras de pizarra, se arracimaban muy juntas en la ladera de una de las dos colinas asomadas a esa diminuta ensenada. Vistas desde el mar, la flanqueaban formando un anfiteatro natural perfecto, protegido por ese abrazo de la furia del Cantábrico.

Aquel era el hogar de Audrius. Se encontraba situado en un recodo del litoral, semioculto entre las escarpaduras de la costa y rodeado de vegetación espesa. Había aparecido ante sus ojos de improviso, como surgido de la nada. No alcanzaba la categoría de villa. Se trataba de un simple poblado marinero, en extremo humilde aunque acogedor en su sencillez. Y hermoso.

Las gentes que vio Mencía nada más llegar, remendando redes de pesca en el mismo arenal a la luz del atardecer, iban vestidas pobremente. Las construcciones encaramadas al cerro, en confusa aglomeración como para apoyarse unas en otras, daban la impresión de ir a desmoronarse en cualquier momento. Todo traslucía precariedad, trabajo duro y privación. Pero, a diferencia de la mayoría de los sitios por los que había transitado desde su partida de Compostela, no mostraba las huellas inconfundibles de la guerra. Por allí no había pasado Almanzor.

—Lo mejor de este lugar es que resulta invisible tanto desde el mar como desde tierra, a menos que uno sepa dónde buscar —se jactó el pescador, una vez asegurada su barca mediante un cabo atado a una estaca, lo suficientemente largo como para mantenerla en su sitio cuando la marea inundara la playa—. Por eso nos quedamos aquí...

La historia que acompañaba a esa revelación, desgranada con notable talento narrativo mientras recogía sus cosas, dio respuesta a muchas de las preguntas que se había formulado Mencía con respecto a ese hombre.

Se trataba de un normando, en efecto, aunque no de sangre pura. Él mismo era hijo de un cautivo apresado a orillas del mar Báltico, en el lejano norte helado. Había recalado en Asturias a raíz de la expedición encabezada por un tal Gunnar, a quien los cristianos llamaban Gundaredo. La misma de la que tanto había oído hablar ella de niña.

—Yo era entonces un muchacho apenas capaz de empuñar un hacha. Estaba orgulloso de que me dejaran pelear junto a ellos, aunque en realidad hacía más de criado y grumete de los guerreros que de verdadero tripulante. Mi padre a esas alturas se había convertido en uno más, tras casarse con una mujer normanda, y me había llevado con él para curtirme en el combate. ¡Vaya ojo tuvo el hombre! —Rio con ganas—. Primera y última experiencia.

Mencía no entendió el porqué de esa risotada, que él se apresuró a explicar con jovialidad.

—Tras la derrota, lo que quedaba de la flota se dispersó y nuestro *drakkar* halló por casualidad este refugio natural. Pronto se cumplirán treinta años desde aquello y veinte desde que dimos el último adiós al viejo, no sin que antes me enseñara todo lo que debe saber un vikingo. —Se hinchó como un odre a punto de estallar—. En aquel barco íbamos cuarenta hombres y media docena de cautivas. Con el tiempo han ido llegando otras mujeres hasta nosotros, pero siempre resultan pocas. Y ninguna que se te parezca, te lo aseguro. Trataremos de cuidarte bien y también velaremos por este mocoso —concluyó, desnudándola con la mirada mientras revolvía a Ramiro la mata de pelo crespo que coronaba su cabeza.

✳ ✳ ✳

No le resultó difícil a Mencía adaptarse a la vida sencilla de esa comunidad, compuesta por una mezcla heterogénea de ancianos rubios, altos y fornidos, mujeres menudas en comparación con ellos y jóvenes mestizos, en su mayoría de ojos y cabello claros. Todos hablaban la lengua igualmente híbrida en la que se expresaba Audrius, que ella nunca había oído fuera de allí.

La casa a donde los condujo su salvador el primer día más parecía un cuchitril destinado a guardar aperos que un hogar, aunque ella se encargó de adecentarla hasta convertirla en una vivienda confortable. Limpió polvo, moho y telarañas acumulados durante años. Sacó brillo a la olla que colgaba sobre el hogar, así como a la mesa, los dos taburetes y el arcón que constituían el mobiliario doméstico. Reparó, con la ayuda de una vecina, el telar abandonado que encontró junto a la ventana, y con él tejió cortinas separadoras de las dos estancias en que dividió el espacio, además de una colcha destinada a cubrir el colchón que hacía las veces de lecho a ras de suelo.

Nadie le preguntó de dónde venía. La aceptaron como una más con naturalidad, porque había llegado en la barca de Audrius y este parecía feliz en su compañía. Se entendían bien. Al principio ella se mostró renuente a entregársele y él respetó su voluntad, tal como había prometido. Convivieron bajo el mismo techo, sin tocarse, mientras Ramiro adoptaba espontáneamente como padre al hombre que lo elevaba por los aires jugando, le enseñaba a cebar anzuelos con gusanos o se lo llevaba de la mano hasta la orilla, antes de salir a la mar, hablándole de las distintas clases de peces que traería al caer la noche.

Cuando había suerte y las redes regresaban llenas, Mencía se levantaba antes del alba, se echaba a la cabeza un cesto cargado de pescado fresco y marchaba a pie monte arriba por un sendero apenas practicable hacia las granjas situadas en el interior, con el propósito de intercambiarlo por verduras, hortalizas o algo de harina y tocino. Solía llevar en la espalda a su hijo, todavía dormido, dentro del arnés que le habían fabricado en Coaña. Se alumbraba mediante un farol cebado con grasa de escualo a la que llamaban «saín», hedionda aunque duradera e infalible como medicina contra la debilidad y el hambre. ¡Santo remedio!

Una de las primeras cosas que aprendió de los lugareños fue a extraer ese valioso líquido del hígado de las gatas u otros peces de la misma especie. Una vez separada esa víscera del resto, se colgaba de un clavo al sol y se colocaba debajo un recipiente destinado a recoger el aceite que iba destilando, poco a poco, hasta apurar la última gota. Aquel era un tesoro enormemente apreciado a pesar de su repugnante sabor, cuya ingesta era considerada un privilegio. Los adultos lo sabían y lo consumían con tanta mesura como gratitud. Los niños, por el contrario, solían oponer fiera resistencia al brebaje. Cada vez que Mencía intentaba que Ramiro tomara una cucharada, tenía que inmovilizarlo y cerrarle la boca con fuerza hasta cerciorarse de que había tragado, porque el pequeño se resistía como gato panza arriba. ¿Cómo iba a saber él que esa pócima era el mismísimo elixir de la vida?

De no haber sido por ese sebo, vendido a precios elevados en el mercado de Gauzón, los inviernos y sus inclemencias habrían causado aún más miseria de la que traían consigo. Pero esa joya del gran azul valía para engrasar capas, cebar lámparas o sanar enfermos, entre otros múltiples usos. Tanta fama llegó a alcanzar, que entre las poblaciones vecinas la aldea de los normandos pronto empezó a ser conocida como «la villa del saín».

\* \* \*

Haciendo gala de gran fortaleza y mejor disposición, Mencía se adaptó al ritmo de las mareas cambiantes como si hubiese nacido al borde de ese océano bravío. Al igual que en el cenobio de Santa María, trabajó duro, sin una queja, para ganarse el pan que se llevaban a la boca ella y su hijo. Y una noche de luna nueva, estando el cielo cuajado de estrellas, pasó lo que tenía que pasar. Lo que Audrius y ella sabían inevitable desde esa primera mirada intercambiada en la lancha. Lo que habían estado anticipando durante semanas, mientras contemplaban a hurtadillas la hermosa desnudez del otro. Lo que ocurre entre una mujer y un hombre encendidos por una misma pasión.

Para cuando el pequeño huerto plantado junto a la casa se llenó de cebollas dulces y el calor empezó a apretar, la extraña unión impuesta por un destino caprichoso se había convertido en una familia al uso.

El pescador resultó ser un buen hombre, en general cariñoso. Casi siempre se mostraba jovial, excepto cuando bebía. Entonces se volvía pendenciero y era preciso escapar de sus arrebatos de furia, so pena de acabar con un ojo color violeta o bien un labio partido. Claro que rara vez llegaban a la aldea vino o licor con los que emborracharse, por lo que Mencía tenía motivos para considerarse afortunada. La mayoría de sus vecinas sufría violencia a diario, a manos de maridos dados a zanjar cualquier desavenencia a golpes. Tal era su derecho sagrado y lo ejercitaban sin reservas, pues era cosa sabida que la tendencia natural de las féminas a la charlatanería ociosa solo podía corregirse haciendo un uso liberal de la vara.

Audrius y su mujer, por el contrario, preferían resolver sus diferencias bajo la colcha, a ser posible aprovechando que Ramiro estuviera dormido. Allí se entendían a la perfección, pues el insaciable apetito de él solía encontrar acomodo en la voluptuosa disposición de ella.

De ese modo fueron explorándose, descubriéndose, conociéndose y tejiendo lazos estrechos desde la piel hasta el alma. Lazos tan sólidos como placenteros.

Mencía contó poco a poco a su hombre la peripecia que la había llevado hasta él. Le habló de Tiago, con respeto y dolor, preguntándose en voz alta si a esas alturas ella sería viuda o estaría cometiendo un terrible pecado contra los mandamientos de Dios al vivir amancebada con Audrius a pesar de tener marido. El normando era persona pragmática, ajena a la religión de Cristo, por lo que nunca alcanzó a comprender esos escrúpulos.

—Si tu esposo estuviera vivo ya os habría encontrado, ¿no te parece? Y si no ha sido capaz de hacerlo, no merece que te atormentes por él. Una mujer como tú no puede dejarse suelta mucho tiempo —concluía, con una mirada cargada de voracidad felina.

Fuese viuda o adúltera, durante los primeros tiempos nadie le echó en cara que se juntara con el marinero, salvo su conciencia, que de cuando en cuando se encargaba de atizar remordimientos. Cuando tal cosa ocurría, ni siquiera podía acudir al consuelo de la confesión, porque en la aldea escondida no había iglesia, ni capilla, ni sacerdote. La mayoría de sus habitantes no estaban bautizados y quienes lo estaban vivían en la práctica ajenos a la Iglesia. Aquel era un reducto pagano, regido por sus propias leyes, en el que la única norma insoslayable era ayudarse unos a otros en tiempos de dificultad, como los que trajo el invierno.

* * *

El frío vino acompañado de viento, este arrastró temporales y las olas impidieron que las barcas salieran a pescar para conseguir alimento. Allí no había cerdos que matar y eran escasas las gallinas. A falta de pescado que poder trocar por verdura o carne, poco había que llevarse a la boca. Era lo habitual en esas fechas en las que el hambre exhibía su feo rostro ante esas gentes dependientes de lo que brindaba la mar, aunque en esa ocasión lo hacía prematuramente.

Agotadas las magras despensas antes de lo previsto, fue preciso sobrevivir a base de pescado secado al aire, de fuerte sabor y textura áspera, a la espera de mejores tiempos. Pero fue entonces, precisamente entonces, cuando Mencía se dio cuenta de que su vientre se hinchaba por una segunda preñez. Abrumada por la culpa, acogió esa noticia con lágrimas, que Audrius se encargó de enjugar colmándola de caricias.

—¡Alégrate, mujer! —le dijo alzándola en volandas, profundamente feliz—. Saldremos adelante como siempre hemos hecho.

Y así fue.

Con la llegada de un nuevo verano nació otro niño, muy diferente a Ramiro, al que pusieron por nombre Dolfos, que en lengua normanda significaba «lobo». Audrius lo recibió con enorme alborozo, henchido de satisfacción y honra por ese hijo tardío tan parecido a él, tan bello, tan robusto, con su misma piel clara, sus mismas hechuras de gigante, una preciosa cabeza redonda, llamada a cubrirse de cabello rubio, y un llanto estruendoso que se oyó en toda la aldea, signo inequívoco de su personalidad arrolladora.

Sangre de su sangre. Continuador de su estirpe.

Mencía había pasado el embarazo angustiada por la creencia de que le resultaría imposible amar de todo corazón a esa criatura concebida en el pecado, o cuando menos quererla tanto como a su primogénito. Ese temor la atenazaba hasta el punto de impedirle dormir. Nada más ver su carita, empero, supo que en su corazón habría espacio para ambos. Un mismo espacio infinito, compartido y sin embargo único, en el que ambos hallarían siempre acomodo. No pensaba que fuese posible, pero el sentimiento que brotó de sus entrañas ante la visión de esa carita sucia, arrugada tras los rigores del parto, fue idéntico al que le inspiraba Ramiro. En los ojos de su hombre, en cambio, leyó otra cosa, y fue consciente de que él jamás los contemplaría igual.

Mientras la vieja partera lavaba al recién nacido con agua templada, antes de envolverlo bien prieto en un paño de lino limpio, un sombrío presentimiento oscureció su alegría. Ramiro se había empeñado en quedarse a su lado y permanecía muy quieto, silencioso, observando a esa criatura venida a robarle el sitio. Ella adivinó su inquietud y le dedicó una sonrisa tranquilizadora, musitando palabras tiernas. Él le devolvió el gesto apretándole con fuerza la mano. Entonces, en sus pupilas grises, Mencía reconoció la mirada de Tiago y sintió el impulso irracional de esconderse.

Ese reflejo de su marido, terriblemente real, la inundó de temor mezclado con vergüenza. Como si de pronto el hombre a quien tanto había amado, el compañero de su vida pasada, hubiese dejado de ser una esperanza gozosa para convertirse en una amenaza a su felicidad recobrada. ¿Qué ocurriría si aparecía y reclamaba su sitio?

## 27

Regresó victorioso Almanzor, tras ciento siete días de campaña, y Córdoba celebró su triunfo a lo grande. Había derrotado a los cristianos una vez más, para mayor gloria de Alá, pese a que estos no combatían divididos, como era su costumbre, sino unidos en una gran hueste integrada por soldados de todos los reinos politeístas. Aun así, comentaban con orgullo los habitantes de la urbe, habían sucumbido al empuje de los ejércitos andalusíes.

Desde hacía días la capital era un hervidero de rumores. Los emisarios enviados a preparar minuciosamente el desfile triunfal de rigor relataban con jactancia lo acaecido en la batalla. Sus noticias, más o menos adornadas, deformadas o tergiversadas, corrían de boca en boca.

En voz alta se jaleaba la audacia del *hayib* y sus hijos, protagonistas heroicos de esta nueva gesta con la que Al-Ándalus confirmaba su dominio absoluto sobre la península, así como su determinación de reprimir sin piedad cualquier intento de rebelión. Algunos cuchicheos, no obstante, hablaban de traición, de cobardía, de fisuras imperdonables en la disciplina de la tropa, que serían objeto de un castigo ejemplar ante los ojos del pueblo. Lo cual no hacía sino reforzar la curiosidad de las gentes, ávidas por presenciar ese prometedor espectáculo.

De acuerdo con la información que pudo recopilar Tiago preguntando a unos y a otros, el combate decisivo se había producido en un lugar llamado Cervera del Río Alhama, situado en tierras de Castilla. Esa revelación lo tranquilizó, pues aunque sus conocimientos de geografía eran limitados, sabía que aquello quedaba lejos de su Galicia natal y de las montañas astures donde, con la ayuda de Dios, habrían encontrado refugio su mujer y su hijo.

Si esa última aceifa había devastado los dominios del conde castellano o los del rey de Pamplona, se decía, al menos ellos, las únicas personas que realmente le importaban, estarían en sitio seguro, a salvo de todo mal. En cuanto a él, llevaba todo el verano rumiando su ansiada venganza; un objetivo ciertamente atrevido, aunque en absoluto inalcanzable. Ese afán era lo único que lo mantenía vivo.

En caso de haber podido, se habría ahorrado gustoso asistir a la ceremonia destinada a loar en las calles al caudillo sarraceno. Ya le odiaba lo suficiente con lo que sabía de él. No necesitaba ver los carros cargados de botín, la interminable cuerda de cautivos, los escuadrones de jinetes pesados o las armas relucientes de los infantes marcando el paso para hacerse una idea de la aterradora destrucción provocada por esa máquina implacable allá donde la desgracia hubiera conducido sus pasos. La conocía de sobra. La había sufrido en sus carnes. Contemplar el entusiasmo con que los cordobeses le mostraban su idolatría y la satisfacción que le producían a Almanzor esas aclamaciones constituía un tormento añadido, que habría rechazado de buena gana si hubiera tenido elección.

Si hubiese estado en su mano, habría permanecido en su mazmorra, descansando de la fatiga que le atenazaba el alma y soñando con el placer de clavar una daga afilada en el corazón de Almanzor. Pero no tuvo esa suerte. No le fue dado escoger. Al amanecer del día señalado lo sacaron a empujones de su agujero, junto a otros infelices caídos en esclavitud como él, a fin de que presenciara esa magna parada victoriosa desde una posición privilegiada. Era una crueldad reservada a los prisioneros levantiscos, reacios a someterse con la debida mansedumbre al yugo. La respuesta de sus verdugos a la empecinada obstinación que le hacía conservar la fe cristiana y el aliento, cuando lo normal habría sido que estuviera muerto o convertido al islam.

Tres interminables años llevaba el herrero en los sótanos de ese alcázar, sobreviviendo a la enfermedad, las jornadas de trabajo extenuantes, las palizas, la escasa alimentación, las peleas, el frío, la humedad, el calor, la impotencia, el hastío. Durante buena parte de ese tiempo había gozado de un cierto trato de favor, merced al interés mostrado hacia su persona por el jefe de la guardia del *hayib*, aunque su situación apenas era algo mejor que la del resto de los desdichados encerrados en los calabozos. Además, desde que Abdalá había partido a la guerra, a mediados de junio, sus carceleros ignoraban a menudo la orden de proporcionarle raciones generosas de pan y algo sustancioso en lo que mojarlo. La distancia hacía el olvido, no tanto en el amor cuanto en la obediencia, pensaba él, maldiciendo a los guardias, cada vez que le servían el cuenco de rancho consistente en sopa de garbanzos duros o engrudo de harina rancia.

A esas alturas del mes de octubre las escasas reservas acumuladas por su cuerpo estaban tan agotadas como su esperanza de huir. Era pura piel amarillenta pegada a los huesos. Un cadáver andante con el rostro cerúleo característico de los difuntos, en el que brillaban dos ojos de mirada encendida surcados de profundas ojeras. Un espectro sostenido por un ansia de revancha capaz de mantener a raya a la mismísima parca.

\* \* \*

Llegó la banda de música a la explanada de la mezquita, en vanguardia de un desfile organizado a conciencia hasta el último detalle. La perfecta representación del poderío andalusí encarnado en Almanzor, el Escogido de Alá, cuya fuerza, valor, audacia y capacidad estratégica superaban con creces todo lo conocido hasta entonces entre los soldados dedicados a la causa de la guerra santa.

A diferencia de lo ocurrido tras la incursión en Compostela, en esta ocasión lo rapiñado no incluía nada parecido a las campanas o las puertas arrancadas al templo del Apóstol, por lo que el imán de la Gran Aljama no desempeñó papel alguno en la ceremonia final. El centro de la plaza estaba ocupado por una plataforma elevada de considerable tamaño, frente a la cual habían sido dispuestas unas gradas de madera recubiertas de ricos cojines.

El gentío se arremolinaba por doquier, ávido por contemplar esa representación sobre la que tanto se había especulado. Tiago y los demás cautivos estaban situados de espaldas al escenario, junto al muro oriental del templo en el que tantas veces había visto labrar filigranas de escayola a Mahmud cuando todavía mantenían una cordial amistad.

¿Hacía semanas, meses, siglos? No habría sabido decirlo. Esa época pertenecía al pasado. A otra existencia dejada definitivamente atrás, de la que apenas guardaba recuerdos. Ahora su corazón solo albergaba un sentimiento. Su mente, un propósito. El trabajo en la forja no le producía ya el menor placer, y si se esforzaba por cumplir de manera satisfactoria los encargos era únicamente con el fin de conservar su posición en las obras. Un requisito indispensable para llevar a cabo su plan.

«Ríe mejor quien ríe último —solía recordarse a sí mismo cuando sentía decaer el ánimo—. Nunca llovió que no escampara...»

Aquella mañana brillaba el sol clemente del otoño, como si hasta el cielo quisiera sumarse a las ruidosas celebraciones.

El aire se llenó de música con las notas metálicas de las trompetas, acompañadas por el estruendo de los timbales, mientras las primeras unidades de soldados ocupaban su lugar en la explanada, encabezadas por sus comandantes, luciendo sus vistosos uniformes y sus impresionantes aceros. Los saludó la multitud con un rugido de bienvenida, que silenció poco después, de golpe, un redoble enfurecido de tambores. Era la señal convenida para anunciar la majestuosa entrada al recinto del *hayib*, revestido de toda su pompa, a lomos de la hermosa yegua que había herrado él mismo, a instancias de Abdalá, en las caballerizas situadas al otro lado del Guadalquivir.

Tiago fijó su atención en la guardia que seguía al caudillo, sin localizar al jefe buscado. En el lugar que habría debido ocupar el bereber se encontraba otro guerrero alto, de tez y cabello claros, indudablemente eslavo. Tal vez un franco o un vascón. En todo caso, un mercenario muy diferente al hombre a quien él conocía.

¿Qué habría sido de Abdalá? Solo cabían dos posibilidades: que hubiese muerto en combate o caído en desgracia

341

ante el caudillo. Tanto daba. Una y otra conducían a una misma conclusión. Su frágil vínculo con las altas esferas de la cancillería había desaparecido. Fuera cual fuese esa enigmática propuesta de la que le había hablado antes de marchar, nunca llegaría a conocerla. La idea se habría ido con él al infierno, donde el alma de sarraceno ardería eternamente.

En un principio no supo si alegrarse o lamentarlo. En su momento Abdalá le había proporcionado ayuda e incluso un hilo de esperanza al que aferrarse. Probablemente sin su auxilio no conservaría el pellejo. Claro que, por otra parte, eran imposibles de olvidar las incontables afrentas que le había infligido durante esa horrible marcha de la humillación desde Compostela, su ensañamiento, su persecución, su crueldad infinita.

En todo caso, la muerte de ese tipo extraño suponía el fin de sus privilegios en el alcázar, por mínimos que fuesen. Otra puerta cerrada; la enésima. Pero también un estímulo más y un obstáculo menos a su proyecto de venganza.

Llegado el momento de actuar, la presencia de ese conocido junto al *hayib* habría podido hacerle dudar, frenar su mano lo suficiente como para llevarle al fracaso. Sin él, no vacilaría, estaba seguro. Ni tampoco tendría nada que perder. Ni siquiera el mísero mendrugo convertido en ansiado manjar cuando el hambre aprieta.

\* \* \*

Cesó la música, ocuparon sus puestos las distintas unidades del ejército en la explanada y Almanzor subió con solemnidad a la tribuna, junto a sus hijos, Abd al-Malik y Abderramán, para unirse a un nutrido grupo de dignatarios entre los que se contaban generales, clérigos, hombres de leyes y algunos funcionarios destacados de Medina al-Zahira, en su mayoría eunucos. El público contenía el aliento a la espera de descubrir lo que vendría a continuación.

Tras unos instantes de silencio tenso hizo su aparición, como de la nada, un personaje voluminoso, de cabeza rapada, torso desnudo y andares zambos, provisto de una espada inmensa cuya hoja curva, recién afilada, lanzaba destellos deslumbrantes al reflejar la luz del mediodía. Era el verdugo. Fue recibido con aclamaciones de júbilo.

Mientras subía los peldaños del estrado despacio, acompañado de un redoble de tambores sordo, irrumpieron en la plaza siete oficiales encadenados, que aún vestían sus uniformes a fin de resultar perfectamente reconocibles. Los conducían al patíbulo otros tantos soldados, cariacontecidos, que según supo Tiago más tarde habían servido a sus órdenes. Esta vez la multitud calló, abrumada por una escena no solo insólita, sino triste, dado que ante sus ojos estaban siete hombres de armas respetados en virtud de sus hazañas. Siete veteranos de muchas campañas condenados a pagar el más alto precio por una conducta que el *hayib* había juzgado deshonrosa. Uno por cada cien guerreros muslimes caídos a manos de los cristianos.

Siguieron los pasos del sayón, con gran dignidad, manteniendo la cabeza alta. El herrero no comprendía nada de cuanto acontecía ante sus ojos, aunque no lo lamentaba. Si los sarracenos se habían vuelto tan locos como para matarse entre ellos, que así fuera. Mejor para la Cristiandad.

El sonido de los cueros se hizo más intenso y su cadencia más rápida, a medida que los reos fueron alcanzando su posición, alineados en la parte delantera del escenario, a escasa distancia unos de otros. Se los liberó de los grilletes, aunque siguieron con las manos atadas a la espalda. A la orden de quien parecía ser el maestro de ceremonias, se arrodillaron. Uno de ellos empezó a rezar, invocando el nombre de Alá el Misericordioso, el Compasivo con toda la creación, el Santísimo, el Que Perdona, el Que Responde a las Súplicas, el Juez, el Justo, el Indulgente. Le siguieron los demás prácticamente al unísono, repitiendo con devoción cada palabra de esa plegaria elevada al cielo, hasta que la primera cabeza rodó por el suelo cubierto de serrín. Aquello interrumpió de golpe la oración.

Uno a uno fueron decapitados de un tajo. Sin excepción. El verdugo se tomó su tiempo para calcular el grosor de cada cuello, el ángulo preciso en función de la altura y demás variables a tomar en cuenta con el fin de ejecutar un trabajo limpio, tal como exigía su bien ganada reputación. A partir del segundo ajusticiado, las salpicaduras de sangre le obligaban a limpiarse frecuentemente la cara a fin de conservar una visión clara de cada víctima, pese a lo cual cumplió con su deber a la perfección. Las siete cayeron de un solo golpe, sin sufrir, en atención a los servicios rendidos en el pasado a la comunidad de los creyentes, su linaje y su religión.

\* \* \*

De regreso a su mazmorra, escoltado por un soldado, Tiago iba mascando hiel. Las ejecuciones habían constituido una grata sorpresa, pero todo lo demás no había hecho más que avivar sus peores recuerdos; traerle a la memoria el dolor de su propia entrada humillante en Córdoba, tres años atrás, encabezando una fila de cristianos subyugados con una campana a cuestas. No una campana cualquiera, no, sino la voz del apóstol Santiago, forjada por su propio padre, que él se había prestado a transformar en lámpara con la que alumbrar la mezquita, templo de sus enemigos.

¿Qué clase de abominación le había llevado a cometer tal villanía? ¿A dónde lo había conducido la vanidad, aliada a la cobardía? Y sobre todo, dado que lo hecho ya no tenía remedio, ¿cómo podría redimir tamaño pecado? Únicamente existía un modo de hacerlo. Uno solo. Por eso se juró a sí mismo que no lo dejaría escapar.

En esas cavilaciones andaba perdido, cuando sintió un ligero empujón. Se lo había dado un miembro de la guardia del *hayib* que caminaba en dirección opuesta a la suya. Lo reconoció de inmediato: era uno de los dos que le habían conducido a las caballerizas, por orden de Abdalá. A falta de otro recurso con el que llamar su atención, se arrojó literalmente a sus pies, decidido a preguntarle qué había sido de él. Conseguido su propósito, en el instante en que su vigilante le propinaba la primera patada, el otro le escupió iracundo:

—¿Se puede saber qué haces, esclavo? ¿Tienes prisa por morir?

Consciente de que únicamente tendría una oportunidad, permaneció tendido, aunque levantó la mirada lo suficiente para preguntar en lengua árabe:

—¿No te acuerdas de mí?

El militar le echó una ojeada despectiva, antes de contestar de mala gana:

—Vagamente. Tú eres el herrero, ¿verdad? El que fuimos a buscar al alcázar por orden del antiguo capitán, para que calzara a una yegua a media jornada de distancia. ¡Vaya pérdida de tiempo! No sé qué vería en ti, pero despídete de futuras excursiones. Él ya está en el paraíso, disfrutando de setenta y dos vírgenes de piel cálida y carnes prietas —rio con lujuria—. Bien que se lo ha ganado.

—Dime, por caridad, ¿cómo murió?

—¿Y a ti qué más te da?

—Sentía afecto por tu capitán —mintió a medias—. Y respeto. Compartimos un largo camino desde Compostela hasta aquí.

—Si tú lo dices... —dudó el otro—. En fin, no hay inconveniente en que lo sepas. Abdalá cayó como un héroe, protegiendo a nuestro señor Almanzor. Se interpuso entre su corazón y una flecha cristiana, justo cuando el combate empezaba a decantarse a favor del enemigo por la cobardía de los oficiales que acaban de ser ejecutados. Si me hubieran preguntado a mí, los habría colgado de una viga. Esos traidores no merecían la merced de una muerte honrosa.

Viendo el efecto que causaban sus palabras, no solo en el cautivo sino en el soldado que lo custodiaba, el miembro de la guardia se explayó a gusto.

—Los ataques de los cristianos menudeaban por todos los flancos, hasta el extremo de que casi nos hicieron morder el ignominioso polvo de la derrota rompiendo nuestra formación por la derecha. Entre los hombres empezó una peligrosa desbandada, que habría proseguido hasta conducirnos al desastre de no haber mediado la protección de Alá, la perseverancia de nuestro caudillo y la magnífica firmeza con que obró, llegado el momento, a pesar de lo grande de su alarma y su íntimo desconcierto ante el desarrollo de los acontecimientos...

—¿Qué acontecimientos? —quiso saber el guardián, sorprendido por esas revelaciones—. ¿Acaso no alcanzó el *hayib* una nueva victoria ante esos perros?

—Lo hizo, hermano, lo hicimos. Pero no resultó fácil. Al darse cuenta Almanzor del peligro que acechaba a su hueste, envió a sus hijos a dar ejemplo, combatiendo en primera línea allá donde la brutal acometida de los politeístas había desbordado nuestras defensas. Simultáneamente, ordenó trasladar su campamento, situado hasta entonces en una hondonada del terreno, hasta una colina bien visible desde las posiciones enemigas. Entre las rocas había arqueros emboscados y uno de ellos aprovechó ese movimiento para dispararle la flecha asesina. De no ser por el capitán, que vigilaba de cerca sus pasos... ¡Gracias le sean dadas a Alá todopoderoso!

—¿Y después?

—Aquel fue el peor momento. Cuando llegó el conde de Castilla con su escolta y nos combatió con sus soldados y tuvimos ante nosotros lo más selecto del ejército cristiano, muchos olvidaron su adiestramiento y su experiencia, de tal modo que huyeron como gacelas ante los leones de la selva y se espantaron despavoridos como los avestruces ante los cazadores. Muchos valientes murieron tratando de cubrir los huecos que dejaban esas ratas.

Tiago escuchaba el relato embelesado. Aunque conociera de antemano el funesto desenlace de esa batalla, el mero hecho de que los sarracenos hubiesen sufrido pérdidas importantes, hasta el punto de temer una derrota, constituía miel para sus oídos. Claro que la parte buena había llegado a su fin.

—Al ver a la tropa que había acompañado al *hayib* hasta lo alto del promontorio, los cristianos pensaron que se trataba de refuerzos. Era una estratagema a la desesperada, pero funcionó. Y el pánico cundió entre ellos. Volvieron grupas los jinetes y echaron a correr los de a pie. Entonces nos lanzamos en su persecución, adentrándonos más de diez millas en su territorio. Nuestros aceros causaron gran mortandad en sus filas, de las que había desaparecido cualquier vestigio de orden en esa huida enloquecida. Después, saqueamos el campamento que habían dejado abandonado, donde hicimos cuantioso botín de armamento y riquezas, antes de correr las tierras del rey García Sánchez, así como las de Sancho García, sin que sus mermados ejércitos volvieran a plantarnos cara.

El guardia de Almanzor se hinchó cual pavo real al evocar ese episodio. Rebosaba jactancia por cada pulgada del colorido uniforme que acababa de lucir en la parada, aunque en ese momento debió de recordar el motivo por el que se había rebajado a satisfacer la petición de un esclavo y añadió:

—Si el capitán Abdalá no hubiera estado en su puesto, presto para recibir esa flecha destinada al *hayib*, hoy Al-Ándalus lloraría la muerte del más grande de sus caudillos y serían los politeístas quienes celebrarían con júbilo el triunfo de sus mesnadas. Alá, en Su sabiduría, no ha permitido que tal calamidad llegara a consumarse, pero os aseguro que poco ha faltado. ¡Así penen eternamente todos los que se deshonraron dándose a la fuga cuando los infantes de Castilla, León, Pamplona y Carrión desbordaban nuestras posiciones, acometiéndonos con fiereza! La traición y la cobardía no tienen cabida en la guerra santa.

\* \* \*

Esas palabras, «guerra santa», calaron en la mente del herrero con inusitada fuerza. No era la primera vez que las oía, desde luego, pero en otras ocasiones su disposición a comprender no había estado a la altura de la gravedad de su significado. Ahora, en la oscuridad de su lóbrega celda, lo que los muslimes llamaban «yihad» le trajo a la memoria un augurio aterrador, oído frecuentemente en su Compostela natal. Un fragmento del Libro del Apocalipsis, que el sacerdote leía a menudo en la capilla del monasterio:

Y vi un ángel descender del cielo, que tenía la llave del abismo, y una grande cadena en su mano.

Y prendió al dragón, aquella serpiente antigua, que es el diablo y Satanás, y le ató por mil años.

Y lo arrojó al abismo, y lo encerró, y selló sobre Él, porque no engañe más a las naciones, hasta que mil años sean cumplidos; y después de esto es necesario que sea desatado un poco de tiempo.

Y cuando los mil años fueren cumplidos, Satanás será suelto de su prisión.

Y saldrá para engañar a las naciones que están sobre los cuatro ángulos de la tierra, a Gog y a Magog, a fin de congregarlas para la batalla; el número de las cuales es como la arena del mar.

Tiago sintió que la luz de Dios había descendido sobre él y vio con absoluta claridad en ese instante lo que el apóstol san Juan, el bienamado hermano de Santiago, había querido decir con ese escrito que él nunca había alcanzado a entender hasta entonces.

Satanás no era otro que Almanzor, desatado al cumplirse mil años desde su encierro. Porque esa era exactamente la fecha marcada en el calendario cristiano, distinto al de los ismaelitas. Los rigores del cautiverio le habían hecho perder en buena medida la noción del tiempo real, pero lo cierto era que corría exactamente el año 1000 de Nuestro Señor. El mundo había alcanzado ese omega señalado desde antiguo en el evangelio del discípulo favorito de Jesús; aquel a quien, desde la Cruz, había distinguido con su amor de hermano, diciendo a la Virgen María:

—Madre, aquí tienes a tu hijo.

Y a él:

—Hijo, aquí tienes a tu madre.

San Juan, inspirado por el Altísimo, lo había pronosticado con precisión minuciosa. Al cumplirse el primer milenio, el diablo saldría de su encierro para engañar a las naciones a fin de congregarlas para la batalla, y su número sería como la arena del mar. ¿Qué otra cosa eran los ejércitos del *hayib*, sino fuerzas del mal imbatibles? ¿No era acaso su número comparable al de la arena del mar?

No terminaba ahí el vaticinio. Faltaba la parte de la que él, Tiago de Compostela, daba fe con cada una de las llagas que laceraban su cuerpo:

> Y vi tronos, y se sentaron sobre ellos, y les fue dado juicio; y vi las almas de los degollados por el testimonio de Jesús, y por la palabra de Dios, y que no habían adorado a la bestia, ni a su imagen, y que no recibieron la señal en sus frentes, ni en sus manos, y vivieron y reinaron con Cristo mil años.

El dragón Almanzor debía ser liberado de su cadena «un poco de tiempo», según el presagio del Apocalipsis, pero ya había pasado demasiado. Había hecho suficiente mal. Era hora de devolverlo al abismo al menos otros mil años, y él, un simple herrero prisionero en la tierra de Gog y Magog, iba a encargarse de hacerlo. Ese era el destino del que tanto le hablaba en sus últimos días su llorado Rodrigo de Astorga.

Durante las semanas compartidas con ese valeroso infanzón castellano su ánimo había decaído a menudo. En más de una ocasión había pensado en dejarse morir, o provocar que lo mataran intentando una fuga suicida. Entonces, Rodrigo lo había frenado apelando a su deber de vivir para cumplir el plan de Dios. Invocaba siempre una razón oculta, un propósito de gran alcance que le sería desvelado en el momento oportuno. ¿Cómo podía saber ese veterano guerrero lo que estaba por acontecer? ¿Sería la proximidad de la muerte lo que le brindaba esa lucidez?

Fuera como fuese, él había hallado, al fin, la misión que el plan divino le tenía reservada. Su destino. Él sujetaría a la serpiente antes de que hiciera más daño. Él había rehusado adorar a la bestia y a su imagen, no había recibido en su frente la señal. Él libraría al mundo de Almanzor, redimiría su pecado y viviría eternamente con Cristo.

\* \* \*

Acababa de terminar la primera oración de la mañana, cuando los guardias irrumpieron en el calabozo con más jaleo del habitual. Arrastraban a cuatro cautivos procedentes de la última aceifa, que habrían de acomodarse en el escaso espacio disponible. Hubo protestas por parte de los prisioneros hacinados en ese sótano donde a ratos faltaba el aire, acalladas de inmediato sin contemplaciones.

—Si alguno quiere salir con los pies por delante, no tiene más que decirlo...

Los nuevos entraron de uno en uno, con la cabeza gacha y ojos llenos de miedo, en el que sería su hogar mientras vivieran. El que parecía más joven, casi un niño, se tumbó al lado de Tiago, que no se había movido. Trataba de apurar lo que le quedara de sueño, arropado con la manta regalo de Abdalá; un auténtico tesoro en ese infierno de humedad.

El muchacho estaba agotado. Venía caminando desde muy lejos y la debilidad incrementaba el frío que le calaba los huesos. Medio dormido, de manera inconsciente, agarró un extremo del cálido paño y tiró de él a fin de cubrirse. La reacción del herrero fue fulminante. Sin mediar palabra, lo agarró de la túnica, lo levantó con furia en volandas y le propinó un brutal puñetazo en la cara que le rompió la nariz, provocándole una hemorragia abundante. Acto seguido, recuperó lo que era suyo y volvió a tumbarse, como si nada hubiera pasado.

Cual animal herido, el recién llegado corrió despavorido hacia el extremo opuesto de la mazmorra, chorreando sangre, ante la indiferencia general. Allí cada cual cuidaba de sí mismo. Nadie conocía a nadie. La amistad había desertado, espantada por la dureza de ese cautiverio atroz.

Solo entonces se dio cuenta Tiago de que, en el incidente, había perdido la cruz que llevaba cosida en el interior de la túnica, no porque el chico le hubiera golpeado, sino por la violencia de sus propios movimientos. Estaba tan acostumbrado a sentir el roce del metal contra su piel que lo echó en falta en cuanto la joya se soltó de la tela. En ese instante entró en pánico. Lo poseyó una angustia irracional, inexplicable a la luz de la lógica. ¿Qué tenía de especial ese pequeño objeto forjado por él mismo, más allá de su semejanza con el que le había fabricado su padre?

A tientas buscó por el suelo, desesperado, hasta dar con el trocito de hierro negro. La cruz estaba intacta. Se le había desprendido el alfiler, que debería soldar cuanto antes para devolverla a su sitio, en contacto con su pecho, a la altura del corazón. Mientras tanto, la guardaría en lugar seguro, a salvo de posibles robos.

Ya incorporado y completamente despierto comprendió, avergonzado, que aquella era una nueva señal del cielo. Un aviso. Una llamada de atención. Jesucristo, en Su sabiduría, renegaba del ser en quien se había convertido y se alejaba de su lado. Rechazaba cualquier intimidad con una bestia capaz de agredir a un chico indefenso por una mísera manta. ¿Qué sería lo que esa fiera haría la próxima vez?

El tiempo se le agotaba mucho más rápido de lo previsto. No había margen para nuevas dudas, ni aplazamientos, ni esperanzas vanas. Su hora había llegado. En cuanto Almanzor cumpliera el ritual de acercarse a la mezquita como el más humilde de los albañiles, a fin de agradecer a su dios la victoria alcanzada en Cervera, Tiago estaría preparado. No dejaría pasar la ocasión. El *hayib* y él caerían juntos, por supuesto, pero su muerte no sería en balde. Y ya que la Providencia le había hurtado la dicha de conocer a su hijo, al menos haría algo de lo que el chico pudiera sentirse orgulloso.

# 28

A punto de cumplir tres años, Ramiro vigilaba a su hermano pequeño, jugando a conquistar gloria con un barco vikingo en miniatura que le había tallado Audrius en un trozo de madera. No sentía especial cariño por ese ser maloliente que se cagaba encima y se pasaba el día llorando, comiendo de una teta que consideraba suya o bien obligándole a estar callado para evitar despertarle. ¿Qué utilidad podía tener alguien tan dado a molestar? El tal Dolfos no hacía más que causar problemas y acarrearle broncas. Y encima le tocaba contemplarlo en la cuna para asegurarse de que respirara, mientras su madre se afanaba en sus tareas. ¡Con las ganas que tenía él de irse a corretear por la calle!

Mencía no podía estar pendiente del bebé, ni mucho menos del mayor, porque debía terminar de hilar una gruesa madeja de lino antes de que se fuera la luz. Había logrado que el carpintero le fabricara una rueca prácticamente exacta a la que le habían enseñado a utilizar en el monasterio, y con ella alcanzaba a producir suministro suficiente para mantener activo el telar.

Hilar y tejer le gustaba, además de dársele bien. Disfrutaba afinando el grosor del hilo, desafiándose a sí misma por ver si era capaz de sacar unas pulgadas más de hebra diáfana, componiendo diseños hermosos con lo que tenía a mano, que tampoco era mucho. Porque si nunca hasta entonces le había faltado el lino, abundante en las orillas del río, obtener lana no resultaba sencillo. En el poblado se consideraba un producto de lujo, difícil de conseguir, dado que nadie poseía rebaños. A lo sumo, unas cuantas gallinas flacas. Por eso a lo largo del año iban acumulando saín hasta llenar unos cuantos barriles, que intercambiaban por vellones en la época de la esquila. Sin ropa cálida, medias gruesas o mantos y capas engrasados, resistentes al agua, ninguno de sus habitantes habría sobrevivido al invierno.

—Ramiro —dijo en un susurro, con los ojos fijos en la labor—. ¿Estás ahí?

—Sí —respondió el niño refunfuñando—. Aquí estoy, aburrido por tu culpa.

Aunque le habría sido difícil escaparse, su madre prefería asegurarse cada poco tiempo. Pese a su edad, ese crío era capaz de cualquier cosa y en alguna ocasión se había escabullido a gatas, aprovechando un despiste, sin reparar en los incontables peligros que acechaban fuera de casa. ¡Cuántos niños morían quemados por acercarse demasiado al fuego, o bien ahogados en el mar, o devorados por alguna fiera al haberse alejado del pueblo, o mordidos por las ratas...! Perder a una criatura de vista, aunque fuera solo un instante, suponía correr el riesgo de no volver a verla con vida. Y Mencía quería demasiado a ese torbellino como para dejar que se la jugara.

Desde el nacimiento de Dolfos, ponía especial empeño en demostrarle ese amor, consciente de que su hombre hacía justo lo contrario.

Sin proponérselo ni darse cuenta siquiera del daño que causaba con su conducta, Audrius se volcaba espontáneamente en su propio vástago, que era un vivo retrato suyo todavía envuelto en mantillas. Casi siempre estaba en la mar, o bien reparando la lancha o los aperos de pesca, pero al regresar al hogar centraba toda su atención en el bebé, quien le devolvía cada carantoña en forma de sonrisas y toda clase de gracias. Si se dirigía a Ramiro, solía ser para regañarle o encomendarle alguna faena, que el crío se apresuraba a cumplir, poniendo su mejor voluntad, en un intento desesperado por ganarse una buena palabra. Rara vez se lo llevaba ya con él a la playa. No lo maltrataba, nunca le había dado nada más doloroso que un azote, cosa que no podían decir la mayoría de los hombres respecto de sus propios hijos. Sin embargo, lo relegaba de manera ostensible en su afecto. Y eso a su madre le dolía más que cualquier desprecio a su persona.

En ese mismo instante, mientras devanaba con esmero su madeja, no dejaba de dar vueltas a la idea de que, antes o después, esos medio hermanos le romperían el corazón enfrentándose entre sí precisamente a causa de esa diferencia. Las cosas cambiaban a su alrededor tan deprisa...

\* \* \*

A partir del momento en que la aldea, oculta durante años a los ojos del mundo, había empezado a ser conocida, nada había vuelto a ser igual. Al reclamo de la seguridad que proporcionaba su emplazamiento, un goteo constante de familias comenzaba a transformar su fisionomía, de conjunto desordenado de chozas a pueblo propiamente dicho. La mayoría llegaba con lo puesto, escapando de alguna aceifa, y muchas de ellas estaban compuestas por viudas con niños. La convivencia entre esos nuevos vecinos cristianos y los fundadores, en muchos casos paganos, daba lugar a ciertos recelos, aunque hasta la fecha no se había producido ningún encontronazo grave. La tensión, no obstante, iba en aumento y se palpaba en el aire.

Dos meses atrás se había instalado allí un sacerdote, el padre Aurelio, procedente de Oviedo, con el afán de llevar la palabra de Dios a los miembros de esa comunidad todavía reacios a escucharla. Un clérigo joven, entusiasta, demasiado rígido a juicio de buena parte de los lugareños, que sin embargo iba ganándose poco a poco su respeto, o cuando menos su obediencia, administrando con inteligencia grandes dosis de paciencia, mucho trabajo puerta a puerta, no pocas amenazas, una fe inasequible al desaliento y una notable habilidad en la descripción del infierno, con cuyas llamas eternas y criaturas monstruosas amenazaba a los recalcitrantes en cada una de sus homilías dominicales.

A falta de iglesia, estas se celebraban al aire libre, desafiando a los elementos, en el espacio abierto entre las barcas varadas en la playa y las primeras casas situadas a los pies de la colina. Sin embargo, con el dinero traído por el clérigo y el trabajo entregado de unos cuantos fieles devotos, había comenzado la construcción de un templo sencillo, de una sola nave, levantado en madera de roble a media altura de la loma que cerraba el anfiteatro natural a poniente.

Mencía habría contribuido de buen grado a la obra con su limosna, de haber tenido un mísero sueldo del que poder prescindir. Pero no era el caso. Si en alguna rara ocasión caía en su mano una moneda, la aprovechaba para comprar algún cacharro, calzado, agujas de coser o cualquiera de las muchas cosas que echaba a faltar en su nueva vida. ¡Qué lejos quedaban los días de Compostela, donde hasta los siervos disfrutaban de abundancia en comparación con la dura existencia de esos pescadores!

Cada vez que, a su pesar, la acometía la nostalgia, se apresuraba a decirse que agua pasada no mueve molino. Desde que estaba con Audrius se había propuesto no mirar atrás, ni mucho menos compadecerse de sí misma. Antes al contrario, daba gracias al Altísimo por tener un techo bajo el cual cobijarse, dos hijos sanos, fuerza para trabajar y un hombre decente a su lado.

Pese a sus buenos propósitos, empero, a menudo recordaba a Tiago. Acudía a sus sueños o la sorprendía asaltando su mente en pleno día, tal como lo había visto por última vez, junto a ese puente atestado de prófugos. Evocaba sus ojos, tan parecidos a los de Ramiro, oía su voz amada, sentía el tacto de sus labios, en los que había aprendido a besar, y se desesperaba preguntándose si esa extraña clarividencia no sería una señal del cielo. Si su esposo estaría tratando de decirle algo, ya fuese desde el cautiverio o acaso desde la otra vida.

¿Podría ocurrir que él anduviera aún por este mundo? ¿Lograría un día escapar, a fin de cumplir su promesa y acudir en busca de su esposa y su hijo? ¿Sería el espíritu de Tiago vivo el que se le aparecía de forma tan diáfana para reprocharle que le hubiera traicionado? No y mil veces no, respondía con rabia a esa molesta voz interior, impostando convicción a falta de seguridad. A esas alturas Tiago debía de estar muerto. Tenía que estarlo. Era preciso que así fuera. Porque en caso contrario...

La posibilidad de que viviera, aunque remota, constituía un tormento lacerante para su alma. Una fuente constante de preocupación, seguida de culpa, arrepentimiento y más culpa. Por eso se alegraba de contar en la aldea con un sacerdote a quien acudir si llegaba al punto de no poder soportarlo.

Todavía no se había atrevido a confesar el pecado en el que se hallaba al convivir con un hombre sin ser su esposa ante la Iglesia, pero había pedido al padre Aurelio que bautizara a Dolfos. Y Audrius, quien seguía creyendo a pies juntillas en las deidades de su infancia, aunque no hiciera ostentación de ello, había consentido en que así fuese, después de mucho rogarle invocando el interés del niño en ese mundo gobernado por el Dios cristiano.

Así estaban las cosas en el pueblo cuando aconteció la catástrofe.

* * *

La víspera del gran temporal, los más viejos del lugar alertaron de su venida. Ellos conocían bien la mar, sabían leer en sus ondulaciones, descifrar el significado de sus vaivenes y sus espumas, escrutar el horizonte, augurar lo que escondía esa densa cortina oscura desplegada justo allá donde el océano se fundía con el firmamento infinito.

Los ancianos previeron la ferocidad de esa tempestad y avisaron. Quienes atendieron sus voces de alarma, entre ellos Audrius, conservaron sus barcas y, con ellas, su pan. Los demás lo perdieron todo.

La aldea sin nombre contaba con un puerto natural a resguardo de un muro de rocas que no era, ni mucho menos, invulnerable a la furia del piélago. Cuando esta se desataba, no había espigón que la frenara ni resistencia posible ante ella. Solo cabía alejarse, poner a salvo cuanto pudiera trasladarse a lugar seguro y rezar para que pasara pronto.

«A quien se ayuda, Dios le ayuda», solían repetir las gentes, fuera cual fuese su dios. Claro que esa lección la habían aprendido a golpes quienes llevaban tiempo conviviendo con esa inmensidad azulada tan proclive a encolerizarse. Los recién llegados, en cambio, aún no la habían visto enfadada. E incluso los más avezados, quienes la conocían bien, fueron sorprendidos por la violencia de su acometida.

La víspera del gran temporal, los pescadores más curtidos en el combate contra esa furia unieron fuerzas para llevar en volandas sus lanchas, tanto las pequeñas como las de gran tamaño, hasta la explanada donde se estaba construyendo la iglesia, a media altura de la colina, fuera del alcance de las olas. Levantar y mover esos armatostes requería de un vigor extraordinario, pero ellos eran hombres rudos, acostumbrados a bregar. Además, no tenían elección. Habían visto el rostro rabioso de esa mar convertida en monstruo y aprendido a guardarse de ella. Claro que lo que vino en esa ocasión superó con creces todo lo conocido hasta entonces. Nunca antes las lenguas de agua se habían tragado casas enteras.

La galerna se anunció, como siempre, con un cielo negro en pleno día, acompañado de viento. Un vendaval estruendoso, aterrador, cuya violencia derribó postes y arrancó tejados de cuajo. Las redes que no habían sido recogidas volaban por los aires cual gigantescas gaviotas, formando remolinos con ramas de árbol tronchadas, lascas de pizarra, alguna silla desvencijada, olvidada con las prisas en la calle, y demás objetos contundentes susceptibles de matar a quien se aventurara a poner un pie fuera.

Enseguida empezó a caer una lluvia inusualmente gruesa, primero a goterones sonoros, luego en forma de catarata. Para entonces todo el mundo se había refugiado en el interior de las viviendas y había atrancado las puertas, después de proteger los huecos de las ventanas con sus correspondientes guardas de madera. Los más previsores, instalados en la parte alta del pueblo, contemplaban aquel desastre sin dar crédito a su magnitud, compadeciéndose de los desgraciados cuyos hogares corrían serio peligro de ser engullidos en alguna de las embestidas con que el oleaje acometía la tierra, cada vez más fuerte, como si quisiera recuperar un espacio de su propiedad.

Desde su atalaya, Audrius calculó que las olas debían de haber alcanzado las siete brazas de altura y estaban a punto de arrancar toda una línea de edificaciones cercanas a la playa, llevándose al fondo helado a cuantas personas se hacinaban en su interior. Muchos de ellos eran sus amigos. Algunos incluso habían remado a su lado en el *drakkar* que los había conducido hasta allí. Por eso tenía que hacer algo. No podía quedarse impasible, viendo cómo los devoraba esa tempestad semejante a un inmenso escualo infernal.

Con la determinación que da la certeza de estar ante una hecatombe, se puso en pie de un salto, se echó a la espalda la capa engrasada y se dirigió resuelto a la puerta.

—Cuando haya salido, cierra —ordenó a Mencía, que se acurrucaba junto al fuego, con Dolfos en brazos y Ramiro como un perrillo a sus pies.

—Pero ¿dónde vas? —exclamó ella horrorizada—. ¡No se te ocurra salir! ¿Me oyes?

—¡Haz lo que te digo, mujer! Y aparta los muebles para hacer sitio. Hoy tendremos visita.

—Por favor te lo pido, no salgas.

—¡Calla y obedece! —rugió él—. No muestres temor ante los niños. ¿Es que no ves lo asustado que está tu hijo? Ya te he dicho muchas veces que mi nombre significa «tormenta». Me lo pusieron, precisamente, para protegerme de ella. No le tengo miedo y tampoco tú deberías.

Dicho lo cual, se echó a la calle.

Doblándose en ángulo recto a fin de sortear la furia del viento, bajó lentamente en dirección a la playa, llevando consigo un par de rollos de cabo atravesados en la espalda. Al verlo pasar y adivinar sus intenciones, se le unieron otros hombres, dispuestos a prestarle auxilio en la tarea que se había propuesto acometer. Marineros conscientes de lo que es capaz de hacer el océano embravecido, provistos igualmente de cuerdas con el empeño de rescatar a sus vecinos. También el sacerdote quiso sumarse al grupo, aunque fue rechazado sin contemplaciones.

—Ya les darás de comer cuando no tengan qué llevarse a la boca —lo despacharon, despectivos—. Ahora solo estorbarías. Deja que nosotros hagamos lo que sabemos hacer.

A costa de no poco ahínco y considerable arrojo, el grupo de valientes se abrió paso hasta la docena de personas que permanecían sitiadas en los pajares de sus chozas, mientras el agua inundaba la planta baja, arremetía una y otra vez contra los frágiles cimientos de madera y provocaba horribles crujidos que presagiaban derrumbes.

—¡Formemos una cadena! —gritó Audrius por encima del aullido marino—. Amarraos entre vosotros y a lo que veáis que pueda aguantar. Vamos a sacar de aquí a esta gente antes de que sea tarde. Hoy esta zorra hambrienta no se comerá a nadie. Por mis antepasados lo juro.

Quienes bregaban con la mar en su quehacer cotidiano solían profesarle un sentimiento complejo, difícilmente comprensible para los de tierra adentro. Amor y odio a partes iguales. Miedo, gratitud, repugnancia o ansia de venganza, dependiendo del momento, pero ante todo, respeto. Un respeto reverencial nacido del conocimiento.

Esa despensa inagotable los alimentaba con generosidad, pero no regalaba sus bienes. Se cobraba un elevado tributo en vidas humanas por cada pez, cada molusco, cada marisco extraído de sus entrañas. Por eso y por tantos compañeros víctimas de su abrazo mortal, cuantos dependían de ella para ganarse el sustento libraban permanentemente una lucha que, en situaciones como aquella, los transformaba en temibles guerreros.

—¡Vamos! —bramó el vikingo, a guisa de arenga, mientras terminaba de anudarse la soga a la cintura y entraba en la primera casa a fin de sacar a un abuelo, su hija, el marido de esta y dos críos—. ¿Todos listos? ¡A la de tres! Empezamos por los niños...

Dicho y hecho. Uno a uno pasaron de mano en mano hacia la seguridad de la altura, empapados, ateridos de frío, sabedores de que padecerían hambre, pero vivos. Después fueron rescatados los de las casas contiguas, hasta cerciorarse de que quedaban vacías. Y ese día la fortuna, aliada con el valor, honró el juramento de Audrius.

La mar causó enormes destrozos, pero no se llevó a nadie.

\* \* \*

Mencía había pasado todo ese tiempo rezando porque su hombre regresara sano y salvo. Diciéndose que el destino no podía ensañarse con ella hasta el punto de castigarla dos veces del mismo modo. Suplicando a Dios que librara a Audrius de todo mal, puesto que no era él quien le había ofendido con sus actos, sino ella.

—Sálvalo, Señor, te lo ruego —imploraba de rodillas, ante la atenta mirada de un Ramiro cada vez más atemorizado—. Tráelo de vuelta a mí y yo lo llevaré hasta ti. Te lo prometo.

Cuando lo vio entrar de una pieza, henchido de satisfacción por haber derrotado a su feroz enemiga arrebatándole a sus presas, se le arrojó al cuello y lo cubrió de besos. Nunca le había parecido tan hermoso ni lo había deseado con tanta intensidad. De no haber estado allí los niños, despiertos, se le habría entregado en ese instante. Incluso con ellos delante lo habría hecho, sin que fuera la primera vez. Pero Audrius no venía solo. Lo acompañaban dos de las familias desahuciadas por la mar. Dos viejos normandos supervivientes de la primera expedición, sus hijos y sus nietos. En total, nueve personas, dado que uno de los jóvenes era viudo.

El océano era peligroso, aunque no tanto como un parto. Todas las mujeres conocían el alto precio a pagar por cada hijo y lo asumían con resignación y no poca valentía, al igual que el terrible dolor inherente a ese trance. Era la condena dictada por Dios contra Eva por inducir a Adán al pecado. Una sentencia inapelable. Un estigma aterrador a la vez que el más valioso de los dones, por cuanto eran ellas las custodias de un poder inigualable. El de dar la vida a un ser humano después de haberlo sentido crecer día a día.

* * *

A pesar de la tragedia, aquella fue una noche festiva, en parte para celebrar que no hubiera habido víctimas mortales y en parte para olvidar la magnitud de la destrucción sufrida. Haciendo honor a la hospitalidad debida al prójimo en apuros, Mencía vació la despensa a fin de que esa pobre gente entrara en calor con una sopa espesa de pescado, nabos y cebollas; se añadió a la lumbre leña seca y Audrius agotó sus reservas de cerveza. Todos comieron y bebieron a placer, como si no fuese a haber un mañana.

Entonces, uno de los ancianos empezó a desgranar una saga.

Pese a tener la voz cascada por los años y dificultades de pronunciación debidas a la ausencia de dientes, Balder demostró ser un grandísimo narrador. Y puso tanta emoción en el relato de las glorias protagonizadas por su pueblo en el pasado, que hasta los más pequeños quedaron atrapados en los entresijos de la historia, que comenzaba así:

—Spanland estuvo en nuestros anhelos desde que en tiempos del abuelo de mi bisabuelo el primer *snekker* avistó su costa, tan semejante a nuestros verdes fiordos y al mismo tiempo tan distinta, tan cálida, abierta a la navegación incluso en lo peor del invierno, a pesar de tempestades como la que ha provocado hoy Thor golpeando con su martillo. ¡Viejo loco!

»Spanland era el hogar de gentes fieras. De soberanos valientes como el llamado Ramiro, que había derrotado a una poderosa armada en las cercanías de la Torre de Hércules, haciendo gran matanza de guerreros desembarcados y forzando a los supervivientes a regresar con las manos vacías a las únicas treinta naves salvadas de las llamas...

El pequeño Ramiro sonrió orgulloso al escuchar el nombre que compartía con ese gran monarca astur, cuyas hazañas le contaba su madre a menudo en las tardes de lluvia.

—... Pero Spanland era también Galicia, el reino de Santiago, que según las leyendas albergaba un monasterio tan inmensamente rico que diez *drakkars* no habrían bastado para transportar sus tesoros. Y Spanland era Lisboa, Sevilla, Cádiz y Córdoba, donde los antepasados se habían ganado con la espada tanta fama como fortuna en forma de oro, plata, joyas, paños y cautivos vendidos como esclavos, antes de sucumbir a los incontables jinetes enviados a la batalla por un gobernante al que llamaban «emir». Ganaron al fin los caballos frente a quienes luchaban a pie, pero tal fue el espanto de los vencedores, tan honda la herida causada por nuestros hombres a su pueblo, que ese caudillo mandó enseguida a un embajador a firmar la paz con nuestro rey. Y también él halló en nuestro salón un tesoro...

Llegado a ese punto, el abuelo hizo un alto en el relato para aclararse la garganta con un trago de cerveza. Lo que venía a continuación debía de hacerle gracia, porque soltó una risotada pícara al evocar:

—La reina Nud recibió a ese emisario como solo las normandas saben hacerlo. Con amor del bueno. Él era un hombre pequeño acostumbrado a mujeres tímidas. Ella, una real hembra poderosa, decidida a satisfacer su curiosidad, por poco prometedor que pareciese el extranjero.

La risotada corrió por toda la estancia. Mencía miró con cierta vergüenza a Audrius, quien le guiñó un ojo con descaro.

—Te lo tengo dicho —le recordó—. Nada de pudores. Bastantes disgustos nos da la vida como para no disfrutar de los pocos placeres a nuestro alcance.

—Nud enseñó al forastero lo que entendemos nosotros por hospitalidad —prosiguió Balder el relato—. Se entretuvo unos días a su lado. Y cuando él manifestó su sorpresa ante una conducta tan osada por su parte, ella le paró los pies recordándole que entre nosotros las mujeres están con sus maridos mientras lo tienen a bien. Ellas son las que deciden...

Lo que Mencía aprovechó para susurrar a Audrius:

—No lo olvides.

—... Y, hecha de modo tan placentero la paz, el embajador regresó a su país en un barco cargado de vikingos convertidos a la fe de los cristianos, que deseaban peregrinar a la tumba de su Apóstol.

Mencía se preguntó en silencio de qué modo lograría ese sarraceno atravesar el territorio cristiano para llegar hasta Al-Ándalus, aunque no quiso interrumpir el relato. Supuso que los mensajeros reales gozarían de privilegios inaccesibles al común de los mortales. Sabía bien que las personas principales eran diferentes a ellos. No corrían los peligros que acechaban a los siervos. Los muros levantados entre magnates, clérigos y gentes llanas eran mucho más altos que los de cualquier ciudad. Inexpugnables.

—Poco antes de aquello —prosiguió el anciano—, los hombres de Ragnar Lodbrok se habían adentrado por los ríos de los anglos y los sajones, habían derrotado a los reyes de Mercia o Wessex y remontado los cauces de la rica Galia, hasta reducir a cenizas la ciudad de París. También habían alcanzado las orillas del Báltico en busca de botín, saqueando una y otra vez sus costas...

—De allí viene la mitad de mi sangre —proclamó con orgullo el anfitrión, mientras el narrador tomaba resuello.

—Desde que descubrieron el modo seguro de navegar en mar abierta sin perder el rumbo, gracias a las piedras de sol, no existía hueste capaz de frenar su avance. Cada expedición partía al comienzo del verano hacia la victoria o el Valhalla, morada de los héroes caídos en combate donde nunca falta el hidromiel y las mujeres son alegres. Casi todas regresaban victoriosas algunos meses después, con las naves repletas de oro llamado a engendrar nuevos planes de conquista.

Un rumor de admiración y envidia se extendió entre los presentes, fascinados por esas vidas tan distintas a las suyas. También el normando soltó momentáneamente el hilo de su relato, perdido en una divagación nostálgica.

—Las noches de invierno en el norte no tienen fin. ¿Sabéis? La tierra se cubre de nieve. El frío es tal que te congela el aliento y hasta las lágrimas. La oscuridad lo invade todo un día y otro y otro más. El tiempo se detiene. Solo cabe soñar despiertos. Imaginar cuál será el siguiente destino. A dónde nos conducirán los *langskip* cuando el fiordo se deshiele. Rememorar las hazañas de quienes nos precedieron.

»¿Me había quedado en Ragnar Lodbrok? ¡Quisiera pensar que su espíritu aún sigue vivo en nosotros! Sus hijos adoptivos, los hermanos Hastein y Björn Ragnarsson, también forjaron su leyenda en esta tierra de Spanland. En Galicia saquearon la antigua ciudad de Iria Flavia, a la que luego prendieron fuego para asegurar bien la retaguardia mientras ponían sitio a Compostela, que a punto estuvo de caer.

Mencía se estremeció ante esa nueva mención del que fuera su hogar. No sabía exactamente de cuándo hablaba el anciano ni reconocía esos nombres, pero contemplaba sus hechos de un modo muy diferente al de Balder. A los ojos de él esos normandos eran seres grandiosos, dignos de veneración. A los de ella, asesinos despiadados. Claro que se guardó mucho de decir nada. Todos a su alrededor escuchaban embelesados la narración de esas gestas y ella, su anfitriona, no era la más indicada para aguarles la fiesta con reproches. Al fin y al cabo, esos acontecimientos terribles pertenecían a un pasado remoto.

—Ya os he dicho que Spanland es tan vasta como rica —prosiguió el narrador, que empezaba a mostrar signos evidentes de cansancio y hacía pausas cada vez más largas. Ante la extrañeza que semejante afirmación había causado en su público, añadió—: No me refiero a nuestra aldea, desde luego, a la vista está. Pero tampoco nosotros somos dignos de llamarnos vikingos. Perdimos ese derecho cuando renunciamos a seguir el ejemplo de nuestros mayores. Cuando cambiamos el hacha por la caña y el combate por la pesca. ¡Maldita sea la hora en que me dejé convencer para aceptar esta muerte infame!

—Tranquilo, padre —trató de calmarlo su hijo, preocupado por el daño que pudiera causarle ese acceso de ira—. Tú estás aquí, con nosotros. Estás vivo.

—Pero nunca entraré en el Valhalla —se lamentó el anciano, cuyo rostro apergaminado se había convertido de pronto en el vivo retrato de la amargura—. No chocaré mi copa con las de Ragnar, Hastein y Björn. No escucharé de sus labios cómo acaudillaron a sus hombres tierra adentro, asolaron el Reino de Pamplona y capturaron a su rey, García Íñiguez. No contemplaré con mis ojos los noventa mil sueldos de oro que obtuvieron por su rescate. No conoceré a Erik, Hacha Sangrienta, hijo de Harald el Rubio, muerto gloriosamente en los acantilados del fin del mundo.

* * *

Cerca del amanecer dieron por concluida la velada, con el alivio de saber que el temporal había pasado. Cada cual se acomodó donde pudo sobre el suelo de tierra batida, para descansar las fatigas de una jornada terrible. Aunque sus ropas seguían estando mojadas, un agradable calor humano impregnaba la pequeña estancia atestada de gente. Los ronquidos no tardaron en hacerse oír, empezando por los del dueño de la casa.

Audrius se quedó profundamente dormido al instante. Mencía se abrazó a su cuerpo siguiendo su costumbre, con la intención de hacer lo propio, aunque un pensamiento inquietante le robaba el sueño y la paz, cual mosquito empeñado en desvelarla con su zumbido.

Por la mañana, cuando su hombre había partido al rescate de los vecinos amenazados por la tempestad, ella había prometido al Señor que, si se lo traía de vuelta, ella le conduciría a Él. Ahora debía hallar el modo de cumplir esa promesa.

# 29

Durante muchos días la aldea entera se volcó en las tareas de limpieza, desescombro y recuperación de cuantos restos aprovechables había dejado ese brutal turbión a su paso. La reconstrucción de lo destruido llevaría más tiempo, aunque también sería acometida en grupo. Ciertos saberes antiguos pasaban de generación en generación, y el primero de ellos era la certeza de que la supervivencia individual dependía por entero de la contribución colectiva. Lo cual no era impedimento para que con gran frecuencia se desataran rencillas.

Cuando tal cosa ocurría, las mujeres se encargaban de zanjar pacíficamente el asunto, arrastrando a sus hombres a casa, ya fueran estos maridos, padres, hermanos o hijos. Era una tradición sacrosanta que ningún vecino asentado se atrevía a discutir, porque la experiencia demostraba con creces que las féminas resolvían conflictos sin más daño que un tirón de pelos o a lo sumo un bofetón, aceptando con naturalidad llevar unas veces las de ganar y otras las de perder. Ellos, por el contrario, eran proclives a sacar los cuchillos ante la menor nadería, y por eso les dejaban a ellas la gestión de los altercados, excepto cuando estos tenían base en algún asunto relacionado con la mar. Los barcos eran territorio exclusivamente masculino, vedado sin excepción a las hembras, portadoras de mala fortuna así en la pesca como en la guerra. También ese veto era sagrado.

Al principio, Mencía se había sorprendido ante esta extraña costumbre, completamente ajena a su propia experiencia en Compostela. ¿Procedía de Escandinavia, donde, según el relato de Balder, las mujeres eran tan libres, descaradas y resueltas como esa reina llamada Nud? ¿Se debía a las largas ausencias de los varones, embarcados en ocasiones más de una semana en pos de los bancos de peces? ¿O acaso tenía su origen en el antiguo pueblo astur, cuyas mujeres, se decía, participaban en las batallas en pie de igualdad con los guerreros?

Fuera como fuese, se trataba de una buena costumbre. Si hubiera cundido el ejemplo, pensaba ella, el mundo sería un lugar mucho más grato para criar hijos. A la vista estaba. Si dejaran gobernar a las mujeres… ¡Tonterías! Bastante tenían ellas con sacar adelante a sus familias. El gobierno era cosa de hombres. Así había sido siempre y así seguiría siendo hasta el fin de los tiempos, si Dios no lo remediaba.

Reinaba a la sazón en León un niño de apenas tres años, Alfonso, hijo del difunto Bermudo. Y si bien la regencia era ejercida por su madre, Elvira, hermana del poderoso conde de Castilla, quien llevaba las riendas del Reino era su ayo Menendo, hijo del conde Gonzalo Menéndez. Un personaje tan oscuro como poderoso, a quien las malas lenguas achacaban haber participado tiempo atrás en el envenenamiento del rey Sancho, apodado el Craso por su descomunal gordura.

Claro que todo aquello quedaba muy lejos de un pequeño pueblo marinero azotado por un temporal. Las intrigas de la corte les resultaban tan ajenas como a esta el hambre que amenazaba con diezmar a los más débiles de la aldea. De cuando en cuando aparecía por allí un recaudador de impuestos encargado de cobrar los tributos debidos al señor, aunque casi siempre se marchaba con las manos vacías. Por mucho que rebuscaran sus sicarios, no había nada que confiscar, salvo las lanchas de pesca y las rayas puestas a secar al aire después de haberlas limpiado.

Si alguien poseía algo de valor, lo tenía bien escondido.

\* \* \*

El domingo siguiente al desastre, el padre Aurelio celebró una solemne eucaristía de acción de gracias. Más de uno se preguntó qué debían agradecer al cielo, habida cuenta de la devastación causada por el viento y el oleaje, pero el sacerdote les explicó que, dadas las circunstancias, la ausencia de víctimas mortales constituía un milagro debido a la misericordia divina. Acto seguido, empero, los alertó de que aquello no era más que el principio. Un pálido preludio de lo que les aguardaba.

—El día del Juicio se acerca, hermanos. ¡Está escrito! —tronó su voz, respaldada por la exhibición de un viejo códice encuadernado en piel cuyo contenido únicamente él era capaz de leer—. Ved lo que nos dice san Juan en el Libro del Apocalipsis. Escuchad sus palabras:

Y vi los siete ángeles que estaban delante de Dios; y les fueron dadas siete trompetas.

Y otro ángel vino, y se paró delante del altar, teniendo un incensario de oro; y le fue dado mucho incienso para que lo añadiese a las oraciones de todos los santos sobre el altar de oro que estaba delante del trono.

Y el humo del incienso subió de la mano del ángel delante de Dios, con las oraciones de los santos.

Y el ángel tomó el incensario, y lo llenó del fuego del altar, y lo echó en la tierra; y fueron hechos truenos y voces y relámpagos y terremotos.

Y los siete ángeles que tenían las siete trompetas se aparejaron para tocar.

Y el primer ángel tocó la trompeta, y fue hecho granizo y fuego, mezclado con sangre, y fueron arrojados a la tierra; y la tercera parte de los árboles fue quemada, y se quemó toda la hierba verde.

Y el segundo ángel tocó la trompeta, y como un grande monte ardiendo con fuego fue lanzado en la mar; y la tercera parte de la mar se tornó en sangre.

Y murió la tercera parte de las criaturas que estaban en la mar, las cuales tenían vida; y la tercera parte de los navíos pereció.

Y el tercer ángel tocó la trompeta, y cayó del cielo una grande estrella, ardiendo como una antorcha, y cayó en la tercera parte de los ríos, y en las fuentes de las aguas.

Un murmullo de terror corrió de boca en boca, entre gestos de asentimiento, pues habían sido testigos de algo parecido a lo que vaticinaba la profecía del apóstol Juan. Muchos se santiguaron, invocando la protección de la Virgen María. Mencía sintió un escalofrío recorrerle la espalda y agarró con fuerza la mano de Ramiro, hasta el punto de hacerle daño. Con la otra sostenía la cabecita de Dolfos, dormido en sus brazos. Eran tan pequeños, tan inocentes... ¿Por qué debían pagar ellos los pecados de sus mayores? ¿No se apiadaría el Señor de esas criaturas sin culpa y las libraría de perecer en semejante hecatombe?

Como si le hubiese adivinado el pensamiento, el joven predicador añadió, cual juez implacable:

—Poneos a bien con Dios y haced penitencia, pues se han cumplido los mil años y Satán ha sido suelto de su prisión. El tiempo ha terminado. ¡Ay de los pecadores que arrastre con él al fuego eterno!

La exigua congregación se disolvió en silencio, convencida de estar viviendo sus últimas horas en este mundo. Ella, aterrorizada, regresó a su casa todo lo rápido que le permitían los niños, más decidida que nunca a llevar a Audrius por el buen camino.

✳ ✳ ✳

Cuando no estaba vendiendo el pescado capturado por su hombre, amamantando a Dolfos, guisando, limpiando o dedicada a cualquier otro quehacer doméstico, Mencía hilaba y tejía, tejía e hilaba sin descanso. Era el único medio a su alcance para obtener unas monedas, vendiendo sus mejores labores en el mercado que se instalaba de cuando en cuando a los pies del castillo de Gauzón.

Aprovechando los conocimientos adquiridos en la próspera Compostela, donde la calidad de los paños era muy superior a la habitual en ese rincón de Asturias, prácticamente desde su llegada había establecido una red de colaboración con varias de sus vecinas, de la que todas salían ganando.

Las menos dotadas para el trabajo fino recogían lino a la orilla del río, lo lavaban y lo peinaban, destrozándose la piel en la dura tarea de separar la mejor parte, el tapido, de la mediana y la estopa. Esta última, muy basta, era empleada por otro grupo de mujeres para fabricar cuerdas destinadas a sujetar los remos de las barcas, estropajos y otros productos similares de escaso valor. El resto, la mediana y el tapido, pasaban una noche al raso, blanqueándose, después de lo cual llegaban a las manos expertas de Mencía y sus alumnas más aventajadas, quienes se encargaban de hilarlos con esmero a fin de obtener un material delicado con el que echar a andar los telares.

Pronto se multiplicó el número de las máquinas, así como el de las tejedoras, de manera que la «villa del saín», a la que algunos llamaban «codillero» debido a la forma de su puerto, empezó a ser conocida también por sus lienzos, sus cintas y sus bordados, que alcanzaron merecida fama en las poblaciones vecinas.

\* \* \*

Aquella tarde de finales de invierno Mencía regresaba precisamente del mercado, o lo que llamaban por lo común con ese nombre, a pesar de su carácter desordenado. En esa época del año se celebraba como mucho una vez al mes, debido a las inclemencias del tiempo. En realidad, se trataba de una reunión espontánea de gentes procedentes de distintos pueblos de la región, que se convocaban boca a boca con la suficiente antelación y acudían allí llevando las verduras cultivadas en sus huertos, sus quesos, cacharros, telas o embutidos, en busca de compradores. En general funcionaba el trueque, aunque también corría excepcionalmente algún vellón e incluso un sueldo de plata procedente del reino franco o de los musulmanes del sur. Auténticos tesoros propios de magnates rara vez al alcance de esos hijos del pueblo llano.

El encuentro se llevaba a cabo a las puertas de la fortaleza de Gauzón, que desde su orgullosa atalaya custodiaba la línea de la costa y en particular la ría de Avilés, emporio de un lucrativo comercio de sal, entre otras mercancías preciadas. En más de una ocasión sus vigías habían alertado de una incursión normanda o repelido un ataque sarraceno, al amparo de su posición privilegiada en la altura de un risco inexpugnable guardado por el océano cuando la marea estaba alta.

Esa formidable edificación de piedra había ido creciendo y ampliándose desde época remota, hasta el punto de constituirse en refugio de los lugareños cada vez que la hueste ismaelita los azotaba con una aceifa. No en vano era la residencia del conde llamado a gobernar el alfoz del mismo nombre, en cuyo territorio se encuadraba la aldea de Audrius. Acaso por eso se citaran allí, a la sombra de su flamante torre cuadrada, con el fin de intercambiar sus productos.

Mencía no lo sabía y tampoco le importaba. Cuando se levantaba antes del alba para conseguir un buen puesto entre la multitud de villanos acudidos a hacer negocio, su única preocupación era obtener un precio justo por sus telas. Y ese día no solo lo había logrado, sino que podía enorgullecerse de haber cosechado un éxito infinitamente más importante. Ese día la condesa en persona, enterada de la reputación ganada por sus trabajos, había enviado a una sirvienta a comprarle una pieza de encaje. ¿Podía caber mayor dicha?

Al tomar el camino de regreso exultaba, impaciente por llegar a casa para compartir con Audrius la feliz noticia, abrazar a sus hijos, dejados al cuidado de una vecina, y repartir beneficios con sus compañeras. Tampoco le quedaban muchas horas de luz, por lo que aceleró el paso, decidida a recorrer lo más rápidamente posible las tres leguas que la separaban del poblado.

Estaba acostumbrada a caminar por senderos embarrados, repletos de zarzas. No temía a las fieras salvajes, pues rara vez atacaban a una persona adulta, y menos en ese paraje relativamente transitado. Conocía los peligros que acechaban a una mujer sola, desde luego, pero no los asociaba a ese momento y ese lugar. A sus ojos, Asturias, sus gentes, sus senderos, eran un entorno seguro.

¡Cuán equivocada estaba!

\* \* \*

El hombre apareció de repente, armado con un garrote. Salió de detrás de un árbol, esgrimiendo su arma sin decir palabra. Era de cuerpo menudo, aunque fibroso, con una deformidad en la pierna que le provocaba una ligera cojera. Vestía ropa harapienta. Su cara de fiera acorralada mostraba tanto miedo como bestialidad. No parecía ser un bandido al uso, puesto que estos solían ir en grupo, si bien su actitud tampoco auguraba nada bueno.

Mencía se detuvo en seco, dispuesta a vender cara la bolsa que colgaba de un cordel en su cintura, bajo la túnica y la capa. Con el fin de apaciguarlo, le ofreció un saco de alubias secas y una gallina ponedora que llevaba de las patas cabeza abajo, adquirida a cambio de un par de varas de cinta. Él cogió las dos cosas con avidez, sin dejar de intimidarla con su mirada de lobo hambriento. Y ella supo exactamente lo que ocurriría si no le paraba los pies. No solo perdería la plata, sino que ese animal la tomaría por la fuerza, después de lo cual la mataría. Algo en sus ojos gritaba que no sería la primera vez.

Su reacción inmediata fue echar a correr, aprovechando que la cojera de su asaltante le impediría alcanzarla. Pero él se encontraba en medio del camino, cortándole el paso, y a ella no se le ocurrió retroceder hacia el castillo. ¿Quién podía saber de antemano cómo actuaría en una situación semejante?

Durante un instante se quedó paralizada. Ni siquiera gritó; nadie habría oído sus voces. El malhechor depositó en el suelo su botín, con parsimonia, relamiéndose de placer ante lo que le aguardaba. Entonces ella vio su oportunidad e hizo lo que menos esperaba él. Aprovechando que estaba agachado, le propinó una patada en la entrepierna con todas sus fuerzas, que lo dejó seco en el suelo. Sus aullidos de dolor se mezclaron en el aire con las peores blasfemias imaginables, seguidas de obscenidades referidas a lo que le haría cuando la pillara.

Movida por la certeza de que ese rufián cumpliría con delectación cada una de sus amenazas, Mencía corrió como alma que lleva el diablo sin pararse a mirar atrás. Corrió hasta perder el aliento y aún más, remangándose la túnica a fin de no tropezar. Corrió mientras la sostuvieron las piernas. Luego cayó desfallecida, muy cerca ya de la aldea, a la que llegó casi a rastras, jadeando, con el corazón desbocado.

Al ver a su mujer en ese estado, Audrius se puso en lo peor y montó en cólera. Ella se había derrumbado en sus brazos y lloraba con desconsuelo, incapaz de explicarse. Él no esperó a que lo hiciera. Le había bastado verle las ropas revueltas, la melena desparramada y la cara descompuesta para alcanzar unas conclusiones erróneas.

—¿Dónde está ese hijo de puta? —bramó, apartándola de su pecho sin el menor asomo de ternura—. ¡Dime quién nos ha deshonrado y te juro que lo pagará con su vida!

En ese preciso momento toda su sangre vikinga estaba en ebullición, ávida de venganza. Si su mujer había sido ultrajada, tal como indicaban su aspecto atemorizado y sus balbuceos inconexos, él estaba obligado a lavar esa afrenta sin demora, del único modo posible. Era su honor el mancillado, antes incluso que el de ella. Suyo era el deber de restablecer su buen nombre, tomando cumplida revancha de semejante ofensa. La peor de cuantas pudieran infligirse a un hombre.

—¡Por todos los dioses, Mencía, habla! —La sacudió, agarrándola por los hombros para hacerle recuperar el dominio de sí misma—. ¿Qué ha pasado? ¿Quién ha sido?

—Estoy bien —fue lo primero que acertó a decir ella—. No me ha quitado la bolsa...

Y poco a poco le contó lo sucedido, dejando para el final la razón por la cual le preocupaba tanto el contenido de esa faltriquera, casi tan importante como su nueva clienta.

A esas alturas de la historia, Audrius había dejado de escuchar. Solo pensaba en dar una muerte lenta al malnacido que había atacado a su hembra. Porque aunque ella se hubiese bastado para defender su virtud, él no sería digno de llamarse hombre si no daba su merecido a ese ser despreciable.

Hipando todavía a resultas de tanto llanto, Mencía se durmió abrazada a Ramiro, que no se había separado de ella, sabedor de que su madre necesitaba su consuelo, aun sin comprender por qué.

El normando, en cambio, no pegó ojo en toda la noche. Antes del amanecer salió en dirección al camino por el que había venido ella, llevando consigo el cuchillo que usaba para destripar a los peces de mayor tamaño. Sospechaba que el bribón seguiría merodeando por allí, en busca de nuevas presas, ansioso por acabar lo que Mencía había interrumpido de forma tan dolorosa. Y no se equivocaba.

A media mañana divisó el humo de una hoguera, a la que se acercó esperanzado para descubrir que, en efecto, junto al fuego estaba el bribón, chuperreteando los últimos huesos de una gallina asada. Sin mediar palabra, se le echó encima, lo inmovilizó con la propia correa de su túnica y lo castró de un tajo limpio, como se hace con los cerdos. Podría haberlo rematado, pero prefirió dejarlo desangrarse. Si por milagro lograba detener la hemorragia, esa mutilación sería bastante castigo.

El asunto quedaba así zanjado, ojo por ojo, diente por diente, aunque el crimen no hubiera llegado a consumarse. A su entender, el intento era más que suficiente para cortarle a ese indeseable las pelotas y arrojarlas a la fogata, a fin de que las viera arder y se impregnara de su hedor mientras se le escapaba la vida.

\* \* \*

Después de aquel incidente, pasaron una mala racha. Audrius se mostraba huraño, distante, como si ella fuese responsable de lo que le había ocurrido. Mencía, por su parte, había contemplado de cerca a la muerte y no se quitaba de la cabeza las palabras del padre Aurelio:

—Poneos a bien con Dios y haced penitencia... El tiempo ha terminado. ¡Ay de los pecadores que arrastre con él al fuego eterno!

¿Y si la tempestad no había sido sino el preludio de algo mucho peor, semejante a lo descrito en el libro que leía el cura? ¿Y si todos estaban a punto de comparecer en el Juicio Final? ¿Cómo podría ella presentarse ante el Supremo Juez con la carga que llevaba a cuestas? Peor. ¿Cómo podrían hacerlo sus hijos, criaturas inocentes? Era preciso cumplir la promesa formulada al Señor, conducir a Audrius al redil de la verdadera fe y santificar cuanto antes su unión contrayendo matrimonio.

Además de sus propios remordimientos, sentía el peso de muchas miradas hostiles incluso sobre los pequeños. Sin que supiera cómo, se había corrido la voz de que Audrius y ella no estaban casados sino amancebados, con el consiguiente descrédito para su persona y su progenie.

Probablemente alguien hubiese lanzado la maledicencia como consecuencia de la envidia o de alguna mezquina rencilla mal digerida. No tenía modo de saberlo. Pero fuera quien fuese, le había ido con el cuento al padre Aurelio, quien se había encarado con ella preguntándole si era cierto o se trataba de una calumnia. Al escuchar de sus labios que era verdad, le había echado una reprimenda cuyos ecos resonaban aún en sus oídos. Desde entonces, se negaba a darle la comunión en misa.

La situación era insostenible, máxime después de haber visto tan cerca el final. Mencía había tratado de convencer a su hombre de todas las maneras posibles, sin éxito. Y puesto que por las buenas solo cosechaba fracasos, no le quedó más remedio que intentarlo del único modo que le pareció abocado a procurarle una victoria.

Una noche abandonó el lecho que compartía con él y se fue a dormir con Ramiro, sin decir palabra. Cuando él la reclamó, primero zalamero, después desconcertado, y al cabo de unos días furioso, ella rechazó todos sus intentos y se hizo fuerte en su negativa.

—¿No fuiste tú quien me dijiste que las mujeres normandas se acuestan con quien ellas quieren?

—¿Te refieres a la historia que nos contó Balder?

—A esa y a otras que he oído de ti. Bien orgulloso estabas tú escuchándolo hablar de vuestra reina... Además, cuando me trajiste aquí presumiste de no haber forzado nunca a una mujer y me diste tu palabra de que jamás lo harías.

—¿Y eso qué tiene que ver ahora?

—Tiene que ver que no pienso volver a tu cama mientras no consientas en que nos casemos en la iglesia, ante los ojos de Dios. Así es que ya sabes. Tú decides.

*　*　*

La decisión no tardó mucho en producirse. A regañadientes, Audrius accedió a los deseos de su mujer, en gran medida porque lo había dejado solo en un jergón demasiado grande y helado pero, sobre todo, porque en el fondo poco le importaba quién bendijera su unión. Una ceremonia no iba a cambiar sus sentimientos. Y aunque en ocasiones como aquella tuviera ganas de estrangularla por lo empecinada que llegaba a ser, sabía que nunca hallaría a nadie capaz de igualarla.

La víspera de la boda, Mencía fue a confesar sus culpas, armada de valor y contrición. Le contó al padre Aurelio todo lo acaecido desde el ataque de Almanzor a Compostela, sus muchas peripecias, sus miedos, sus faltas. Desgranó uno a uno sus pecados, con tanta humildad como vergüenza, hasta vaciar su corazón del peso que lo lastraba.

En contra de lo que temía, el sacerdote no se mostró demasiado severo. Al fin y al cabo había ganado una batalla y salvado a una oveja descarriada, ya que esa misma mañana el novio había aceptado recibir el bautismo. La anhelada absolución parecía estar ahí, al alcance de su alma atormentada, cuando el clérigo formuló una última pregunta. La única para la cual ella no tenía respuesta.

—Entonces, hija, ¿estás absolutamente segura de que tu marido, Tiago, está muerto?

# 30

E se año 390 de la hégira, 1000 según
el cómputo de Dionisio el Exiguo
que comenzaba en el nacimiento de Cristo, el invierno se resistía a morir en Córdoba. El frío unido a la humedad había
entorpecido el remate de los trabajos llevados a cabo en la
Gran Aljama, pese a lo cual estos estaban a punto de concluir. Al fin el Victorioso de Alá vería culminada la ampliación fruto de su personal empeño. Una reforma que, con ser
indiscutiblemente grandiosa, no gustaba a todo el mundo por
igual.

Si bien en voz alta se alababa el nombre de Almanzor por
haber incrementado con ocho nuevas naves el espacio abierto
a los fieles, los más puristas consideraban que su intervención había roto la simetría del templo, además de pervertir la
bellísima reforma ejecutada en época de Al-Hakam al tratar
de imitar la alternancia de ladrillo y piedra característica de
las dovelas de sus arcos utilizando vulgar pintura de colores.

Para bien o para mal, empero, las obras estaban prácticamente terminadas, lo que no hacía sino incrementar la impa-

ciencia y el desasosiego con que Tiago aguardaba el momento de ejecutar su plan. Si no surgía la ocasión en los próximos días, antes de la siguiente campaña, perdería para siempre la oportunidad de matar al hombre que encarnaba a sus ojos el demonio descrito al detalle en el Libro de San Juan.

\* \* \*

La explanada abierta frente a la mezquita estaba casi desierta esa mañana lluviosa. Los andamios habían sido retirados y apenas quedaban trabajadores por allí, a excepción de los barrenderos encargados de mantenerla inmaculadamente limpia. En la parte trasera, asomada al Guadalquivir, tampoco había mucho movimiento. Nadie se enfrentaba de manera voluntaria a un tiempo tan desapacible, lo que reducía el habitual trajín a los esclavos, sirvientes y soldados obligados a cumplir con sus faenas por mucho aguacero que les cayera encima.

Entre quienes afrontaban la jornada como cualquier otra, aunque empapados, se encontraba el herrero. Y eso que la forja llevaba semanas a medio rendimiento, por falta de demanda. Apenas quedaba faena relacionada con la aljama. La mayor parte de su labor consistía en producir espadas, cuchillos, puntas de lanza y demás armamento refinado destinado a la guardia del *hayib*, con la consiguiente humillación para él. Porque cada colada de acero, cada golpe de martillo en el yunque y cada proceso de templado le recordaban dolorosamente su contribución a reforzar el poder de quienes lo mantenían cautivo.

Hacía mucho que no veía a Mahmud. La última conversación que tuvo con él no había terminado bien, y además el estucador no tenía motivos para acercarse hasta allí una vez concluida su labor. Por eso le sorprendió sobremanera verlo aparecer precisamente ese día, desafiando a los elementos.

—La paz sea contigo, viejo amigo —lo saludó su visitante en tono afable, frotándose las manos con vigor a pocas pulgadas del fuego a fin de entrar en calor.

—Y contigo también, Mahmud —respondió el cristiano, más huraño.

—Te noto desmejorado —añadió el artesano, con gesto de alarma, observando la cara ojerosa del cautivo, que era un puro esqueleto recubierto de piel llagada—. ¿Estás enfermo? ¿Hay algo que pueda hacer por ti? Dímelo, hermano, te lo ruego. Me apena profundamente verte reducido a este estado y quisiera ayudarte. Sabes bien cuánto te aprecio.

Tiago no tuvo la menor duda sobre la autenticidad de esas palabras, aunque compasión y afecto eran lo último que deseaba en ese momento decisivo de su mísera existencia. Su corazón estaba demasiado lleno de rabia para albergar gratitud. Lo poseía por completo un afán de venganza ciego que le llevó a contestar, iracundo:

—¿Cómo crees que tratan a los esclavos en el alcázar los sayones de tu señor? ¿Me ves desmejorado, dices? Lo sorprendente es que siga vivo. Esas mazmorras son un anticipo del infierno.

—¿No me preguntas por Hadiya? —inquirió el musulmán misterioso, haciendo oídos sordos a esa desabrida respuesta.

—No empieces otra vez, por favor, o no respondo de mis actos.

—Tranquilo, cristiano, no tengo la menor intención de hacerlo. Perdiste tu oportunidad y bien que lo lamento, porque me habría complacido sobremanera que cuajara vuestra unión. Alá, en Su sabiduría, ha dispuesto las cosas de otro modo, y he venido a decirte que la muchacha parece haber hecho buenas migas con Yusuf, mi aprendiz, quien progresa a gran velocidad en los secretos del oficio. Si es voluntad del Más Grande que así sea, pronto se comprometerán. Quería que lo supieras.

—¿De verdad quieres hacer algo por mí? —lanzó entonces a bocajarro el herrero, encendido por un anuncio cuya intención, a sus ojos, solo podía ser zaherirle con el fin de hacerle lamentar su decisión de mantenerse fiel a su mujer y a su fe—. ¡Ayúdame a matar a Almanzor!

Al oír esa petición, formulada casi a gritos, Mahmud se quedó paralizado en el sitio, con los ojos desorbitados por el miedo. Cuando al fin reaccionó, fue para mirar en todas direcciones lleno de espanto, decidido a comprobar si alguien a su alrededor había sido testigo de semejante atrocidad. Afortunadamente para ambos, no obstante, el chaparrón mantenía las calles semidesiertas.

Los guardias más cercanos se hallaban a cubierto bajo un tejadillo a bastante distancia, lo cual no restaba un ápice de gravedad al desafuero que acababa de proferir el cautivo. Una barbaridad que rumiaba en su mente al menos desde el último desfile triunfal del *hayib*, tal como había adivinado Mahmud en su momento. Después había tratado de engañarse negándose a dar por bueno lo que todos los indicios apuntaban, mas a la vista estaba que su intuición no lo había engañado.

Su primer impulso fue llevarse las manos a la cabeza y salir corriendo de allí, pero se contuvo. No quería delatarse con sus gestos ante los soldados, demasiado alejados para oír aunque no para ver, porque si el herrero llevaba finalmente a cabo su descabellado plan, las represalias serían terribles. De modo que respiró hondo varias veces en busca de la calma perdida, invocó en silencio el auxilio del Profeta e inquirió en un susurro:

—¿Has perdido completamente el juicio?

—Todo lo contrario —replicó Tiago con jactancia—. Estoy más cuerdo que nunca. ¡Ojalá se me hubiera ocurrido esta idea al poco de llegar aquí! Me habría ahorrado incontables tormentos y librado a mis hermanos cristianos del sufrimiento que les inflige ese monstruo con cada nueva campaña.

—¿Te das cuenta de la locura que pretendes acometer? No tienes ninguna posibilidad. ¿Me escuchas? ¡Ninguna! ¿Crees que la guardia del *hayib* te va a permitir acercarte a él? Solo conseguirás que te maten en el acto o, peor para ti, te apresen, en cuyo caso te auguro una muerte lenta y dolorosa. ¿Es eso lo que quieres?

—Lo que quiero es acabar de una vez por todas con esta existencia asquerosa —escupió Tiago—. ¿Tanto te cuesta entenderlo? ¡No puedo más!

—Te brindé una salida. ¿Recuerdas?

—Me tentaste a cometer el pecado de apostasía, Mahmud, no te equivoques. Me indujiste a renegar de mi Dios y de mi esposa. Eso no era una salida, era la entrada al infierno, del cual no hay escapatoria.

El recuerdo de Mencía, embellecido por la añoranza, acudió a rescatarlo de las garras de la ira, como si de un ángel se tratara. Por un instante su alma se inundó de ternura, hasta el punto de dibujar una sonrisa en ese rostro que la esclavitud había convertido en el vivo retrato de la amargura. ¡Cuán dichosa habría sido la vida a su lado! ¡Cuántos hijos habrían alegrado sus días! Ramiro trabajaría con él en la forja, seguiría sus pasos hasta superarlo en destreza. Los demás…

¡Sueños vanos!

Su vida había terminado aquella mañana infausta en que Almanzor entró a caballo en la basílica del Apóstol, revestido de plata y arrogancia, para humillar a la Cristiandad hispana profanando el más sagrado de sus templos. Desde entonces, respiraba, comía, dormía y forjaba piezas de metal que los demás ponderaban, aunque no había vuelto a ser él.

Tiago de Compostela era una pálida sombra de sí mismo. Un espectro uncido al yugo de un cautiverio infamante. Un ser envilecido con un único asidero a su alcance al que no pensaba renunciar. De ahí que respondiera al estucador, glacial:

—Voy a clavar un puñal en el corazón de ese demonio, Mahmud, con tu ayuda o sin ella. Y lo voy a hacer en primer lugar por mi esposa, Mencía, que sabe el cielo dónde andará y si habrá sobrevivido a los peligros que acechan a una mujer en este mundo. Después por mi hijo y por los muchos hijos que ese malnacido ha dejado huérfanos. Ellos moverán mi mano y Dios me dará la fuerza.

Ante esa determinación implacable, el muslim endureció el gesto antes de recurrir a la amenaza.

—Podría denunciarte ahora mismo a los guardias. ¿Sabes?

—¿Y arriesgarte a que te implicara en mi plan? Todos saben que hemos sido amigos, llevan años viéndonos juntos. ¿Quieres tentar a la suerte? ¿Deseas ser interrogado por los esbirros de tu señor?

La conversación había tomado un cariz venenoso irreversible. El respeto, el afecto, la mutua confianza de antaño se habían tornado ponzoña por mor del odio y el miedo. Ambos eran conscientes del abismo que los separaba, sin por ello decidirse a dar por terminado el encuentro. Algo muy hondo los impelía a no despedirse así, sabiendo que, seguramente, no volverían a verse. Y quiso el azar que los dos arrancaran a hablar a la vez.

—Yo no...

Tras el encontronazo, Tiago indicó mediante gestos al amín que continuara él con lo que quisiera decir.

—No te denunciaré, cristiano. —Había una infinita tristeza en su tono—. Debería, pero no lo haré. Tienes razón. Yo no aguantaría semejante interrogatorio, ni probablemente tú tampoco. Pero, lo creas o no, no te delataría ni aunque tuviera la certeza de quedar a salvo de represalias. No lo haré porque sería un acto vil que ensuciaría mi conciencia. Sin embargo, elevaré mi oración al Creador Vigilante para que ilumine tu corazón y te disuada de acometer semejante locura.

—Tampoco yo te delataría, sarraceno —repuso Tiago, amansado por esas palabras—. No he olvidado lo que significa el honor y no pienso morir como un cobarde. Llegué vivo a Córdoba gracias al coraje de un guerrero cristiano que mantuvo la boca cerrada mientras desgarraba su carne la tenaza del verdugo. Él custodió hasta el final el secreto de quienes habíamos participado en un complot, desgraciadamente fallido, urdido para atacar a vuestro ejército en su retirada. Yo espero seguir su ejemplo si es que me veo en el mismo trance... ¡El cielo no lo permita!

—Pero ¡yo no he participado en nada! —protestó Mahmud, nuevamente alarmado.

—Lo sé —concedió el cautivo—. Aun así, si me cogieran vivo, quién sabe lo que llegarían a hacerme con tal de que implicara a alguien más. Los tiranos viven obsesionados por el temor a las conjuras. Tengo para mí que es la manera en que Dios castiga su maldad. Mas no temas. No les daré esa satisfacción. Almanzor y yo nos marcharemos juntos.

Ahora, sí, parecía llegado el momento de decirse adiós, aunque ni uno ni otro hallaran las palabras adecuadas para hacerlo. ¿Cómo quebrar de un solo tajo un lazo trenzado con tanto empeño en salvar distancias aparentemente insalvables?

—Me habría hecho muy feliz contar con tu amistad hasta el fin de mis días y ver crecer a tus hijos —se lamentó el artesano, arrebujándose un poco más en la capa.

—También a mí, Mahmud, también a mí —replicó el herrero, con ira renovada en la voz—. ¿Sabes por qué no ha sido posible tal milagro? Porque tú eres libre y yo cautivo. Tú ismaelita y yo cristiano. Tú, padre de una hermosa familia, y yo, un marido despojado de su mujer y su hijo, cuyo rostro atisbo en mis sueños envuelto en niebla, ya que no he llegado a conocerlo y nunca lo abrazaré.

* * *

Tiago tenía forjado un cuchillo estrecho, largo, de hoja afilada, que mantenía oculto a miradas indiscretas aprovechando el desorden propio de la herrería. Lo había fabricado a escondidas nada más concebir la idea de asesinar a Almanzor, con la esperanza de que este se presentara cualquier día en la mezquita para llevar a cabo su ritual de impostada humildad.

Hasta la fecha, no obstante, el *hayib* había defraudado sus expectativas. Solo se le había visto en la Gran Aljama revestido de púrpura y rodeado de pompa, acompañado de una nutrida guardia formada por imponentes eslavos, lo que frustraba cualquier posibilidad de acercársele.

Largos meses llevaba por tanto el herrero anhelando el momento de ejecutar su plan. Únicamente ese deseo lo mantenía con vida, por más que cada anochecer baldío supusiera una decepción renovada que iba llenando su alma de hiel y desesperanza. Su carácter, ya de por sí hosco, se había ensombrecido hasta el punto de convertirlo en un ser peligroso para cuantos compartían encierro con él.

Tiago de Compostela apenas guardaba ya parecido con el hombre arrancado de su hogar tres años antes, cuando trataba de poner a salvo al venerable monje del monasterio a quien debía su manumisión. Era un animal salvaje poseído por el odio.

Hasta que al fin una mañana, por pura casualidad, llegó a sus oídos la noticia que llevaba una eternidad esperando.

—Ya podéis esmeraros hoy con la limpieza, que esta tarde tendremos visita, y no una visita cualquiera...

Quien acababa de dar esa orden era el jefe de una brigada compuesta por cuatro barrenderos, que pasaba frente a su taller, andando con cierta pereza, camino de la mezquita. Naturalmente, el cautivo aguzó todos sus sentidos, a la espera de confirmar lo que semejante anuncio permitía adivinar.

—No quiero ver ni una brizna de hierba en el suelo. Ni una hoja en un alcorque. Todo ha de estar en su sitio, reluciente e impecable. ¿Entendido?

Tras el asentimiento general, el capataz añadió:

—¡Ah! Una cosa más. Tened dispuesta una escoba nueva. En su momento os diré para qué.

Aquello terminó de despejar cualquier duda. Quien pensaba acudir a la Gran Aljama de incógnito no podía ser otro que el mismísimo *hayib*, seguramente a fin de invocar el auxilio divino con vistas a la siguiente aceifa. Y puesto que los trabajos de albañilería, carpintería y demás oficios al uso en la construcción habían concluido tiempo atrás, no le quedaría más remedio que ponerse a barrer, en un acto de humillación impropio de un caudillo de su renombre. ¿Qué clase de hombre llevaría la devoción a tales extremos? La magnitud de sus pecados debía de ser inimaginable, pensó el cristiano, pues en caso contrario nadie en su sano juicio se rebajaría a desempeñar la más impura de las faenas.

¿No le bastaría al Victorioso de Alá la enorme cantidad de polvo recuperada de sus prendas después de cada batalla y meticulosamente atesorada en un cofre de marfil cuyo tamaño debía de alcanzar a esas alturas proporciones gigantescas? ¿No lograría por sí solo ese tributo abrirle las puertas del cielo ismaelita? ¿No serían suficientes a los ojos de su dios insaciable los ríos de sangre cristiana derramados por su espada?

Tanto daba. Si Almanzor cometía el error de ir a la aljama solo, sin la escolta impenetrable que solía acompañarlo, él no dejaría escapar la ocasión de ejecutar su venganza.

En medio del estruendo provocado por el martillo al chocar contra el yunque, Tiago creyó distinguir claramente la voz del caballero de quien tanto había aprendido durante la terrible marcha de Galicia a Córdoba, cuando un mismo yugo había logrado hermanar a un simple herrero hijo de siervos con un magnate de sangre noble.

«Tú sí que has de vivir para cumplir tu destino —fueron las últimas palabras pronunciadas por Rodrigo de Astorga mientras se lo llevaban a la enfermería, postrado en una parihuela, roído por la peste que había diezmado indiscriminadamente a muslimes y cristianos—. Si has llegado hasta aquí es porque el Altísimo tiene reservada una misión especial para ti. En su momento te será desvelada. Hasta entonces, ten fe y no te rindas. Sobre todo, no te rindas.»

—No me he rendido, amigo, no me he rendido —musitó para sus adentros—. Estuve a punto de sucumbir, bien lo sabe Dios, pero algo muy dentro de mí me impidió dar el último paso. Ahora sé que estaba escrito, tal como tú me anunciaste. Ahora entiendo ese destino que hasta ayer se me ocultaba y no albergo la menor duda sobre lo que he de hacer. No te fallaré, Rodrigo, tienes mi palabra. Esta tarde libraré al mundo del demonio que el ángel desencadenó y lleva demasiado tiempo sembrando devastación por el mundo.

* * *

Tiago disponía de un arma pequeña, fácilmente disimulable entre sus útiles de trabajo, sin dejar de ser letal. Le sobraba motivación para clavársela al general sarraceno en cuanto estuviera a su alcance. Únicamente precisaba un pretexto, un motivo plausible con el cual convencer a sus guardianes de que le permitieran acercarse a la explanada donde Almanzor se disponía a llevar a cabo su peculiar ritual propiciatorio. Al cabo de los años, conocía tan bien el lugar y sus secretos que no le costó encontrar esa excusa ni tampoco representar el papel del perfecto esclavo domado.

—El caño de una de las fuentes está a punto de romperse —comentó con naturalidad al que tenía más cerca, fingiendo estar asustado—. Ha debido de dañarlo el óxido y convendría sustituirlo cuanto antes.

—¿Y a mí qué me cuentas? —repuso el bereber con desgana—. Díselo al capataz de las obras.

—Es que hace días que no lo veo y temo que se le haya escapado ese detalle. Si finalmente revienta, me echarán la culpa a mí...

—Pues arréglalo o acepta el castigo, pero no me molestes con tus lamentos.

—Esta misma tarde podría tenerlo listo, si me permites acercarme a tomar medidas para fabricar uno nuevo.

—Haz lo que tengas que hacer, herrero. Ya conoces el camino —se burló el soldado, riendo ruidosamente de su propia gracia.

Era exactamente lo que pretendía el cautivo. Permiso para ausentarse de la forja y circular por la plaza donde ansiaba toparse con el *hayib*, sin llamar la atención de los vigilantes. Su plan funcionaba a la perfección.

Con su bolsa de herramientas a la espalda, se dirigió a uno de los surtidores colocados de forma estratégica para proporcionar frescor a los visitantes de la explanada llenando a la vez la atmósfera del sonido apaciguador del agua. El mejor situado para dominar todo ese vasto espacio. Sacó del zurrón una pizarra de la que colgaba un trozo de tiza atado a un cordel y se puso a dibujar con parsimonia la pieza presuntamente dañada, casi tumbado en el suelo a fin de hacerse invisible.

Aunque no apretaba el calor, sudaba con profusión, fruto del nerviosismo. Oía latir su corazón cual tambor llamando a la batalla y sentía, con cada latido, un desagradable zumbido recorrerle ambas sienes desde los ojos hasta la nuca. A duras penas lograba garabatear algunos trazos sobre su lasca de piedra negra, porque las manos le temblaban sin control, como si tuviera fiebre. Aun así, estaba seguro de que, llegado el momento, no le traicionarían. Obrarían con arreglo a la determinación de su espíritu y clavarían esa daga en el pecho del caudillo moro.

No habría sabido decir cuánto tiempo transcurrió de esa manera, alternando la impaciencia con el terror, rezando en silencio al Señor para que le diera fuerzas y llevándose la diestra al costado izquierdo a cada instante, a fin de tocar la cruz que volvía a estar prendida en la parte interior de sus andrajos. Por pueril que resultara, ese gesto le infundía valor.

\* \* \*

Así fue recorriendo el sol su camino por el cielo, hasta iniciar su descenso hacia el barrio situado al oeste de la mezquita. Para entonces la espera se había tornado desesperación y el cristiano temía que un entusiasmo prematuro lo hubiera llevado a cometer un error de cálculo irreparable. ¿Se habría equivocado de día el encargado de capitanear la brigada de barrenderos? ¿Sería el propio *hayib* quien había cambiado de idea en el último momento? Tanto daba. Si finalmente no aparecía, él tendría que volver a su mazmorra sin haber cumplido su propósito y cavilar alguna otra forma de cumplir el cometido sagrado que la Providencia le tenía encomendado.

Ya estaba recogiendo los bártulos para regresar a la forja, mascando decepción majada con amargura, cuando al fin vio venir al hombre que había estado acechando. No se parecía en nada al orgulloso caudillo que recordaba a la perfección entrando a caballo en la basílica del Apóstol, revestido de armadura y arrogancia, aunque era sin lugar a dudas Almanzor, torpemente disfrazado de obrero.

Aunque no lo hubiera delatado la joroba, cada vez más pronunciada y sin disimulo posible en ese atavío sencillo, lo habría reconocido por la túnica, de algodón blanco carente de adornos pero demasiado limpia para pertenecer a un trabajador cualquiera. Una mirada menos atenta que la suya tal vez habría visto en ese anciano a un musulmán, como tantos otros, deseoso de ocupar su sitio en la Gran Aljama para la penúltima oración de la jornada. El herrero, en cambio, no se dejó engañar por las apariencias. Tenía demasiadas ganas de vérselas frente a frente con su despiadado verdugo.

Ese viejo encorvado no llevaba anillos en los dedos, ni coraza enjoyada, ni un turbante cuajado de piedras preciosas, ni tampoco botas de cuero fino teñido de rojo carmesí. De hecho, parecía muy poca cosa. La piel de su rostro colgaba, fláccida, bajo una barba grisácea que no lograba cubrir por completo las manchas oscuras características de la senectud. Sus ojos, antaño carbones ardientes, se habían transformado en ceniza. Nada quedaba en ellos del fulgor que los había hecho célebres. Los estragos de la edad resultaban patentes en su aspecto y en su porte. Todo en él era fealdad y declive, como si la naturaleza de su alma diabólica hubiera aflorado a la superficie para manifestarse en un cuerpo decrépito, torcido por el peso de tanta maldad.

Almanzor estaba en las últimas, saltaba a la vista. Difícilmente viviría para disfrutar de otro invierno en su lujoso palacio de Medina al-Zahira, rodeado de riquezas saqueadas en buena medida en los territorios norteños cuyos habitantes rezaban a Cristo. Pese a lo cual, se dijo Tiago, él no renunciaría a su plan. Si de ese modo evitaba una última aceifa asesina, aunque fuese solamente una, el sufrimiento padecido desde su captura en Compostela cobraría algún sentido. Su vida de esclavitud, su dolor, sus sacrificios, sus incontables renuncias no habrían resultado vanos.

* * *

A esas horas no había mucha gente en la plaza. Ya se habían retirado a descansar los ulemas y cadíes que solían estar en los soportales, impartiendo justicia a quien acudía a ellos o bien enzarzados en alguna polémica relativa a la interpretación de una frase o incluso una palabra atribuida al Profeta. Los fieles, por su parte, apenas empezaban a llegar, por lo que el lugar, por lo general atestado de viandantes, aparecía casi vacío, dando una idea fidedigna de sus colosales proporciones. Solo los soldados encargados de montar guardia y la brigada habitual de barrenderos permanecían en sus puestos, cumpliendo con sus respectivas funciones.

Arrastrando ligeramente los pies, calzados con unas simples babuchas, Abu Amir Muhammad ben Abi, que en nada se parecía al majestuoso Almanzor, se dirigió a una caseta disimulada en una esquina, donde se guardaban los útiles de jardinería y limpieza. Entonces Tiago se percató de que lo acompañaba, tres o cuatro pasos por detrás, un miembro de su escolta evidentemente eslavo, a tenor de su envergadura, ataviado con prendas similares a las del *hayib* que no conseguían disimular la ferocidad de su aspecto ni su actitud de perro mastín atento ante cualquier amenaza. Un obstáculo con el cual él no había contado al planear su ataque.

Durante un instante vaciló, desconcertado por ese imprevisto. Mas fue apenas un suspiro. La sombra de una duda fugaz. Era en ese momento o nunca, y había jurado solemnemente a su Dios, por su esposa y por su hijo, no volver a fallarles a ellos ni tampoco fallarse a sí mismo. De modo que, todavía a cubierto tras el murete de la fuente, se persignó, palpó una vez más el crucifijo prendido en su túnica y musitó un padrenuestro en la lengua de los monjes, seguido de un desesperado:

—¡Por Santiago, patrón nuestro, guía mi brazo, Señor!

Lo que sucedió a continuación ocurrió muy deprisa, aunque quedó registrado en su memoria movimiento a movimiento, con una precisión asombrosa, como si le hubiera sucedido a otro.

Vio su propia figura depauperada por el cautiverio abalanzarse contra el caudillo sarraceno, cuchillo en mano, con la furia de un lobo rabioso y la fuerza de un oso hambriento. Se encontraba a un palmo de él, tan cerca como para percibir el aroma de los perfumes con los que trataba de ocultar el olor acre de la vejez. Vio el pecho de su enemigo al alcance de su punzón. Vio su mano, convertida en garra, levantarse a fin de asestar la puñalada mortal al hombre que se había quedado paralizado por la sorpresa. Incluso se vio a sí mismo en los ojos de Almanzor, justo antes de que el gigantesco guardia se le echara encima y lo derribara.

A partir de ahí todo se fundió en una masa de niebla espesa, entre cuyos jirones oyó una voz familiar que decía:

—¡No mates a este perro infiel! Lo quiero vivo.

## 31

Despertó de su letargo en una mazmorra distinta de la que solía ocupar en el alcázar, cuyos muros exudaban, no obstante, la misma gélida humedad. Su primera sensación, aparte del dolor de cabeza, fue que le faltaba algo; un objeto tan unido a él, tan indisoluble de su ser como cualquiera de sus miembros. De manera instintiva, trató de tocar el crucifijo que le habían amputado, aunque fue un intento vano. Solo entonces se dio cuenta de que estaba firmemente amarrado a la pared mediante cadenas rematadas por grilletes ceñidos a sus muñecas y tobillos.

Apenas podía moverse. Su posición era similar a la del apóstol san Andrés al abrazar el martirio, con piernas y brazos abiertos en forma de aspa. Para su desgracia, seguía vivo, inmerso en una noche tenebrosa que llenó de espanto su espíritu. Y al igual que Jesucristo en lo peor de su pasión, exclamó angustiado:

—¡Padre! ¿Por qué me has abandonado?

Eso era exactamente lo ocurrido. Dios le había vuelto la espalda. Porque si la memoria no le engañaba, quien le había condenado a vivir no era otro que Almanzor. Suya era la última voz oída justo antes de sucumbir a la paliza recibida del gigante que acompañaba al *hayib*. Lo cual significaba que su empeño libertador, su plan meticulosamente trazado, ese supuesto destino redentor, sus sueños de gloria... todo había sido ilusión fatua. Puro delirio.

En la soledad de su calabozo, torturado por la sed y la humillación de sentir cómo sus propios orines resbalaban por las piernas hasta formar un charco en el suelo, Tiago derramó lágrimas amargas. Lloró con desconsuelo de pena, de miedo, de frustración ante la injusticia, de vergüenza, de rabia. Volcó en ese llanto océanos de tristeza por una existencia desperdiciada, por un hijo que jamás oiría hablar de él, por la única mujer a quien había amado, cruelmente separada de su lado cuando apenas empezaba a gozar de su compañía, por la amistad con Mahmud, sacrificada en el altar de un proyecto abocado de antemano al fracaso. Vació hasta las heces el contenido de su alma atormentada, antes de afrontar el suplicio físico que, estaba seguro, no tardaría en producirse.

Resulta infinitamente peor el terror al sufrimiento inevitable que el padecimiento mismo, por atroz que este pueda llegar a ser. Por eso siempre es más larga la noche previa a la tortura que el día de la ejecución. La del cautivo maldito con el peor de los infortunios acababa de empezar.

Ayuno de sueño y esperanza, vio pasar las horas entre oraciones infantiles rescatadas de lo más profundo de la memoria, ataques de pánico, reproches al Altísimo, súplicas de perdón por atreverse a cuestionar Su voluntad indescifrable y acopio de coraje para soportar el horror que traería consigo la mañana.

Era consciente de que el interrogatorio a que lo someterían sería brutal. Mucho peor que cualquiera de las penalidades sufridas hasta ese momento. Él mismo se lo había comentado días antes al estucador con suficiencia, sin imaginar lo pronto que sería puesta a prueba esa arrogancia.

Pues bien; el momento de la verdad estaba a punto de llegar.

—Hágase tu voluntad, Señor —se rindió al cielo, resignado—, mas dame valor para resistir lo que no está en mi mano cambiar. No permitas que al fracaso añada la vileza de traicionar a un buen hombre sin culpa. Sella mis labios, por caridad.

En esa víspera de profunda congoja recordó vívidamente al mercenario leonés torturado con saña por los sarracenos en las cercanías del río Duero. No conocía su nombre, pero conservaba una imagen nítida de su apariencia señorial y su ojos penetrantes, coronados por unas cejas tan características que le permitieron reconocerlo una vez desfigurado por el tormento.

Ese hombre poderoso, que habría podido permanecer indefinidamente al servicio del caudillo andalusí, optó por rebelarse contra su amo con el fin de salvar su alma. No soportaba los remordimientos surgidos a raíz del saqueo de Compostela y la destrucción de la basílica erigida en honor al Apóstol. Por eso había arriesgado la vida encabezando una conspiración que acabó resultando fallida porque alguien carente de honor denunció a los ismaelitas lo que se urdía a sus espaldas. ¿Iba a ser él menos que ese mercenario?

En busca de consuelo ante lo que se avecinaba, se dijo a sí mismo que ese eslavo revestido de dignidad ocuparía sin lugar a dudas un puesto destacado en la mesa celestial dispuesta para acoger a las ovejas descarriadas que regresan al pastor. Que se sentaría esa misma noche a la derecha del Padre, pues, no contento con sublevarse, se había llevado a la tumba el secreto de todos aquellos a quienes implicó en la conjura. A saber qué precio habría pagado por semejante muestra de valor...

Sumido en la oscuridad que precede a la peor de las muertes, Tiago se propuso firmemente seguir sus pasos. A fin de cuentas el dolor no le era desconocido. Lo acompañaba desde el mismo día de su captura, cual escorpión aferrado a su carne en un permanente mordisco. Formaba parte de su ser. Lo llevaba incrustado en el cuerpo tanto como en el espíritu, y ese clavo imperceptible a la vista era de largo el más penoso.

Morir significaría escapar a una existencia miserable. Reunirse con el Creador, si este le abría los brazos, a la espera de reencontrarse con su adorada Mencía. Visto a la luz de esa promesa, el horizonte que se presentaba ante él resultaba hasta prometedor.

Y sin embargo...

*  *  *

De haber podido escoger, habría preferido el fuego. Se había quemado tan a menudo en la forja que su piel estaba acostumbrada al contacto con el hierro candente. Pero no tuvo esa suerte. Cuando irrumpió en el calabozo un oficial de la guardia del *hayib* a quien nunca había visto, bereber al igual que Abdalá, acompañado de un verdugo de tamaño descomunal, este solo llevaba dos instrumentos en las manos: una vulgar tenaza de herrero y un gancho similar a los utilizados por los carniceros para agarrar las piezas grandes.

Los había precedido un siervo provisto de un par de antorchas, que colocó en sus respectivos soportes a fin de alumbrar la estancia. Antes de marcharse, miró de soslayo al prisionero y este percibió en esas pupilas la compasión atemorizada de quien conoce lo que aguarda al desdichado encadenado a ese muro.

Estremecido por esa mirada, Tiago cerró los ojos y se encomendó a Jesús, repitiéndose en silencio una invocación sagrada: «¡Haz que tu hijo se sienta orgulloso de ti!».

A ese responsorio se asió Tiago para no desfallecer, mientras su interrogador se tomaba su tiempo paseando de un lado a otro de la celda, cual felino al acecho de una presa, en el empeño de quebrar su espíritu antes incluso de empezar a infligirle dolor.

—El *hayib* celebra que te encuentres bien —dijo finalmente el soldado, impostando una cordialidad que nada bueno presagiaba—. Cuando te vio a sus pies, como un perro apaleado, le pareció que tu rostro le resultaba vagamente familiar. ¿Puede ser?

—Llevo mucho tiempo en Córdoba —respondió el cautivo, fingiendo a su vez algo semejante a la serenidad, a pesar del terror que lo embargaba.

—No es eso, no —replicó el guardia—. En Córdoba hay incontables esclavos y, como comprenderás, mi señor no se fija en ellos.

—Tal vez me recuerde entonces de Compostela —se envalentonó momentáneamente el cristiano—. Cuando profanó el templo de nuestro apóstol Santiago, entrando en él a caballo, yo estaba allí, con un santo monje llamado Martín a quien tu general preguntó por qué no había huido con los demás.

—Continúa, infiel, por ahí vas mejor...

—Después me uncieron al yugo y, junto a otros cautivos, cargué con una de las campanas robadas al santo hasta aquí.

—Eso le parecía a él, en efecto. Veo que no mientes, lo cual te será muy ventajoso, ya verás. —El tono empezaba a resultar abiertamente amenazador—. Fuiste tú también quien transformó esas campanas en lámparas destinadas a iluminar nuestra Gran Aljama. ¿Cierto?

—Sí.

—¿Y por qué has tratado de asesinar al hombre que, por su grandeza, te concedió tan alto honor?

Esa última pregunta sonó como una pedrada.

El oficial, luciendo su uniforme de vivos colores y tocado con el turbante que apenas dejaba al descubierto los ojos, estaba plantado frente a él, taladrándolo con dos carbones de fiera dispuesta a todo. El verdugo, medio desnudo a pesar del frío, permanecía detrás, en la sombra, consciente de su papel meramente ejecutor. Cuando se le ordenara, actuaría. Su función consistía en causar el máximo daño posible sin que su víctima perdiera el sentido y gozaba de merecida fama en el desempeño de esa tarea.

Con la boca cada vez más seca, Tiago contestó en un susurro:

—Por amor al Dios verdadero, Padre, Hijo y Espíritu Santo. Por amor a mi esposa y al hijo del que me privasteis. Por amor a la libertad. Porque os odio, sarracenos.

El primer puñetazo en la cara se lo dio el guardia de Almanzor, sin pensárselo dos veces, herido en lo más profundo por esa muestra de impiedad.

—¿Cómo osas blasfemar contra Alá y su Profeta, perro politeísta? ¿Acaso no temes su ira? ¡Yo te enseñaré respeto, esclavo!

Y, respondiendo a un simple gesto, el sayón echó mano de la tenaza de punta roma para empezar su trabajo quebrándole de un apretón el dedo índice de la mano izquierda. Con frialdad. Con precisión. Con la ausencia de emoción que se requería de él.

El aullido del supliciado alcanzó hasta el último rincón de esos sótanos poblados de espectros vivientes.

—¿Quién te ayudó a preparar el ataque? —preguntó el inquisidor, lleno de ira—. Habla y tendrás una muerte rápida.

—Nadie —masculló el cristiano a duras penas.

—No pudiste urdir tamaña osadía tú solo. ¿Quién te pagó, qué te prometieron? Habla o lo lamentarás.

—Te he dicho la verdad —repuso Tiago, sacando fuerzas de flaqueza—. Puedes romperme todos los huesos, pero no obtendrás otra respuesta.

\* \* \*

El interrogatorio se prolongó durante tres días con sus noches. Los oficiales iban cambiando, aunque verdugo y víctima permanecían encerrados en ese lóbrego calabozo, en una suerte de duelo siniestro que los llevó a perder la noción del tiempo y, en el caso de Tiago, la percepción de su propio cuerpo, convertido en una masa doliente de carne sanguinolenta.

No habría podido decir cuántos dedos le aplastaron las tenazas antes de que el garfio afilado, manejado por el sayón con precisión de cirujano, empezara a sacarle finas tiras de piel de las piernas y del pecho. Cuando la inconsciencia acudía a redimirlo momentáneamente del sufrimiento, lo reanimaban arrojándole un cubo de agua helada a la cara para volver de inmediato a la carga.

—¿Quién te ayudó?

—Nadie.

—¿Por qué lo hiciste?

—Porque os odio.

Aunque él no tuviera modo de saberlo, mientras lo atormentaban reiterándole una y otra vez las mismas preguntas la investigación de lo sucedido se extendía a cuantos cautivos y guardianes habían tenido contacto con él en los últimos meses, así en el alcázar como en la forja. Lo cual excluía a Mahmud, lo suficientemente alejado a raíz de su disputa como para quedar al margen de toda sospecha.

Ninguno de los implicados en las pesquisas mencionó al estucador, y todos ellos respaldaron la confesión del prisionero, al asegurar que llevaba una larga temporada aislado del mundo, mostrando una actitud esquiva, violenta hacia sus propios compañeros de encierro, propia de quien ha enloquecido.

A falta de un reconocimiento explícito o de pruebas que apuntaran a algo más preocupante para la seguridad del *hayib*, lo consideraron un enajenado carente de importancia. Lo cual no lo libró de la condena establecida para los blasfemos, apóstatas y demás ralea de criminales abominables a los ojos de Alá: morir lentamente en la cruz, expuesto al escarnio del público.

*   *   *

Una vez dictada la sentencia, el propio verdugo le quitó los grilletes que lo habían mantenido en pie, incluso estando desmayado. Después de pasar tantas horas en esa postura, sometido a tortura, sin probar bocado ni apenas beber, Tiago se derrumbó como un fardo sobre el suelo de piedra y allí quedó tendido, sin fuerzas para moverse, anhelando que la muerte viniera a rescatarlo cuanto antes de su miseria.

Quien se apiadó de él al cabo de un buen rato, empero, no fue la parca, sino uno de los soldados encargados de custodiarlo. Viéndolo reducido a tal estado, lo cubrió con una manta y dejó a su lado un cántaro de agua junto a un cuenco de algo caliente y sólido que Tiago devoró, una vez apagada su sed, comiendo del mismo plato como hacen los animales. Estaba demasiado exhausto para alimentarse de otra manera.

Fuera de la celda, varios guardianes lo observaban a través de la mirilla abierta en el portón de madera, comentando entre sí la extraña actitud de ese reo tan diferente a otros. Las heridas que le había infligido el sayón debían de provocarle un dolor terrible, pero no se quejaba. Después de comer se había sumido en una suerte de trance que lo mantenía tumbado en el lugar donde había caído, murmurando plegarias en su lengua nativa e incluso sonriendo de cuando en cuando, para estupor de sus vigilantes.

¿Habría perdido por completo el juicio como consecuencia del tormento?, se decían unos a otros. Nunca habían visto actuar de ese modo a un hombre sometido a tal suplicio y abocado a tan atroz final. Algunos llegaron a intercambiar apuestas sobre si superaría o no la noche, porque su respiración entrecortada era parecida a la de un agonizante.

Todos erraban en el diagnóstico, excepto uno.

Solo un integrante de ese retén de curiosos tenía explicación para tan extraño comportamiento, aunque se cuidó mucho de compartirla con los demás. Bastantes reproches debía aguantar ya de sus compañeros por comprometerlos al compadecerse de ese criminal sin el perentorio permiso de su superior. Les habría revelado sus motivos de buen grado, con el fin de acallar las críticas, mas prefería pasar por blando que por corrupto. Y nadie habría creído que esa primera razón influyera en su decisión tanto como la segunda, por ser esta última también de peso.

Durante su turno de guardia en la puerta de los calabozos, se había presentado allí una mujer joven, cuya belleza se adivinaba bajo el velo que la cubría, diciendo ser una cristiana apenada por la suerte de ese cautivo. Traía un puchero que deseaba hacer llegar al condenado, a fin de que al menos disfrutara de un último guiso sabroso antes de morir.

—¿Qué mal puede haceros a vosotros que ese desdichado saboree unas buenas lentejas en la víspera de su ejecución? —dijo con voz aterciopelada y calculada coquetería, introduciendo una cuchara en el recipiente para llevársela a la boca—. No contienen veneno. Ya ves que yo misma las como. Te lo ruego…

—Márchate de aquí, cristiana —la despachó él con brusquedad—. No me obligues a denunciarte.

—Toda mi comunidad habla de ese hermano y lo que ha padecido —insistió ella, sin arredrarse, convirtiendo sus largas pestañas negras en armas de seducción infalibles—. Es un loco, un pobre hombre. Te lo suplico, apiádate de él. Tu dios es misericordioso.

Entonces sacó de un bolsillo oculto un par de monedas de plata que le tendió discretamente, mirando al suelo, en un gesto que indicaba su disposición a dar por no acaecido ese evidente intento de soborno si las cosas se torcían. Él dudó unos instantes, pero acabó aceptándolas, tras cerciorarse de que nadie hubiera contemplado la escena. Después cogió el recipiente e indicó a la muchacha que se fuese de allí cuanto antes.

Hadiya se marchó deprisa, ligeramente mareada. Apenas había probado el contenido de ese puchero, pese a lo cual ya notaba los efectos del polvo negruzco de adormidera incluido en la receta sin escatimar cantidad. Lo había comprado ella misma en el puesto más prestigioso del mercado, con el fin de asegurarse la calidad del producto.

No resultaba precisamente barata la planta traída desde el Lejano Oriente, pero su padrino Mahmud le había proporcionado dinero de sobra al pedirle, la víspera, que llevara en su nombre ese auxilio al que había sido su amigo. Él no podía arriesgarse ni habría traspasado el puesto de guardia. Ella en cambio superó la prueba con facilidad, recurriendo a los talentos desarrollados en el *hammam*, unidos a un pequeño embuste. Había mentido al declararse cristiana, puesto que ya no lo era, aunque estaba persuadida de que ni su antiguo dios ni Alá la juzgarían con severidad por ese inocente engaño. ¿Acaso no era la caridad un deber sagrado en ambas religiones?

El guardia, a su vez, cumplió su parte. Sustituyó el rancho carcelario por el contenido de la olla, sin imaginar lo que sucedería. Después se percató de que el potaje debía de contener alguna droga capaz de mitigar tanto el dolor como la angustia. Únicamente así se comprendía que el prisionero estuviera tan tranquilo, tan plácido, aguardando con esa entereza la hora de su ejecución.

Hacerle llegar ese alivio contravenía sus órdenes, pero, tal como había dicho la chica, ¿qué mal podía hacer a nadie que ese infeliz dejara de sufrir durante la noche? Alá era clemente, además de sabio, y a él le vendría muy bien ese sobresueldo inesperado.

\* \* \*

Arropado por una sucia manta que se le antojaba delicada colcha de seda, esfumados misteriosamente todos los padecimientos de su carne mortal, a la vez que la sed y el hambre, Tiago había dejado de sufrir. No sentía el peso de su cuerpo. Le parecía flotar en el aire, cual águila majestuosa. También había perdido por completo el miedo. Lo invadía a cambio una increíble lucidez, semejante a la que había impregnado la mente de Rodrigo de Astorga poco antes de abandonar este valle de lágrimas.

En algún momento de ese duermevela, poco antes de rayar el alba, el águila voló tan alto que dejó atrás tiempo y realidad. Se enseñoreó del futuro, libre de distracciones mundanas, y lo que vio en ese territorio llevó gran consuelo a su espíritu.

## 32

Cada mañana, al despertar, Mencía daba gracias a Dios por todo lo bueno que había en su vida. Ocho años llevaba felizmente casada con Audrius, viendo crecer a sus hijos a salvo de la enfermedad y la guerra, mientras ella misma contribuía a la prosperidad familiar merced a la reputación que habían alcanzado sus paños. Únicamente una pequeña pena ensombrecía su alma. El matrimonio no había traído más vástagos al hogar, pese al entusiasmo que ambos ponían en la persecución de ese empeño.

Cuando alguna de las otras mujeres comentaba frente al telar o en algún corrillo callejero lo penoso que le resultaba cumplir con su deber marital, ella callaba por pudor. No habría estado bien visto que se jactara de disfrutar holgando con su hombre, ni mucho menos que confesara las obscenidades con las que él la encendía. No habría estado bien visto sencillamente porque no resultaba grato a los ojos del Señor, aunque a más de una, sospechaba, le ocurriría lo mismo.

Ninguna buena cristiana debía obtener placer durante la coyunda, a menos que su propósito fuese concebir una nueva vida. Por eso la Iglesia recomendaba encarecidamente a sus fieles contención en la satisfacción de sus deseos carnales. Claro que aquello era más fácil de mandar que de cumplir.

¿Quién habría sido capaz de refrenar el apetito de Audrius cuando aparecía por casa a media tarde, frustrado por traer las manos vacías, o regresaba al cabo de varias jornadas, después de una prolongada marea? Aunque Mencía lo hubiese pretendido, le habría resultado imposible. Y a decir verdad, tampoco lo había intentado. Prefería ser ella la tentación de su hombre antes que echarlo en brazos de otra mujer. No pensaba permitir que nadie se lo arrebatara. Además, ella misma gozaba intensamente de ese cuerpo que Dios había creado a partir de una costilla de Adán. ¿Por qué debía avergonzarse de él? Si sus abrazos no producían el fruto que tanto anhelaba no era debido a su voluntad, sino a la del Altísimo.

En su fuero interno, no obstante, se decía que acaso la imposibilidad de engendrar nuevos hijos fuese un castigo divino por esa concupiscencia. O por su tardanza en bendecir debidamente la unión con Audrius mediante el sacramento del matrimonio. O tal vez por el hecho de que este, a pesar de haber aceptado el bautismo, nunca hubiese renunciado de forma sincera a sus falsos dioses, que invocaba con cierta frecuencia en público de manera harto imprudente. O bien, más probablemente, porque una parte de ella seguía estando enamorada de Tiago, aun teniendo plena conciencia de que el mero hecho de amarlo constituía un grave pecado de infidelidad hacia su legítimo esposo.

Después de tanto tiempo sin noticias de él, no conseguía olvidarlo. Recordaba con dolorosa precisión la naturaleza exacta de los sentimientos que habían compartido desde que eran niños, la belleza del encaje bordado con su herrero a cuatro manos, esa conexión perfecta que no precisaba de palabras o gestos pues les brotaba de las entrañas a ambos.

¡Cuánto le habría gustado sacárselo de la cabeza y el corazón! Había rezado hasta despellejarse las rodillas invocando la ayuda del cielo para borrarlo de su pensamiento, pero todo esfuerzo había sido vano. Y aunque Audrius era sin duda un buen hombre merecedor de su cariño, nunca sería Tiago ni despertaría en ella la pasión que él había alumbrado. Una vez aceptada la realidad de que no volvería a experimentar las emociones extraordinarias que le había inspirado él, su primer amor, acostumbrarse a la tibieza había requerido constancia y resignación cultivadas con ahínco cada día.

Jamás recuperaría esa confianza ciega, esa entrega incondicional, los sueños tejidos juntos, la certeza absoluta de haber hallado al compañero con el cual andar el camino. Ahora estaba segura de ello. Con esa herida en el alma tendría que seguir viviendo, y de ahí la incómoda sensación de culpa que arrastraba por partida doble. Cual pulga escondida entre la paja de su jergón, en algún rincón oscuro de su conciencia se había instalado la idea de estar engañando a Audrius después de haber traicionado a Tiago.

Era un pesar tan injustificado como absurdo, se decía a sí misma a menudo. Un dolor carente de fundamento, toda vez que el destino no le había dejado otra salida, siendo el mundo un lugar inhóspito para una mujer sola con un hijo pequeño. ¿Qué otra cosa habría podido hacer pensando en el bien de ese niño?

\* \* \*

Ramiro crecía con salud, aunque distaba de ser feliz. Con nueve años cumplidos se sentía desplazado, fuera de lugar, condenado a llamar «padre» a un hombre que no era el suyo y extraño en un entorno cada vez más hostil a sus ojos. Algo muy dentro le gritaba que él no pertenecía al mar, sino a la tierra y al fuego. Que su destino habría de cumplirse en un enclave muy distinto de aquella aldea olvidada de Dios.

Cuando preguntaba a su madre por su verdadera sangre, intentando comprender el porqué de su desasosiego, ella contestaba con evasivas y al instante cambiaba de humor, lo que le llevaba a desistir con el fin de no entristecerla. La quería demasiado para causarle más disgustos que los debidos a sus travesuras, aunque en ocasiones la odiaba por robarle esa otra parte de sí mismo e imponerle a un padre postizo cuyo único hijo, su medio hermano, no perdía oportunidad de aprovechar esa ventaja en sus frecuentes disputas.

Otros chicos de su edad se mostraban satisfechos y orgullosos de salir a pescar con sus mayores, empezar a beber cerveza o sidra, jugar a los dados y pelearse a puñetazos en la calle. Él se sabía diferente, totalmente ajeno a ese poblado, pese a no haber conocido otro horizonte.

En contra del gusto que mostraban Audrius y Dolfos por la mar, él rehuía el agua de manera instintiva, por más que su padrastro le obligara a embarcar con ellos en la lancha, venciendo ese miedo que consideraba ridículo. Él no dirigía la vista hacia el norte, en busca de nubes amenazadoras, sino hacia poniente, allá donde se encontraba esa ciudad llamada Compostela en la que habían nacido sus padres. Los verdaderos.

El esposo de su madre ejercía de tal, aunque Ramiro notaba que no lo trataba como a su hermano. Ni siquiera los miraba a los dos del mismo modo, aun cuando exigía lo mismo del mayor que del pequeño, así en la pesca como en la otra actividad que practicaban juntos: la lucha.

Los días en que el océano estaba demasiado enfadado para desafiarlo, buscaban algún sitio tranquilo en el cual entrenar golpes y contragolpes, armados de espadas y escudos de madera o con las manos desnudas. Rememoraban los tiempos en que Audrius, a su edad, había hecho lo propio con su progenitor, emulando sus hazañas de vikingo. Desde aquellos días había llovido mucho, sin que el normando dejara de cultivar el arte ancestral de su pueblo. Además, el combate era la única afición que compartía con sus dos hijos por igual, a pesar de las diferencias existentes entre el muchacho a quien había salvado del mar y ese otro, su cachorro, que era la niña de sus ojos.

A pesar de tener casi dos años menos que Ramiro, Dolfos era más corpulento que su medio hermano, más alto, más fuerte, más violento en los lances con las armas de juguete que utilizaban para adiestrarse, más resuelto, mejor pescador y desde luego más risueño. También era más inconsciente, menos previsor y más dado a olvidar o eludir sus obligaciones. Raras veces se enfadaba y, si lo hacía, olvidaba enseguida el motivo de su enojo. Su carácter era alegre, despreocupado, jovial.

Audrius se miraba en él y no podía ocultar su adoración, porque lo que veía era un reflejo de sí mismo. Ese hijo atesoraba todas las virtudes que él apreciaba precisamente por ser las suyas. Poseía también muchos de sus defectos, a los que restaba importancia por idéntico motivo. ¿Cómo no iba a preferirle si era su vivo retrato? Aunque los dos muchachos hubiesen sido engendrados por él, se habría inclinado inevitablemente hacia aquel que reproducía sus valores y formas de entender la vida. Su *alter ego*.

Si Mencía hubiera traído consigo una hembra, habría sido más fácil la convivencia en armonía. Tratándose de dos varones, la competencia resultaba tan inevitable como injusta, dado que uno de los dos partía siempre como favorito. Por mucho que Audrius intentara mostrarse ecuánime, lo delataban sus miradas, sus gestos, el orgullo que rezumaba cuando hablaba de ese chico a la gente mientras ignoraba o despreciaba los ingentes esfuerzos de Ramiro por ganarse su cariño.

Y es que poco o nada en la forma de ser de su hijastro colmaba sus expectativas. Él no solo era más menudo de cuerpo, sino más débil, más reflexivo, más proclive a la melancolía y excesivamente prudente, a su modo de ver, aunque en absoluto pusilánime. Antes al contrario, soportaba los golpes de su hermano con entereza, sin darse jamás por vencido, y con frecuencia acababa imponiéndose merced a alguna clase de argucia cuando la pelea parecía perdida. Lo cual tampoco le bastaba para ganarse un aplauso, porque el derrotado protestaba ante el árbitro de la contienda y este restaba mérito a la victoria por la manera en que se había obtenido.

A juicio de Audrius, la astucia y la perseverancia de las que hacía gala Ramiro carecían de valor frente a la simpatía y el arrojo de Dolfos. Otro tanto sucedía con su habilidad para fabricar cualquier cosa que se propusiera o con la curiosidad que le impulsaba a buscar una explicación para todo.

—¡Mejor fuerza que maña! —les repetía una y otra vez cuando los instruía en los distintos lances guerreros, para desesperación del mayor, consciente de su desventaja en ese terreno—. ¡Cargad de frente y sin miedo!

A su manera buscaba lo mejor para esos chicos, para los dos, persuadido de que si no se enfrentaban al mundo con la suficiente dureza, este los devoraría. Y así como Dolfos derrochaba seguridad en sí mismo, Ramiro siempre daba la impresión de precisar un empujón. A pesar de haber alcanzado con creces la edad en la que un muchacho debe haberse despegado de las faldas maternas, gustaba demasiado de las carantoñas que le prodigaba Mencía, muy en contra de su criterio, reiterado con cada mimo.

—Lo convertirás en el hazmerreír de sus compañeros —gruñía a su esposa.

—Todavía es pequeño —se defendía ella—. Déjame que lo disfrute.

—Pronto será un hombre y tendrá que demostrarlo —porfiaba él—. No le haces ningún favor impidiéndole crecer.

Ella entonces callaba, por no discutir, aun intuyendo lo profundamente equivocado que estaba su esposo. Porque a medida que pasaban los años, veía con aterradora claridad lo que acabaría ocurriendo. Que su hijo, suyo y de Tiago, marcharía tras los pasos de su padre en busca de respuestas. Ignoraba exactamente cuándo, pero estaba segura de que lo haría más pronto que tarde. Y entonces ella se vería obligada a tomar una decisión terrible que le partiría en dos el corazón.

\* \* \*

Dada la terrible experiencia que había marcado su vida, Mencía no quería ni oír hablar de guerras o sagas vikingas. Odiaba con toda el alma la violencia que había destruido su existencia anterior y a menudo echaba en cara a Audrius que enseñara a luchar a sus hijos, por más que este lo hiciera a escondidas, tratando de ocultárselo. En la aldea todo acababa sabiéndose y esa pretensión de clandestinidad no hacía sino acrecentar su enfado.

Esa noche, la discusión subió de tono.

—¿Te crees que soy estúpida y no me entero de vuestros lances? —le increpó, mientras le servía un cuenco de sopa de pescado con tal rabia que buena parte del líquido se derramó sobre la mesa.

—Son cosas de hombres —replicó él en tono igualmente bronco—. No te metas.

—¿De hombres, dices? ¿Que no me meta? ¿Acaso no los he parido yo? ¿No me da eso derecho a meterme donde me plazca?

Los chicos asistían a la disputa en silencio, sorbiendo ruidosamente del cucharón introducido por turnos en el puchero después de haber bañado en él sendas porciones de pan generosas.

—¿Se puede saber qué van a ganar ellos sabiendo manejar la espada? ¿Me lo puedes explicar? ¿No? ¡Yo te lo diré! Nada. Absolutamente nada.

—Nosotros queremos aprender —terció Dolfos, en auxilio de su padre—. Queremos luchar.

—¡Tú te callas! —lo fulminó su madre—. Nadie te ha dado vela en este entierro.

—Es verdad —intervino a su vez Ramiro con nobleza—. Nosotros pedimos a padre que nos instruya. No es culpa suya.

—¿También tú me das la espalda? —le recriminó ella, dolida—. ¿Soy aquí la única persona sensata?

—Te repito que esto es cosa de hombres —añadió Audrius, desafiante, sabiéndose victorioso—. No la tomes con los chicos, que llevas las de perder.

—Sí, es evidente que aquí no hay más cabeza que la mía —concluyó ella, en jarras, cual valkiria a punto de entrar en combate—. Pues oíd bien lo que voy a deciros. Por mucho que os empeñéis en parecer otra cosa, pescadores sois y pescadores moriréis. Tal es la voluntad del Señor. ¡Y dad gracias a Dios de haber nacido libres! Más os valdría aprender a tejer que a luchar, soldados de pacotilla.

La bronca habría muerto en ese punto, de no haber sido porque la voz infantil de Ramiro porfió:

—Eso ya lo veremos…

Sin mediar palabra, su madre le propinó una bofetada sonora, que dejó estupefactos tanto a Audrius como a Dolfos. Nunca la habían visto dar al chico más que un azote, y desde luego nunca con tanta ira.

—Esta familia prosperará a base de trabajo, o bien sucumbirá al hambre y la miseria —musitó ella al borde del llanto—. ¿Me habéis entendido?

Nadie respondió a la pregunta. Siguieron cenando para llenar la tripa, ya que la sopa se les había amargado, hasta que Mencía, furiosa, retiró el perol de la mesa.

—¡A dormir se ha dicho! —ordenó resuelta—. Ramiro, el primero. Mañana nos vamos temprano al mercado. Tenemos que hablar tú y yo.

\* \* \*

Desde el ataque sufrido precisamente cuando regresaba del castillo de Gauzón, Mencía se hacía acompañar en sus desplazamientos por otras mujeres o bien por sus hijos, más para complacer a su marido que por miedo a sufrir una agresión. Nunca había vuelto a repetirse incidente alguno. El sendero era seguro, especialmente en los largos días del verano, cuando el tránsito de gentes y mercancías se multiplicaba. Aun así, siempre resultaba más placentero ir y venir con alguien que hacerlo sola.

Habían partido de la aldea poco antes del alba, con el fin de aprovechar la jornada. Madre e hijo acarreaban sendos fardos de tejidos destinados a la venta, y ya habían empezado a sudar bajo el peso de esa carga. Iban callados, cabizbajos, sin que ninguno de los dos se decidiera a romper el hielo.

Ramiro estaba enfadado. Mencía, preocupada y herida. Se arrepentía de haber castigado al chico por mostrarse sincero, pero al mismo tiempo pretendía disuadirle de andar el camino que esa sinceridad señalaba.

Tras un buen rato de marcha, inquirió con cierta sorna:

—Entonces, cuando seas mayor, ¿quieres convertirte en soldado?

—Es posible —contestó el chaval huraño.

—¿No te basta lo que tienes aquí? ¿No deseas seguir los pasos de tu padre?

—¡Él no es mi padre!

El tono de la respuesta fue tan seco, tan rotundo, que sorprendió a la mujer.

—Pero es quien te ha criado —arguyó, tratando de sonar convincente—. Y te quiere tanto como quiere a Dolfos.

—No es cierto, madre. Le quiere más a él. No me mientas.

—¿Por qué dices eso, hijo?

—Porque es la verdad.

De nuevo se hizo un silencio espeso, como el viento que soplaba del sur, preñado de un bochorno pegajoso.

Así anduvieron otro trecho, pensativos, hasta que el chico se paró en seco y dejó su hatillo en el suelo, con gesto decidido. Lo mismo hizo Mencía, a su pesar, pues intuía lo que iba a pasar y no le resultaba grato.

Ramiro llevaba al cuello la cruz de su padre, que ella misma le había puesto al nacer. La cadena de la que pendía ya no era la misma que le regalara en su día su madrina, Brunilde, pero el crucifijo forjado por su abuelo no se había separado de él en ningún momento. Era su vínculo con el hombre misterioso del que nunca quería hablarle su madre. Lo único que poseía de ese padre desconocido, con el que fantaseaba a menudo sin saber qué imaginar. Estaba harto de evasivas, de embustes. Y puesto que ella había sacado a relucir la cuestión, ahora tendría que contestarle. A cabezota no le ganaba nadie cuando estaba convencido de llevar razón.

Después de beber un sorbo largo del pellejo y mojarse la nuca, buscó con sus ojos grises la mirada esquiva de su madre, que en ese instante vio en él una réplica casi perfecta de Tiago. Su mismo pelo negro indomable, su mentón decidido, su frente voluntariosa, su gesto extrañamente maduro.

—¿Quién es mi padre y dónde está?

Lanzó la pregunta a bocajarro, haciendo gala de esa seriedad impropia de su edad que le había acompañado siempre. También en eso se parecía a su padre, pensó Mencía. Esa maldita formalidad, esa rectitud tan suya que le había llevado a sacrificarse acompañando al hermano Martín cuando cualquier otro en su lugar se habría desentendido de su suerte…

—Tu padre fue un gran hombre, Ramiro —dijo al fin, consciente de no poder seguir eludiendo el tema—. Un hombre noble y valeroso que entregó su vida para tratar de salvar la de otro.

A partir de ahí el relato fue fluyendo, gota a gota, hasta formar un río caudaloso. Mencía habló a su hijo del monasterio de San Pedro, de su infancia compartida con el hijo de un herrero llamado Tiago, su boda, su alegría al saber que pronto llegaría él, los motivos que llevaron a su padre a llamarlo Ramiro, por ser el nombre de un gran rey, y por último la aterradora aceifa causante de cuantos males sobrevinieron después.

—Tu padre se enfrentó al mismísimo Almanzor, el Azote de Dios que estaba a las puertas de Compostela —embelleció un poco la historia, en aras de engrandecer su imagen ante Ramiro—, cuando todo el mundo había huido.

—¿Padre fue a luchar solo contra él? —quiso saber el niño, aplicando su aplastante lógica.

—No exactamente, hombrecito —repuso ella, enternecida—. Con tu padre y conmigo iba un monje muy anciano y ciego, llamado Martín, a quien ambos conocíamos desde siempre. Tu padre lo había convencido a duras penas para que se marchara de la ciudad antes de que entraran en ella los sarracenos, pues sabíamos bien lo que les pasaría a quienes encontraran dentro. Él había terminado accediendo, pero al llegar a un puente tendido sobre el foso, fuera ya de las murallas, se arrepintió y quiso regresar a su monasterio para morir junto al Apóstol. Tu padre lo acompañó.

—¿Padre lo prefirió a él antes que a ti y a mí? —inquirió con asombro el chiquillo, incapaz de entender semejante elección.

—Las cosas nunca son blancas o negras, Ramiro. Más bien suelen ser grises, como tus ojos, que clarean o se oscurecen dependiendo de tu humor. Lo mismo le sucedía a tu padre. ¿Sabes? Cada día que pasa te pareces más a él.

—¿Por qué se fue entonces con ese fraile en lugar de quedarse contigo? —insistió el pequeño, frunciendo el ceño, ajeno a esa burda maniobra de distracción.

Mencía se había formulado tantas veces la misma pregunta, sin hallar una razón convincente, que le costó improvisar una con la cual satisfacer la curiosidad de su hijo. Sin embargo, en cuanto empezó a exponerla, se dio cuenta de que esa había sido siempre la respuesta correcta. La más sencilla. La única posible.

—Por amor, Ramiro, por amor y lealtad hacia ese santo varón. Él no podía valerse por sí mismo. Yo sí. Y era mucho lo que le debíamos. Nada menos que la libertad. Habría sido muy ingrato abandonarlo cuando más nos necesitaba. Tu padre no habría sido tu padre si hubiese hecho algo así.

El chico se quedó pensativo unos instantes, tratando de digerir el significado de esas palabras. Le faltaba una clave indispensable que necesitaba averiguar.

—¿Qué es la libertad, madre? —preguntó con gravedad—. ¿Algo parecido al oro? Ha de ser algo muy valioso si padre pensó que su deuda pesaba más que tú y que yo.

De nuevo la mente infantil de Ramiro alcanzaba conclusiones descarnadas por el camino más recto, sin margen para matices o circunstancias atenuantes.

Mencía se topó de nuevo con un reto considerable: ¿cómo explicar a un chaval de nueve años, criado en un pueblo apartado del mundo, el significado de un término que siempre había dado por supuesto?

Los habitantes de la aldea eran iguales en su pobreza. Allí no existía la servidumbre. En Gauzón, a donde se dirigían, sí. El conde al mando de la fortaleza contaba con un ejército de siervos, al igual que el cenobio donde había nacido Mencía. Pero, a los ojos de un niño, esas gentes a quienes veía segar o acarrear ganado eran personas como cualesquiera otras, encargadas de realizar tareas duras. Nada muy distinto de lo que su padre adoptivo o él mismo hacían en casa. ¿Cómo hacerle entender la diferencia entre unas y otros?

—Libertad es decidir sobre tu propia vida, hijo.

—¿Hacer lo que yo quiera?

—No, Ramiro. Nadie actúa a su antojo siempre. Ni siquiera el Rey.

—¿Entonces...?

—Quiero decir que ser libre es ser dueño de ti mismo. No estar atado a la tierra. Poder ir y venir a tu antojo, aun a riesgo de equivocarte. No ser propiedad de nadie, como una vaca o una gallina.

—Somos cristianos, no animales —rio él, divertido por lo que creía una chanza de su madre.

—Y aun así, hijo, algunos cristianos poseen a otros porque ya poseían a sus padres, como nos pasaba a Tiago y a mí antes de que el hermano Martín nos liberara. También hay quien tiene a cautivos moros, de igual modo que ellos convierten a los prisioneros cristianos en esclavos con quienes hacen lo que quieren.

—¿Eso fue lo que le pasó a padre? —Su voz había adquirido un tinte sombrío, como si hubiese comprendido de pronto las terribles implicaciones de esa revelación—. ¿Lo cogieron los sarracenos para quedárselo?

Mencía abrazó a su hijo con fuerza, conmovida por su extraordinaria capacidad para simplificar lo que a ella le resultaba extremadamente complejo y difícil de perdonar. En él no había rastro de rencor ni de ira. Ni siquiera parecía decepcionado. Tan solo necesitaba comprender para poder aceptar y seguir adelante. De ahí que escapara al abrazo para insistir, con implacable dureza:

—¿Por qué nunca me habías hablado de lo que le pasó?

—No sé lo que le pasó, hijo —se defendió Mencía—. Nunca volví a saber de él. Le esperé. ¡Sabe Dios que le esperé! En casa de Benjamín, en el convento de Santa María de Coaña, donde tú naciste, mientras caminaba contigo a la espalda en busca de un lugar seguro… Recé al cielo para que estuviera vivo y nos encontrara. Supliqué, rogué, prometí, pero todo fue en vano.

—Entonces ¿no sabes si está muerto o cautivo?

—No lo sé con certeza, no —se vio obligada a admitir, con tristeza entreverada de culpa—. Pero, conociéndolo, si hubiese dependido de él nos habría encontrado. Por eso creo que lleva mucho tiempo en el cielo, con los ángeles.

El chico no dijo nada, aunque la miró con reproche. Un reproche mudo de incomprensión, más doloroso que cualquier palabra. Ella, al borde del llanto, trató de darle consuelo.

—Él te adoraba aun sin haberte visto. Te quiso desde el mismo momento en que supo de tu venida al mundo. Esté donde esté, te lleva en el corazón del mismo modo que tú llevas su crucifijo. Te lo prometo.

Luego, tras una pausa que se hizo eterna, añadió:

—¿Sabes qué fue lo último que me dijo?

—¿Qué, madre?

—«Cuídalos bien.» Eso me dijo. Que cuidara de ti y de esa cruz que cuelga de tu cuello, que tu abuelo forjó para él. Mejor o peor, eso he intentado hacer yo desde entonces. Honrar la promesa que le hice y honrar su sacrificio con una vida digna. Hay que vivir, hijo. Vivir y prosperar trabajando, lo más lejos posible de la guerra, que solo trae miseria y muerte.

\* \* \*

El mercado estaba tan concurrido que les costó encontrar un sitio donde exponer su mercancía. Habían llegado tarde, después de hacer el resto del camino en silencio, y hubieron de conformarse con una posición mediocre, alejada de la puerta del castillo donde se concentraban los mejores puestos. Aun así, los paños de Mencía gozaban de fama suficiente para atraer a la clientela, acudida a comprar buen género desde múltiples rincones de la comarca.

Al poco de instalarse, pasó ante su tenderete un ciego, provisto de un cayado del que colgaba una campanilla. Iba vestido de harapos, mendigando por caridad algo que llevarse a la boca. Al verlo, Ramiro inquirió de inmediato:

—¿Así era el padre Martín?

Su madre apartó momentáneamente su atención de los encajes que estaba colocando, a fin de comprobar a qué se refería su hijo, y lo que vio la llenó de horror. Se trataba de un hombre joven a quien habían vaciado las cuencas, seguramente en castigo por alguna falta menor. Era de todos conocido que hasta los reyes mandaban cegar a sus propios hermanos ante la sospecha de traición, por lo que no resultaba sorprendente, ni mucho menos novedosa, la figura de un desgraciado exhibiendo sus boquetes siniestros en el empeño de inspirar lástima. Aun así, la imagen era pavorosa. Precisamente con ese propósito se infligía ese tormento.

—No, Ramiro, no —respondió asqueada—. El padre Martín era un anciano a quien la edad había dejado ciego. A este hombre le han sacado los ojos. Ve y dale esta moneda, corre.

Cada vez era más frecuente contemplar esa clase de suplicios, porque la situación del Reino era caótica. Desde la muerte del rey Bermudo, acaecida cuando su hijo y sucesor apenas tenía cinco años, el orden y el buen gobierno brillaban por su ausencia. A falta de un soberano capaz de tomar las riendas, los magnates se disputaban el poder entre sí, sus pendencias se sumaban a la devastación provocada por las incursiones sarracenas y el pueblo pagaba con sufrimiento ese vacío de autoridad.

Claro que todo aquello distaba mucho de preocupar a Mencía, cuyo único empeño era vender bien su género y regresar cuanto antes a casa. Se decía que Alfonso, el rey niño, acababa de alcanzar la mayoría de edad al cumplir los catorce años y que su reinado traería al fin paz y prosperidad a los leoneses. Se decían tantas cosas…

En esas reflexiones andaba sumida, cuando Ramiro, que había estado muy callado, anunció con decisión:

—Madre, yo iré en busca de padre a la tierra de los sarracenos y lo vengaré.

—No digas tonterías, hijo —trató de quitarle importancia ella—. ¿Ves por qué no quería contarte nada? Bastante hemos perdido ya por causa de los malditos sarracenos. Ya lo decía mi madre; a tu edad se tienen demasiados pájaros en la cabeza. Déjate de búsquedas y aprende bien el oficio de tu padrastro, que así te convertirás en un hombre de bien.

Él no la contradijo. No hacía falta. Algo empezaba a despertar en su interior y por primera vez en su vida tenía un propósito claro. Ella tampoco insistió. Le bastaba leer su mirada para reconocer una determinación ante la cual cualquier prohibición, ruego, amenaza o lamento estarían abocados al fracaso. En ese momento supo que, pasara lo que pasase, su hijo cumpliría inexorablemente su amenaza.

* * *

Esa noche apretó el calor más de lo acostumbrado. A ese motivo achacó Audrius el desasosiego de su esposa, que se removía en el jergón, gimiendo y gritando como si la hubiese poseído un demonio. Pero la causa no era la temperatura propia de un 10 de agosto. Mencía se revolvía dormida porque estaba teniendo una pesadilla atroz.

Tanto la vio él padecer que la acabó despertando sin demasiada consideración.

—¡Mujer! —La sacudió enérgico—. ¿Se puede saber qué te pasa? Llevas un buen rato meneándote como una lagartija cogida por el rabo.

A ella le costó un buen rato regresar de dondequiera que estuviera, y lo hizo con el alma atenazada por la angustia. Aunque la hubiesen sometido a tortura, no habría podido precisar el lugar ni tampoco el tiempo al que la había transportado su mente dormida. Solo sabía que allí se encontraba Tiago, intentando desesperadamente decirle algo que Mencía anhelaba oír. ¿Qué?

Imposible recordarlo.

Se devanó los sesos hasta la salida del sol rebuscando en su memoria, sin conseguir nada más que acrecentar su ansiedad. El rastro dejado por el mal sueño era agridulce, como si en él amor y dolor hubieran compartido escenario con idéntica intensidad. Solo de una cosa estaba totalmente segura: Tiago le había hablado desde el mundo de los muertos, en compañía de otras personas a quienes ambos habían conocido.

Entonces cayó en la cuenta de que la fecha no era baladí. Diez años atrás, tal día como aquel, se habían dicho adiós a las puertas de una ciudad sitiada, sin imaginar por lo más remoto que no se volverían a ver. Acaso esa extraña visita fuera su forma de despedirse.

# 33

Hadiya no mentía al afirmar que entre los miembros de la pequeña comunidad mozárabe cordobesa corría de boca en boca la historia de ese cautivo sometido a un terrible suplicio en los sótanos del alcázar. Su frustrado intento homicida no formaba parte de ella, desde luego, pues nadie lo habría creído posible ni aunque hubiese visto al herrero abalanzarse contra el *hayib* cuchillo en mano. Semejante pretensión resultaba tan inconcebible para el pueblo como intolerable para la autoridad, que se encargó de silenciar esa parte de lo acaecido corrigiendo ligeramente el relato de los hechos ante la imposibilidad de negarlos sin más.

La versión oficial que circulaba por las calles hablaba de un esclavo blasfemo. Un cristiano cuyo atrevimiento había llegado al extremo de insultar al profeta Mahoma a las puertas de la mezquita y ante el mismísimo Almanzor. Una ofensa de tal gravedad merecía un castigo ejemplar, que tendría lugar en domingo, el día sagrado de los politeístas, para mayor escarnio del condenado.

Tiago ya gozaba de cierta fama entre los cristianos de la capital, por la epopeya vivida en su largo camino desde Compostela hasta la explanada abierta delante de la Gran Aljama. Se sabía que únicamente él había sobrevivido a la prueba de cargar durante toda la marcha con una de las campanas arrancadas al Apóstol, lo cual era considerado poco menos que milagroso. Claro que, del mismo modo, se había extendido la noticia de su posterior traición, al aceptar transformar esas valiosas piezas en lámparas destinadas al templo de los muslimes. Su nombre concitaba por ello respeto, admiración, decepción, compasión y envidia a partes iguales, en un universo menguante minado por la división interna y la persecución creciente.

La mozarabía andalusí atravesaba en esos días aciagos aguas turbulentas. Tras la fugaz época de tolerancia disfrutada durante el emirato del llorado Al-Hakam, quienes se mantenían fieles a Cristo volvían a pagar un altísimo tributo por esa lealtad. A las pesadas cargas fiscales que soportaban se unía una discriminación evidente, todavía oficiosa, aunque progresiva, para ocupar cualquier puesto en la Administración. Además, eran sometidos a una vigilancia tan estrecha por parte de los alfaquíes que la menor infracción a las normas de moralidad vigentes conllevaba elevadas multas, azotes, o a menudo penas más severas.

Ante tal grado de opresión, muchos habían optado por renegar de su fe y convertirse al islam, dado que a todas luces era la religión ganadora. Otros persistían en el credo de sus padres, si bien trataban de minimizar el coste de esa elección adoptando el modo de vestir musulmán, sus costumbres, hábitos alimentarios, gustos artísticos y demás signos externos, en un intento desesperado de permanecer integrados en una sociedad cada vez más hostil. Los menos conservaban no solo su religión, sino su forma de vida ancestral, a pesar de las penalidades que tal opción acarreaba. Y entre estos últimos, especialmente, caló hondo el caso del esclavo sentenciado a morir, porque evocaba el ejemplo de otros mártires, semejantes a él, honrados más de un siglo después en la intimidad de las familias con tanta devoción como secreto.

* * *

Hacía mucho tiempo de aquello, pero nadie lo había olvidado. La memoria del exiguo colectivo cristiano atesoraba cual oro en paño el recuerdo del clérigo Perfecto, ajusticiado entre burlas por blasfemar de la religión de Alá ante los musulmanes reunidos para celebrar el fin del mes de ayuno. El monje Isaac, crucificado unos meses más tarde por el mismo delito. Las vírgenes Flora y María, igualmente enviadas al patíbulo por hacer ostentación de su fe. Eulogio, metropolitano de Toledo, y tantos otros hermanos abrazados de manera voluntaria al martirio en nombre del Dios uno y trino.

Habían pasado más de cien años desde entonces, aunque las heridas abiertas por esa rebelión silenciosa permanecían vivas, al igual que las esperanzas de muchos. Porque si bien los mozárabes tibios condenaron esas conductas, equiparándolas al suicidio, tajantemente prohibido por la Iglesia, otros vieron en ellas un sacrificio grato a los ojos del Creador. ¿Cómo si no interpretar la muerte repentina de Abd al-Rahmán II, a la sazón califa de Al-Ándalus, al poco de producirse esas ejecuciones?

No eran pocos los convencidos de que Dios había castigado al gobernante ismaelita, como hiciera en su día con Herodes, devorado en vida por los gusanos en represalia por mandar decapitar a Santiago. Su cólera no conocía límite cuando los enemigos de la verdadera fe se ensañaban con sus hijos más queridos. Y así como había vindicado al Apóstol, a Perfecto, Isaac, Flora, María o Eulogio, confiaban en que también ellos llegarían a catar pronto el dulce elixir del desquite.

\* \* \*

El domingo amaneció radiante, con un cielo azul añil que anunciaba la inminente primavera.

Desde muy temprano, un goteo constante de gente se había ido dirigiendo hacia la orilla del río, justo detrás del alcázar, donde se alzaría el madero al que clavarían al cautivo blasfemo. A la hora prevista para la ejecución ya formaban una abigarrada multitud, compuesta por tantos musulmanes como cristianos, concentrados en dos grupos claramente diferenciados. Unos se habían situado de forma natural a la derecha del patíbulo y otros a la izquierda, con una animadversión tan patente que el oficial al mando de la guardia ordenó a algunos de sus hombres interponerse entre ambos a fin de prevenir incidentes.

Al ver salir al reo de su encierro, encorvado, atado de pies y manos, momentáneamente deslumbrado, con la cabeza gacha para tratar de evitar el impacto de la luz, los primeros lo recibieron con una catarata de improperios, arrojándole fruta y huevos podridos. De haberlo tenido a su alcance, lo habrían despedazado ellos mismos, pues injuriar al Profeta era la mayor ofensa que cupiera infligir a un creyente. Y únicamente la sangre lavaba tamaño agravio. Entre ellos y el condenado se encontraba, no obstante, una fila de soldados encargada de mantenerlos a raya.

Los cristianos, por el contrario, expresaron su apoyo al supliciado con su mera presencia callada. No podían hacer otra cosa. Cualquier manifestación de respaldo habría sido interpretada como un acto de complicidad penado con idéntica condena. De manera que quienes habían podido eludir sus obligaciones laborales se limitaron a permanecer agrupados en silente muestra de respeto, a lo sumo acompañada de una tímida sonrisa mientras el herrero pasaba ante ellos.

El mero hecho de estar allí ya suponía asumir un riesgo considerable, dado que para un cristiano faltar al trabajo un domingo constituía una conducta en extremo sospechosa. Ello no obstante, nada impedía a un hombre o una mujer libres moverse a su antojo por la ciudad o acudir a presenciar un ajusticiamiento público. Antes al contrario, si estos se anunciaban a bombo y platillo era, precisamente, con el propósito de congregar a la mayor cantidad posible de personas. Para que todos vieran con sus propios ojos cómo acababan los criminales reos de los peores delitos.

Tiago estaba casi cegado por el resplandor del sol, pese a lo cual notó el calor de sus hermanos de fe. Incluso mirando al suelo percibía la presencia de esas gentes venidas a compadecerse de él, con tanta intensidad como la de quienes le humillaban con sus mofas. Unos y otros le parecían irreales, terriblemente lejanos a pesar de su cercanía. No en vano su espíritu vagaba desde hacía horas por un extraño lugar situado en los confines entre este mundo y el otro.

La sensibilidad había regresado de manera paulatina a todos los rincones de su cuerpo, hasta hacerle recobrar la conciencia de cada una de sus llagas y cada hueso quebrado, pero la clarividencia sobrevenida con la pérdida de los sentidos no lo había abandonado. Y cuanto más intenso era el padecer, más se acentuaba esa lucidez peculiar. De tal modo que al ser tumbado sobre los tablones dispuestos para su tormento y atado a ellos mediante cuerdas, antes de que el verdugo remachara los cuatro clavos, su mente era ya una puerta abierta de par en par al mañana.

* * *

Hicieron falta varios soldados tirando al unísono de sendas sogas para izar trabajosamente la cruz hasta el hueco donde quedó fijada. El siniestro crujido que produjo al chocar con la tierra fue saludado con vítores por una parte del público, mientras, en el bando opuesto, algunas mujeres lloraban escondidas bajo sus velos.

Transido de dolor, Tiago dejó escapar un gemido lastimero, seguido al instante de una sonrisa triunfal. Porque, en el culmen del sufrimiento, le había sido revelada al fin la auténtica naturaleza de un destino hasta entonces esquivo.

Ahora alcanzaba a entender el don que la Providencia le había otorgado a cambio de arrebatarle todo aquello que amaba. No estaba llamado a dar muerte al Azote de Dios, tal como erróneamente creyó durante algún tiempo, sino a desvelarle un designio ante el cual palidecía el más atroz de los suplicios.

Desde lo alto de ese madero, su mirada alcanzaba a ver más allá de lo accesible a la vista. Sus ojos se habían tornado espejos reflejo del porvenir. Su garganta, la fuente de la cual brotaba un manantial de palabras que alguien parecía dictarle. Su lengua, un látigo de fuego implacable al augurar:

—El Hijo del Trueno a quien ultrajaste destruyendo su ciudad vengará a su pueblo escarnecido.

La muchedumbre enmudeció al oír semejante amenaza, proferida con la rotundidad de quien cree absolutamente en lo que afirma.

Entre los musulmanes nadie supo identificar a ese misterioso «Hijo del Trueno» y tampoco entre los cristianos se entendió bien la profecía, dado que únicamente los más instruidos conocían ese sobrenombre del apóstol de Jesucristo. La forma en la que había sido formulada resultaba sin embargo tan aterradora que un silencio sepulcral acogió el segundo vaticinio, lanzado con idéntica convicción al cabo de unos segundos.

—Tú, Almanzor, no morirás batallando, sino roído por la rata que te devora las entrañas.

Esta vez la confusión provocada por tal revelación cobró la forma de un clamor ascendente que manifestaba al mismo tiempo estupor, incomprensión e indignación.

El *hayib*, naturalmente, no se encontraba allí, pero el condenado se dirigía a él como si lo tuviera delante y fuese capaz de oírle. Jamás se había visto tal grado de atrevimiento.

Entre abucheos e insultos, los más exaltados trataron de traspasar el cordón de seguridad con la pretensión de agredir al blasfemo y fueron repelidos a duras penas por los soldados. Frente a ellos, muchos cristianos se santiguaron, en un gesto instintivo de protección, mientras otros se hincaban de rodillas. Tamaña demasía no traería nada bueno a su comunidad, eso era seguro. De un modo u otro habría represalias. Aunque, por otra parte… ¿Y si ese desdichado no resultaba ser un demente sino un profeta? ¿Y si en verdad había sido bendecido por el Altísimo con la gracia de vaticinar su inapelable designio?

Sacando fuerzas de flaqueza, Tiago volvió a interpelar al Victorioso de Alá, en su lengua, sin mencionarlo directamente.

—La gloria que conquistaste con sangre no te sobrevivirá.

»Uno de tus hijos te traicionó y los otros dos te deshonrarán.

»Tu capital será pasto del saqueo, sucumbirá a las turbas y caerá en el abandono.

437

De nuevo la multitud reaccionó con furia a tales anuncios, por más que la mayoría ni siquiera los hubiera entendido, ya que el estruendo tapaba la voz de Tiago, cada vez más debilitada por el tormento.

En esa posición forzada, terriblemente dolorosa, le costaba respirar. Cada bocanada de aire suponía un esfuerzo sobrehumano. Se estaba ahogando en su propia sangre, lo cual no le impedía ver con absoluta claridad cada una de las catástrofes que de forma inexorable sobrevendrían al hombre a quien se refería su auspicio.

—Tu palacio de Medina al-Zahira, sus jardines, sus fuentes, sus baños, sus mármoles se convertirán en polvo y olvido.

»Mi Dios será glorificado en tu mezquita.

Aquello era más de lo que los devotos seguidores de Mahoma estaban dispuestos a tolerar en su propia casa. Los gritos se redoblaron, así como los intentos de llegar hasta la base de la cruz con la pretensión de derribarla.

—¡Matadlo de una vez! —aulló enfurecido un joven barbudo.

—¡Muerte al blasfemo! —lo secundó un clérigo vestido de negro, inmediatamente jaleado por el gentío.

—¡Alá es el más grande! ¡Alá es el más grande!

Entre los cristianos, algún osado se atrevió a entonar abiertamente una oración por el moribundo, cuya entereza y valentía no podían sino atestiguar que en verdad contaba con el favor divino. Y dado que su presagio evocaba de forma inevitable lo acontecido en su día a Al-Hakam, cabía esperar que el fin de sus tribulaciones se acercara. Acaso Dios hubiese escuchado sus plegarias y se dispusiera a enviar un ejército de ángeles a encadenar al demonio al menos otros mil años…

\* \* \*

El espectáculo llegaba a su fin para alivio de los soldados, temerosos de ver estallar una revuelta imposible de controlar.

Las palabras del crucificado habían ofendido en lo más hondo a los creyentes en el islam y devuelto la esperanza a numerosos cristianos, por lo que unos y otros amenazaban con enzarzarse en una batalla campal.

Tras la proeza llevada a cabo para transmitir por entero su mensaje, Tiago había reclinado la cabeza sobre el hombro izquierdo, vencido, con la boca entreabierta y los párpados caídos. Se había rendido, o eso creían los congregados, que empezaban a retirarse ruidosamente, comentando lo sucedido con grandes muestras de irritación y general desconcierto.

Todo parecía haber concluido, cuando aquel a quien creían muerto recobró de pronto la consciencia y, con su último aliento, proclamó victorioso:

—Las campanas del Apóstol volverán a Compostela.

Entonces, sí, cerró los ojos, antes de cruzar el umbral confortado por Mencía, quien lo llamaba a su lado.

# Epílogo

*Castillo de Gauzón, Asturias*
*Año 1015 de Nuestro Señor*

La hija del conde, Urraca, se casaba con un noble castellano. Toda la comarca estaba de enhorabuena. Habría fiesta grande en el salón de la fortaleza, con música de flautas y baile, hasta que el último de los invitados cayera rendido. Entonces las sobras del banquete serían repartidas a los menesterosos, que durante varios días se hartarían de comer y beber a la salud de los nuevos esposos.

Mencía había recibido el encargo de tejer los encajes y las cintas que luciría la novia en el vestido, lo que la colmaba de orgullo además de suponer una gran responsabilidad. Aunque sus ojos ya no fueran los de antes y sus manos empezasen a acusar los efectos del duro trabajo aliado a la humedad, llevaba semanas urdiendo en su cabeza un diseño capaz de satisfacer el gusto más exigente. Pensaba dejar con la boca abierta a cuantos contemplaran su obra, aunque fuese su última labor con la aguja y el hilo finos.

A fin de ajustar y ensamblar las distintas piezas que compondrían la túnica, iba y venía a menudo de la aldea al castillo, cargada de materiales cuyo transporte requería la ayuda de un chico fuerte como Ramiro. Esa mañana la acompañaba llevando a cuestas un hatillo de unas diez libras, además del agua y la comida necesarias para el trayecto.

Llegados a su destino, tras subir las cosas de su madre hasta la planta noble del palacio, el chico bajó al cuerpo de guardia, donde solía bromear con los soldados ociosos. Y al igual que en ocasiones anteriores, retó a uno de sus conocidos a intercambiar algunos golpes en el patio de armas, ansioso por demostrar su pericia.

—¿Qué haces a tu edad sirviendo de recadero a esa mujer? —le espetó su oponente, vencido en un abrir y cerrar de ojos—. Mejor harías alistándote en nuestras mesnadas. Con tu destreza, medrarías rápido. No andamos sobrados de hombres para el combate.

Satisfecho por su victoria, al tiempo que herido en su vanidad, él respondió, misterioso:

—Cuento los días, amigo, cuento los días...

Arriba, en las dependencias privadas de la familia, el festejo se había anticipado a la boda. La inmensa chimenea situada en una de las esquinas acogía una hoguera bien cebada, cuyos destellos dorados resaltaban los colores de las pinturas murales que iluminaban la sala. En ese ambiente de intimidad, la señora se había descalzado y gozaba del contacto de la piel desnuda con las suaves alfombras tendidas sobre el suelo de hormigón. Su hija, nerviosa ante el acontecimiento más importante de su vida, se ausentaba frecuentemente a la estancia contigua, donde se encontraba el estanque destinado a los baños así como el orinal, que los siervos vaciaban después de cada uso.

Mientras Mencía prendía sus adornos mediante alfileres sobre la tela colgada de un maniquí vagamente parecido al cuerpo femenino, la novia y demás damas implicadas en la decisión última comentaban muy animadas los progresos realizados desde la prueba anterior, ponderando el gusto exquisito de la tejedora.

El señor del alfoz y el resto de los varones integrantes de su séquito habían sido expulsados hasta nueva orden de esas habitaciones, convertidas en gineceo con motivo del enlace. Nada tenían que hacer allí. El corazón de Gauzón era por tanto un feudo femenino, hasta que el mayordomo de la casa irrumpió de manera ruidosa en él para anunciar:

—Un forastero solicita veros, señora.

—Decidle que estoy ocupada —respondió la dama, molesta, apremiando al hombre a marcharse con un elocuente gesto de la mano.

—Es que dice traer noticias importantes —insistió el chambelán, sin arredrarse.

—Llevadlo pues ante mi marido y dejadnos tranquilas —replicó ella airada—. ¿No veis que estamos atareadas? ¡Salid!

—Lamento tener que insistir, dama Emelinda, pero el señor conde se ha ido de caza y sabe Dios cuándo regresará. Nuestro visitante viene desde lejos con información del máximo interés, pero no puede esperar. Acaba de desembarcar en Avilés y esta misma tarde emprende camino a Compostela.

Al oír esa palabra, Mencía se puso en guardia. Todos sus sentidos se aguzaron de golpe, impulsados por un resorte invisible, aunque se cuidó de ocultarlo. Ella conocía su sitio y no estaba dispuesta a arriesgarlo tomándose ciertas confianzas.

—¿Quién es ese inoportuno que se presenta sin invitación? —empezó a transigir la condesa, picada en la curiosidad—. Espero que la interrupción valga la pena, porque en caso contrario mi esposo oirá mi queja contra vos. Y será enérgica, os lo aseguro.

—Se trata de un clérigo llamado Atanasio, mi señora —respondió el mayordomo, agachando la cabeza ante semejante amenaza—. Un peregrino al sepulcro de nuestro apóstol Santiago, que partió hace algunas semanas de Córdoba donde, según afirma, han tenido lugar acontecimientos que no lamentaréis conocer.

—Hacedlo pasar entonces —ordenó la dama, displicente—. Escucharemos con atención su relato mientras la costurera sigue con su faena.

\* \* \*

A pesar del hedor a vómitos que despedía su hábito, probablemente a resultas de una travesía penosa, el hermano Atanasio se ganó a su audiencia nada más entrar en la sala. De edad mediana, modales refinados, rostro agradable, voz cálida y mirada penetrante, dijo pertenecer a una pequeña comunidad cristiana radicada al sur de la capital andalusí, cuyos miembros se hallaban en grave peligro debido al caos reinante en la ciudad. A costa de enormes privaciones, habían apartado una cantidad suficiente para sufragar los gastos de la peregrinación soñada por todos los monjes y echado a suertes cuál de ellos sería el afortunado. La Fortuna lo había designado a él, y emprendía el camino dichoso, con el empeño de rogar al santo por la atribulada Cristiandad andalusí.

Esa introducción bastó para que las damas se sintieran inmediatamente inclinadas a consolarlo. Una de ellas le ofreció solícita la más valiosa de sus joyas, que él rechazó con humildad. El motivo de su visita no era recoger limosna, dijo, sino brindar información sobre el desgobierno imperante en Córdoba, por si el rey de León quisiera considerar la oportunidad de recuperar alguna de las plazas fronterizas ocupadas por los ismaelitas.

—Es una lástima que mi esposo no se encuentre en la fortaleza —lamentó la condesa, sinceramente apenada—. Sin duda le habría complacido sobremanera escucharos, pues siempre recibimos con agrado las nuevas que hablan de pugnas entre nuestros enemigos.

—Es más que eso, mi señora —corrigió el tonsurado—. Lo que se vive en Al-Ándalus desde la muerte de Abd al-Malik, acaecida hace ya siete años, es una guerra civil soterrada. Un conflicto fratricida que empezó cuando su hermano Sanchuelo lo mandó envenenar, si hemos de dar crédito al rumor que corre de boca en boca. Claro que tampoco él escapó poco después a la maldición que pesa sobre los hijos de Almanzor.

Al oír ese nombre, Mencía se estremeció. Hasta entonces, concentrada en su trabajo, había embridado sus emociones, mas la mención del caudillo a quien tanto dolor debía le arrancó una exclamación que no logró silenciar.

—¡Así arda en el infierno ese demonio!

El inesperado exabrupto dejó a todo el mundo boquiabierto, taladrando con la mirada a la mujer que lo había proferido. Ella, roja cual manzana por la vergüenza, se disculpó azorada.

—Os pido perdón, condesa. No he podido contenerme.

—¿A qué se debe tanta inquina, Mencía? —inquirió ella, intrigada—. Desde que te conozco, pronto hará una década, nunca te había visto tan alterada. Parecería que te hubiesen mentado al mismísimo Satanás.

—Al mismísimo Satanás acaba de mentar este hermano, os lo aseguro…

Animada por los presentes, la encajera desgranó la historia de su juventud truncada por el ataque de Almanzor a Compostela, desde la separación de su marido y su precipitada salida de la ciudad, cruzando un puente atestado de prófugos, hasta su huida a través de los bosques embarazada de una criatura que no llegó a conocer a su padre.

—Nunca volvimos a encontrarnos —concluyó, secándose las lágrimas—. Ese sarraceno no solo destruyó mi hogar, sino que me robó lo que más amaba. Hacía mucho que no oía su nombre y ha sido como una puñalada. Vuelvo a suplicaros que me perdonéis, doña Emelinda.

—Por supuesto, mujer, por supuesto —la tranquilizó la señora, maternal—. Sosiégate bebiendo un trago de vino y no te avergüences.

El hermano Atanasio, a su vez, había escuchado el relato embelesado por razones muy distintas.

—Entonces ¿vos conocisteis la basílica del Apóstol antes de que Almanzor la incendiara? —inquirió excitado—. ¿Tuvisteis esa fortuna?

—Así es, padre —respondió ella—. Fui sierva en el monasterio de San Pedro, donde nací, hasta obtener mi manumisión de manos del hermano Martín. Muchas veces oí misa entre esos venerables muros, cuya grandiosidad no sabría describir a falta de palabras adecuadas. Era como estar en la antesala del cielo.

—¡Y pensar que ahora las campanas de ese templo son lámparas que alumbran la Gran Mezquita! —Se santiguó él en señal de duelo—. De gran belleza, eso sí, a tenor de lo que se dice. Parece ser que las forjó un herrero apresado en esa aceifa, quien, no contento con llevarlas a cuestas desde Galicia, se encargó personalmente de darles su forma actual. Ese cautivo acabó haciéndose célebre entre los cristianos de la capital por abrazar poco después el martirio.

De nuevo Mencía sintió un escalofrío recorrerle el cuerpo, con tal intensidad que a punto estuvo de perder el sentido. Su corazón se puso a latir como si quisiera salírsele del pecho. La cabeza empezó a darle vueltas y más vueltas. Debió de abandonarla súbitamente el color, porque la señora, alarmada, hizo traer una banqueta en la que la instó a sentarse.

—¿Se puede saber qué te ocurre, mujer? Te has puesto pálida como un aparecido. ¿Estás enferma? ¿Mando llamar al galeno?

Ella negó con un gesto, apenas capaz de mantenerse consciente. Tenía la sensación de caer a lo más profundo de un pozo, luchando desesperadamente por regresar a la superficie. Cuando recobró el dominio de sí misma, preguntó en un susurro:

—¿Conocéis el nombre de ese herrero, padre?

Él se llevó la mano derecha a la barba, sorprendido por esa pregunta inesperada, pensó durante unos instantes y respondió dubitativo:

—¿Era Yago? No, no, no. Tiago. Tiago de Compostela. Un nombre que ha dejado honda huella.

\* \* \*

Mencía volvió en sí a base de golpecitos en las mejillas, propinados con notable fuerza por una dama de avanzada edad. Estaba tumbada en el suelo, sobre una de las alfombras, con los pies en alto. Una vez despierta, se reincorporó tan deprisa que volvió a marearse, lo cual le valió otra regañina por parte de la condesa.

—Ahora vas a decirnos qué es lo que te pasa o harás que me enfade de verdad. ¿Pretendes dejar a mi hija sin su vestido?

¡¿No habrás contraído alguna clase de peste?! —Se apartó instintivamente.

—No, señora —repuso ella, sintiendo sobre las espaldas el peso de una eternidad—. Es que el hermano Atanasio acaba de pronunciar un nombre que no oía desde hace casi veinte años, excepto en sueños. Tiago se llamaba mi marido y era herrero. Solo puede tratarse de él.

—¡Alabado sea el Señor! —proclamó entonces el monje, con grandes muestras de júbilo—. La Providencia me bendice convirtiéndome en su mensajero. Dios habrá querido premiar el sacrificio de ese gran hombre permitiendo que este humilde siervo suyo trajera consuelo a su viuda.

La escena causó hondo revuelo en la sala, cuyas ocupantes rara vez tenían ocasión de comentar alguna nueva excitante. El parloteo se hizo ensordecedor, hasta que la voz tonante del clérigo se abrió paso entre el estruendo.

—¡Señoras! —Lo dijo en tono tan autoritario que acalló a la mayoría de golpe, antes de regresar a la miel y proponer, seductor—: Si nuestra anfitriona da su permiso, quisiera contaros por qué muchos empiezan a considerarlo un santo.

La oferta fue acogida con unánime entusiasmo. La interpelada no solo consintió, sino que mandó traer un refrigerio, pues entre unas cosas y otras el sol estaba ya en su cénit y era hora de almorzar.

Mencía seguía inmóvil, como en trance, sin terminar de creer posible ese giro del destino. Después de tanto tiempo y tantos ruegos inútiles iba a serle desvelado, al fin, el misterio que durante media vida la había mantenido en vilo. Ansiaba con toda su alma escuchar al clérigo cordobés, pero sabía de otra persona cuya necesidad de comprensión era más acuciante aún que la suya. Por eso, venciendo el temor natural a provocar su ira con una solicitud tan atrevida, pidió permiso a la condesa para hablar.

—Claro, mujer. Di lo que sea. Nos tienes a todas en ascuas.

—Veréis, dama Emelinda, mi hijo Ramiro está abajo, en las dependencias de la guardia. Él no conoció a su padre y ha crecido hasta hacerse un hombre con esa pena en el corazón. Si tuvieseis la bondad de permitirle subir con el fin de oír su historia de labios del propio hermano Atanasio, los dos os quedaríamos infinitamente agradecidos. Intuyo que ese relato contiene la respuesta a las preguntas que ambos nos hemos hecho tantas veces en vano, y aunque yo memorizara cada palabra de cuanto me dispongo a escuchar, no sabría contárselo igual. Ruego pues que le permitáis oírlo por sí mismo. No os molestará, os lo aseguro. Sabrá estar en su lugar.

De nuevo un murmullo general de aprobación secundó las palabras de la tejedora, lo cual animó a la castellana a acceder.

—Sea pues. La ocasión lo merece, no cabe duda. Que hagan venir al muchacho y veamos lo que este hermano tiene que desvelarnos.

\* \* \*

—Yo no llegué a conocerlo en persona —arrancó el fraile su narración, algo más tarde, ya en presencia de Ramiro—, pero sí traté tiempo después con varios de los testigos que asistieron a su ejecución. Ellos fueron quienes me pusieron al tanto de lo acaecido en esos días, hace exactamente quince años.

»Como ya he dicho, el cautivo había alcanzado cierta celebridad en la capital por tratarse de un herrero de extraordinaria valía, reconocido incluso por los ismaelitas. De ahí que, según dicen, se moviese prácticamente a su antojo por los alrededores de la Gran Mezquita, en cuyas obras de ampliación había participado desde su llegada a Córdoba.

»Pues bien, siempre según el relato que corre de boca en boca, en uno de esos paseos se dio de bruces con el mismísimo Almanzor, ante el cual tuvo los arrestos de alabar el nombre de Jesucristo y rechazar al falso dios mahometano, lo que le valió el más duro de los castigos. Encerrado en el alcázar y sometido a tormento, fue acusado de cometer blasfemia y condenado a morir en la cruz, al igual que Nuestro Señor.

Ramiro, de pie junto a su madre, se estaba bebiendo cada palabra como agua venida a calmar la sed de un náufrago. Mencía lo miraba sufrir y exultar a la vez, sin mover un músculo, con las entrañas sacudidas por una furiosa tormenta. Ella conocía bien a su hijo y era consciente de las emociones que ese relato le provocaba, pues a buen seguro serían similares a las suyas: admiración, orgullo, compasión, rabia, añoranza y dolor, unidos en su caso a un intenso afán de venganza. Una necesidad imperiosa de lavar esa muerte con sangre, como único modo posible de hacer justicia tomándose cumplida revancha.

Siendo un niño marcado por la orfandad ya le había anunciado su firme determinación de perseguir algún día ese empeño. Ahora, conocida la verdad sobre ese padre legendario, no habría fuerza humana capaz de detenerlo. Ni siquiera sería posible posponer con súplicas su partida.

Mientras el hermano Atanasio retomaba la narración de esos hechos terribles, Mencía supo con desgarradora certeza que el regreso a su vida de Tiago traería consigo, sin remedio, el adiós definitivo a lo único que le quedaba de él.

—Lo clavaron al madero un domingo —prosiguió el clérigo—, con la intención de humillarlo. Una ejecución como tantas otras, habituales en la capital. Pero en el cénit del suplicio, y aquí viene lo extraordinario, pareció que el Espíritu Santo hubiese bajado del cielo para entregarle el don de la clarividencia, pues empezó a formular profecías inauditas que, contra todo pronóstico, han ido cumpliéndose una a una.

»Vaticinó que el *hayib* no moriría combatiendo, sino devorado por la enfermedad, como de hecho sucedió, poco después, en las cercanías de Medinaceli.

»Aseguró que sus hijos lo deshonrarían y a fe que lo hicieron. El mayor, Abd Al-Malik, mantuvo a duras penas su legado unos cuantos años, a base de convertir la ciudad en un centro de vicio y desenfreno, aunque no pudo impedir que la aristocracia árabe relegada por su padre, los bereberes y los eslavos conspiraran en las sombras a fin de hacerse con el poder, mientras él participaba en orgías donde el vino corría a raudales. No resulta por ello extraño que muriera de forma repentina, probablemente envenenado a instancias de su propio hermano, Abderramán Sanchuelo, quien llevó su osadía hasta el extremo de hacerse proclamar sucesor en el califato por Hixam, a quien Almanzor había reducido a la condición de títere.

»Apenas tuvo tiempo el fratricida de paladear la gloria, empero, porque cuando se encontraba lejos, repeliendo un ataque cristiano, el pueblo de Córdoba se amotinó y proclamó califa a un omeya llamado Muhammad, que permitió a las turbas saquear el palacio de Medina al-Zahira hasta reducirlo a escombros, tal como había augurado el herrero en su preclara visión.

Un murmullo de asombro y de miedo recorrió la sala, estremecida ante tal prodigio, lo cual no hizo sino azuzar la pasión del narrador.

—Sanchuelo regresó a la capital a toda prisa, con el propósito de restablecer el orden, pero cuando se hallaba prác-

ticamente a las puertas se vio abandonado por los bereberes a quienes había confiado su suerte. Desesperado, trató
de quitarse la vida, sin éxito. El odio que inspiraba era tal
que acabó salvajemente ejecutado, después de lo cual su
cadáver fue expuesto durante días a las vejaciones del populacho.

»Desde entonces, todo ha ido a peor y sabe Dios cómo
acabará.

»Los hermanos que me relataron la crucifixión de ese
cautivo hacían gran hincapié en la exactitud de sus profecías.
Él advirtió a Almanzor: "Tu capital será pasto del saqueo,
sucumbirá a las turbas y caerá en el abandono". Y así ha sido
literalmente. Después de un asedio que duró tres años y con-
denó a los cordobeses a toda clase de miserias, la ciudad se
rindió hace dos, tras agotar los recursos con los que pagar a
los mercenarios que la defendían. Los bereberes entraron entonces en ella cual plaga de langostas, la asaltaron sin piedad
y pasaron a cuchillo a muchos de sus habitantes, además de
robar cuanto de valor encontraron.

»Hoy Córdoba es un pálido recuerdo de lo que fue, poblado de fantasmas. Al-Ándalus se desangra en luchas intesti-
nas, presa del desgobierno. Yo he emprendido esta peregrinación al sepulcro del Apóstol deseoso de implorar su auxilio,
pues únicamente con su ayuda lograremos que se cumpla el
más audaz de los auspicios formulados por tu esposo —se
dirigió directamente a Mencía—: "Mi Dios será glorificado en
tu mezquita".

—¡Que así sea! —exclamó la condesa, enfervorecida.

—¡Amén! —la secundaron al unísono las restantes damas.

Ramiro apretó puños y mandíbulas de forma instintiva,
con el afán de contener su impulso de gritar, sin saber muy
bien qué. Su madre había escuchado hasta ese momento en

respetuoso silencio, aunque lo que le importaba a ella no era la sorprendente clarividencia de Tiago o esa presunta santidad que ya le atribuían algunos, sino un detalle terriblemente doloroso consustancial a esa historia. Por eso inquirió, entristecida:

—¿Tardó mucho en morir, padre?

—Lo desconozco, hija. Lo que sí puedo decirte, tal como me lo dijeron a mí, es que cerró los ojos con una sonrisa en los labios.

\* \* \*

Ramiro siempre había deseado labrar su propio destino. Desde que su madre la revelara el significado de la palabra «libertad», la conquista de ese territorio, a medio camino entre lo real y lo mágico, constituía un anhelo obsesivo. Ansiaba ser libre de perseguir sus propios sueños de gloria, por descabellados que estos fueran a decir de quienes lo rodeaban. Sus ambiciones o sus locuras le incumbían solamente a él.

Cuando echaba la vista atrás, se veía a sí mismo cosechando un fracaso tras otro, a la espera de romper los lazos que lo mantenían preso. Pero esos días habían tocado a su fin. Si quería cambiar la suerte que le había deparado la cuna, habría de supeditar el amor, la seguridad, las raíces y hasta el pan a la necesidad de marchar en pos de esa aventura incierta. Y eso era exactamente lo que se disponía a hacer, sin escuchar la voz interior que desde hacía demasiado tiempo le conminaba a esperar.

La decisión estaba tomada.

A Mencía le bastó mirarlo para adivinar lo que estaba pensando. En el fondo de su corazón lo había sabido siempre, luego no la tomó por sorpresa.

—Vas a marcharte, ¿verdad? —le comentó, resignada, mientras iban de regreso a casa, conmocionados por el relato que acababan de escuchar.

—Así es, madre —repuso él en tono firme—. Aquí me ahogo. Ahora que el Rey ha cumplido la mayoría de edad, tal vez acometa alguna incursión en el sur, aprovechando la situación que nos ha descrito ese fraile. Para eso necesitará reforzar su ejército con nuevas levas, que me brindarán una oportunidad. Si no fuera así, dicen que el conde de Castilla siempre anda en busca de guerreros dispuestos a enrolarse en sus mesnadas a cambio de botín y tierras. No ha de faltarme el trabajo.

—Pero, hijo…

—¡Basta de peros! —La firmeza había devenido en cólera—. ¿Acaso no lo has oído? ¿Crees que puedo permanecer aquí, de brazos cruzados, sabiendo lo que esos sarracenos hicieron a mi padre? No me pidas algo que él no haría, te lo ruego. Deja que haga honor a su nombre y gane mi fortuna con la espada. Déjame vengarle y ser el hombre que él habría querido que fuera.

—¿Qué sabes tú lo que tu padre habría querido? —estalló ella, al límite de sus fuerzas—. Él era herrero, Ramiro, no soldado. Un humilde herrero ilusionado con abrir su forja y ver crecer a sus hijos. La guerra me lo robó y ahora te lleva también a ti. ¿No merezco yo también justicia?

—Tienes a Dolfos y a Audrius —repuso él, con la intención de hacer daño, dolido por esa respuesta abrupta—. Ellos cuidarán de ti. Estarás bien. Yo debo seguir mi camino.

—Al menos no te vayas enfadado —reculó Mencía, sintiendo cómo las lágrimas le empapaban las mejillas—. Tienes razón. Debes seguir el impulso de tu corazón e ir a donde te conduzca. Pero hazme una promesa, por favor. No dejes que el odio se apodere de ti. No renuncies a la felicidad.

454

Ramiro siguió andando en silencio, rumiando sus rencores, sin saber qué contestar a semejante petición. Al cabo de un rato ella le cogió de la mano y lo obligó a detenerse, antes de espetarle a bocajarro:

—Voy a hacerte una confesión que tal vez te cueste creer, porque no quiero que la vida te lleve por los mismos páramos que he andado yo... Ahí va: Audrius es un buen marido y te quiere como a un hijo, pero tu padre ha sido el único hombre al que yo he amado de verdad. El único —enfatizó—. Nos separaron siendo casi unos niños y desde entonces llevo esa espina clavada. No permitas que a ti te suceda lo mismo. No te dejes vencer por la fatalidad. Si realmente quieres vengarle, goza de la dicha que nos fue negada a nosotros.

\* \* \*

El día de la partida llovía a cántaros, pese a lo cual Ramiro no daba crédito a su suerte. La última persona de la que habría esperado recibir un regalo le había hecho uno de valor incalculable, merced al cual el porvenir se le presentaba radiante.

La víspera, al atardecer, Audrius había convocado a los hermanos en la solitaria explanada donde solían juntarse para practicar lances guerreros y se había presentado allí, sonriente, llevando por las bridas un caballo joven, castaño, de buena planta y mejor trote, provisto de silla, bocado, estribos y demás arreos indispensables para montarlo.

Ante la estupefacción de los jóvenes, hizo entrega de las riendas al mayor, proclamando con fingido desprecio:

—Aquí tienes a este jamelgo deseoso de acompañarte. Espero que te resulte útil, dado que los cristianos combaten muy mal a pie. Yo he tratado de enseñarte a luchar como un vikingo, pero nunca está de más una ayuda. He oído decir que en la frontera bastan la libertad y una montura para adquirir la condición de infanzón, aunque estoy seguro de que tú conseguirás mucho más que eso.

Tanto Ramiro como Dolfos se quedaron de piedra. Una cabalgadura constituía un bien de altísimo valor, fuera del alcance de la pobre gente como ellos. ¿De dónde habría sacado su padre dinero para comprarlo?

—Tranquilos —se adelantó Audrius a las preguntas que les quemaban los labios—. No lo he robado. Vuestro abuelo, mi padre, no llegó a este rincón perdido con las manos completamente vacías…

Y en el tono confidencial de quien comparte un gran secreto les contó, henchido de satisfacción, uno que él mismo custodiaba desde hacía una eternidad. A saber; que al arribar a ese rincón de la costa junto al resto de la expedición normanda, el antiguo esclavo báltico convertido en temible invasor traía consigo en el *drakkar* el producto de la rapiña acumulada durante esa incursión. Un botín considerable, enterrado en lugar seguro al poco de tomar tierra. Tras su muerte, algunas piezas de ese tesoro lo habían acompañado al Valhalla, ardiendo junto a su cuerpo en la lancha que lo condujo a mar abierta, pero otras permanecían escondidas.

—Ningún recaudador del Rey me quitará lo mío —se jactó, cerrando los puños en un gesto amenazador—. Considera este animal tu herencia, Ramiro.

Este, sinceramente emocionado, solo acertó a responder:

—Gracias. Pondré mi mejor empeño en merecerla. No te defraudaré, lo juro.

Dolfos no reaccionó, aunque su expresión lo decía todo.

—Te veo inquieto, hijo —le interpeló el pescador—. ¿Acaso tú también habrías querido un caballo? ¿Piensas acaso partir con tu hermano?

—Sabes que no —contestó el muchacho—. Yo estoy contento aquí. Es solo que no me esperaba una cosa así.

—Entonces no se hable más —zanjó Audrius entre risas—. Llegado el momento adecuado, recibirás lo tuyo, tenlo por seguro. Y ahora, daos un abrazo o una buena tunda de palos. Tanto da. Pero demostradme que tengo dos hijos hermanos.

* * *

Con las manos manchadas de grasa por haber estado cocinando buena parte de la noche, Mencía tendió a Ramiro una alforja repleta de comida, que él acomodó a un lado de la silla junto a un pellejo de agua, una manta y un hatillo con algo de ropa. Quien partía era un hombre hecho y derecho, aunque a ojos de su madre nunca dejaría de ser un niño necesitado de protección y alimento.

—¿Llevas la cruz de tu padre? —preguntó, a pesar de conocer la respuesta.

—Por supuesto, madre. ¿Alguna vez me la he quitado?

—Que yo te vea besarla, dame ese último gusto —le pidió ella, pugnando por tragarse las lágrimas.

Él la complació con cierta desgana, pues empezaba a estar impaciente.

—La honraré siempre, tienes mi palabra —prometió, después de besarla también en ambas mejillas—. ¡Y alegra esa cara! No marcho a la muerte ni al cautiverio. Pronto volveré a visitarte, Dios mediante con buenas nuevas.

—Vete ya de una vez, haragán —le urgió Audrius, deseoso de acortar la agonía de su mujer—, o se te hará de noche antes de salir del pueblo.

No hizo falta más.

Ramiro montó con cierta torpeza, pues no era un jinete experimentado ni tampoco lo pretendía. Cuanto le faltaba de preparación le sobraba de entusiasmo e iba dispuesto a demostrarlo en un mundo donde el arrojo supliría sus muchas carencias.

Partió despacio, al paso, sin mirar atrás, aunque enseguida azuzó a su corcel, golpeándolo en los flancos con los talones a fin de empujarlo a trotar. Así atravesó la aldea, sin poder evitar pavonearse, entre miradas cargadas de envidia y otras que, por el contrario, lo animaban a triunfar dondequiera que lo llevaran los vientos.

No sentía el menor atisbo de miedo. Tampoco nostalgia o tristeza. A diferencia de su padre, él había nacido libre y en uso de esa libertad escogía su destino. Iba decidido a escribir una historia digna de su sangre indómita, que los viejos recordarían en las noches largas del invierno.

# Agradecimientos

*Las campanas de Santiago* no habría visto la luz sin el apoyo de mis seres queridos y la guía de cuantos amigos viajaron conmigo a los escenarios por los que transcurre esta historia. A todos ellos, mi más profunda gratitud por su tiempo, su generosidad y esos conocimientos que me regalaron y espero haber sabido honrar en estas páginas:

Fernando López Alsina, catedrático de Historia Medieval de la Universidad de Santiago, que me llevó a recorrer las calles de Compostela, tal como eran en el año 997, mostrándome el emplazamiento de las murallas, torres, mercados, iglesias y demás elementos que contemplan Tiago y Mencía.

José Calvo Poyato, doctor en Historia por la Universidad de Granada, escritor y compañero en la Asociación de Escritores con la Historia, cuyas enseñanzas sobre la Córdoba de Almanzor, impartidas durante un paseo inolvidable por sus bellísimos rincones, resultaron determinantes para la recreación de la capital descrita en la novela.

Juan Luis Álvarez del Busto, presidente de la Asociación Amigos de Cudillero, vecino y autor del libro *Cudillero má-*

*gico*, inestimable fuente de inspiración para la «villa del saín» o «aldea perdida en un recodo» que brinda refugio a Mencía: mi querida Cudillero.

Benjamín Alba y Laureano García Díez, miembros fundadores de la Asociación Astur-Galaica de Amigos del Camino de Santiago, que junto a Esther me inculcaron el amor a ese maravilloso camino, lo que significa y representa en la historia de España, además de acompañarme en más de una excursión vinculada a él.

Mis hijos Iggy, Leire y también Egle y Philip, cuyo ánimo entusiasta constituye un acicate imprescindible para encerrarme a escribir.

Alberto Marcos, autor de relatos fascinantes, editor y consejero, siempre presente en mis desalientos con grandes ideas y una confianza impagable.

# Descubre tu próxima lectura

Si quieres formar parte de nuestra comunidad,
regístrate en **www.megustaleer.club**
y recibirás recomendaciones personalizadas

Penguin
Random House
Grupo Editorial

megustaleer

RÍA DE AVILÉS

COMPOSTELA

CUDILLERO

GAUZÓN

COUADONGA

REINO

IRIA FLAVIA

EL BIERZO

LEÓN

ASTORGA

SIMANCAS

RÍO MIÑO

BRAGA

ZAMORA

SALAMANCA

RÍO DUERO

LAMEGO

VISEU

AL-ÁNDALUS

CÓRDOBA

RÍO GUADALQUIVIR